「革命的偉大貢獻」是「密切配合了人民革命，培育了一批堅定的革命文藝工作者，擴大了無產階級的思想陣地，產生了許多經得起時間考驗的優秀作品，積累了豐富的藝術經驗，這一切都不僅是作為歷史功績存在的，而且也為中華人民共和國成立以後社會主義文學的發展奠定了堅實的基礎。」毛澤東對利用文藝，進行作戰，有了最坦白的招供。

這是刻在我們心板上的一塊永遠都無法除掉的傷痕，回顧三十年代的文學，由王瑤和毛澤東的話，證實我們的確失敗在文學和文化的工作上，只是很少人，尤其當年從事這方面工作的人，沒有勇氣去檢討，並且承認這方面的失敗，導致經濟的崩潰、政治的腐化、武力的瓦解。

嚴格的說，當時從事這方面工作的人，除了胡秋原、梁實秋、蘇雪林三位先生是勝利者之外，其中包括張道藩先生、林語堂先生，還有一些尚在人間的作家的成就，是不必說的。面對歷史不知從何負責起。王瑤在他的著作中公然的說：「中國新文學史就是中國新民主主義革命史的一部分。」這種坦率的供認，使我們知道三十年代文學是甚麼文學，它是在共產國際的指導下，破壞中國、並且企圖滅亡中國的一部分。

可是三十年代文藝的縱橫交錯，又由於我們禁止三十年代文學的出版發行，因此總覺得其中蒙着一層神秘面紗。雖然研究三十年代的著作已經汗牛充棟，有相當的成績，可是真正把三十年代說得非常清楚的著作還不多。

激起我對三十年代左聯的鑽究，是二十多年前就已開始，只因限於能力及資料，且又有礙於創作，直至六十年代才開始。把這段過往「年經事緯」弄清楚它，是有必要的。

我的方法是先從作家個人的傳記、作品評論開始，順其集團與相關人物，次第的寫去。舉例而言，如丁玲寫完後，卽寫胡也頻、沈從文，蕭紅之後，寫蕭軍、端木蕻良；周揚之後寫胡風。這種順序，完全是為了查閱資料的便利。

對於三十年代「左翼聯盟」，企圖將作家個人傳記另成一系列，這項工作完成，再按編年敍其縱橫交錯的歷史，使傳與縱的史分開。希望此能打破王瑤、劉綬松、司馬長風、李牧的寫法。我不知道自己的能力是否能夠做這件事，也不知道能不能做得完全，但是我會繼續我的研究。

我希望能清楚的把三十年代依已出現的材料，徹底的揭開那層神秘的面紗。這個計劃是大了些，但是慢慢的去做，也許有完成的一天。

在這本書出版前夕，略予交代是有其必要的，且以之為序。

姜穆

乙丑孟冬於臺北

三十年代作家論 目次

左聯與共產國際的關係

趁着有幾天假期，發願把三十年代的文學史料編制目錄，檢閱起來方便一些，一面整理資料一面閱讀，更覺得三十年代這十年中的文學活動，對社會及民心士氣的破壞極大，尤其是對中共的叛亂竊國，具有相當的助力。

所謂三十年代，只是一個模糊的名詞，到底從什麼時候起，什麼時候止，由於算法不同，而有不同的說法。王哲甫的「三十年代文學史料」（實際的名稱爲「中國新文運動史」），是從民國十五年至抗戰爆發這一段時間；李牧著的「三十年代文藝論」，則說從一九三〇年至一九三九年是三十年代，不過最近從某單位的資料室裏，讀到「四川人民出版社」出版馬良春、張大明合編的一本「三十年代左翼文藝資料選編」，則是從一九二七年（民國十六年）到一九三七年（民國二十六年）止，整整十年算是「三十年代」。不管怎麼個說法，時間的差異如何，對我們討論的「左聯與第三國際的關係」主題關係並不大，不過我在這裏之所以提出來，只是讓讀者知道所謂「三十年代文學」的一個大致時間就夠了。

「三十年代文學」之所以引起一再的研究，一再的討論，倒不是「三十年代文學」是最有成就、最偉大的一個時期，而是在這個年代裏，中共運用了文藝，逃過它危亡的命運，而且改寫了歷史。這種因果關係，是不能忽視的，可惜的是不能忽視的事却硬是被我們的歷史家們所忽視了，忘了前事，那能有後事師？所以我們的文藝政策，和對作家的聯繫照顧，常是在吃飽喝足以後，才偶然以眼角去看作家們菜色的臉。這證明我們並沒有從血跡斑斑的來路上獲得經驗與教訓。因而有鄉土文學論戰，至演變成以後一連串事件，這是非常可悲的事情。

武昌首義一役，結束了中國幾千年的封建王朝，雖然那是從槍管裏噴出火來，把清朝的「社稷」給掀掉，人民做了主人，但是鼓舞那些青年前仆後繼，爲一個理想而風起雲湧附從的，並不眞的是那些槍管噴出的火，而是那些知識分子筆下揭露了中國在腐敗官僚的滿清統治下的危機，讓東方的睡獅醒覺過來。可惜這種事實，與文人所立下的汗馬功勞，以及他們那文弱書生所發出的力量，已經被勝利沖昏了頭腦，而忘記了這一史實。不僅政客們不再去作歷史的回顧，就是歷史家們也已經不再重視筆桿子所出的力氣了。

從已知的歷史事實看來，我們說那是一場文學戰爭並不爲過，不僅是中共運用作家，要求他們按照中共規劃的路線，去寫有利於中共生存發展和有利所謂「革命」的作品，同時所謂的文學社團對於成員也是「紀律嚴明」、「組織綿密」的。

「三十年代文藝」，以中共所「欽定」的文藝史，是從一九二七年（民國十六年），國民黨清黨以後開始，到一九三七年（民國二十六年）抗戰爆發爲止。在這十年中進行「蘇區」五次圍剿，把所謂「蘇維埃中央政府」的根據地瑞金摧毀，中共的鬥爭策略，把軍事（暴動政策）退爲第二線，文學、文化的鬥爭提升爲第一線，當時滲透在國民黨文宣單位的共產黨員，陸續集中上海，爲「革命創造條件」而進行所有的文化活動；這是配合需要所做的措施。當時中共反「左傾機會冒進主義」也在激烈鬥爭，而且「反左」獲得勝利。從中共黨史，以及三十年代「欽定」的文藝史來看，中共把文學當成另種戰爭在進行是不會錯的，那麼中共把作家當成「革命的戰士」，也就極其自然了。因此魯迅被毛澤東封爲「革命導師」，說穿了，是暴露中共把文藝當成戰爭工具這個政策罷了，我們也可以從這個「封號」獲得旁證。

那麼當時三十年代在北平、南京和廣州的文學活動，到底是受誰的指揮，這個問題，頗値得探討。

中共把文學的鬥爭，從第二線提升爲第一線後，早期的政策指導直接來自井岡山，後期則來自第三國際透過延安，或直接指揮上海及各地的左傾文藝社團。

一九二七年（民國十六年）十一月，莫斯科爲慶祝「十月革命」所舉行的一連串活動中，曾召開了一次「國際無階級作家大會」，那次大會曾經有十一個國家派遣代表參加。

這個會議之後，在莫斯科成立一個文化統戰機構——「世界革命文學國際局」，統一指揮世界共黨籍作家爲共產黨的利益服務，可能當時中共左傾作家所做的活動，政策方面也是出自該局，不過我們沒有直接的證據證明這一點。

「國際無產階級作家大會」中共是否派代表參加，因爲沒有這方面的材料，無法證實，不過從許多蛛絲馬跡看得出來，當時的活動與第三國際有相當關係。一九三〇年（民國十九年）三月二日「中國左翼作家聯盟」在上海成立時，曾通過的共有十七項提案，其中有一項是與「世界革命文學國際局」互相呼應自關的。

十七項提案中，有一項提案爲「與各國革命團體和國際革命文藝組織發生關係」一案，遵循着這個提案通過的決議，「左聯」曾經與不少共黨國家的作家發生關係，當然最重要的是日本與蘇俄。與日本發生關係是留日的作家的一種感情作用，與日本的往來極爲自然，但是和蘇俄發生的關係，則是基於「左聯」的任務。

所以「左聯」在成立大會上的這項決議，並不僅限於紙上叫喊，而有實際行動，同年四月二十九日召開的「左聯全體盟員大員」中的十大決議案裏，其中卽有一項爲「組織蘇俄觀光團」。雖然後來這個觀光團是否組成，組成又是那些人，何時成行等都沒有資料，但這項決議證明了他們曾想到莫斯科去「朝聖」的心態是不錯的，由這點可以看出「左聯」的國際路線了。

當然我們不能以這樣一個決議，就作爲「左翼聯盟」與第三國際的關係的定論，可是一九三〇年（民國十九年）十一月「哈爾柯夫會議」上的「國際革命作家同盟」會議中，非常巧合的有一項對「中國無產階級文學的決議案」。

關於這項決議案的內容，載於一九八〇年（民國六十九年）「四川人民出版社」出版馬良春、張大明合編的「三十年代左翼文藝資料選編」一書中的「左翼十年大事記」一章裏。據這本書在一九三一年十月十五日，一條記載：「左聯執委會秘書處發表談話」；「哈爾柯夫會議」上的這項決議共十一條，其中最重要的是「要求加緊反帝反封建：發展工農通訊員運動，普及大衆文藝；努力發展創作；加強同文藝上的各種反動派進行鬥爭；建立國內統一戰線，與國際保持聯繫。」這個決議，「左聯執行委員會」於一九三一年（民國二十年）十一月十五日收到，「左聯」那些穿制服的作家們，爲執行「哈爾柯夫會議」上的這項決議，採取了什麼行動和態度呢？

其重要部分有：

一、茅盾以施華洛爲筆名，在「文學導報」八期發表「中國蘇維埃革命與普羅文學的建設」一文，提出「讓我們一脚踢開了從前那些幼稚的、沒有正確的普羅列塔利亞（無產階級）意識而只是小資產階級浪漫的革命情緒的作品；我們也要一脚踢開那些淺薄疏陋的分析，單調薄弱的題材。」他們要求描寫工農革命運動的蓬勃發展在蘇區（瑞金、鄂、豫、皖邊區）的情形。

二、一九三一年「左聯」接到這個決議案，十一月底卽展開創作路線的論爭，大衆化的普羅文學路線就是在這個時候提出來的。

三、十二月十九日丁玲等發起組織「文化界抗日聯盟」，這個「聯盟」要「聯絡反帝組織」進行無產階級革命的鬥爭。

四、一九三二年（民國二十一年）三月九日「左聯秘書處」召開拓大會議，通過四項具體工作決議，其中兩項為：應當加緊動員自己的力量，去履行當前反帝國主義的戰鬥任務；在各地建立分會，加強國際活動。

五、同年五月底，美約翰·里德俱樂部舉行全國代表大會，決議發展普羅文學，用普羅文藝幫助革命戰爭。魯迅被聘為這次會議的名譽主席團主席之一。

六、一九三二年（民國二十一年）第三國際工作人員牛蘭夫婦被捕，六月四日丁玲等十七人聯名發表宣言，營救牛蘭夫婦，七月魯迅、柳亞子等提出抗議，並進行營救。

七、同年七月「國際革命作家聯盟」邀魯迅去蘇聯養病。

八、一九三五年（民國二十四年）十一月十八日，蕭三由莫斯科寫信解散「左聯」，「左聯」於一九三六年三月初解散。

從以上資料，「左聯」與第三國際的關係是可以牽藤得瓜的。「左聯」自以創造社成員為骨幹，一九三〇年三月二日成立，至全國各地成立分會，最後於一九三五年（民國二十四年）十一月十八日蕭三寫信解散「左聯」為止，所謂「左聯」的這個「文藝社團」在組織上受到共黨的嚴密控制，或者說根本就是共產黨組織的一個支部也無不當，所以作家的創作，都受到所謀路線的控制。不僅僅如此，這個「文藝社團」初期是接受從井岡山上「蘇維埃中央」的指令活動，後來依延安以及第三國際的指令辦事，從事文運與文藝的戰鬥。

十幾年前我就已經注意到三十年代「左聯」的經費來源，及今見到「三十年代左翼文藝資料選編」這本書的第三部分「主要左翼文藝刊物目錄索引」，列出來的竟有「創造月刊」、「太陽月刊」、「文化批判」、「流沙」、「我們月刊」、「畸形」、「奔流」、「思想月刊」、「大衆文藝」、「海風周報」、「新流月報」、「引擎」、「萌芽月刊」、「拓荒者」、「文藝研究」、「南國月刊」、「藝術月刊」、「文藝講座」、「巴爾底山」、「五一特刊」、「沙侖月刊」、「世界文化」、「前哨．文學導報」、「北斗」、「文學」、「文學月報」、「文化月報」、「文藝月報」、「無名文藝月刊」、「文學」、「文藝」、「譯文」、「文學新天地」、「雜文」、「海燕」、「夜鶯」、「文學叢報」、「作家」、「文學界」、「光明」、「現實文學」、「中流」、「小說家」、「文藝科學」等四十五種之多，外圍的雜誌刊物尚不計算在內，與「左翼刊物」對抗的，則只有「現代評論」、「新月月刊」、「金屋月刊」、「前鋒週報」、「現代文學評論」、「前鋒月刊」等，餘外就再沒看到能與「左聯」對抗的刊物。其中「新月」是自由人士如梁實秋先生等人辦的，「金屋」所標榜的宗旨是中間偏左，態度曖昧。

以這樣一個比例去對抗，結果是可以預料的。不幸的事是前鋒系的刊物沒有維持多久，其原因是津貼的經費有人私吞了。

私吞文化作戰經費五萬元這段公案，如今只是人云云殊，沒了的公案，內情到底如何，沒有直接的證據，無法作斷語，不過我們是以無組織，或者說是組織鬆懈，去對抗組織嚴密的制服作家是一項事實。三十年代文化戰線，在這種情形下，失敗是在刼難逃。

從「左聯」與「文總」的刊物羣來看，他們的經費從那裏來，是一個謎，因爲當時的文化事業，也與今天的情形差不多，一直都是在生存邊緣上掙扎，可說從文化活動中賺錢養活刊物與作家幾乎是不可能的事。有一個說法，「左聯」的這筆龐大資金，是來自第三國際的宣傳費。過去沒有直接的證據，不要說直接的證據了，就是旁證也找不到。不過現在終於從馬良春等所編的「三十年代左翼文藝資料選編」中看出一些蛛絲馬跡來。

「左聯」的解散，主要是來自蕭三從莫斯科給「左聯」的一封信。「左聯」前期活動指令來自井岡山：後期則來自延安，爲什麼解散的指令却來自莫斯科的蕭三呢？

莫斯科第一次無產階級作家會議，（「左聯」稱爲「哈爾柯夫」的會議）已有對中國的決議，而且「左聯」也忠實的執行，足見當時「左聯」與第三國際已有密不可分的關係，當第二屆「第二次世界革命文學會議」在俄京舉行的時候，蕭三代表左聯出席這個會議。

據「三十年代左翼文藝資料選編」說：「『第二次世界革命文學大會』是一九三四年十一月六日起到十五日在『哈爾柯夫』召開的，蕭三代表左聯參加，而且當選爲主席團的成員之一。」

在這次大會中，「左聯」正式加入「普羅作家國際聯盟」，成爲這個聯盟的中國支部。這個聯盟又是由一九二七年十一月十一個國家的三十多位代表，爲慶祝「十月革命」而召開的「國際無產階級作家大會」（後來算作「世界革命文學大會第一屆會議」），這個會是響應普拉的號召而召開的。

這次會議，曾作成一項對中國共產黨作家任務的決議，這次決議內容已如前述，該項會議成立「世界革命文學國際局」，一九三四年第二次會議，將該局改名爲「普羅作家國際聯盟」，「左聯」加入成爲「普羅作家國際聯盟」的「中國支部」。

蕭三曾寫過詩，不過以「左聯」當時的作家與詩人羣比起來，地位相差懸殊。那麼爲什麼蕭三竟然有機會參加這項國際會議呢？

除了蕭三當時在莫斯科的便利這個理由之外，我們要知道蕭三爲什麼有這項權力與「殊榮」就必須了解蕭三的背景。

蕭三本名蕭子章，號愛梅，湖南湘鄉人，一八九五年（光緒二十一年）生，湖南省立第一師範畢業，與毛澤東同學，後留學蘇聯，就讀於「東方共產主義勞動大學」。到底他能不能代表毛澤東，我們不知道，但從「左聯」於一九三五年（民國二十四年）十二月底接到蕭三的信，一九三六年二月底或三月初就宣佈解散，以時間的效力而言，是相當快的。

一個「文藝團體」的組成，尤其是一個像「左聯」這樣，爲中共「創造革命條件」有汗馬功勞的的文藝團體，組織起來不容易，解散也是不容易的，現在由一封蕭三的信就解散了，足見第三國際對中國支部的這個文藝團體，其運用之自如，已到了如手使指的地步。所以說「左聯」不僅僅是與第三國際有關係而已，實際上就是第三國際的一部分。

馬良春和張大明在所編的「三十年代左翼文藝資料選編」中說：「中國左翼作家聯盟解散，左聯黨的負責人周揚等在和黨中央失去聯系（按此字爲「繫」的簡體字）的特殊情況下，面對『華北事變』以後，平津告急，祖國危急的現實，根據抗日的需要，又有蕭三來信，決定解散左聯，另組織擴大抗日文藝團體。」同時解散的社團，尚有「左翼戲劇家聯盟」。「左聯」解散表面上的理由，是「左聯」黨的領導人因與中共失去聯絡，實際上重要因素仍是蕭三的那封信，但眞正的理由是爲了中共的生存問題而出的一種策略。

第三國際眼看中共逃到延安以後，已經面臨土崩瓦解的命運，如不改變策略，則國際共黨種在中國的這粒種子所發生的毒苗，不要說開花結果，勢必連根拔起。

日本人給予中共這個機會，入侵中國，第三國際遂利用民族一致對外的情感進行統戰，再度重演國共合作的把戲，上演一幕抗戰聯合陣線。「左聯」的解散，是爲了戲劇情節的需要，是統戰的一部分策略運用。

所以說解散「左聯」，是爲了現實的需要，中共必須利用抗戰中民族情感，才能在夾縫中求得生存與發展。

在這種情況之下，犧牲「左聯」，另組「團結抗日的文藝團體」是情勢上的必要變化，果然在「左聯」解散不久的一九三六年六月七日，「中國文藝家協會」便在上海成立。由王任叔（巴人）等三十四位作家具名的「緣起」中，強調民族危機與團結。大會成立時曾發表宣言。

這項宣言說：「中華民族到了生死存亡的關頭，『中國文藝作家協會』堅決擁護民族救國陣線的最低限度的基本的要求，團結一致抵抗侵略，停止內戰。」這項宣言，顯然是與第三國際的指令和延安的需要配合，互相呼應的。

回顧「左聯」的這一段歷史，我們發現當時被忽視的作家，幾乎被中共全部蠱惑，雖未必是共產黨員，却都成爲共產黨的同路人了。顯然我們已經忘記推翻滿清的革命，是由一羣讀書人的筆開始，並且因而鼓舞了青年的革命熱情所造成的革命情勢這一點。清黨以後，我們沒有展開這方面的工作，因此當年的文藝重鎮，如上海、北平、廣州等地及重要的刊物，才變成共產黨的天下。

當時與左傾有組織作家對抗的，幾乎都是散兵游勇如梁實秋、胡秋原等先生。雖然中宣部、浙江省黨部、上海市黨部曾施鐵腕，展開查禁，甚至逮捕共產黨人，通緝「左聯」共產黨籍的作家等，並取締不少左傾的文藝社團，但是這只是消極的圍堵，而不是積極的進攻。雖然我們在「左聯」成立後的四個月，卽民國十九年的七月「中國文藝社」成立於南京，鼓吹民族文學與「左聯」對抗，但有什麼效果則尚須由歷史去評斷，可是由已知的資料來看，給我們直覺的印象是：三十年代我們在文藝這一環的工作上，是屬於劣勢的。

以當時的軍事、政治、經濟活動而言，我們居於絕對優勢，爲什麼竟「優敗劣勝」？中共居然扭轉被消滅的命運？除了日本人的入侵這一原因之外，我們幾乎是無法推卸責任的，我們的失敗於文藝也幾乎是可以確定了。

其實可怕的不是失敗，而是沒有從失敗中得到教訓。在我們遷臺三十年中，初期確實從失敗中清醒而重視文藝工作，可惜當我們的經濟起飛，到今天的初級工業邁向精密工業的時候，已被從經濟的良好發展取得政治優勢沖昏了頭，不再記取三十年代血的教訓，也忘了筆桿子的威力。我們可以花數十百億建橋修路，却捨不得用建一個橋墩的錢來庇護一下寒士們，怎不令人掩卷三嘆呢？

其外，對於研究敵情方面，也只重視軍事、經濟和社會，文藝和文化常被忽略，所以三十年代文藝史料異常缺乏，連歷史家也都忽視文藝史的部分，不能不使人扼腕。

關於文藝史料的運用，也是缺點甚多，保有這方面史料的機關，不是不重視這方面的研究，就是沒有能力去運用這方面的資料；而有心去研究，有能力去運用文藝史料的，却又沒有資格去接觸這方面的材料。因此對於三十年代文藝的林林總總，都是瞎子摸象，零簡殘篇，至使人們誤認三十年代文學只是單純的文學活動，甚而有人呼籲開放三十年代文藝。由於不了解三十年代文藝的眞象，所以當周令飛爲愛情而投奔自由，有人稱周令飛爲魯迅的「哲孫」，也有人誤認魯迅只是一個知識分子在憂時憂國下，恨鐵不成鋼，所以用文章作諷諫，而發生替魯迅摘帽子的論調；所以對錢鍾書的老婆稱爲「夫人」也就不足爲奇了。

這都是題外話。談到「左聯」與第三國際的關係，我們不能不想到吳黎平這個人。

據馬良春和張大明所編的「三十年代左翼文藝資料選編」裏說：「吳黎平由蘇聯回到上海，分配在黨中央宣傳部工作，參與文委領導。」吳黎平本名良斌，又名黎平、履、理平，曾被我方拘捕過而改名吳亮平。

吳黎平是浙江奉化人，畢業於上海大夏大學，領導夏大學生暴動，「五卅」慘案後與王稼祥等赴莫斯科中山大學讀書。因爲與秦邦憲意見不合返國，卽擔任「左聯」的黨書記。史諾與毛澤東會面英文的翻譯，就是由他擔任的，吳黎平「左聯」黨書記的職務，後來是由王稼祥接任，繼而是瞿秋白、周應起（周揚）。由此我們更可以清晰的看出，「左聯」不僅就是中共的一個文學支部，也是第三國際的一個分支機構。

由於資料有限，我這個論斷也許尙未成熟，證據也薄弱，但希望能因此拋磚引玉的作用，請方家有以教我。

左聯解散的前因後果

中國的新文學，自「五四」以後蓬勃發展，大有「千條楊柳欲占春」般的舞弄腰肢，北平、上海兩地的騷人墨客，大有「百家爭鳴」之勢，可以算得上是我國文藝的「百花齊放」時期。文藝社團如雨後春筍，志同道合的作家三數人卽可組織社團，派別林立，「文學研會」、「創造社」、「筆會」、「少年中國學會」、「中華學藝社」、「未名社」、「左聯」等等，如要列一張表，眞是洋洋大觀。

這些社團的社會功過一言難盡，頗有不堪回首的傷感，尤其是「創造社」、「中華學藝社」這兩個社團，對於文學藝術都有深遠的影響，特別是由「創造社」到「左聯」的這個社團，影響之大，是前所未有的。甚至於可以說演變成今天海峽對峙、僵持不下的局面都與這個社團有關。

由於這種關係，對「左聯」的研究，多少有後事之師的作用，更可以對文藝活動掉以輕心者具有警惕功效。

「左聯」的全稱是「中國左翼作家聯盟」，於民國十九（一九三〇）年三月二日在上海竇竇樂安路「中華藝術大學」的一間教室裏成立；民國二十五（一九三六）年二月底三月初解散，前後六年時間，替中共「打天下」立下的汗馬功勞，不是有形的數字可以計算的。

「左聯」的籌備會，是民國十九年二月十六日召開的，由沈端先（夏衍）、魯迅、柔石、陽翰笙、馮雪峰等十二人參加。那次會議，已經確定了「左聯」的任務共爲以下四項：

一、嚴厲的破壞舊社會及其一切思想的表現。

二、宣傳新社會的理論和促進新社會的產生。

三、建立新的文藝理論。

四、團結國內左翼作家，共同展開建立新社會運動。❶

這個籌備會的決定事項，就成爲日後「左聯」的「綱領」，緊接着籌備會的沈端先、馮雪峰於同月二十四日訪問魯迅，討論召開成立大會的宣言、綱領，以及魯迅於成立會中的演講等等。這一切都安置妥當之後，即於三月二日宣告成立。

加入「左聯」的有五十多位作家，成立會那天到會的，據馬良春的記載有四十多人，六年時間裏，退出和加入的都不多，所以「左聯」的成員始終在這個數字之內。

對於「左聯」，丁易在「中國左翼作家聯盟成立及其反動政治鬥爭」一文中說：「左聯是存在着一些缺點的，這主要是表現在當時左聯的宗派主義、關門主義的作風上。關於這一點，後來

---

❶ 「四川人民出版社」一九八〇年出版馬良春、張大明合編「三十年代左翼文藝資料選編」三十七面。

馮雪峰曾予指出，說這種作風大大縮小了當時文藝的統一戰線、減弱了我們的鬥爭力量。」❷表面看來，「左聯」的解散，與這些理由有着絕對的關係。

丁易的看法，證實於「蕭三給左聯的信」。

那封信，等於是「左聯」解散的指令。

一九三五年十一月八日發自莫斯科的信，於檢討「左聯」的工作後說：「中國文壇在此時本有組織擴大反帝聯合戰線的可能，但是由於左聯向來所有的關門主義——宗派主義，未能擴大地應用反帝反封建的聯合戰線，把這種不滿組織起來，以致在各種論戰當中，及以後的有利的情勢之下未能計劃地把進步的中間作家組織到我們的陣營裏來。」❸

左聯」的宗派主義、關門主義，導致了「左聯」解散的命運，到底這種宗派主義與關門主義爲甚麼這麼嚴重的犯了第三國際「世界無產作家聯盟」的龍顏呢？蕭三說：

「同志們，在這裏我們要追溯一番左聯關門主義的由來。我們以爲左聯之關門，要從其唱『普羅文學』說起；因爲這個口號一提出，馬上便把左聯的門關上了；因爲這一口號、這一政策，便不能團結一班先進的，但仍未能一旦普羅化的文人以及自由派的作家，尤其在當初的時

❷ 丁文刊於一九五一年七月「新中華」十四卷十二期。

❸ 馬良春、張大明編「三十年代左翼文藝資料選編」二〇三面，僞四川人民出版社出版，「蕭三給左聯的信」。

候，普羅文學家對非普羅者的態度只是謾罵，大有『非我族類，羣起而誅之』之概，這和蘇聯過去『拉普』之『非同盟者卽仇敵』口號很相符合。這樣一來便也使我們忽略了反帝反封建的文學，於是我們不能打破一切政治上的困難，取得較公開的地位。

「因爲左聯內部工作許多表現，也絕不似一個文學團體和作家的組織，不是教育家，吸引文人到反帝反復古之聯合戰線方面來的組織，而一個是政黨，簡單的說，就是共產黨。」❹不能團結作家，就變成了「左聯」解散的罪名，雖然蕭三的信中的口氣，「左聯」還是一個社團，不是「政黨」，但是一個命令下就解散了，蕭三似乎對於「左聯」如手使指，有無上權力，這不是共產黨又是什麼呢？

既然是共產黨，當然受到黨的路線所影響。當時中共正進行反「左傾冒進主義」鬥爭，爲了中共的生存，第三國際喊出統一陣線的口號，在所謂聯合「反帝」之下，藉對日抗戰，以緩和延安被圍剿的壓力，重新玩起與國民黨聯合的把戲，而在民族危難由日本的入侵而加深之際，要求一致對外乃是全國同胞的民族情感共同的願望與要求，中共與第三國際顯然認爲這是中共從江西「蘇區」失敗，經過兩萬五千里流竄，雖然在延安停止了下來，但並未解除生存的危機。中央進剿，隨時都會把中共連根拔起，藉抗日救國，一致對外的民族情感苟延殘喘，可說這是中共的唯一機會。

---

❹同註❸。

十一月八日蕭三從莫斯科發出解散「左聯」的信，在這之前的八月一日，中共發表「爲抗戰救國告全國同胞書」，高唱停止內戰，建立抗日民族統一戰線。這項告同胞書卽有名的「八一宣言」，可說蕭三的信是與中共的此項宣言配合的，更可以說是國際共產黨爲挽救中共危亡策略下，一連串步驟之一。

不僅僅這一點，「左聯」於民國十九年三月二日成立後，緊接着於七月成立所謂「中國左翼文藝總同盟」，這是中共有關文學藝術指揮領導的總機關，由周揚（周應起）、夏衍共同領導指揮，「左聯」算是「中國左翼文藝總同盟」旗下的一個一級單位，周揚和夏衍都有權指揮「左聯」，當然也有權指揮魯迅。

魯迅自視極高，論戰結束，中共保送魯迅登上「左聯」的「王座」以後，他就把自己看成「中共文壇」的唯一領導人，那裏把一個黨幹部，沒有幾篇文章發表的周揚看在眼裏呢？但是很不幸的是，中共却搞一個「中國左翼文藝總同盟」罩在他的頭上，指揮運用起「文壇盟主」來，是可忍孰不可忍，與周揚交惡乃是必然的事。

我這樣說，並未寃枉魯迅，他一直是把文壇視同自己囊中的私產，鄭學稼先生的「魯迅正傳」中，我們看看他對於背叛「左聯」與共產黨的人是甚麼心態，就可以看出他自己想做奴隸總管，但當他被人指揮運用時，就說周揚是奴隸總管而鬱鬱不樂。

楊杏邨（柳絮）離開「左聯」，脫離共產黨後，卽掉轉槍口，對準魯迅開火，至於如何因流彈傷及魯迅，與本文題旨無關，不必列論，我們只看魯迅對於楊杏邨的「叛變」是如何看法就夠了。

魯迅在一九三四年四月三十日給曹聚仁的信，提到了「楊叛徒」。他說：「此公（按卽指楊杏邨）實是一無賴子，無情，亦無眞相也。」同年五月二十四日給楊霽的信，說得更爲露骨。他說：「所舉三凶，誠如尊說，惟楊杏邨人太渺小，其特長在無耻：居心險毒，而手段尙不足以副之，近已爲『新上海半月刊』編輯，頗有騰達之意，其實蓋難，生成是一小販，總難脫胎換骨，但多演幾齣滑稽劇而已。」❺這樣刻毒的對付一個異己，顯見魯迅對於背叛「左聯」的人是多麼痛恨？但也同時看出魯迅是多麼重視「左聯」旗下的大小兵將對自己的忠誠，由這裏也可以說明魯迅是把「左聯」這個組織當成私產的心態。以這種心態去「領導左聯」，無疑是捨我其誰的，把自己看成了中共文壇的太上皇，現在周揚居然要指揮運用魯迅，交惡與怨恨自然難免了。何況周揚在魯迅的心目中，文壇上是個無名小卒，資歷上更差了一大截，年齡也小，因爲領魯迅進入中共大門的是夏衍和馮雪峰這些人，周揚又算那根葱？

現在周揚居然要爬到他的頭上去，豈是魯迅所能忍受的？不僅是周揚如此，連年輕小子如徐懋庸這種無名小輩，也都騎到魯迅的頭上來了，怎能不令魯迅生氣呢？

也許有人會問，後期魯迅亦曾接受比周揚資歷更淺的馮雪峰所指揮，爲甚麼他沒有對馮雪峰

❺ 轉引自鄭學稼著「魯迅正傳」，引自「魯迅全集」，一九六一年版二一八面。

反感呢？這就是馮雪峰比周揚有涵養、比周揚高明的地方。馮雪峰是以後生晚輩去影響魯迅的方式，讓魯迅接受中共所交付的任務，而不是以上級的權威式領導，當然不會傷害到魯迅的領袖地位與權威了。

魯迅所領導的「左聯」與「中國左翼文藝總同盟」的交惡，就由這種點點滴滴而起，問題是周揚是中共的文運幹部，魯迅只是中共的門神而已，一個門神怎能和一個幹部比較？兩相爭持，自然犧牲魯迅，這是「左聯」解散的原因之一。

「左聯」的「左」，使其成員身分多數暴露，有的被抓，有的被殺，失去了中間色彩的功能，工作的成績就不如初期了，這是左聯的解散原因之二。

其實以上都不是根本原因，主要的是中共在危亡關頭的生存問題，第三國際與中共中央爲了挽救其危亡，決定利用抗戰的民族情感，使圍剿的壓力減輕，以獲得生息的機會；在生存與傷害「左聯」的利害得失的權衡下，「左聯」的命運可想而知了。關於這一點，蕭三在信上也說得十分明白。

他說：「一般人也認爲左聯便是共產黨，加入左聯便要砍頭——這在文人是要想一下子才能決定的啊。」接着蕭三便說出「左聯」解散的原因了。他說：「這宜乎其『左聯裏組織還是很弱小的，不能適應客觀的需要』，這的確應該『……適應着當前的政治任務，對於過去工作執行批評，重新確定適宜的運動路線。』」蕭三的這段指責，原是引用「左聯」本身的工作報告。但是即使沒有「左聯」的這項工作報告，「左聯」也難逃解散的命運。

蕭三在信上，檢討當時的環境變遷與工作的需要情況是如何呢？他認為有五點。蕭三在信上說：「我們再看最近年來中國文壇的現象，便知道我們的活動有擴大的可能。一、和『五四』時代的文學革命是反帝運動和反封建運動一樣，一九三四年來的大衆語運動又在日帝侵略，K·M·T（按指國民黨）壓迫反帝之下爆發起來了。（左翼作家在這一論戰中的立場是對的，左翼的論證也佔相當的優勝地位，由大衆語論戰而產生的手（按，可能手是口之誤）頭字運動建立了很大的聯合戰線，雖則這是一種改良運動，可指摘之處甚多）。二、『我們對於文化運動的意見』一宣言尤其是很好的聯合陣線的成功。三、一般讀書界在進步（如純粹戀愛小說不管寫得是如何情節離奇曲折，無用，四角被大部分青年所唾棄，另一方面不管如何壓迫，有的書籍還在爭售。官方刊物不管如何花樣翻新，讀者一見即知為羊頭狗肉……）。四、一般知識分子反復古，斥笑『新生活運動』提倡的禮義廉恥及尊孔，念經、拜佛、禁止男女同學同泳，禁女子剪髮、燙髮，開除『娜拉』……都受先進知識者的反對，即近來大唱的『國本文化』蔡元培聲明也未簽名其宣言，胡適之也說這就是中學為體西學為用。……」❻基於這種環境變遷，蕭三認為工作也要跟着轉變。

❻ 同註❸二〇五面。

他斬釘截鐵的說：「在組織方面——取消左聯，發表宣言解散它，另外發起，組織『挽救中華民族』、『繼續五四精神』或『完成五四使命』、『反復古』等口號之下，吸引大批作家加入反封建的聯合戰線上來，『凡是不願作亡國奴的作家、文學家、知識分子，聯合起來』，這就是我們進行的方針。」❼這已經是很明白的表明了第三國際的企圖以爲挽救中共滅亡所採取的策略，在統一戰線的需要下，「左聯」解散已成定局。

雖然如此，蕭三還怕「左聯」的那些死硬派作家們不了解上級的意圖，他在同一信中緊接着解釋說：「在聯合統一戰線政策下，職工運動，各種社會運動，都不常拿出赤色的名義來，便拿中國過去的例子說，狹隘的紅色救濟會（按，爲「中國濟難會」，魯迅於民國十六年離開廣州到上海，與中共取得聯絡，即是透過該會的協助，並且不久即加入該會。該會爲中共的外圍組織。）擴大「濟難會」爲「人權保障大同盟」時（按，該同盟由蔡元培、宋慶齡、魯迅發起時，正式名稱爲「中國民權保障同盟」），於是楊、胡（胡適）、蔡（蔡元培）都參加了，這些經驗從來沒有被左聯利用過，其實文學界的鄭（按，可能指鄭振鐸）、陳（按，可能指陳西瀅）……亦何嘗不可以作政治上的宋、蔡……」蕭三的信顯然不滿意「左聯」的關門宗派主義，由於這種宗派主義，文學上的統戰功效就小了。而且其中的楊，不知所指，大概爲宋慶齡之誤。

蕭三的信，根據馬良春在「三十年代左翼文藝資料選編」一書的說法，是受命於康生、王明

❼ 同註❸。

的命令寫的，王明和康生都是國際派，那麼「左聯」的解散，是直接出自第三國際的「普羅作家國際聯盟」的意願是不會錯的。這裏我們不能不爲「左聯」的國際路線，再提一點證據，瞿秋白在「反左鬥爭」中被鬥倒之後，就到上海推展中共的文運工作，魯迅與中共的正式接觸與接受中共的命令辦事，「俯首甘爲孺子牛」與瞿秋白不無關係，如果猜得不錯，其中「孺子」指的卽是共產黨，也可能指海嬰，或兩者都指也不一定。

但是，中共的文運換了周揚，爲甚麼就與周揚交惡，並且罵周揚爲「奴隸總管」呢？尖酸刻薄的魯迅，却對於直接拉他進入共產陣營的瞿秋白、馮雪峰等一直情感融洽、合作無間呢？周揚本身的學識能力，都比瞿秋白等差了一大截不說，著作也不若瞿秋白等人有分量，因此，我們可以判斷周揚在大文豪魯迅之前，多少有種自卑感，所以當指揮魯迅時，難免「頤使氣指」的態度，一付上級的官僚面孔；瞿秋白則不同，他對於魯迅是只要達到目的，甚麼都可以做的。所以他在態度上，把魯迅捧爲頭頭，捧爲大師，寫文章揄揚，替他編書等等，這自然與騎在魯迅的頭上的周揚，在魯迅的觀感裏是絕對不同的了。

「左聯」與瞿秋白的這種關係（也可說是與魯迅的關係），因爲瞿秋白就是國際派，所以我們說「左聯」一開始就走的國際路線也未爲不可，何況於一九三〇年（民國十九年）十一月六日至十五日，蕭三代表左聯，參加蘇聯在烏克蘭召開的「第二次世界革命文學大會」時，「左聯」卽申請加入由「革命文學家事務局」改爲「普羅作家國際聯盟」，成爲「普羅作家國際聯盟中國支部」❽，總部要解散支部，作爲下屬的「左聯」除了遵辦之外，又有甚話可說呢？

從蕭三的那封信裏，對於「左聯」的解散，除了上述理由之外，最爲重要的還是基於第三國際鬥爭「普拉」的結果。

「普拉」組織的「蘇聯作家協會」的宗派主義更爲嚴重，一九三二年十月二十九日至十一月三日。「全蘇作家同盟組織委員會」在莫斯科召開第一次大會，即鬥爭「普拉」的「唯物辯證法創作方法」，並提出所謂的「社會主義現實主義的創作方法」，從此「普拉」便被指爲「不是同志，就是敵人」的「極右派」，這場文藝鬥爭，也影響到「左聯」。「左聯」的結束，不止是共產第三國際的策略運用，連中共的轉向，也都與國際共黨的策略有關。中共在第三國際指導下，除了發表所謂「八一宣言」之外，又於一九三六年八月二十五日致電國民黨「輸誠」，呼籲「國共兩黨在共同抗日及建立民主共和國的基礎上，恢復合作。」❾殊不知這一連串的措施，都是爲中共的生存作策略上的運用。爲了統戰的便利，果然在「左聯」於解散後三個月，也就是一九三六年的六月七日，由王任叔、王統照、周立波、沙汀、艾蕪、何家槐、茅盾、陳荒煤、徐懋庸、

❽ 馬良春、張大明編「三十年代左翼文藝資料選編」，該書第五二面，一九三〇年十一月六～十五日條，原文記載說：「第二次世界革命文學家大會在蘇聯烏克蘭首都哈爾柯夫召開，北歐、美、亞、非四洲二十二國代表一百二十餘人到會，蕭三代表中國左聯出席。大會將『革命文學國際事務局』改組名爲『普羅作家國際聯盟』，中國左聯加入，作爲它的中國支部，蕭三被選爲主席團成員之一。」

❾ 「三十年代左翼文藝資料選編」一一五面。

傅東華等三十四人發起組織「中國文藝家協會」。

該協會成立時的「緣起」中說：「中國文藝家協會堅決擁護民族救國陣線最低限度的基本要求；團結一致抵抗侵略。停止內戰、言論出版自由，民衆組織救國團體自由。」會後發表宣言說：「在全民族一致救國的大目標下，文藝上主張不同的作家們可以是一條戰線上的戰友。」⑩證諸蕭三在莫斯科給「左聯」的信，要求「左聯」學習「中國民權保障同盟」（蕭三的信把「民」誤爲「人」），可說就是新成立的「中國文藝家協會」的主要任務。

總結來說，「左聯」的解散，是爲了中共的生存，也是國際共產黨整個策略的一部分，連中共都在第三國際的魔鞭下跳舞，更何況是一個文藝社團呢？

由蕭三的信解散了「左聯」，成立了「中國文藝家協會」，不獨可以看出中共的所有文藝社團，都是中共的組織，都是中共的特別分支機構，根本談不上甚麼學術，當然更談不上自主了。可笑的是當時那些作家都口口聲聲爭這樣自由、那樣自由，這眞叫是「自由，多少人假你的名字爲惡」了。

「左聯」是國際共黨的一個分支機構，可以說「左聯」旗下的作家，是第三國際派出的另一支特種的第五縱隊，所以我們不能把它當成一個文藝社團來看。

「左聯」旗下，以及當年在上海等地，爲中共從事文運工作的作家們，雖然失去創作的自

⑩同註⑨第一〇七面。

由，穿起中共的制服，就一個知識分子而言，犧牲不能說不大了，可是那些作家的犧牲，也有相當的「代價」。

在自由民主的社會裏，作家都是憑其創作去獲得、或者說是換取生活的需要，因此自由民主世界作家的生活水準，需要看他的才華，以及創作作品的量、作品的市場價值來決定。換句話說，作家的生活，是依市場的狀況去決定的，與其他經濟生活完全沒有兩樣，市場的供需，決定了他們的貧富，甚至決定了他們的地位；共產世界，尤其是中國大陸則完全與自由世界相反。

大陸上的作家，是由國家提供生活的需要，他們向「國家」領取薪給，與其他職業沒有任何分別。

作家的薪級，是怎樣評定的呢？

就我讀新聞記憶中的印象是：僞「中國作協」以及其他的社團，有權評定一個作家的等級，中共便按這個等級去發薪。他們把作家評定爲幾等，每一等級又給多少薪。在自由民主社會裏，一個作家竟然接受國家的津貼，其身價立即被貶低，人格也受到傷害，當然也就失去了作家的獨立性了。由這一點，我們可以推知大陸上的作家，根本沒有自主、自由的創作。故此很多具有風骨的作家，自民國三十八年起，就沒有創作，原是由來有自的。

供給制固然可以免於凍餓之苦，但是一個作家主要是創作作品，寫他心裏所想寫的。歷來有不受收買的作家，他們表現得風骨嶙峋，不該歌頌的絕不歌頌，絕不寫違背良心的作品，只有這些作家，才能進入歷史，才能獲得後人的敬仰。這一點，接受中共薪給的作家們，是永遠都辦不到的。所以說他們雖然生活不虞凍餓，不必爲生活去發愁、去奔忙勞碌，但是他們既沒有不寫的自由，更沒有寫的自由。這對於一個作家而言，其痛苦勝過奪取他的生命。

作家淪爲一個政權的工具，其命運的悲慘是可想而知了。對於大陸上的作家這種的遭遇，我們表示十二萬分同情，可是細細想來，這都是他們咎由自取。

一個作家除了他們的分析力以外，同時要有遠大的理想與遠大的目標，當初「左聯」那些作家們之所以甘成爲中共奪取政權，遂其野心的工具，那完全是缺乏認知力與遠大理想的結果。我相信很多作家是有這種認知的，但大錯鑄成，其悔也晚了。

七二、三、一、文藝月刊

一百兩黃金打倒多少人馬

三十七、八年國民黨和共產黨，是生死決鬥關鍵性的兩個年頭，而這關鍵的生死之鬥中，說國民黨敗在文化戰線上，國民黨是決不會承認的，在戰爭中，只見到如山倒的敗兵，而沒有看到一篇小說、一篇散文、一首詩把人體穿透，其實三十八年的大潰敗，却是敗在小說家、散文家與詩人銳利的筆尖下，所有的軍事戰爭，都只是文化戰線上的最後一擊而已。可惜的是，我們所看到的却只是鋒火漫天，子彈横飛的戰場罷了。

中共初期的文藝活動

共產黨由農民暴動失敗，到軍事圍剿的困境，在井岡山上無以立足，才眞正把武力暴動的「革命」轉移到文化戰場上來。清黨之後，中共的文化人投奔上海，藉租界的庇護，從事文化鬥爭的工作。而當時我們不知道對抗，也根本無法對抗，稍具知名度的作家，都被「左翼作家聯盟」納入「組織」，與之戰鬥的只是幾個自由作家，致於策動的「民族文學」組織根本不成氣候，除了一首「黃人之血」的長詩之外，沒有什麼成績。爲什麼會這樣？用人不當是其主因，最重要的還是沒有全盤的計劃和堅持到底的決心，也可以說是主其事的人，對於文化戰線視爲可有可無，沒有遠見，所以經費一發生問題以後，這個以南京爲基地的民族文化運動，後來雖然曾經成立了「中國文藝社」，未了還是無聲無息的告終。

共產黨如何？瞿秋白被鬥垮了以後，分配搞文化統戰，表面上是賦閒在上海，不時與魯迅等人酬唱，實則指揮中共文化戰線的作戰，掌握並運用魯迅。

國民黨是執政黨，歷史比中共悠久，而在文化戰線上處處落入下風，原因何在？國民黨雖然在辛亥年之前，曾辦過一些報紙、雜誌之類的東西，也曾發生過一定的影響力，但眞正使滿清王朝結束的，還是滿清政府的腐敗，到了非由新的政權取代的時候了。「八國聯軍」一戰，西洋的堅船利砲，並沒有打醒滿清，也沒有打醒慈禧，她雖然倉皇逃出北平，當她返鑾之後，立刻就忘記了積弱已到了亡國的這一事實，把軍費拿來供自己的享受，依然是天朝上國的皇太后，在那些佞人讒媚之下，新的傷痕很容易平復，洋人的教訓也就置諸腦後。諸如此類的事情實在千絲萬縷，說也說不完，總之，滿清一代的氣數已盡，腐朽之牆只欠一推而已。所以辛亥革命，已如瓜熟，槍聲一響，一棟將傾的大厦花啦啦就土崩瓦解了。

文化人的心血白流了

辛亥革命成功是用槍桿子開打的，中華民國誕生前的陣痛，很多文化人在革命前所貢獻的力量，國民黨不致有意抹殺，起碼也是在無意中置諸腦後，黨人所看到的，只是槍桿子下所開的花朶，與結的果實，文化人的心血就白流了。

其次，當兩黨在文化戰線上較勁時，浙江和江蘇兩省，是在國民黨堅實的統治之下，政令推行較易，政權在握，把魯迅那批人的作爲視同癬疥之患，根本不放在心上，認爲只要以查禁、審查的方法，已足夠應付；何況在軍事力量上，直到三十八年初，都佔着絕對的優勢；從革命的歷史背景，到當時的態勢，需要韌性，而又不能立卽見到功效，卽使發生了功效也不顯著的文化作戰，都不會被主其事者重視是可以理解的。

由於這種血的教訓，政府遷到臺灣後，曾一度在張道藩先生的奔走呼籲下，獲得相當的鼓舞，從三十八年底到五十年這段期間，雖然沒有什麼偉大的作品出現，可是堵住中共的思想滲透，維護了廣大羣衆的健康心理，鼓舞了反共的鬥志，才有今天的安定和發展，却是不爭的事實。這種安定條件的創造，固不全是文學、文化所提供的力量；如維持強大的軍事戰鬥力、土地改革的成功等等，都爲今天高度開發提供了有利的條件，但文藝提供的安定人心、鼓舞戰志，是這些統合力量的主要因素之一，我想這不是賣瓜者言。

不過，由於經濟的變遷，社會結構也已經不是三十或二十年前的情況了。生活水準提高，聲色犬馬把大潰敗的疤痕掩蓋，而且很多吃過文化戰線敗仗的人，痛在心頭的文藝大老也早歸道山。三十年代的文化戰，又沒有徐蚌會戰那樣地留給人們的傷痕，於是臺灣文化一線的防備鬆弛下來。可怕的是現在我們所看到的現象，還如同三十年代的險惡形勢完全一樣，部分人一面親熱的擁抱，一面出刀之下，我們復興基地的每一根大柱，表面看來還算不錯，其實全長了白蟻。

中共統戰部「副部長」張執一，於一九八一年，在僞文史資料出版社寫的一篇「在敵人的心臟裏」，原任中共僞上海局「文化、工商統戰委員會」任書記的張執一，有足以讓主管文化作戰的大人們清醒的供述。

中共上海地下統戰工具

據張執一透露，三十到四十年代上海的文化統戰，部分由中共「上海局」中的「文化、工商統戰委員會」任副書記沙文漢負責，他是張執一的副手，負責文化宣傳的統戰工作，除了組織「上海各大學民主教授聯誼會」之外，中共在上海一地的文化統戰工具計有：

一、「聯合日報」、「聯合晚報」。王紀華負責。

二、「文萃」、「文摘」。姚溱、陳虞蓀、陳向平、孟秋江負責。

三、「消息半月刊」，編委馬夏衍、梅益、金仲華、胡繩、姚溱、方行負責。經費則由賈進孝提供，賈爲中共黨員。

四、「現代婦女」，主編爲曾孟君、胡綉楓負責，編輯爲陳蕙瑛。

五、「眞理與自由」，由陳乃昌主編，編委李純青、李正文，實際編輯爲蔡儀。

六、「經濟週報」，由吳大琨、謝壽天、李正文、吳承禧主辦。（經費是由中共支付給上述幾人出名創辦，其餘經費則由周作民捐助。）

七、「新文化半月刊」由方行創辦，周建人掛主編名，實際編輯爲方行、李文正，後來由弋寶權、沈明釗主編，發行人爲方行、陳波濤。

八、「學習半月刊」由張綱、韓述之主編。編委爲姚溱、方行、范秉彝等。

九、接受中共指揮的有下列刊物：

㈠「文滙報」。

㈡「時代日報」。

㈢「時代週刊」。

㈣「中國建設」。

㈤「展望」。

一〇、「美文印刷廠」，由董竹君負責。

一一、「生活書店」，徐伯昕辦，編輯由胡繩、史枚負責。

一三、「民主週刊」，由「生活書店」負責出版，鄭振鐸主編。

以上是四報，一印刷廠，一書店，十二本雜誌。中共的統戰（特務）是採單線佈置，這只是張執一的上海局「文化、工商統戰委員會」範圍之內的部分，其他單位尚不知道有多少，可以說大部分文化機構都被滲透了的。

生活書店的一百兩黃金

中共的特務工作一向是無孔不入，沒有什麼好奇怪的。問題是張執一在這篇「文章」裏說：「徐伯昕，抗戰時入黨，爲秘密黨員，生活書店創辦人之一。抗戰後該店由滬遷往大後方，日寇投降後，在上海恢復營業，黨由我經手給予黃金一百兩，資助他更大規模地展開營業，曾聘胡繩、史枚等同志爲編輯，出版『民主』週刊（鄭振鐸主編）等進步書刊，還運用該店的各種社會關係，以掩護我黨工作。」

中共在上海一地，維持那麼多的文化統戰機構，開支一定相當浩繁，其他的報刊用了多少錢，因爲張執一沒有透露，花多少錢無法得知，僅供生活書店就是一百兩金光閃閃的黃金，以現在的市價計算，應是兩百多萬臺幣。今天這個富足的社會，兩百萬不算一個數目；抗戰勝利之時，幣值不穩定，那一百兩黃金可能就是現在的數十倍價值。

一個書店一百兩黃金，如予類推，僅僅張執一「管轄」的這個「單位」，就需要投資一千五百兩黃金左右，這個數目，在當時相當可觀，可知中共在文化戰線上的投資是何等驚人了。

當時國民黨機構有沒有那麼多黃金？國民黨擁有的事業比共產黨多，勢力比共產黨大，用在宣傳和文化事業上，可能比中共要多出若干倍。可是辦的刊物、書店、雜誌却都是一付老K面孔，發不發生影響力，就不是主其事的先生們要問的事，他們所要問的是如何能報銷，如何討上級的歡心，有沒有讀者與他們無關。張道藩先生曾從事這方面的工作，可是我們看到的，是聘請左派文人做撰述，寫不寫稿都給稿費之外，就是張道藩先生自己編劇，自己上臺表演。

一個指揮者，不要「將軍」自己去打前鋒，很不幸，那時國民黨的文化大將都開到了前線。

爲什麼這樣？他們不放心錢由他們的同志去花，不信任他們同志的能力，更不信他們同志的操守。

因爲這種「性格」，養成他們在這方面的小器，辦任何事，都非在他們的監督之下來做不可。國民黨對自己的文化工作的黨員尚且如此，何況是對他的黨友？

以如此的器識，以如此的氣魄，與中共在文化戰線上鬥爭，焉有不敗之理？

希望國民黨記取血的教訓

歷史會不會眞的重演？當然會，觀乎目前的文化環境，國民黨的機關刊物已淪爲點綴品，有人指着官員和他們的機關，以及機關長的鼻子罵，他們却阿Q似的揑着鼻子說：何必與那些跳樑小丑計較，要保持泱泱的大國民風度呀……這正和阿Q被揍以後，他說：看吧！如今是兒子打老子了（大意如此）。其實他們內心是氣憤塡膺，恨得置罵他的人於死地而後快。

爲什麼他們不反駁？原因甚多，譬如他們眞的有那些毛病，或者沒有那些毛病而有別的毛病，一旦與在野者對抗，必然是愈挖愈臭，於己不利；再其次，他們的機關刊物要「大中至正」，「大中至正」固然好，只是對付共產黨則必然失敗，對付政敵亦復如此，孔孟學說雖是治國平天下的最終目標，可是論手段，則遠不如法家，他們沒有園地發表，卽使有，因爲不注意商業手段的結果，那些雜誌、書籍都放在倉庫裏，把黃金變成了廢紙，又何必白費力氣去幹那種儍事？

不錯，他們有優秀的同志，也有具有學養的同志，並且有自願當義勇軍的同志，可是義勇軍是「雜牌」部隊，打勝了，連給你喝彩聲都吝嗇，就不必說什麼獎勵了，萬一你打得傷痕累累，誰讓你去捅螞蜂窩呢？活該呀！自己設法療傷止痛吧！

也難怪，聽到一個某學會的理事長，冒領津貼及其他作文化活動的獎勵經費，數額竟高達數百萬！嗚呼！文化作戰的古戰場殘垣斷壁今猶在，而新的文化戰場亦將變爲古戰場了。

我曾聽到一位很有地位的人說過的名言，他說：反共是爲了你自己，因此反共應從你的內心發出來，是你自己的事。這話看來是不錯的，但細細去想，就會發覺其中有矛盾，那一件事不是爲自己？我們不是說「人不爲己，天誅地滅」？一旦反共是爲了自己，則那是爲了利益而反共，既是如此，則應給予利益。類此，反什麼都應當是有其自私的目的，因爲同志們也要生活，他們不是喝露水、飲淸泉的神仙。張執一給生活書店百兩黃金，生活書店在三十年代和抗戰後所出版的書，五、六十歲的人應當記憶猶新。那一百兩黃金，不知道打垮了國民黨多少人馬？弄去了多少飛機大砲；何況是一千兩、一萬兩呢？

歷史的經驗凝結成文化與知識，希望國民黨要記取那血淋淋的教訓才好。

七三、七、五、國際論壇十七期

魯迅與共產黨

近來弄了一堆舊紙，一頭栽了進去，理理弄弄的，倒也有些發現。王怡兄受一個頗有名氣的書局委託，編一套所謂的「傷痕文學」，資料不夠，便託香港的野火和藍海文這些朋友蒐集資料，這當然得從對方的資料入手，不然怎麼能弄得徹底呢？

王怡以爲我有些「本領」，便把這些資料寄在我的名下，不料，我也只是一個外殼看起來挺硬，逢到這些事却是一籌莫展的人，這批資料收不到，所幸朋友們知道我曾經弄過一些文史的資料，又幹過幾十年的文藝工作，大致上讀這些資料，不會受到甚麼影響，就把它從庫裏借了出來。

雖說這不是甚麼第一手材料，到底是新奇的，自然有許多新的發現和有許多話要說，譬如，在三十年代翻雲覆雨的魯迅吧，他到底是個甚麼樣的人，就是個問題。

做歷史，必須要把各種材料參照反覆的去對照，才會有所發現，不然就被蒙蔽了，你所看到的只是一面。魯迅在國內的情形，大致就是這個樣子。

有人說，巴金幾乎得到、或者被推薦爲諾貝爾文學獎的候選人。持這種說法的，多多少少有點阿Q精神；近百年來，中國所受的烏氣實在夠了，不管誰出頭，那怕那人曾經做過強盜土匪都沒有關係，只要他是中國人，是我們的同胞就夠了。也不問他是那一族，完全打破了血統、支脈這種大圈圈小圈圈的界限。我發現我們這個民族一向都是「各自淸掃門前雪」的自私自利，唯獨在對外這件事情上，大中國的思想便自自然然的表現在他們的態度上，或許這樣一來，中國人從此便有了救也未可知。不過由這件事來那麼一回顧，於驀然回首之間，我們曾經走過的道路，眞的是荆棘遍地，令人鼻子癢癢地想大哭一場，却又哭不出來，悲痛得像魚骨般地鯁在喉頭上，不吐出來那得痛快？

中國作家，能在國際上揚名的，近三十年來爲數不少，尤其是由臺灣成長的，以人口比例而言，爲數相當多了，但三十年代雖有四億五千萬人，也只不過是出了胡適、林語堂、徐志摩、郁達夫、蘇曼殊等少數人而已。魯迅也是國際有名的作家之一。

魯迅之所以在國際上成名，除了日本一地，因魯迅曾經留學有許多故舊互相標榜捧場這一因素之外，差不多都是共產黨同路人爲了把他捧成偶像的刻意安排。

提到魯迅，就不能不想到國內朋友們在缺乏資料的情況下，對魯迅這個人做「人云亦云」的看法問題。

關於魯迅的種種議論，最常見的有兩種：一是認爲魯迅沒有加入共產黨，而且，共產黨利用魯迅「愛名」的弱點，經過「革命文學」的一場論戰，又拉又打之下，魯迅俯首認輸，半推半就的被中共推上「「左聯」的「寶座」，成爲「文壇盟主」，而甘爲共黨利用；「文總」成立後，「左聯」受周揚指揮，魯迅非常不滿，根據他給徐懋庸的一封信，斷定魯迅如果還活着的話，他一定受不了共產黨的苛虐控制而反共；另一說法是，魯迅只是一個持才傲物的自由主義者，並由於看到國家的積弱，而對世有所反諷，周令飛爲愛情投奔自由後，還有人替魯迅作「摘帽式」的論調，認爲如果我們生在魯迅的時代，也許比魯迅更加尖酸刻薄的諷世。這兩種論斷，可以說都對魯迅看得太單純，也太不了解當年魯迅的活動情形，才會有這樣帶着「人情味」的論斷。

對歷史人物，應當是有幾分證據說幾分話的，曹聚仁這個人到底如何，他的是是非非姑不去論它，他在「魯迅評傳」這本書上的一段「引言」，倒是值得欣賞的，而且，他也能遵守自己所訂的「寫傳原則」，做到「平實」兩個字，雖然，他還做不到胡適先生寫章實齋年譜那樣，不帶一點兒感情，起碼是我們所讀到的魯迅傳中最好的一本了。

我說他不像胡適寫章實齋那樣不帶感情，仍是依他在「引言」說的話。他說：「魯迅是萊謨斯，是野獸的奶汁餵養大的，是封建宗法社會的逆子，是紳士階級的貳臣，而同時也是一些羅曼蒂克的革命家的諍友，他從他自己的道路回到了狼的懷抱。」雖然，他多少用了點曲筆，維護他的老友形象，有許多材料沒有去用，不過仍不失其可愛。

不過無論如何，這本書還是透露了一些眞情，魯迅又何止是「羅曼蒂克革命家的諍友」呢？

何以見得，魯迅本身的思想，傾向於共產主義，或者說是唯物主義不說，只從民國十六年（一九二七）以後，除了他的文章不談，單以他的行爲而言，他就比共產黨員更共產黨。

關於這一點，多數人以爲魯迅在登上「左聯」的「寶座」以前，只是憤世嫉俗而已，他的思想左傾，是成了文壇霸主之後，這是對的。不過一個人的轉變，決不是偶然的，更不是三變律中的所謂突變，而是漸變的。不過漸變所形成的思想，表現於行爲上，卽相當堅實，因爲「左聯」成立於民國十九年三月二日，但是，根據馬良春與張大明合編的「三十年代文藝資料選編」（「四川人民出版社」出版）的記載，民國十六年清黨時，中山大學共黨學生被捕，魯迅等營救無望，加上自身的危險，而辭去中山大學的敎職，與許廣平離開廣州去上海。並且一到上海，就與「中國濟難會」取得連絡，不久卽加入該會。按「中國濟難會」是共產黨的外圍組織之一。魯迅是九月廿七日乘海輪離開廣州的，十月三日抵上海，同月十九日就與該會取得了連絡。照說半個月的時間，家都不可能安頓好，怎麼有心情去參加「濟難會」的活動呢？以常理判斷，加上我們對共黨組織嚴密的理解，與其說是連繫，不如說是魯迅向共黨的組織辦理報到來得更合理些。

如果我們只憑這點行爲，就做如此的論斷似乎不合理，也不具備說服的條件。問題是他在七月由北新書局出版的「野草」的序言上說：「地火在地下運行、奔走，熔岩一旦噴出，將燒盡一切野草、喬木。『革命』的烈火撲不滅，黑暗的統治必將被人民的反抗怒火摧毀。」那時因爲清黨，共產黨的活動正轉入地下的時期，「地火」或直接指此亦未可知。那麼魯迅的序爲甚麼如此的「若合符節」呢？這種思想，我們還可以從該書同年九月四日條，記載魯迅「答有恒先生書」中看得出來。

馬良春這樣的記述魯迅答有恒信件的內容。他說：「魯迅寫通信『答有恒先生』。文章在憤怒抨擊國民黨××派的血腥屠殺政策的同時，宣布了自己進化論世界觀的完全『破滅』。魯迅用階級觀點分析青年，同時進行自我批判。」奇怪的是魯迅既然不是共產黨，又未受到傷害，他憤怒什麼？

魯迅和許廣平到了上海以後，除了寫稿、編刊物以外，就是從事藝文活動。

民國十七年（一九二八）二月十五日，「中國自由運動大同盟」成立，發起人有郁達夫、魯迅、田漢、馮雪峰、王學文、沈瑞先等人，並發表所謂「反帝反軍閥、爭取言論、出版、集會、結社的自由」的宣言，五十一位簽字人之中，就有魯迅。當時這個「同盟」看起來只是一個普通社團，但馬良春却說那是共產黨所發動的。一九三五年十一月八日蕭三從莫斯科給「左聯」的信上，揭開了謎底，當一個組織失去作用後立卽解散變成另一個組織。他說：「便拿中國過去的例子說。狹隘的紅色救濟會擴大爲人權保障大同盟時，於是楊、胡、蔡都參加了。」按蕭三所說的救濟會就是「濟難會」，而這兩個組織魯迅都參加了。民國十九年（一九三〇）二月十六日「左聯」的籌備會有魯迅。那次出席的有柔石、陽翰笙、馮雪峰等十二人。這次籌備會的重點是確定了「左聯的寫作路線」，二十四日再度研討「左聯綱領」也有魯迅參加。

重要的是同年三月二日「左聯」在上海竇寶樂安路「中華藝術大學」成立時，魯迅的那篇演講。

成立大會的主席團是魯迅、沈瑞先、錢杏邨。魯迅在成立大會上演講，其內容共分成以下三點：

一、對舊社會和舊勢力的鬥爭必須堅決、持久不斷。

二、戰線應當擴大。

三、應當選出一大羣新的戰士，最後聯合的向我們的共同目標前進。

此項演說，是與「左聯」所訂的「綱領」互爲呼應的。那麼「左聯綱領」到底是甚麼？

據李牧著「三十年代文藝論」中「三十年代的文藝社團及其活動」一章，所附錄的「左聯文藝理論綱領」全文說：「社會變革期中的藝術，不是極端凝結爲保守的要素，變成擁護頑固的統戰工具，卽傾向進步的方向勇往邁進，作爲解放鬥爭的武器，也只有和歷史的進行取同樣的步伐，藝術才能夠煥發它的明耀的光芒。

「詩人如果是預言者，藝術家如果是人類的導師，他們不能不站在歷史的前線，爲人類的進化，清除愚昧頑固的保守勢力負起『解放』鬥爭的使命。

「然而，我們並不抽象的理解歷史的進行和社會發展的眞象。我們知道帝國主義的資本主義制度已經變成人類進化的桎梏，而其『掘墓人』的無產階級負起其歷史的使命，在這『必然的王國』中作人類最後的戰爭——階級鬥爭，這是當然的結論。

「我們的藝術不能不貢獻給勝利，不然就是死的血腥鬥爭。

「藝術如果以人類之悲喜哀樂爲內容， 我們的藝術不能不以無產階級在黑暗的階級社會之『中世紀』裏所感覺的情感爲內容。

「因此，我們的藝術是反封建階級的、反資產階級的，又反對『失掉社會地位』的小資產階級的傾向。我們不能不援助從事無產階級藝術的產生。

「我們的理論要指出運動之正確的方向，並使之發展，常常提出新的問題而加以解決，加緊具體的作品批評，同時不要忘記學術的研究，加強對過去藝術的批評工作，介紹國外無產階級藝術的成果，而建設藝術理論。

「我們對現實社會的態度不能不參加世界無產階級的解放運動，向國際反無產階級的反動勢力鬥爭。」（見黎明公司出版李牧著「三十年代文藝論」）

魯迅不僅僅是在「左聯」的成立大會上演講，闡釋「左聯的綱領」，強調作家爲中共服務，作爲「解放」鬥爭的工具爲滿足，魯迅自己也忠實的執行這個「綱領」和「左聯」以後的重要決議。民國十九年四月一日在「萌芽月刊」一卷四期發表「我們要批評家」一文中，強調培養馬克斯文藝批評家的重要性：四月十一日與上海「神州國光社」訂約，介紹俄國文學。當然，這只是引用魯迅的部分著作而已，如果把他的著作目錄，作一次排比研究，「左聯」成立前後的態度是大不相同的。

從一個人的著作，去研究一個人的行爲，固然是最基本的方法，但遠不如從他的行爲中去找證據。這樣的證據是直接的，你一點都不能作僞。

從廣州逃避國民黨清黨所造成的風暴，跑到有租界庇護的上海，固可證明魯迅的賊心，便利協助共黨「創造革命條件」，比避鋒頭更爲重要。魯迅因爲參加了許多共黨的外圍組織，曾經被通緝，但是，他仍然參加許多文藝、文化的活動，一如常人，那個通緝令好像對他一點也不發生效力，就是有租界庇護的便利，由此可知租界在中國造成多少罪惡。

這是題外話，現在我們看看魯迅到底有甚麼行爲，足以使我們認定他比共產黨人更共產黨呢？

民國十九年五月七日，由馮雪峰的介紹，在爵祿飯店會見李立三，民國二十一年四月，第三國際工作人員牛蘭夫妻被捕，魯迅、茅盾、柳亞子、陳望道、郁達夫等聯名抗議，奔走營救；同年七月陳賡由瑞金到上海治病，在馮雪峰的安排下，陳賡到魯迅家裏吃飯。

據馬良春和張大明編的「三十年代文藝資料選編」的一九三〇年七月條下說：陳賡敍述「紅軍反『圍剿』的情況和在『蘇區』的生活。」馬良春和張大明說：「他（按指魯迅）曾想據此寫一部小說，後來因爲材料不夠，又沒有親身感受而作罷。」民國二十一年十二月，魯迅、柳亞子等五十五人爲「中蘇」復交，致蘇聯致敬電。民國二十二年元月，魯迅加入宋慶齡、蔡元培發起，於民國二十一年十二月成立的「中國民權保障同盟」（按，即前蕭三所指者），魯迅加入後被選爲執行委員。按該同盟亦爲反政府的共黨外圍組織之一；同年八月三十日，中共策劃召開的「世界反帝國主義戰爭委員會」在上海舉行「遠東會議」，魯迅與毛澤東同被選爲名譽主席，魯迅、茅盾、田漢三人簽署歡迎「友邦大會代表宣言」；民國二十四年十一月魯迅獲知「紅軍」流竄成功，與茅盾共同致電向中共道賀。該項電文是透過史沫特萊利用記者身份的便利拍發的。電文說：「在你們的身上，寄望着人類和中國的將來。」由以上的事實，足見魯迅到底只是一個憤世嫉俗的知識分子呢？還是他的心中有一個魔胎，在那裏出鬼？

「三十年代文藝資料選編」並不等於中共的文藝史，那只是提供文藝史家的素材而已，換句話說，那些史料的原始性相當大，也就是可信度極高，我們說它是第一手資料亦未爲不可。而中共的歷史材料的提供，向來是經過層層審查的，那麼這些資料的眞實性是不容懷疑的。一般人以爲魯迅天生「風骨嶙峋」，並且，因爲其出身，受其祖父周介孚通關節獲罪下獄，使之家道中落的影響，而對現實不滿，這是不對的，他並未對中共有任何不滿，但「秋收暴動」等，都曾造成社會的不安，當時革命成功，中國正要休養生息，朝一個富強的國家目標去建設的時候，「無產階級革命」無異要把國民革命所建立的一點基礎破壞，如果說魯迅是一個愛國者，對中國眞的是恨鐵不成鋼的心理，那麼他所反對的正應當是共產黨才對，我們不明白他爲甚麼對於共產黨竟如此的「一往情深」？

這個結論是甚麼，我們已不忍心對於一個墓木已拱的人再作進一步的推論了。不過這個結論，讀者也應當可以自己做。

就以這樣的證據去作結論，對魯迅來說是不很公平的。

魯迅不僅僅祝賀中共兩萬五千里流竄成功，同時還買火腿送給毛澤東與中共中央。

馬良春和張大明編的「三十年代文藝資料選編」一九三六年（民國二十五年）五月條下說：「魯迅通過馮雪峰和周文，用自己的稿費買火腿送黨中央和毛澤東同志。此事由周文專辦並親送西安八路軍辦事處。」馬某等特別強調是由「魯迅的稿費買的」，意指那是私款，一方面表示魯迅的「誠意」，另一方面當然也表示魯迅是一個「公私分明」、「一絲不苟」的人，不會「假公濟私」。

買火腿送給一兩個人，所費不會太多，一個窮作家當然送得起，但是，魯迅這次送火腿，恐怕要用卡車裝，因爲，除了毛澤東之外，還有中共中央。手邊沒有中共黨史，不知道那時的中共中央有多少人，相信人數一定不會少，就以一人一隻半隻火腿計算吧，數量也相當可觀。不會是一個窮作家所能負擔得了的吧？

現在我們來看看魯迅在上海的收入情況。他從民國十六年四月撤去教職，九月離開廣州與許廣平到上海，就沒有在任何機關做事，專事寫稿養活許廣平與周海嬰（海嬰生於上海），但是除了短的散篇之外，魯迅在這期間根本沒有長篇發表，不僅沒有長篇，連小說也很少寫了，可以說都是雜文，雜文一篇能寫多少字，又能拿多少稿費，不難計算出來。不過出書可以拿整筆稿費，從一九二七年到一九三六年魯迅去世時止，他在上海共計十年，這十年中到底出了多少書，我手邊沒有魯迅的年譜，不過根據前書，可以列出一個大概的書目來。一、民國十七年六月初魯迅譯的「思想・山水・人物」由北新書局出版。二、魯迅譯「蘇聯的文藝政策」自民國十七年六月起在「奔流」連載了四期。三、同年九月「朝花夕拾」由未名社出版。四、同年十月「而已集」由北新書局出版。五、民國十九年三月「習慣與改革」由「萌芽月刊」連載，共三期。六、同年五月「藝術論」由光華書局出版。七、同年八月「戈里基文錄」(高爾基)由光華書局出版。八、民國二十年十月魯迅譯「毀滅」由大江書舖出版。九、民國二十一年九月「三閒集」由北新書局出版。十、同年「二心集」出版。十一、民國二十二年三月「魯迅自選集」由天馬出版社出版。十二、同年七月瞿秋白編的「魯迅雜感集」出版（依慣例稿費應由編者拿，到底這筆稿費由誰拿，不詳）。十三、同年十月「僞自由書」由青光書局出版。十四、民國二十三年三月「引玉集」、「南腔北調集」由同文書店出版。十五、同年六月「中國現代木刻集」由鐵木藝術出版社出版。十六、民國二十四年十一月「死魂靈」由文化生活出版社出版。以上共十六本書，兩篇長文，是魯迅在上海期間出版的書，不過大都是薄薄的一本，除此而外，還當過幾個月刊的編輯。這筆錢養家活口大致是夠的，但說要送一筆重禮，魯迅不會有那種餘錢。因爲，他在上海並不寬裕，這可以由他給曹聚仁的信上看得出來。

魯迅病重時，曹聚仁曾經勸他找個山水勝處靜養，他回信說：「倘能暫時居鄉，本爲夙願，但他鄉不熟悉，故鄉又不能歸去，自數年前『盧布說』流行以來，連親友竟亦有相信者，開口借錢，少則數百，時或數千，倘暫歸，彼輩必以爲將買肥田、建大厦，輦『盧』（按，指盧布而言）榮歸矣！萬一被綁票，索價必大，而又無法可贖，則將撕票矣，豈不寃哉。」（見曹聚仁著「魯迅評傳」九三面）這也表示魯迅的窮困，那麼那筆送禮的錢，來源是頗成問題的。

魯迅或許眞的沒有拿蘇聯的盧布津貼，但是「左聯」却難脫嫌疑。關於「左聯」作家拿蘇聯津貼的事，是由唐有壬傳出來的，固然魯迅否認這一傳說，但是「左聯」解散的命令，竟然是由住在莫斯科的蕭三奉王明和康生的命令，寫了封信給「左聯」，而「左聯」居然也解散了。我們臆測這道命令並不會有那麼大的權力，但是，命令加上斷絕津貼，這權力就大了。

據此，馬良春和張大明之所以強調買火腿是魯迅從自己的稿費拿出錢來買的，無異「此地無銀三百兩」，眞是「欲蓋彌張」啊！這一條眞的把「生得一生傲骨的魯迅」的「傲骨」打了個七折八扣，這也是正正得負吧！

不過，無論魯迅是眞的出錢買火腿送給毛澤東也好，或利用魯迅的名義討好毛澤東也好，老毛在魯迅死後都有了回報，魯迅死後，毛澤東和朱德都曾列名治喪委員會，也算是「備極哀榮」了，況且毛澤東在魯迅死後，又封了「靑年革命導師」等等「謚」號呢！雖然，身後的「哀榮」對於講究現實的魯迅來說，已不具有甚麼意義，但毛澤東的「獎勵」却對於投靠的無骨文人發生了相當的鼓舞作用。毛澤東利用死人的做法，與我們讓文奴們在「平凡」中「偉大」是不可同日而語的。

魯迅百年誕辰，那些中了左傾文人的「道」的人們，曾在美國開過一次研討會，已去世的許芥昱曾引用魯迅於一九三二年（民國二十一年）十月二日所作的「横眉冷對千夫指，俯首甘爲孺子牛」一聯的下比，指出是對周海嬰的父愛，我曾在另一篇文章裏（見「由周令飛談魯迅的性格」）加以批評說：「固然周海嬰當時已經出生，但是這一副對聯（或舊體詩的斷句）却決不是對周海嬰的父愛。」我這個論斷，因當時手邊沒有材料，只是出於臆測而已。

我的說法雖然是「臆測」，却是出於冷靜理智的判斷。果然在馬良春編的「三十年代文藝資料選編」一九三二年（民國二十一年）十月二日條下獲得證實。馬良春說：「『横眉冷對千夫指，俯首甘爲孺子牛』兩句，概括了共產主義戰士魯迅的無產階級立場和徹底的革命精神。」馬良春的說法，證實了我的臆測沒有錯，也證實了一批留美的所謂學人作家們的論事推理的嚴肅性還有問題。不僅僅是態度有問題，可能還藏有七分感情在內。

固然魯迅的這副對聯或舊體詩句，也可以說是對他的個性而發的，不過衡諸於魯迅的行爲，我們有理由把它當成魯迅對於中共的表態。由此我們可以看出魯迅的尖酸刻薄，表面是一個讀書人、自由主義者對世諷諫，骨子裏實在是一個比共產黨人更共產黨的殺手級作家。

由魯迅的個人歷史來看，魯迅往來的人物中，他早已與中共發生了相當曖昧的關係，以他的行爲和作品去判斷，更是如此。故而我們認爲替魯迅「摘帽子」不僅不恰當，也代表了「摘帽子」論的人們的無知。

我之所以費了不少時間，把魯迅有關方面的資料串連起來，目的是讓人們知道魯迅是個甚麼樣的人，更讓人們明白當局爲甚麼堅持不開放魯迅作品和三十年代書本流布的原因。

無知並不足爲害，問題是無知而有名，並且亂發議論，這就會造成重大的誤解和偏差。「無知而有名」的人，當得了名之後，應知所藏拙，否則，構之營之，辛苦所造的「長城」不保，那很划不來。造成個人的損失事小，誤導觀念那就貽害無窮了。

魯迅是否加入共產黨，因爲沒有證據，我不敢肯定，但是梁實秋先生在民國十九年發表在「新月月刊」三卷三期的一篇「所謂『文藝政策』者」一文裏說：「『文藝政策』是誰的文藝政策？是『俄國共產主義中央委員會』議決的，這一點要首先交代明白。魯迅先生認定『這一部書』『於現在的中國，恐怕是不爲無益的』，所以才把這部書硬譯出來。俄國共產黨的文藝政策，我們看看，當然是不爲無益，不過這樣的一本書也要掛上『科學的藝術論』的招牌，這就不免帶有誇大的宣傳意味。譯者並未述明他自已對於這個『文藝政策』的態度，我們也無須加以推測，但是我們若對這書的內容稍加思索，便可發現當時中國所謂的『普羅文學』、『左翼作家』等等的口胎頗多與俄國共產黨的文藝政策相合的地方。假如中國當時的『普羅文學』、『左翼作家』是與俄國共產黨不謀而合的，那自然也是一件盛事，但事實並非如此，恐怕還是一般人把俄國共產黨的文藝政策當做文藝聖旨，從而發揮讚揚罷？」這還是不夠明白，只要是曾經涉獵有關三十年代文藝論戰資料的，都知道梁教授還有很多有關論戰的文章。

在那些文章中，有一篇發表於民國十九年（一九三〇）三月號的「新月」上，題目叫「資本家的走狗」，在這篇文章的結尾，梁先生說：「大凡做走狗的都是想討主子的歡心因而得到一點點恩惠。『拓荒者』說我是資本家的走狗，是那一個資本家？還是所有的資本家？我還不知道我的主子是誰，我若知道，我一定要帶着幾分雜誌去到主子面前表功，或者還會得到幾個金鎊或盧布的賞賜呢。錢我是想要的，因爲沒有錢便無法維持生計。可是錢怎樣的去得到呢？我只知道不斷的勞動下去，便可以賺到錢來維持生計，至於如何可以做走狗，如何可以到資本家的帳房去領金鎊，如何到某某黨去領盧布，這一套的本領，我可怎麼能知道呢？也許事實上我已經做了走狗，已經有可以領金鎊或盧布的資格了，但是我實在不知道到那裏去領去。關於這一點，眞希望有經驗的人能啓發我的愚象。」

這兩篇文章，都是用的曲筆，對於魯迅與所謂的「左翼作家」們有所指的，大概梁先生當時有資料，或者竟然只是猜測而已，梁先生在他的「文學姻緣」這本書裏，對於他和魯迅的論戰，因爲魯迅已去世，他已明白表示，不願談這件事，既然梁先生不肯表示，那麼不管是否有資料，梁先生對於這件事都是先知，他的所指，今天中共所公布的三十年代文藝資料，不都證實了梁實秋先生以前的文章上所指的嗎？既是如此，我們也就不需要梁教授再開口說話了，誰是走狗，不是一目瞭然的事嗎？

關於魯迅先生的性格，與他的背景，四五十年前，梁實秋、胡秋原、蘇雪林等先生早已說得很清楚了，其中尤其是蘇雪林先生，從來就不用甚麼曲筆，四五十年前他卽已指出魯迅是甚麼了，遷臺後，也一直堅持他自己的看法，有人說蘇雪林先生是「瘋子」，今天資料代替蘇雪林先生說話了，誰才是眞的「瘋子」，我想是十分明白的，這一點，蘇先生又比梁先生與胡先生要爽快些，他是從來也不用「某某」去代替讀者所要知道的事情的。

這裏之所以大幅度引用梁先生的作品，原因是梁先生當年的態度，足以作爲本文的結論，我想，魯迅的是是非非，從這些資料中，應當是可以獲得一個定論了吧！

七二、四、八、完稿於臺北、文藝月刊一六八期

由周令飛談魯迅的性格

魯迅的長孫周令飛，爲婚姻選擇了自由，這種勇氣是值得讚佩的，這種愛情也最爲可貴，張純華小姐一定覺得非常的幸福與驕傲。周令飛的勇氣，多少繼承自乃祖。

當周令飛在電視上出現時，使我覺得流着乃祖身上血液的這位年輕人，無論是在外貌，以及灑脫的、機智的、幽默的對答上，頗有魯迅之風。雖然沒有見過魯迅，我們仍然可以從他的作品上，體會出他的爲人。他的作品之所以有那麼大的影響力，受到那麼多人的喜愛，多半與風趣有絕對關係。

由周令飛的高髖骨與粗眉毛的特徵上，這位流着魯迅身上血液的年輕人，使我們想起是是非非、雖已蓋棺、尙未定論的魯迅。

其他的我們不想去探討，魯迅到底是怎麼樣一個人，頗値一談。

要了解魯迅，最直接的方法就是去讀他的書，可惜國內有關於魯迅研究方面的散章雖然不少，專書却只有鄭學稼先生所著的「魯迅正傳」，另外曹聚仁所寫的一本相同的著作。若說他的作品，也只能從引文中略讀一二而已。

資料既然這麼少，研究魯迅是困難的，但是用來了解他的性格，却已足夠。

魯迅曾經有一副寫自己的對聯說：「橫眉冷對千夫指，俯首甘爲孺子牛。」一般人只知道魯迅橫眉冷眼，睚眦必報，就同他和章士釗、陳西瀅（陳源）等人槓上了一樣的強烈，但同時摸順了，他却甘爲人做牛馬，這性格與他在「革命文學論戰」一役之後，落入周揚那班人的陷阱，有必然的因果關係。

這副對聯，十足的表達了魯迅的性格，不過這裏必須說一些題外的話。許芥昱先生在「遠東時報」發表的「沙曖和風談魯迅」（民國七〇年九月二九日）中說：「有人說那一聯的第二句（按：傳統的說法應是下聯，又稱上比下比），是魯迅對他那時的幼兒舐犢情深有感而發的，不一定有廣泛的含義。」這是不對的。許先生雖然僞託說「有人說」，却查不出是什麼人「說」的，這是一個學者不負責任的做法，恐怕這也只是許先生的臆測。許先生已經過世，我們也無從問起了。不過「下聯不一定有廣泛的含義」的說法恐有商榷的餘地，我認爲這是魯迅描寫自己最深刻的兩句話，我想這是他在一生論戰中，縱橫捭闔的感喟。這一聯中的「千夫」自然是指大衆；「孺子」也應是泛指大衆的，不會專指周令飛的父親海嬰。而且，以中國的對聯來說，必須是上下聯語一氣呵成、意義相連貫，如果上聯談甲事，下聯寫乙事，就不是工整的作品，對聯的語意應當是一致的。以魯迅的國學，不至於上下聯都做得驢頭不對馬嘴吧？所以這副聯語，是描寫他自己的，因爲，這對聯的上下聯都沒有題款，故我們判斷魯迅藉此聯白自己於天下，是極爲可能的事情。

魯迅眞是橫眉冷眼的面對千夫萬夫，三十年代的論戰，他都在被圍剿之中，縱橫捭闔，甚稱甘冒天下大不韙。關於魯迅的性格，蕭軍在美國「加州國際魯迅研討會」上，曾列舉了許多理由去證明，魯迅「有勇氣甘冒天下之大不韙，千萬庸夫詬病，用自己的眼睛去看世界。」這種性格，也由魯迅遺傳給周令飛，他爭取愛情與自由的勇氣，使人欽佩。

周令飛在電視訪問中，回答記者的問題，也足以說明周令飛對乃祖的認識。周令飛說：「我祖父憑良知做事。」

雖然，魯迅有獨來獨往的性格與擔當，但也有感情用事的時候，就因爲這種性格，才會被政治所利用。

爲政治服務固是魯迅所反對，但是，他爲什麼又被共產黨所控制的「左聯」利用呢？周玉山先生在「近代中國」二十五期的「魯迅與中共」一文中說：「魯迅與中共開始較密切的接觸，是『革命文學論戰』的那段時間，他從中大辭職到上海，直到去世爲止，就未曾脫離過中共的控制，雖然，他沒有入黨，但他已無法擺脫那一批穿制服的所謂作家，因爲他們如附骨之蛆地叮着魯迅。」

魯迅在這場論戰以前，曾經與章士釗、陳西瀅等人發生過小型的論爭，不過嚴格的說，影響魯迅一生的還是「革命文學」那場論戰。開始時，他是左右開弓，縱連橫合，凡是他認爲不對的、與自己的見解有出入的都加以撻伐，後來漸漸的傾向於周應起（周揚）那一批人，直到他被擁爲「左聯」領袖爲止，才停止那場論爭。魯迅雖不是共產黨人，却已受到共產黨極大的影響。

他之落入共產黨的陷阱，不是一般流行的說法那樣單純，決不是只爲了「左聯」的寶座，也不是北師大的學潮以後，沒有去處，據鄭學稼先生在「魯迅正傳」上的說法，民國十五年九月二十七日離開中大時，他就已經在心裏準備與「創造社」諸人合作。鄭教授說：他的批評，都只是做到罵太監捧皇帝，向批評他的人開火。綜觀臺灣可見到有關論戰的材料，證之鄭教授的說法還算客觀。

我們要了解魯迅的個性，敍述一下他離開廣州中山大學這件事，可能有些幫助。

他爲什麼要離開中大呢？傅斯年告訴他說：在厦大教書的顧頡剛要到中大教書了，他對傅斯年說：「他來我就走。」果然，顧頡剛尚未到廣州魯迅就離開了。

魯迅爲什麼這樣不能容納顧頡剛呢？原來他們在厦大是同事，大家在厦大的一些鷄毛蒜皮的磨擦，使魯迅懷疑顧頡剛一批「正人君子派」的人排擠他，因而與顧頡剛結下了梁子，其實到底顧頡剛在厦大排擠魯迅與否，起碼到目前爲止，尙沒有直接的證據可以證明這件事。

從這件事，可看得出魯迅的率眞，但氣量却有可議之處，並可證明「孺子」不是指的海嬰。當然我曾經想找出他寫這副對聯的時間，作爲「孺子」不是指海嬰的證明，可惜手頭沒有魯迅的年譜和全集，所以無法做到。這又使我不得不說些題外話；臺灣有一個奇怪的現象，那就是不能用、不會用資料的人有資料；能用資料、會用資料的人，却無法擁有，這確然是件可惜的事情。

「革命文學」論戰，參戰的人幾乎是整個文壇，主要戰場在上海，却連四川等地都波及了。主要參加論戰的人有周揚、郭沫若、蔣光赤、成仿吾、李梨初、錢杏邨、馮乃超等人；參加論戰的刊物則有「創造月刊」、「洪水」、「小說月報」、「文學週報」、「語絲」、「新月月刊」、「太陽月刊」、「現代文化」、「無軌列車」、「秦東月刊」、「樂羣月刊」、「流沙」、「秋野」、「戈壁」、「我們」、「文化戰線」等。王哲甫著的「中國新文學運動史」說：「這些團體大別之可以分爲革命與非革命文學兩大派，但是，他們的意見紛歧，莫衷一是，卽同派的人，步驟也不一致。其中以『創造社』、『太陽月刊社』的一般人對於以魯迅爲中心的『語絲派』，立於針鋒相對的地位，差不多以攻擊魯迅爲討論革命文學的中心。」由這裏可以看出共產黨人是有計劃發動那次論戰，而且，是以圍魯迅入網爲目標的。

在這樣的有計劃行動之中，魯迅陷入四面楚歌是可想而知的，但是，他在這場論戰中，眞的做到了「橫眉冷對千夫指」的地步，他的膽子與扭力，不是一般人可以做到的事情。

在那次論戰中，錢杏邨以「死去的阿Q時代」爲題攻擊魯迅，認爲「沒有政治思想的作家，所寫的作品，是沒有靈魂的作品。」暗示魯迅的階級意識不夠。論戰又不僅限於文學，魯迅的故鄉產酒，也成爲他的罪名。馮乃超在「藝術與社會生活」一文中，如此諷刺魯迅：「這位先生……是常從幽暗的酒家樓頭、醉眼陶然地眺望窗外的人生。世人稱許他的好處，只是圓熟的手法一點，然而，他常追懷過去的昔日，悲悼沒落的封建情緒，給他反映的只是社會變革期的落伍者的悲哀，無聊賴地跟他弟弟說幾句人道主義的美麗謊言。」接着錢杏邨批評「阿Q正傳」說：「現在的時代，不是陰險刻毒的文藝表現能抓住的時代，現在的時代不是纖巧俏皮的作家所能表現的時代，現在的時代不是沒有政治思想的作家，所能表現的時代。」馮乃超行文和用意都是刻毒的。其實這場由第三國際和延安指揮的論戰，到底要由打到拉魯迅爲己用呢？還是萬一拉不成就毁了魯迅？雖然，沒有直接的證據證明什麼，但依共產黨的做事方法而言，必然是有ABC多種方案，所幸魯迅很知趣，不然魯迅的歷史可能不是如此寫，而是由「青年導師」變成「階級的敵人」了。

在這場圍堵戰中，共產黨完全勝利，毁掉魯迅對他們可能是一種損失，如今他既然在追、趕、打中落進陷阱裏，而且肯戴上「桂冠」，坐上共產黨爲他預先安排好的「寶座」上，自然是最理想的上上之策。

有人說，魯迅就是這點缺失，共產黨把魯迅捧上了聖人的寶座，但魯迅終究是凡人，怎能以一個人單打獨鬥，去對付組織呢？郭沫若那些人都是共產黨武裝的作家呀！不過魯迅並不就此屈服，不是的，他以一貫幽默的口吻說：「橫豎纏不清，最好還是讓李梨初去『由藝術的武器到武器的藝術』：讓成仿吾去生在半租界裏積蓄『十萬兩無煙火藥』，我自己是照舊講『趣味』。」

他是那麼不在乎他們的圍剿，雖然，那一面喊殺連天，魯迅却仍是喝他苦澀的青茶，輕鬆的以四兩撥千斤，把那些謾罵頂了回去。後來的轉變，事實上與他的下聯有關。

他是怎麼轉變的呢？

周玉山先生說：「『創造社』與革命文學派，先前對魯迅圍剿，意在打倒異己，迫其就範，便定文壇思想於一尊，後來看到收效不宏，乃以『新月雜誌』爲下臺階，改用軟攻，果然符合魯迅的脾胃。」這也就是魯迅入網的主要原因，我們可以套一個公式，即「革命文學」論戰的前期，魯迅是「橫眉冷對千夫指」的時期；「革命文學派」改用「軟攻」後，魯迅是「俯首甘爲孺子牛」了。

不幸的是，他這種個性，使他走了一條我們認爲並不理想的道路。魯迅在一九二七年三月二十九日（黃花岡紀念日，現改爲青年節）到嶺南大學演講時，他說：「我想：文學是最不中用的，沒有力量的人講的，有實力的人並不開口就殺人，被壓迫的人講幾句話，寫幾個字，就要被殺，即使幸而不被殺，但天天吶喊、叫苦、鳴不平，而有實力的人仍然壓迫、虐待、殺戮，沒有方法對待他們，這文學於人們又有什麼益處呢？」（「魯迅全集」四卷、「三閑集」四〇三面）

看來他對於文學的功用，持着悲觀的想法，其實不是的，他有自己的文學主張，而且，是與共產黨控制作家思想，「計劃創作」的做法格格不入的。

他接着上文，表示了自己對於文藝作家的生活自由與創作自由，提出他的看法。他在同一演講裏說：「例如可以用來宣傳、鼓吹、煽動，促進革命和完成革命，不過我想：這樣的文章是無力的，因爲好的文藝作品，向來多是不受別人命令、不顧利害，自然而然地從心中流露的東西；如果先掛起一個題目，做起文章來，那又何異於八股？在文學中並無價值，更說不到能否感動人了。」這明明是一個自由主義者，以魯迅的這種個性，實不可能成爲中共的御用文人，而且，他的這段演講，與毛澤東在延安文藝座談上的講話（後來成爲中國文藝政策的經典），根本就持着相反的看法，以這樣一個人，竟然成爲中共的「青年導師」、「革命家」，那根本就是毛澤東那時要利用魯迅的文名，達到統戰目的的主要原因。有人說，如果魯迅竟然不死，並且，又活到中共竊國之後，魯迅的歷史可能改寫，由他在「嶺南大學」演講的講詞來看，這個說法有其可能。可惜他已經死了，死後並且被毛澤東依照「剩餘價值論」加以運用，如果周令飛的祖父地下有知，可能睚眦以對，但無論如何，我們已永遠沒有機會去證實了。

從這裏去看，魯迅早死是對他的肉體與精神，免受日後因逆毛澤東的鱗而受苦，所以，早死對他有利；至於他個人的歷史地位，他本人並非共產黨人，也未必是一個共產主義者，但却因受盛名之累，死後被毛澤東充分利用他的剩餘價值，將來歷史如何認定，雖尙未可知，至少目前是被共產黨所利用的。共產黨是翻案的能手，對於中共當年在上海圍剿魯迅這件事的解釋，共產黨透過劉綬松之口，在他所著的「中國文學史初稿」中說：「沒有疑問地，都是從狹隘的宗派主義情緒出發。」上海「創造社」諸人的圍剿事件，竟是這般輕描淡寫的一筆帶過，但是當年參與圍剩的人，還有很多活着，沒有見着誰去證實或揭開這件事的背後眞象。鄭學稼先生對這件事的看法頗爲合理。他在「魯迅正傳」中說：「何以『創造社』們圍剿魯迅？筆者有下面的說明：『創造社』本來是標榜爲藝術而藝術的，後來受革命高潮的推動（這裏指的革命高潮，可能是指共產黨的所謂「革命」，而非北伐，本文作者按），由浪漫的境地被擠上政治舞臺。到一九二六年或一九二七年下半期，這一羣人，受到當時日本思想界的影響，適應自己的轉變，高喊『文學革命』和轉入『革命文學』。什麼『布爾喬亞』、『羅列塔利亞』等名詞（按均指小資產階級），都在這期間輸入。他們的『洪水』已經退潮了，換了『文化批評』——後來改爲『思想』。他們的轉變，是遵循中共的指示，因此，他們的文藝政策，是唯中共文化工作者之命是從。那麼由狂熱的論戰看去，至少可如此說：中共的中央並未曾認爲『圍剿』魯迅的不合理。」鄭學稼可能因缺乏資料，也可能是厚道，所以用了存疑和降低中共主使圍剿魯迅的層次的口氣。但歷史是不會就如此湮滅的，將來有良知的歷史家與資料都會說話，是是非非、恩恩怨怨都有白於天下的時候，中共遮掩，不過是遮掩目前，遮掩不了永久，也遮掩不了未來。

關於魯迅個性的發展，曹聚仁著「魯迅評傳」認爲，魯迅的罵人，是繼承其父周福清的遺傳，魯迅在他的「自傳」裏也提到了這一點。

綜上所述，可以看出魯迅的個性是愛好自由的、有仇必報的，也相當的任性。周令飛不僅外貌酷肖乃祖，其敢作敢爲與敢擔當的性格，機智幽默與乃祖魯迅也頗爲接近。這次因愛情所作的理智選擇，也「冒千夫所指」，頗有魯迅之風，我們祝福周令飛身常自由、愛情常好。不過魯迅的作品，以及他的歷史定位，不能因周令飛而有所改變，我覺得讓周令飛的歸周令飛，魯迅的歸魯迅，這是兩件事，不能混爲一談。

七一、一〇、文藝月刊

打手周揚又被鬥

一九八三年（七十二年）十月十一日至十二日，中共召開所謂十二屆「二中全會」，開幕時鄧小平提出「三年全面整黨」的「號召」。這個號召見諸於行動的便是嚴刑峻法的懲治犯罪，大肆逮捕各種罪犯，連強姦未遂都拉去槍斃，並以辦案若干爲目標；表現於文化方面的便是「清除精神污染」與「反異化論」。

中共「全面整黨」，鄧小平磨刀霍霍揮向周揚。

周揚是中共的文藝總管，三十年代周揚才踏出校門，就已開始鬥爭魯迅了，數十年中，不要說他在其他方面罪惡滔天，只文藝這個圈子，周揚就兩手血腥。周揚在「左聯」時代與魯迅爭奪領導權，雖然魯迅剛愎自用，憧憬蘇聯式的「革命」，但是他到底是一個老作家，他在文壇上的地位，是用作品堆起來的；周揚則是一個剛從日本回來的留學生，論作品、學識都不及魯迅，可是周揚却是接掌了「左聯」的黨團書記，年輕氣盛的周揚，當然希望能掌「左聯」的生殺大權，不幸偏偏碰到愛做文藝老頭的魯迅不聽他那一套，於是在「國防文學」的口號提出來以後，魯迅與周揚的情感已形同冰炭的積不相容了，所以有周揚唆使徐懋庸給魯迅的那封長信，引起魯迅病中還寫了火氣燻天的「答徐庸懋書」。

那封信，當然一棒就把周揚打倒了，他與孫陵等於一九三七年去延安，原因是延安中共當局認爲周揚在「白區」的文藝領導失敗，由十里洋場的一個文藝團體書記，降爲陝北公學教員❶，後來在延安搭上劉少奇的關係，建立了他今天的「地位」，但也種下了一九六六年「文化大革命」、及一九八三年「三年整黨」被鬥的種籽。

周揚於一九〇八年（民前四年）生於湖南益陽縣的新市渡。原名谷揚號應起，周揚是他的筆名之一，與堂兄周谷城、堂弟周立波同稱爲「益陽三周」❷。在家中排行老二，還有一個哥哥谷宜。周家在益陽爲大地主，土地不少，僅水田就有五百畝，每年可收租千餘擔。❸

他於一九二五年前後赴上海進入大厦大學，後到日本留學，一九三〇年回上海，參加了所謂的「中國文學運動」，擔任過三十年代中共的「中國左翼作家聯盟黨團書記」（簡稱「左聯」，以下同），兼共黨「上海中央局文委書記」，主編「左聯」的機關刊物之一的「文學月刊」❹，後來在上海「左聯」的領導成員被捕，瞿秋白去了所謂「蘇區」，「左聯」的領導工作卽落在周

❶ 王章陵著：「中共的文藝整風」，二〇五面，國際關係研究所，五十六年三月出版。
❷ 丁望著：「三十年代作家評介」，一六九面，時報文化公司，六十八年十月出版。
❸ 同❷。
❹ 「中國文學家辭典·現代第一分册」，三六三面，「四川人民出版社」，一九七九年十二月出版。

揚的身上❺。因一九三五年周揚提出的「國防文學」的口號，未能爲魯迅所接受，魯迅及其大弟子胡風提出所謂「民族革命戰爭的大衆文學」與之對抗，雙方爭辯不休，經過一年多的論戰，因爲「國防文學」是與所謂的「八一宣言」配合的，而佔了上風。

關於這「兩個口號」之爭，李超宗說：「周揚的『國防文學』，是爲執行中共『統戰』路線而提出的，自然不是魯迅可以推翻得了的，不過魯迅也不是容易對付的人，何況那時的魯迅在文壇已有崇高的地位。陳伯達惟恐這件事鬧得很僵，所以趕忙出來打圓場。」❻

陳伯達是怎麼打圓場的呢？他說：「我認爲『國防文學』——這個口號是駁不倒的。就是那提出『民族革命戰爭的大衆文學』的口號的人，也不能否認這個口號的正確性，『國防文學』——這個聯合戰線的口號，但對於這個口號的態度，並不一定大家一致。……『民族革命戰爭的大衆文學』——這應該是屬於『國防文學』的左翼，是國防文學最主要的一種、一部分，同時也是國防文學的主力。『民族革命戰爭的大衆文學』——這是左翼作家在『國防文學』下的自己立場，顯然地這個口號不是聯合戰線的口號。」❼爲什麼「這個口號不可駁倒」？因爲「國防文學」是根據「八一宣言」及毛兒蓋發出「抗日救國宣言」而來的。這個宣言要求「全國人民組織

---

❺「中共名人錄」，三三一面，國際研究中心，五十六年八月出版。

❻李超宗著：「中共文藝統戰之研究」，一九二面，黎明公司，六十六年六月出版。

❼轉引自李超宗著「中共『文藝統戰』之研究」第十三章，李引自李何林編「近三十年中國文藝思潮論」，五一八面，三十六年，上海生活書店出版。

聯合國防政府」，而毛兒蓋的「宣言」又是根據陳紹禹在莫斯科發表的「八一宣言」的配合行動，陳紹禹又是秉承第三國際的策略，當然「國防文學」是中共根據第三國際的政策在文學上的統戰，魯迅雖然是「左聯」的領袖，到底不是核心幹部，他那裏知道政府的剿共已把中國共產黨逼到死角上，如果不是日本侵華，就會把中共連根剷除，很不幸的是日本侵華，全面抗戰已起，第三國際爲了中共的生存，不得不提出「八一」這樣的「宣言」，轉化國民政府把剿共的力量對付日本，並以民族國家利益爲重的姿態，鬆懈了國府的剿共追擊。果然這個策略是成功的挽救了中共的危亡，但却種下大陸淪陷的禍根。這樣的一個統戰文學口號，魯迅只不過是個偶像而已，他那裏知道這種內情？魯迅與周揚的爭論，所以不過是唐吉訶德武士鬥風車，魯迅要是知道這種內情，也不會發生那個論爭了。

事實上，周揚與魯迅結怨，也非因「兩個口號」之爭，實在是開始於一九三六年初。一九三四——三五年周揚與胡風❽有一場關於「典型問題」的論戰，雙方都是「左聯」的人物，一是左聯的中共黨團書記；一是魯迅的大弟子胡風，可說在勢力上旗鼓相當，不過周揚的文筆不能與胡風相提併論，所以論戰在對周揚不利的情況下結束，再加上兩個口號的論爭，周揚的「國防文學」雖然是依據第三國際的策略所提出，但對手却又是胡風。寫作的能力上，周揚是無可奈何的，於是他唆使徐懋庸寫信給魯迅，指責其錯誤，這就種下了一九六六年周揚被鬥的伏

❽同❶，一〇一面。

筆。

無疑的，這是周揚的汚點，因爲魯迅生前，中共曾經有能爭取爲用則爭取、不能爭取則毀之的決定。當時的策略是，如爭取魯迅失敗，則另立茅盾來代替魯迅領導「左聯」，沒想到魯迅適時死了。死人比活人好利用，死的魯迅比活的魯迅對中共的利用價值更大，於是毛澤東把魯迅捧成「革命的先知」、「青年的導師」，而周揚竟然對魯迅有過大不敬，無疑的是周揚一個重大弱點。周揚自然知道個中利害，於是在魯迅全集出版時，便在徐懋庸給魯迅的那封信上的注釋上動了手脚。

在那次論爭中，魯迅除了發表「論現在我們的文學運動——病中答訪者」、「答徐懋庸並關於抗日統一戰線問題」，前者由O・V筆錄，O・V卽馮雪峰，「論現在我們的文學運動——病中答訪者」發表於「文學界」二期，時間是一九三六年六月，後者發表於「作家」五期，一九三六年八月，這兩篇東西，對周揚和徐懋庸批評得體無完膚。

他在「答徐懋庸並關於抗日統一陣線問題」的長信中說：「這個口號不是胡風提出的，胡風做過一篇文章是事實，但那是我請他作的，他的文章解釋不清楚也是事實。這口號不是我一個人的『標新立異』，是幾個人大家經過一番商議的，茅盾先生就是參加商議的一個。」❾這封信，除了攻擊周揚，也曲予呵護胡風，由此可以看出魯迅對胡風的愛護了。

❾同❶，轉引「引文」。

大概是因爲這個緣故吧！茅盾也一直是周揚的敵人之一，因此他和胡風一樣，一九四九年毛澤東在北平沐猴而冠、南面稱王，論功行賞時，茅盾與胡風雖然都是三十年代在上海的文化戰線上爲中共奪權竊國，立下汗馬功勞的文藝功臣，却沒有得到應得的加官晉爵，只給了些有名無實的虛位。這種結果，是否與此項怨隙有關，不得而知，不過拿周揚的個性來衡量，他是絕不會放棄任何對敵人報復機會的。

徐懋庸給魯迅的那封信，隨時都可能成爲周揚的黑材料，那封信爲什麼會那麼嚴重呢？因爲魯迅在回答那封信的文章中直接評論了周揚。他說：

「胡風鯁直易於招怨，是可接近的；而對於周應起之類，輕易誣人的青年，反而懷疑以至憎惡起來了。

「去年（按：應爲一九三五）有一天，一位名人約我談話去，到那裏，却見駛來一輛汽車，從中跑出四條漢子：田漢、周應起、還有另兩位，一律洋服，態度軒昂。說是特來通知我，胡風乃是內奸，官方（按：指國民政府）派來的。我問憑據，則說是得自轉向以後的穆木天口中。轉向者的言談，到『左聯』就奉爲聖旨，這眞使我口呆目瞪。再經幾度問答之後，我的回答是：證據薄弱之極，我不相信。」⑩就因爲這段歷史，侵犯了中共的「青年導師」，連「青年導師」都罵了他，周揚還是什麼好東西？

---

⑩ 同❶。

一九五七年人民出版社出版「魯迅全集」，在第六册上，周揚及其黨徒根據同年九月總結「丁陳反黨集團」的「作協黨組」擴大會議上，周揚藉反馮雪峰的機會攻擊「民族革命戰爭的大衆文學」、「答托洛斯基派的信」、「論我們現在的文學運動」、「答徐懋庸並關於抗日統一戰線問題」時，技巧的把魯迅罵周揚的話，轉嫁到馮雪峰和胡風的頭上。王章陵先生說：「周揚在那個總結會裏說，這個口號是馮雪峰、胡風共謀提出，這幾篇文章是馮雪峰寫的。」⓫周揚的理由是：「魯迅病重甚至連話都說不出來的情況下，通過馮雪峰發出的。」王章陵先生認爲周揚這種攻擊，是意在說魯迅並沒有罵周揚，罵周揚的是馮雪峰、胡風那一幫子。王章陵先生的這項判斷是有其根據的。因而周揚和他的兩個得力幹部林默涵、邵荃麟等人便依據那次會議攻擊馮雪峰與胡風的原則，作爲魯迅那篇「答徐庸懋並關於抗日統一戰線問題」的註釋，企圖湮滅對周揚不利的證據。

那條註是這樣寫的：「中國共產黨於一九三五年八月一日發表宣言，向國民黨政府、全國各黨派和各界人民提了停止內戰、一致抗日的主張，到該年十二月更進一步決定了建立抗日民族統一戰線的政策，得到全民的擁護，促進了當時的抗日高潮。在文藝界、宣傳和結成廣泛的抗日民族統一戰線，也成爲那時最中心的問題；當時在中國共產黨領導下的革命文學，於一九三六年春間卽自動解散『左聯』，籌備成立『文藝家協會』，對於文學創作問題則有關於『國防文學』和

⓫ 同❶。

『民族革命戰爭的大衆文學』兩個口號的論爭。魯迅在本文以及他在六月間發表的『答托洛斯基的信』和『論現在我們的文學運動』中，表示他對於抗日民族統一戰線政策和當時文學運動的態度和意見。」這裏得說些題外話，對於「左聯」自動解散，顯然是周揚說謊。「左聯」的解散，實際是應蕭三從莫斯科給左聯的信，那封信是奉中共派駐第三國際代表王明的命令寫的，怎麼能說是自動解散呢？

周揚這樣的寫註，並未達到他的目的，於是筆鋒一轉說：「徐懋庸給魯迅的那封信，完全是他個人的錯誤行動，當時處於地下狀態的中國共產黨在上海文化界的組織事前並不知道。魯迅當時在病中，他的答覆是馮雪峰執筆擬稿的，他在這篇文章中對於當時領導『左聯』工作的一些黨員作家採取了宗派主義的態度，做了一些不符事實的指責。由於當時環境關係，魯迅在定稿時不可能對這些事實進行調查和對證。」⑫

這條註，不僅把魯迅罵周揚的話說是出自馮雪峰與胡風之口，且假魯迅的名義以行之，同時，也把他唆使徐懋庸寫那封信的事推得一乾二淨，反正徐懋庸是不能反駁的，也沒有證據可以反駁，卽使有證據，徐懋庸早已看穿了周揚的心黑手辣，他又那裏敢出頭去碰當時的文藝皇帝呢？

此間讀不到魯迅的著作，卽使能讀到，也不一定能讀到修改本和加註本，所以也無從考查

⑫ 同❶。

起，據王章陵說，除了這條註以外，同時删除了一九三六年八月二十八日、九月十五日、十月十五日三封有關對周揚不利的信，因爲這些信，都曾經談到當時「左聯」的派閥鬥爭，當然也就把徐懋庸、周揚等打擊魯迅的事及企圖完全奪取「左聯」領導權的問題推得一乾二淨。據說那三封信，許廣平曾編入魯迅的書信集裏。當然這些都只有由能夠接觸魯迅全集的人才能做對照和考證。不僅要能接觸魯迅的著作，而且沒有多種版本都是難以爲功的。

周揚刻意湮滅證據、歪曲歷史、洗刷自已的罪惡，以達到美化自己的目的不僅未曾達到，相反的在文化大革命中反而成爲江青鬥垮周揚的一條罪證，魯迅的地位，在中共已成爲一把雙面刄的利器，旣可以用來鬥右，又可以用來鬥左，眞是無往而不利。這也是剩餘價值的充分利用吧？萬萬未料細密如周揚者所料不到的事，「玩火者必被火燒」乃顛撲不破的眞理。

佛說，有因必有果，周揚兩手血腥，終於在一九六六年「文化大革命」中得到了報應。

周揚是靠整人起家的，他與魯迅的鬥爭失敗，一九三七年逃去延安，三八年任中共陝甘寧邊區教育廳長、文化協會委員、戲劇委員會委員、魯迅藝術學院副院長、延安大學教育長，一九四一年派到重慶主編「文藝戰線」，四二年回延安，策劃「延安文藝整風」，鬥倒王實味，同年五月二日中共召開所謂「延安座談會」，毛澤東在會上陸續講話，那篇講詞彙集後，成爲「在延安文藝座談會上的講話」，這篇講詞，直至今天還是中共的文藝符咒。周揚去延安之後，搭上劉少奇的這條線，加上他「一向堅持黨的立場」，又捧着毛澤東的那篇講話爲「經典」，本着「文藝爲工農兵服務」的原則，在魯藝大力推行，先後創作出「兄弟開荒」、「牛永貴掛彩」和秧歌劇「白毛女」、「王貴與春香」，把毛澤東捧上了天，自此，周揚的官運亨通，一九四六年任「華北聯合大學副校長」，旋卽赴美講學，一九四八年冬回國，四九年七月任「中華文學藝術界聯合委員會」副主席、華北宣傳部長，同年十月任文化部副部長，兼藝術局局長。兼任的職務不少了，算得上是紅朝中的紅人。

周揚沒有到過江西，更沒有參加過「二萬五千里長征」，當毛澤東這批人流竄的時候，周揚在十里洋場坐汽車，着華服去通知魯迅，說胡風是「臥底的奸細」⑬，他屬於劉少奇的地工派，「左聯」工作失敗調回延安，貼到毛劉身邊，並高舉「毛澤東的思想大旗」，總算一人之下萬人之上，是功高震主？還是滿手血腥以後良心發現？一九五七年於毛澤東提出「雙百方針」的「鳴放陽謀」時期，大唱「全民文藝」。在他的這個觀點裏，他主張：「文藝應該爲各種人所接受，任何一個階級的藝術，絕不是給本階級看的。它是給所有的階級看的，引起所有的人共鳴。」⑭基於這樣的一個創作論，他肯定了「藝術共鳴與階級性的關係不大」。當然這個觀點是違反了毛澤東「文藝應爲工農服務」經典的政策了。

緊接着周揚提出了不合於毛澤東文藝政策論文之後，他的幾個黨羽互相呼應，邵荃麟提出

---

⑬ 見前引魯迅覆徐懋庸的信。

⑭ 轉引自蔡丹冶著：「共匪文藝問題論集」，四〇面，大陸觀察雜誌社，五十五年九月出版。

「中間人物論」，他說：「社會上兩頭小，中間大，英雄人物和落後人物是兩頭，中間人物是多數，應當寫出他們各種豐富複雜的心理狀態。」另外他又提出了「現實主義深化論」：周谷城提出「時代精神滙合論」、「無差別境界論」、「眞實情感論」、夏衍提出「創新論」。周揚把胡風、丁玲、陳企霞、馮雪峰這些人鬥倒，文藝江山一統了，於是周揚飛揚跋扈，到處演講指示，儼然是文藝的皇帝，除了劉少奇和毛澤東以外，江青都不放在他的眼裏。

周揚於一九四九年控制了大陸的文藝及宣傳機構，做了兩件令人側目的事：一是打擊三十年代魯迅一派作家，一是積極部署魯藝的學生和自己的親信，掌握文藝的各種機構，以鞏固其地位，到他在文化大革命被鬥倒爲止的十七年期間，以林默涵、袁水拍、田漢、夏衍、陽翰笙、邵荃麟爲核心，副以何其芳、張光年、張庚、陳荒煤、呂驥、馬可、賀綠汀、歐陽山、周立波、康濯、趙樹理、華君武、蔡若虹、劉白羽、周而復、柯仲平、賀敬之等數十人，分布在全國的文藝機構，幾乎控制了整個大陸的文藝界，這使周揚志滿意得，中共中央宣傳部長陸定一、「作家協會主席」茅盾都不放在他的眼裏。唐柱國說：「這時期的周揚，眞正是可對匪區文藝界人士生殺予奪、先斬後奏，儼然是文藝皇帝。」⑮這描寫再恰當也沒有了。至此，周揚在文藝方面，已經做了毛澤東的叛徒了。

自一九五八年起，周揚陸續受到攻擊，直到一九六二年九月，毛澤東在中共「八屆十中全

⑮ 唐柱國著：「三十年代文藝論叢」，細說周揚」，一〇七面，中央日報，民國五十五年十月出版。

會」發出「黨員千萬不要忘記階級鬥爭」的「指示」，六三年五月「文聯」召開擴大會，實行「文藝整風」，據一九六六年八月四日「人民人報」的評論說周揚對那次整風並不熱衷，他為什麼不熱衷？到了這個時期，他根本就已經反對毛澤東的文藝政策了，把多數的人鬥倒之後，他自己却要起自由來，不過自那時起，周揚的惡運已經開始。

他的被鬥，是因反對江青而起。

江青與毛澤東結婚，當初匪黨曾有「不得問政治」的限制，一九四九年中共竊國後，毛澤東沐猴而冠，已與當年窰洞時期不同，但這項限制如同孫悟空頭上的花帽子，使野心勃勃的江青無奈可想而知。既不能過問政治，她只好向文學藝術方面下手，搞「樣板戲」就是她這種野心的表現之一，可惜的是周揚就是不支持、也不放手。一九六四年一月華東區舉行「現代戲會演」，周揚抵制，六五年六月「京戲現代化會演」不參加籌備：周揚不僅不支持，還對於江青插手文學藝術界而反感，放出「要管就叫江青來當文化部部長吧」的「黑話」，再加上劉少奇反對毛澤東的農業與經濟「大躍進」路線，而周揚又是劉少奇的地工派，雖然周揚也「擁護」毛澤東，但一個幹部又那能和枕邊人比呢？何況毛澤東也要鬥倒劉少奇，江青把周揚恨之入骨，在江青的「枕邊夜話」之下，於一九六四年六月，毛澤東終於說：「文藝界十五年來，基本上不執行黨的政策，做官當老爺，不去接近農工界，不去反映社會主義的革命建設。最近幾年，竟跌到修正主義的邊

⑯同❶，二一七面。

緣，如不認眞改造，勢必將有一天，要變成像匈牙利斐多非俱樂部那樣的團體。」⑯這已是周揚被整被鬥的一個重要信號。果然「一九六六年四月十八日『解放軍報』在社論中提出整肅『三十年代文藝活動的黑源。』五月二十六日『解放軍報』更明顯地指出周揚文藝政策的不當。」⑰黃樂水說：七月一日「紅旗」雜誌第九期，阮銘、阮若瑛合著的「周揚顚倒歷史的一支暗箭——評『魯迅全集』第六卷的一條註釋。」及穆欣著的「『國際文學』是王明左傾機會主義路線的口號。」⑱至此周揚由「文藝皇帝」的寶座上一跤摔下來，成爲保護「反黨反共的大紅傘」，也是「打着紅旗反紅旗」的領導頭頭，一變而成爲一個「黑源」了。

從此，「大字報」上不斷的出現攻擊周揚的材料，一九六六年五月，「紅衞兵」終於把他從天津的病榻上揪出來⑲，一度傳說他被紅衞兵不僅鬥臭，而且鬥死了。

自此，中共剝奪了周揚的一切職務，傳說他被關進「牛棚」裏，直到一九七八年鄧小平把「四人幫打倒」，周揚才復出，恢復了宣傳部副部長與「文聯」主席的職務。不過又因一九七九年白樺的「苦戀」事件，再度對他批判「苦戀」未能積極響應而被迫承擔「助長文藝界的軟弱（按：指批鬥），散漫與自由化傾向」而受指責。對於周揚被鬥整後的生活資料非常缺乏，至未

---

⑰ 石敏著：「周揚這個人」，中央日報，民國五十五年七月二日刊出。

⑱ 黃樂水著：「周揚成了反毛反共的『大紅傘』」，民族晚報，民國五十五年七月十五日刊出。

⑲ 「殷鑑不遠」，中央日報，民國五十五年五月十九日。

能把他被鬥後十年間到底幹了什麼在此間公開，深爲遺憾。

周揚於一九六四年在「中國科學院」的報告，提出了「異化論」⑳，因「文革」而沉寂了十多年，到一九八三年三月才在「紀念馬克思逝世百週年的學術報告會」上，於提出「學術」報告的長文中，再度提出異化問題，他宣稱「承認異化，才能克服異化。」對於這個問題，自中共十二屆「二中全會」鄧小平所提的「精神汚染」，就是指此而言的。

「異化」這名詞，是黑格爾運用「異化」說明「絕對精神」發展與形成的過程，馬克斯運用這個方法來分析社會經濟發展，由「一八四四年經濟哲學手稿」一書印行而引起過廣泛的討論，李超宗博士說：關於「異化」在大陸上的討論論文，有六七百篇之多，這是保守的估計，一說近千篇，周揚的「學術報告」，也只是這六七百篇之中的一篇而已。爲什麼鄧小平提出了「淸除精神汚染」後，鬥爭的矛頭單挑了周揚呢？

關於這個問題，在鄧小平上臺後，提出了「四化」以挽救中共的危亡，而不得不採取半開門式的「自由開放」時，我就曾經說過，中共要吸收自由世界的科技、資金，就不能不同時接受西方隨着科技、資金帶進去的民主自由，甚至西方文明的墮落也要照單全收，這一定使中共處於兩難的地位。鄧小平不愧是一隻老狐狸，在他提出「四化」的同時，又提出一個「四堅持」作爲自己的退路。「異化」就是這種開放的後遺症，那幾乎是無可避免、也是無可奈何的事情。

---

⑳「大陸問題參考資料」三卷三期，二六面，民國七十二年十二月十日出版。

那麼鄧小平爲什麼又要「清除精神污染」，並且又要拿周揚來開刀？周揚在白樺的「苦戀」事件中，沒有起積極作用，惱了鄧小平，此其一；其二，文藝自由化的傾向最爲明顯，不得不加以嚇阻，否則後果不堪設想。那麼擒賊擒王，周揚主管文藝，而且是中共文藝的「功臣」，如果殺周揚，儆猴的作用有相當的價值的，不過這却有點違背了鄧小平當初上臺時「不抓辮子、不扣帽子、不打棍子」的三大「保證」。鄧小平爲什麼會食言而肥呢？一句話，鄧小平的「四化」是假的，只是文藝作家們誤解它是一項自由化、民主化的開端，結果埋藏在內心的反抗種籽，紛紛的發芽冒了出來。

自由民主是擋不住的潮流，中共一看文藝作家來勢洶湧，如不迅速及時的阻擋，一旦泛濫，那就不堪收拾。

在這種情況之下，鄧小平不能不食言，也不能不揮淚斬周揚，正如「文化大革命」時，毛澤東一指責，周揚趕快把自己的愛將邵荃麟鬥倒，同樣的是運用「棄車馬保將帥」的策略。不過這一來，文藝的自由化必然收風了。馬克斯說：「歷史是審判者，人性是執刑者。」鄧小平雖殺愛將保自己，但是時間將會給予答案，他們終將在人性的浪潮下覆亡。

艾青曾以「第一流人的搞文藝創作，第二流的人搞文藝理論，第三流的人搞文藝行政」諷刺周揚；魯迅在與他交惡時，也曾說周揚是「空頭文學家」，他雖然成爲十億人的「文藝皇帝」，可是周揚沒有什麼有分量的作品這是事實。根據四川「人民出版社」一九七九年編的「中國文學家辭典」上，有關周揚部分所列的篇目有：「關於社會主義現實主義和革命浪漫主義」、「到底誰不要眞理，不要文藝」、「文藝眞實性」、「論現階段的文學」、「王實味的文藝觀與我們的文藝觀」（按：爲批判王實味而寫）、「關於庫爾尼雪夫和他的美學」、「表現新的羣衆時代」、「我們必須戰鬥」（按：爲批判胡風而寫）、「文藝戰線上的一場大辯論」（按：爲總結鬥爭胡風及「丁陳反黨集團」的總結報告）、「我國社會主義文學藝術的道路」、「哲學社會科學工作者的戰鬥任務」、「論趙樹理創作」、「新的人民的文藝」、「堅決貫徹毛澤東文藝路線」、「我國社會主義文學藝術的道路」等，另外譯過「安娜．卡列尼娜」、「生活與美學」，丁望則發現他還譯和寫得有：「果爾德短篇傑作選」、「偉大的愛」，另外編有「馬克斯主義與文藝」。以上所引的篇目中，只有「表現新的羣衆時代」於一九四六年由「新華書店」出版，「新的人民的文藝」一九四九年由北京「新華書店」出版，「堅決貫徹毛澤東文藝路線」、「我國社會主義文學藝術的道路」一九五二年、一九六〇年「人民文學出版社」出版，五十多年的寫作資歷，一共出了九本單行本，其中一本「馬克斯主義與文藝」還是編的。周揚的作品全是「文藝理論」，沒有創作，魯迅說他是「空頭文學家」，四五十年前，魯迅似乎已把這個集罪惡於一身的「文藝官」看穿了。嚴格的說，他也不能算是個理論家，他的所謂理論，只不過是爲了傳達中共的文藝「政策」，闡揚「毛澤東文藝思想」的拍馬之作而已。不過大陸的作家，對於這個文藝總管的「著作」，都得去「實踐」，否則就性命難保。他的「著作」，多數是執行中共的文藝政策、解釋中共文藝政策，丁望說周揚沒有獨立的文藝理論，這是很中肯的批評。不僅沒有理論，恐怕連批評都談不上，幾十年前，魯迅對他的斷語，果眞是從「小看大」，就這一點而言，魯迅倒眞是「目光如炬」了。

十月三十日臧克家在「人民日報」上發表文章，要求文藝工作者要站在「清除精神污染的鬥爭前線」。他說：「這個曾一再歌頌江青集團的無恥之徒，以清算他人爲樂，並在別人頭上踩上一脚而向上爬。」㉑這個「號召」提出至筆者寫這篇稿時止，被清算的已有研究員邢賁思、汝信、李洪林、王秀貴、張顯揚、林青山、何新、哲學家王若水、作家周揚、「人啊！人！」作者戴厚英、「現代小說初探」作者高行健、作家張辛辛、李陀、劉賓雁、徐達、「苦戀」導演彭寧、「我的路」的演員劉曉雲：十一月一日中共文化部長朱穆正式宣佈「反右」之後，接着艾青、丁玲等人認爲「精神污染是我國（按：指中共）文明的最大障礙」。㉒一九八三年十一月十三日周揚在接受法新、路透兩通訊社記者訪問時，提出嚴厲的自我批評。他認爲他在一九八三年初發表的講話中，提到了「社會主義異化」的問題，掉以輕心，在思想上未明確劃分馬克斯主義和資產階級異化想思之間的界限。㉓中共發動坐牢作家在這次「整風」中做標兵與帶頭作用，

㉑ 引自民國七十二年十一月二日「世界日報」，周品堅專題報導。
㉒ 法新社北平十一月一日電。
㉓ 一九八三年十一月十四日，香港時報。

北平文藝界的「四大無恥」丁玲、艾青、臧克家、歐陽山已經表態。這明的是鄧小平借「報復」的力量來整周揚了。

除此而外，中國大陸上各種媒體都已發表了「清除精神汚染」的文章，「整風」雖然在中共中宣部長兼書記處書記的鄧力羣，於接受美聯社記者訪問時宣稱：「我們不像過去別人整我們那樣整別人。」但是中共的話算得了數嗎？毛澤東在「雙百」運動中，也曾說過「言者無罪、聽者足誡」的呀！最後「雙百」運動却成了「引毒蛇出洞」的「陽謀」，而把知識分子的不滿全部暴露以後，一網打盡。果眞，周揚和不少作家在中共「清除精神汚染」的運動中，吃到了苦頭。

七二、十二、二八完稿、七三、二、文藝月刊一七六期

胡風與周揚生死之鬥

從二十年代到四十年代的二十個年頭裏，文學方面可說是百家爭鳴的一個時代。就派系而言，「左聯」、「中國民族主義運動」派、「新月」、「語系」等派系林立，批評無日無之，槍來彈往，可說是遍地「烽火」，幾乎沒有一片淨土。

在這些年的縱橫交錯中，攻伐不斷，我們可以概略的把它分成六項：

一、革命文學。

二、文藝自由。

三、大衆文藝。

四、語文論戰。

五、國防文學。

六、幽默問題。❶

❶引自司馬長風著：「中國新文學史」中冊，二六二面。

在這些論戰之中，國防文學的提出，引起所謂「兩個口號」之爭，延續了相當的時間，也導致「左聯」分裂，甚而胡風於一九五五年七月的被捕❷，都與這項論爭的延伸有關，牽連之廣，鬥爭時間之長，前所未見，足見雙方已由論戰演變爲仇敵，時時處處都想報復，直到把胡風派一網打盡以後，周揚才罷手。

胡風與周揚的結怨，起於一九三五年（民國二十四年），爲阿Q的典型問題與周揚打了半年的筆戰❸，胡風之在中共扮演一員反將，實在是從這項論戰中埋下種籽。

周揚與胡風第一次筆戰，是討論文藝創作的典型問題，在這場論戰中，周揚主張文藝創作中的「典型」，是某種人物的代表，也就是「工農兵」的典型，胡風則認爲典型應當是時代精神的人物。在文學論文方面，胡風顯然比周揚高明，在這場論戰中，引經據典，周揚無招架之力，從此胡風開始與周揚結怨，接着在一九三六年六月五日「文學界」創刊號上，發表何家槐、周揚、周木齊等人有關「國防文學」的論文。周揚的「關於國防文學」的主要觀點是：「反帝聯合戰線是現階段殖民地或半殖民地國家民族革命的主導策略。」❹周揚在這篇文章裏說：「國防文學一

❷ 見瞿志成著：「中共文藝政策研究論文集」，一二一面，時報文化公司，民國七十二年六月出版。

❸ 見馬良春、張大明編：「三十年代左翼文藝資料選編」，一〇六面，僞四川人民出版社，一九八〇年出版。

❹ 同❸。

方面需要繼承五四文學反帝反封建的革命傳統，一方面要立脚於民族革命高潮的現實上，把反帝反封建推展到一個新的階段，在統一的民族陣線上。我們在中間的或甚至落後的文學者中可以找着不少的同盟者，文學上的各種救亡的力量需要有一個新的配置；國防文學運動就是要號召各種階層、各種派別的作家都站在民族的統一戰線上，爲創（按，別本作「製」）作與民族革命有關的藝術作品共同努力。國防的主題應當爲漢奸以外的一切作家的作品之最中心的主題。」❺

其實胡風奉魯迅之命，提出來的「民族革命戰爭的大衆文學」，內容與周揚提出的「國防文學」大同小異，都是爲中共的政治目標服務，本沒有甚麼兩樣，只因階段的需要不同，而有不同的結果。

「國防文學」的提出，是基於蘇俄的需要，一九三四年意大利消滅阿比西尼亞（按，二次世界大戰後改爲衣索匹亞），納粹德國也蓄意向外擴張，這時期的軸心國，又都高唱反共反蘇的調調，這使蘇俄處於東西兩線遭受夾攻的形勢，對蘇俄非常不利，爲了對抗德意日的包圍，蘇俄運用第三國際於一九三五年七月二十五日召開第七屆大會，通過在「各國建立反法西斯統一戰線」的提案，其決議爲「在殖民地國家建立反帝人民戰線」。這個決議有關中國部分說：「在中國，必須擴大蘇維埃運動與鞏固紅軍的戰鬥力，與在全中國開展人民反帝運動連結起來；這個運動應該在下列口號之下進行：武裝人民進行民族革命鬥爭，反對帝國主義強盜，首先反對日本帝

❺ 見王建民著：「中國共產黨史稿」第三篇，香港，中文圖書供應社，一九七五年出版。

國主義及其走狗，蘇維埃應當成爲全中國人民的解放鬥爭中心。」❻中共駐第三國際代表陳紹禹（王明），根據這個決議（也可以說是指示）代表中共發表「論反帝統一戰線問題」，因爲正好是在一九三五年八月一日發表的，所以又稱爲「八一宣言」。

這個「八一宣言」所談的，與過去的論調完全相反，要各民族、各黨派一致的對外反抗日本。其中有一段話說：「中國共產黨和中國蘇維埃政府共同向全國人民，向一切政黨、軍隊、羣衆、團體以及一切政治家和名流們提議，我們一起組織全中國統一的國防政府和全中國統一的抗日聯軍……不管對內有任何紛歧，在今天大家都應一致對外。」❼中共奉到第三國際的這個指示，在瓦窰堡召開了一次執行第三國際指令的會議，後來這個會議便稱爲「瓦窰堡會議」，周揚的「國防文學」是根據這個宣言及「瓦窰堡會議」的決定而來的，當然有所宗有所本了；至於胡風與魯迅所提出的「民族戰爭的大衆文學」，魯迅認爲：「左翼作家聯盟五六年領導和戰鬥過來的，是無產階級的革命文學運動。這文學運動一直發展着：到現在更具體底地、更實際戰鬥底地發展到民族革命戰爭的大衆文學。民族革命戰爭的大衆文學，是無產階級革命文學的一發展（按，可能爲「一枝」之誤），是無產革命在現在時候的眞實的更廣下的內容。……因此，新的

❻ 同❺。
❼ 轉引自司馬長風著：「中國新文學史」中册，二七〇面，司馬長風引自蘇汶（杜衡）編：「第三種人的出路」。收錄魯迅著：「論現代我們的文學運動」。

口號提出，不能看作革命文學運動的停止，或者說『此路不通』了。所以，絕非停止了原來反法西斯主義、反對一切反動者的鬥爭，而是將這鬥爭更深入、更擴大、更實際、更細微曲折，將鬥爭具體化到抗日反漢奸的鬥爭，將一切鬥爭滙合到抗日反漢奸鬥爭這總流裏去。」❽綜觀兩造的論爭基點，都是爲共產黨的利益與目的，嚴格的說，站在中共的立場，周揚一方和魯迅（胡風）一方都沒有錯，錯在胡風和魯迅都不是中共的核心，不能在「白區」的文學運動中進入核心層裏，因此，對於中共在「八一宣言」以後的轉變茫然無知，消息不靈通的結果，周揚站在中共的立場與宗派的立場，未便，也不願把此項眞正的轉變告訴魯迅與胡風，尤其是爭奪左聯領導權這件事情上的失敗耿耿於懷，順便借這個機會打擊魯迅這一派，不是一舉兩得的事嗎？在這種情況之下，胡風在中共內部爭寵的失敗，自然是意料中事。（胡風曾於早年入黨，後又退黨，左聯時代尚未與組織取得聯絡）我說，胡風與周揚基本上都是爲了中共的利益與目的，我在前文中曾提到陳伯達出來打圓場的事，陳伯達說兩邊都沒有錯，只是「國防文學」的口號是現階段的總目標，「民族戰爭大衆文學」是這個「總口號中的左派」，這就足以證明這兩個口號之爭實際是窩裏反罷了。

自這個爭論起，胡風與周揚已沒有和解的可能，因此徐懋庸在周揚敎唆下，寫那封信給魯迅，在信中，扣了魯迅一頂大帽。這裏，我們從魯迅「答徐懋庸並關於抗日統一戰線問題」的那

❽見「魯迅全集」第六册。按：「底地」類似的句子，爲魯迅所慣用，此處一字不改引原文。

封信上得到答案，魯迅說：「首先是我對於抗日統一戰線的態度。其實，我已經在好幾個地方說過了，然而徐懋庸等似乎不肯去看一看，却一味咬住我，硬要誣我『破壞統一戰線』，硬要教訓我，說我『對於現在基本政策沒有了解』，……然而中國目前的革命的政黨向全國人民所提出的抗日統一戰線的政策，我是看見的、我是擁護的，我無條件地加入這戰線。」❾從這裏來了解所謂兩個口號之爭，立場與原則並無歧異，只是周揚在宗派主義作祟下，沒有把延安或者莫斯科的期望，透過文藝偶像來提出那個「國防文學」口號，損及文藝老頭的威信與顏面，所謂「論戰」、「口號之爭」，不過是在一個爲爭取領導權；一個爲了顏面之下爆發的意氣之爭罷了。只是魯迅萬萬未曾想到，自己爲了顏面問題，却禍延了魯迅一派的徒子徒孫，這個好名的結果，並不是魯迅始料所及的。以他對胡風的情感，如魯迅地下有知，他也不得不爲自己一時的失算，害了自己門下多人而嘆息吧！

「國防文學」引起的兩個口號之爭，一直鬧到抗戰末期，一九四五年（民國三十四年）胡風手下大將舒蕪在他所創辦的「希望」創刊號上發表「論主觀」一文，與延安奉爲「經典」的「在延安文藝座談會上的講話」大唱其反調後，引起了胡風與周揚的另一次論戰，也引起了進一步的分裂，使三十年代「左聯」的兩個派系成爲勢不兩立的熱戰。

前兩次論戰中，「典型」問題，是胡風爲了維護魯迅，在周揚則爲了奪取「白區文藝領導

---

❾ 一九五五年六月十日，「長江日報」，吳奚如著：「徹底查明胡風的政治背境」。

權」而打擊魯迅聲望，各懷鬼胎之下的論戰，由於周揚手下與周揚的拙劣文筆，未佔到便宜，「國防文學」的口號之爭，雖有中共中央撐腰，但是周揚手下的將兵，終不如魯派來得整齊，暗地裏在「黨中央」獲得支持，周揚抓住了黨的上方寶劍，表面上是勝了，但骨子裏却是輸給魯派的胡風，即使不輸，也是平分秋色。

「論主觀」引起的風波，實在只是胡風與周揚仇恨的另一個引爆點而已，兩人的裂痕愈來愈擴大，基本上「論主觀」引起的戰火仍然是「典型」問題論爭的延伸。

「左聯」解散，左派文藝陣營分裂，魯迅病逝，兼之抗日戰火已延燒到全國，一九三七年（民國二十六年）十月初胡風由上海逃到武漢，他對於左翼文壇失望之餘，企圖另立山頭，在胡風被鬥期間，吳奚如寫了一篇「徹底查明胡風的政治背境」中說：「胡風要做新的第三種人。」[10]因此在他創辦的「七月」上，攻擊左翼文壇的作品為「機械庸俗唯物論」，周揚的班子又施故技，扣給胡風一頂「意圖破壞抗戰統一戰線」的大帽。

一九三九年二月胡風由武漢撤退到重慶。到了重慶的胡風，由於在「七月」的批評，馮乃超要他放棄自己的觀點，接受中共的領導，但這一代表共黨的勸告，並未被胡風所接受。[11]大概中共斷絕了津貼，到了重慶的胡風，窮愁潦倒，生活相當困難。玄默在「胡風二三事」上說：「胡

---

[10] 瞿志成著：「中共文藝政策研究論文集」，一二五面，時報文化公司，民國七十二年六月出版。

[11] 民國五十五年十月十日，中央日報出版「三十年代文藝論叢」，玄默著：「胡風二三事」，二〇三面。

風生活清苦，一套舊西裝褲，屁股上兩個大補釘，有幾個錢都用在出版書籍上。家裏的生活主要靠他太太梅林教小學維持。」⓬大概是因爲窮困吧，「胡風按月到國民黨文化工作主持人張道藩領導下的『中央文化運動委員會』領津貼。」⓭他領津貼的名義是「特約撰述」，津貼是「特約撰稿費」。

抗戰時間，政府曾在武漢、桂林、貴陽、重慶等地設有作家救濟站，孫陵曾在貴陽爲領雲南作家協會津貼由獨山撤退作家的旅費而生過氣，陳紀瀅也曾在武漢以大公報的名義，從事這方面的秘密工作。那是政府體諒奔赴抗戰的作家們清苦生活的一種措施，忠貞的作家固然靠這些津貼生活，不少左傾作家也接受過救濟，胡風的「撰稿費」便是變相救濟之一。但是這些曾受過恩惠的左傾作家，却沒有因此而轉變，相反的，「當面與你擁抱，背後捅你一刀」，拿了政府津貼去反政府。

我們與中共的鬥爭中，在文運上一直是詬病的一環，臺灣還有參與其事的老作家，沒有誰去敍述當年這一環工作，資料也沒有公布，到底這項工作是如何進行的，還得等看資料說話，目前一切都只是臆測罷了。事實上當時政府除了運用政治力量，來補助文運之不足以外，我們還看不到甚麼？

⓬ 同❿。

⓭ 同❿，一二六面。

胡風到了重慶，生活雖然艱苦，仍未放棄與周揚宗派之爭，在重慶時期，他反對中共透過郭沫若提倡的「文化普及運動」爲「愚民政策」，所以撰寫「今天我們的中心問題是什麼」一文，攻擊「公式化」與「概念化」，隨後在討論「民族形式」的問題上攻擊中共文藝政策。翟志成先生對這個問題的看法是：「禍闖得最大的，是胡風在一九四〇年發表『論民族形式問題』。他以權威的總結者自居，把所有參加『民族形式』論爭的作家全部教訓了一遍，被他罵爲不懂『現實主義』的幾乎是中共文化界的領導人。其中主要有：陳伯達、艾思奇、周揚、何其芳、黃繩、潘梓年、葛一虹、以羣、孔羅蓀，以及親共作家郭沫若……，其中何其芳、周揚是中共文藝界的實際領導人；特別是艾思奇與陳伯達，一是中共首席理論權威，一是毛澤東的御筆，在當時教訓艾、陳，實際上是教訓毛澤東本人。可以這樣說，胡風的敗亡的遠因，早於一九四〇年就伏下了。」⓮在文藝批評上，胡風自視爲魯迅的弟子，其筆法也同魯迅一樣的尖酸刻薄，善於用子之矛攻子之盾，甚而他比乃師更加銳利，簡直同刺蝟一樣，只要他一擺開陣式，就會把周圍的人物刺得鮮血淋漓，他如果活在自由世界，可能成爲獨立特行的作家，可惜他是生活在除此之外別無分號的一言堂的共產世界裏。

胡風在一九四三年從香港跑到在廣東、江西、福建交界處及羅孚山一帶活動的東江縱隊，後

⓮ 轉引自邵奎麟著：「論主觀問題・胡風文藝思想批判論文集彙集」一集，七一面，作家出版社，一九五五年出版。

來逃到桂林，在這個時期，胡風同樣被左翼文壇圍剿，但他却戰鬥到底，他在「在混亂裏」的序文說：「不要批評則已，否則，眞正的批評定要和火熱的人生要求相呼應，一定要和痛苦的歷史戰鬥相呼應，一定要使任何種類的、掛羊頭賣狗肉的作家們受傷、喊痛，以至當場出洋相的，決不做出只要有利於自己，對任何人都可以作揖打恭，只有幫閒專家才能做得出來的奴才式的表情。」（轉引自翟著）這段話，等於是胡風的性格白描，那倒是表裏如一的，當然後來「三十萬言上書」也是這種性格的具體表現之一。

胡風雖然勇於戰鬥，也長於自圓其說，但舒蕪在一九四五年一月的「希望」創刊號上發表的四萬字「論主觀」的長文，由於邏輯不嚴謹，引起持續五年的論戰。舒蕪放了一把火，胡風到處去撲救，如同補江心船漏一樣爲舒蕪聲援，在胡風歷次論爭的縱橫捭闔中，這是唯一挨打，而且落下風的一次。

胡風尊崇魯迅爲師，除了文風上學魯迅之外，護短和扶持青年、建立自己的派系，也師法魯迅，他辦的刊物，都屬同人或同門雜誌，卽使大師級的作家，也很難擠進他的園地內發表作品。舒蕪在未曾倒向周揚以前，是胡風的死黨之一，他在「論主觀」那篇文章中，雖然帶給胡風災難性的論爭，但胡風却始終沒有一句怨言，胡風之護短與門戶之見，可知一般。不過舒蕪的「論主觀」，主要論點是：「所謂主觀，是一種物質性的作用，而只爲人類所具有。它的性質，是主動而非被動的、是變革而非保守的、是創造而非因循的、是役物而非役於物的、是爲了同類的生存而非爲了滅亡的，簡言之，即是一種能動的用變革創造方式來利用萬物以達到保衞生存和發展生存之目的的作用，這就是我們對於『主觀』這一範疇的概括說明。」⑮這種論點，不能爲中共的文藝政策所接受，故此一論文提出後，在教條主義的共產黨人是受不了的，問題相當嚴重，因爲舒蕪否定了主觀是社會物質生活的產物這一觀點，當然也否定了階級性，因此舒蕪的文章一刊出，等於捅了馬蜂窩，給胡風帶來的麻煩可想而知。

但未料，這樣一個黨徒竟然在胡風被鬥的緊要關頭，爲了自保而投入周揚的懷抱，提供周派攻擊胡風的資料，造成致命的傷害。

胡風是把舒蕪視同心腹與死黨之一的，所以如何部署對付周揚，如何求得胡風一派的壯大，如何求得生存等等問題，都與舒蕪在信件中商討，甚至於對政策與某人的不滿，也都在信中坦然透露，沒有一絲防備。舒蕪投入周揚的懷抱以後，這些信件就成爲周揚攻擊和清算鬥爭胡風的利器與證據。恐怕胡風是永遠都想不到的事情。

在胡風集團中，倒戈的尙有小說家路翎，胡風受到這兩個人提供的反黨證據的影響，胡風集團已從此冰消瓦解，他在中共取得一定位置的黃粱大夢是徹底的醒了。當然魯派也自此結束。

胡風在一九四九年以前，一向在所謂的「白區」工作，他的文藝思想，是從人本主義出發形成他所謂的「現實主義」，他認爲人的思想、情感是由精神而非物質形成，因而他強調人格。一

⑮ 轉引自瞿著、瞿志成引自「關於胡風反黨集團的一些材料」，一九五五年五月，人民日報。

九五五年作家出版社出版「胡風文藝思想論文彙編」第三集上，蔡儀在「批評胡風資產階級唯心論文藝思想」一文中，引用胡風著的「現實主義的路」一文中的話說：「爲人生，一方面須得有爲人生的眞誠的心願，另一方面須得有對於視爲的人生的深入認識（引原文原句，按）。所採者，所揭發者，須得是人生的眞實，那採者揭發者本人就有痛癢相關地感受到『病態社會』底『病態』和不幸的人們底不幸的胸懷，這種主觀和客觀眞理的結合或融合，就產生了新文藝底生命，我們把那叫做現實主義。」他這一段話充分說明了他的文藝思想的由來，這種主張與毛澤東的講話南轅北轍，其實南轅北轍也不重要，這些理論的矛頭，直指中共文藝奉爲經典的毛澤東「在延安座談會上講話」加以批判。他的現實主義是怎樣的一種精神，我們從前面所引的引文片段，大致也可以獲得胡風文藝思想的輪廓。他在同一篇文章中，進一步的明白宣示現實主義的主張，胡風說：「這種精神由於什麼呢？由於作家的獻身的意志、仁愛的胸懷，由於作家底對現實人生的眞知灼見，不存一絲一毫自欺欺人的虛僞。」他所主張的現實主義，竟然赤裸裸的暴露了他的「資產社會」與「資產階級」的小布爾喬亞思想。

雖然他有這種傾向於自由思想的主張，但他並不具備民主自由的理念，實際上他仍然是爲共產主義與共產黨效命，我們不能據此而認爲胡風反共，他是不會反共的，他的爭只爭共黨的正朔，只是認爲他比周揚以及其集團中的任何人能力都強，對共產黨奪取政權的鬥爭過程中，奉獻與發生的力量比誰都多，但共產黨奪得了政權之後，所受的冷遇是不相稱、不公平的，他要把周揚拉下馬來，自己來做中共的文藝總管，來做中共的文藝皇帝，他的鬥爭與被鬥，都是爲一個利字，周揚鬥胡風也是由保護既得利益而整人的，所以評胡風也好，評周揚也好，這個基本態度應當認識清楚，否則我們所得的結論就不是我們需要的結論了。所以我認爲胡風如在共產黨內得勢，說不定比共產黨更共產黨，更沒有其他人的活路。

由於胡風的宗派森嚴，又一直以提拔青年作家而廣置黨羽，前舉的路翎就是胡風一手所栽培的，這種作風及思想，中共絕不能容忍。

於是一九四五年一月二十五日在重慶的左翼作家，召開了一次會議，並進行對胡風的圍剿，不過倔強的胡風並沒有就此屈服，「希望」又刊出舒蕪的「論中庸」展開反撲，直鬥到中共在重慶另外又召開一次座談，那個座談會在中共重慶地下黨的支持與指導之下，再度逼迫胡風，而這次的鬥爭也擴大到了香港，周揚派的何其芳、邵荃麟、林默涵等都動員了，胡風不僅沒有屈服，反而更堅持他的主張，這在中共來說，是「死不悔改」的「死硬派」。

對於胡風，中共可說是傾其全力加以對付了。不僅動員所有作家、理論家予以口誅筆伐，同時也運用了中共的所有事業及地下力量來對付胡風。關於這一點，一九四五年四月十三日胡風給舒蕪的信上說：「連書店老爺都以爲刊物犯了宗派主義（沒有廣約文壇大亨），托詞說四期起不能出了，你看，這是什麼世界？但一定要出下去，設法出下去。而且要出得更有光，更有力，用來打他的耳光子。」同年七月二十九日又給舒蕪的信，仍是談到「希望」及中共批鬥圍剿胡風的情況。胡風說：「主要問題是刊（按，指「希望」而言），給密密地封鎖了。……爲這刊，受氣受苦不小，但想來想去，打散兵戰效力太小，被淹沒，眞不知如何是好。問題還是一個：要能妥協，刊就可出；但如果妥協，又何必出它呢？」⑯胡風至此，已經到了山窮水盡的情況，不僅生活苦，精神也相當苦悶。

我不想在這裏談中共文藝鬥爭的手段如何鄙劣的問題，不過由這兩封信，可以對胡風有更清晰的面貌。

他提出自己的文學主張，乃是基於個人的認識與自由，也許他的理論不能成爲文學的主張，也許邏輯推演不周延，而無法自圓其說，但這些都可以自由的辯論，在辯論中獲得結論，可是胡風的遭遇不同，他提出自己的文學主張以後，被中共以其嚴密組織的力量予以圍剿，我們已從他給舒蕪的信中，感覺到中共運用文學以外的力量來對付胡風，手段之鄙劣令人齒冷。

基本上胡風仍是中共的一員，所提出的主張，仍然是爲維護中共的政治利益，脫離不了文學爲政治服務的基調，不過只是方式曲折一點罷了。我們並不同意他的文學主張，也不因爲他反周揚、反毛澤東的文藝政策，而認爲胡風是反共的，實則胡風的反周揚、反毛澤東在延安的文藝講話，脫離不了宗派與宗派利益之爭。

胡風眞是刺蝟一般，他與周揚派的論爭一直沒有停止過，一九四八年冬，胡風由上海到香

---

⑯ 同❷，一三二面。

港，一九四九年一月奉中共的命令乘船去東北，在王家島上岸，但是「解放」後，胡風什麼也沒有撈到手，除了全國文聯委員、作協理事、人大代表之外，眞叫是「冠蓋滿京華，斯人獨憔悴」，胡風對中共奪得政權所作的獻身，與他所取得的代價不能成爲比例。胡風是人，他的反應與內心的痛苦，是可以推知的。

周揚這時已成爲紅朝新貴，奉爲正朔，照理應當放鬆與胡風的對抗，可惜心胸狹隘的周揚不僅未對胡風放鬆，相反的却運用他的權力與其黨羽變本加厲的對胡風一派壓迫。凡屬胡風一派的作家，雖然尙未利用其權力剝奪工作，但分配的都是一些無權無勢的閒職。

周揚不僅暗鬥胡風，據翟志成先生說：「一九四九年七月十九日，『中華人民共和國』還未成立，茅盾就在他負責起草的『十年來國統革命文藝運動報告提綱』中，對胡風集團作了不指名的攻擊。」⑰

胡風於一九五〇年在曾卓主編的「大剛報」副刊上連續三天，以整版的篇幅，發表他的一千八百行長詩「時間開始了」後，蕭三、沙歐、何其芳等人便自「文藝報」一卷十二期至二卷四期，陸續攻擊胡風，進一步的迫害緊接着「革命勝利」而來。因而胡風於一九五一年下放四川參加土改，雖然這使胡風避過同年十一月淸算「武訓傳」的一次文藝整風，不過胡風的惡運却在這一段時間才開始。

⑰ 同❷，一三四面。

舒蕪投向周揚的懷抱後，於一九五二年五月二十五日在「長江日報」上發表了「從頭學習『在延安文藝座談會上的講話』」，這篇「文章」於六月八日經「人民日報」轉載。舒蕪的這篇檢討式文章，大意是承認「論主觀」的錯誤，並批評胡風，表示要與胡風劃清界限。一九五二年十二月十一日，在周揚的主持下，召開了「胡風文藝思想檢討會」，胡風在這次檢討會上，承認枝節過錯，保持大原則不變，巧妙的避過了鋒頭。

至此，胡風已經深深了解，文藝與政治脫不了關係，要實現自己的主張非要掌握權柄不可，雖然周揚已經全面展開對胡風的批鬥，並從內部瓦解胡風這個集團，但是胡風却並不服輸，挺着脊樑骨頂下去。他這時已從四川回到上海，那裏雖然是昔日的文藝重鎮，只是時移勢易，文藝的發號施令臺已轉移到北平。要想和周揚鬥也好，或者要攫奪文藝權柄也好，都要到北平去。於是他透過謝韜找到周恩來的秘書于剛向周求援。胡風在重慶時代與周恩來曾是舊識，在周恩來的幫助下，於一九五三年七月二十四日舉家搬到北平，周恩來給胡風的職務是「中央文學研究所」教授，另兼「人民文學」編委⑱。同年林默涵發表「胡風的反馬克思主義的文藝思想」一文後，鬥爭胡風已經由資產階級文藝思想的偏差，升級爲「反革命」，這是要人頭落地的鬥爭，他已意識到他與周揚之間的恩怨，已不是文藝思想問題，而是生死之鬥，到了你死我活的階段。到了這種程度，退縮幾乎是不可能的，除了放手一搏外，幾乎沒有第二條路可走。

⑱ 陳紀瀅著「三十年代作家記」，一〇二面，成文出版社，民國六十九年五月出版。

他在尋找一個反撲的機會，終於這個機會來了。

一九五三年九月二十三日，中共召開「全國文藝工作者第二次代表大會」。這次大會共有五六〇位代表參加，「文化部長」兼「中國文學藝術界聯合會」主席的茅盾（沈雁冰）的報告指出，四年間（按：從一九四九——一九五三）出版的文藝作品千餘種，較佳者有徐光耀的「平原烈火」、劉白羽的「火光在前」、揚朔的「三千里江山」、胡可的「在戰鬥裏成長」、老舍的「春華秋實」、崔山魏的「誰是最可愛的人」，文藝可說是歉收的⑲。爲什麼會這樣，他說：「我們許多作家還不能大膽的去表現社會生活各方面的矛盾，深入到矛盾的內部……他們往往不是從這些矛盾鬥爭面輕輕滑開了，就是用主觀的方法把矛盾輕易地『解決』了，因而複雜的、豐富的社會現象，在作家筆下簡單化了、片面化了，變成了乾癟的公式。這就是普遍指責的概念化和公式化的傾向。文學工作的缺點，還表現在文學形式的單調和粗糙，……它把複雜而豐富的現實生活簡單化爲幾個概念所構成的公式，其結構是所謂落後、對比、轉變三段法，人物形象則有一定的幾張臉譜，不論所寫的是工廠，或是農村，不論主題是增加生產，或是爭取婚姻自由，都可套用這樣公式。這作品當然就不可能有眞實性和具體性，當然也不會被羣衆所歡迎。」⑳這種千篇一律的作品，沒有市場是可想而知的，旣沒有市場的刺激，作品自然就無法豐收了。

⑲ 丁森著：「中共文藝總批判」，一八四面，亞洲出版社，民國四十三年四月出版。
⑳ 王章陵著：「中共的文藝整風」，一一二面，國際關係研究所，民國五十六年三月出版。

這是什麼原因，茅盾已經說了，這是「八股」所造成的，而文藝之所以成爲一調化，是文藝總管們「管」的結果，足見周揚在這上面犯了錯誤。

機會終於到來，胡風採取孤注一擲的方式——決定告御狀。於是胡風從一九五四年三月間開始積極蒐集資料，王章陵說：「胡風迎接周揚的攻勢，他所改訂的戰略，就是加強理論上的『挖心戰術』，並以『文藝報』爲重點。所謂理論上『挖心戰術』，即『從根子上破壞黨的文藝政策、文藝理論』，並把這個錯誤的責任加在文藝工作領導人周揚的身上。」[21]胡風蒐集些什麼材料？

一、中共「立國」以來出了那些壞書，爲什麼出？

二、中共出版了什麼好書，出版前受了什麼打擊？

三、周揚怎麼搞宗派主義，實行宗派迫害？

四、批評胡風的理論錯誤在那裏？

五、批評阿壠的錯誤在那裏？

……

這些資料蒐集好以後，四月寫成大綱，分給他的骨幹分子討論和提供意見，足見胡風是愼重其事的。七月寫成了三十萬言的「關於幾個理論性問題的說明材料」，呈給中共中央，另一方面

---

[21] 同[18]，一〇三面。

策動他的黨羽，依據上書的內容分別寫信給中共的重要人物，控告文藝的負責人。顯然胡風已經全面反撲，除了自己具名的上書以外，還要他的黨羽製造「輿論」。胡風的成敗，都在此一舉了。

陳紀瀅先生說：「胡風在三十萬言上書中，以『主觀戰鬥精神』的基本論點，來說明階級立場、現實主義、黨性原則、法治實踐和創作等問題，進而攻擊毛共基於『毛澤東思想』的政策，是架上作家們脖子的『五把刀子』。」[22]這五把刀子是：

第一把刀是：「共產主義世界觀」，作家要從事創作實踐，非得首先有完美無缺的共產主義世界觀不可。

第二把刀子是：和「工農兵結合」，在這個教條下，只有工農兵的生活才算生活，日常生活不是生活，……這就把生活肢解了，使工農兵生活成了眞空管子，使作家到工農兵生活裏去之前，逐漸痲痺了感受機能。因而就不能吸收任何生活，尤其是工農兵生活。

第三把刀子是：「思想改造」，他認爲「思想改造」是殺人不見血的精神虐殺。

第四把刀子是：「民族形式」，他認爲中共在文藝上是假民族形式之名，行庸俗化之實的做法。

第五把刀子是：「重要題材」，他認爲中共以題材決定作品的價值，忠於藝術就否定忠於現實，這使作家變成了「唯物論」的被動機器，完全依靠題材，勞碌奔波的去找題材找典

[22] 同[20]，一一四頁。

型。

這個上書，胡風可能已經想到，批評周揚的文藝政策，等於否定了毛澤東「在延安文藝座談會上講話」。這種作爲，在共產黨的世界裏，胡風犯了絕對的錯誤，他不知道誰當權誰就是黨這個原則，他批評了執行毛澤東文藝政策的周揚，在推論上已經是反黨了，何況又批判了毛澤東的文藝政策呢？

胡風原以爲這孤注一擲不僅可以扭轉劣勢，也很可能把周揚一棍打倒。中共中央接到胡風的上書，於一九五四年十月清算胡適思想波及了兪平伯。十月二十八日「人民日報」刊出袁水拍「質問文藝報編者」的文章，胡風以爲是從上書而發展開來的態勢，很可能改變局面，胡風是太天眞和太樂觀了。

接着「文聯」及「作協」從一九五四年十月二十八日到十二月八日止，在這三十九天當中先後召開了八次擴大「聯席會議」，胡風和他的黨徒曾在這八次會議中發言。胡風計劃「從打擊『文藝報』而拖垮周揚」。胡風在會中毫不保留餘地的攻擊導致了「文藝報」改組，馮雪峰丟掉「文藝報」主編的職務。郭沫若、茅盾、周揚等人被迫坦白承認領導上怠忽了職守㉓。看起來，似乎胡風獲得初步的勝利，不過他的攻擊，已使魯派的大將之一及魯迅的大弟子，也是胡風師兄的馮雪峰受到了牽連。

㉓ 引自李牧著：「三十年代文藝論」，二七七面，黎明文化公司，民國六十二年六月出版。

除了馮雪峰被捲入這次整風之外，其他尚有謝韜、方然、曾卓、劉雪葦、賈植芳、彭柏山、阿壠、蘆甸、滿濤、王元化、馱庸、羅洛、王戎、杭行、馮秉序、吳人雄、馮大海、李離、何苦、余曉、冀汸、朱谷懷等。打擊面之廣，僅次於第一次文藝整風。這次的文藝鬥爭，原則上仍是三十年代「左聯」的派系之爭的延續，不過是借路線與政策之名，以逐行報復當年兩派結下的私怨而已。

這次的鬥爭，胡風方面準備得相當充分，根據翟志成先生的說法，胡風的勢力分布情形如下：

一、天津地區：阿壠（陳守梅）爲胡風布置在天津的主將，其他尚有魯藜、蘆甸（劉貴焙）、馮大海、李離、何苦、余曉、王琳、顧牧丁、吳繼雲、徐放、閻望、林莽、侯紅鶴、閻有太等。

二、上海地區：彭柏山、劉雪葦、賈植茅、張禹（王思翔）、羅石（張中曉）、梅林、耿庸、羅洛（羅澤蒲）、王元化、羅飛（羅杭行）、馮秉序、王勉、俞鴻模、王戎、李正廉、顧南征、許史華、化鐵（劉德馨）、逯登泰、斯民、滿濤、曰木。其中以彭柏山爲主將，他曾任華東軍區政委會文化部副部長、上海市委宣傳部副部長，與胡風有深厚的友誼。

三、北平地區：路翎（徐嗣興）、謝韜、蘆玉、牛漢、金山、黃若海、趙梅嘉、陳獻猷、劉大海、劉振瀛、梅志等。路翎才情縱橫，是胡風一手提拔的作家，也是他主要心腹之一。

四、武漢地區：曾卓、綠原、王采、王鳳等。

五、湖南地區：彭燕郊（陳德矩）、郭仁成、胡天風。

六、杭州地區：方然、冀汸。

七、南京地區：歐陽莊、華田、蘇訊、黃天戈、鄭造。

其他尚有東北、廣東等地區的作家，這些人多數都被這次整風所波及，周揚在這次鬥爭中，心狠手辣，大有一網打盡之勢，株連方然、阿壠、彭柏山等二十餘人，一九五五年四月初，繼俞平伯「紅樓夢研究」事件之後，整肅「胡風反革命集團」接着揭開序幕，至五月十三日「人民日報」發表胡風給舒蕪和路翎的六十七封信，作爲指控胡風反黨的證據，五月二十四日、六月十日「人民日報」又發表第二和第三批胡風給人及人給胡風的私函，「人民日報」在這段時間裏，據說接到讀者要求嚴懲胡風的「讀者投書」一萬一千八百封㉔，懲辦胡風的輿論已經形成。於是在一九五五年五月二十五日，「中國文聯」和「作協」聯席擴大會議上，對於「胡風反革命集團」一案，作成五項決議。這五項決議爲：開除胡風作家會籍、撤銷所擔任作協理事及「人民文學」編委、撤銷文聯全國文委會委員；建議「人代會」撤銷「人代」代表資格；建議「人民最高檢察

㉔ 同❷，一三六面。

院」對胡風「反革命罪行」進行處理；要求「文聯」及「作協」胡風集團分子站起來揭露胡風的罪行。到了這個關頭，胡風已經徹底的被鬥倒了。

同年七月五日中共「全國人民代表大會一屆全國代表大會第二次會議」在「懷仁堂」召開，新華社上海十八日電卽傳出胡風被捕的消息。據翟著「中共文藝政策研究論文集」說，胡風現在在四川「政協」當掛名委員。胡風被捕後渺無音訊，現在終於知道他還活着，不過活得相當痛苦罷了。

一個作家不能寫作，沒有地方發表作品，我們可以想像得出那是什麼滋味。

胡風一九〇四年（光緒三〇年，據翟志成先生在「中共文藝政策研究論文集」中，引顧牧丁、屈不平、魯喟然三人的說法，以爲顧的說法較可信，此處從翟說）生於湖北蘄春縣邵壠鄉（一說下石潭鄉）。原名張光人，又名光瑩，筆名谷音、谷非、張古音，自稱荒胖子。父親張濟發，生四子，胡風有大哥名山、二哥名梯、四弟學仁，胡風自稱少年時代生活還很清苦，父母親結婚當天就向鄰人借米，以後靠做豆腐而逐漸富裕，不過他的一位中學同學屈不平却說他家是靠放小款取子金爲活，是雇有長工的「小資產階級」，且不管他的窮富，反正現在在共產黨的統治下，大家都是赤貧了。

一九二一年（民國十年，十七歲）考取武昌「啓黃中學」，未畢業，於一九二三年轉往南京「東南大學附屬中學」就讀，與巴金曾同在這間學校讀書，二五年加入「社會主義青年團」（共青團），成爲一個準共產黨員，這年考進北大，二六年轉入清大，一九二七年離開清大回到蘄春，參加國民黨蘄春縣黨部工作，曾與共產黨員鬧風潮，槍斃蘄春縣商會會長余肇被檢舉而逃亡。同年曾參加國民黨江西剿共的政治工作；一九二八年與方瀚去日本進入「應慶大學」加入日本共產黨，一九三一年回國，不久又去日本，一九三三年在日本以反日罪名被捕，關了三個月後釋放回國。回國後，在他一生中所發生的大事，概述如下：

一九三五年爲文藝創作中的典型問題，與周揚發生論戰。

一九三六年五月展開「兩個口號」之爭，也種下日後被鬥的仇恨種籽。

一九三七年十月撤退到武漢，在武漢創辦「七月」。

一九三九年二月從武漢撤退到重慶。

一九四一年因新四軍事件逃亡香港。

一九四三年三月初到桂林，續主編「七月」、「呼吸」，三月中撤退到重慶，創辦「希望」。

一九四五年一月因舒蕪的「論主觀」，引發持續五年的論爭。

一九四八年四月由香港去東北，進入所謂「解放區」。

一九五〇年在上海創辦「起點」，不久停刊。

一九五四年九月當選「第一屆人代會」四川代表。

一九五五年被清算。

至此，胡風雖然沒有死，等於已經從人間消失了。

據翟志成先生列表統計，胡風的著作計有：

一、論文集：「文藝筆談」等十四種。（包括胡風上書）。

二、雜文集：「文學與生活」等五種。

三、詩集：「野花與箭」等八種。

四、譯作：「洋鬼」等四種。

以上共三十一種，未結集出版的作品爲數不算少。不過我們參考李立明先生著的「中國現代文藝作家小傳」所列胡風的著作名稱，與翟志成先生所列的稍有出入，但翟先生的著作出版在後，採翟志成的資料，我想胡風的資料雖然不少，遺漏還是難免。

基本上胡風是反毛的文藝思想的，但那不代表他愛好自由、崇尚民主，他在高中時代就已經是共青團的團員，雖然因畏懼段祺瑞政府而請求退出，那只不過是怕死罷了，並未動搖他信仰馬克思主義的「理想」，因爲他到日本留學，再度加入日共（一說第三國際）這一點就是最好的證明。

胡風的文學如何呢？從上列他的著作之中，一定要分類的話，他應當是詩人兼理論家。以他的創作而言，「時間開始了」是一千八百行的長詩，可能是他的代表作或力作之一，可惜此間讀不到胡風這首備受周派攻擊的長詩，所以無法做什麼評論；至於其他著作，也因爲多屬於硬性（知性）的論文，此間也沒有翻版品可讀，故對於胡風的作品，很難下什麼斷語，當然也無從批評。不過巴金曾經是胡風在南京時代高中的同學，自然知道胡風甚深，他的批評應當是可以信賴的。

巴金如何批評胡風呢？他在一九五五年五月二十五日「人民日報」刊出一篇題爲「必須徹底打垮胡風反黨集團」一文裏，巴金說：「他支支吾吾、呑呑吐吐、說些不像中國語言的話，寫些不像中文的文章，居然有些青年把他當作經典，以爲作者學問如何淵博、理論如何高深，這大半靠他的集團吹噓。」㉕也許那時胡風正在被鬥，巴金的批評很可能出於自保與打落水狗，所以對巴金的批評，我們採取一種保留的態度。王瑤在「新中國文學史」內，引用舒蕪的話，我們轉引作爲巴金觀點的旁證，很容易得到較爲客觀的結論。舒蕪說：「我們互相標榜，自吹自擂，到了肉麻的程度。」胡風所編的雜誌，都採關門主義，除非是胡派（也是魯派），是不會採用稿件的，足見其集團組織之嚴密，互相標榜吹捧當然可能了。

他使用這方法組織胡派，也用這個方法維繫和鞏固他的勢力，也作爲他對成員的一種利益。以他的行爲，證諸巴金的批評，就不會離譜到那裏去了。

胡風的文風如何呢？陳敬之先生說：「至於胡風之師事魯迅，則如顏回之視孔子，其讚仰敬

㉕ 轉引自瞿志成著：「中共文藝政策研究論文集」，五三面。

㉖ 陳敬之著：「三十年代文壇與左翼作家聯盟」中「左得離奇的胡風」，一四八面，成文出版社，民國六十九年五月二日出版。

慕之忱，更是到了五體投地的程度。卽此，可見胡風在魯迅生前所以被人譏爲魯迅門下的『兩個門神』之一。」（另一門神爲馮雪峰）㉖所以他文章的風格，也都深受魯迅的影響，驃悍潑辣、尖酸刻薄，尤其是雜文方面，更是如此。但魯迅却在答徐庸懋的信裏，說他「爲文不肯通俗」，巴金說他的那些話，自然可以信賴，他的作品的確是艱澀的文章。故而，胡風雖然爲中共的文藝大將之一，其實是沒有什麼可觀的。只是我們對於胡風與周揚的鬥爭，却值得同情，起碼那不屈服的「硬骨頭作風」，可以與王實味、蕭軍相比擬。

當然，胡風的知名度在海外是高於周揚的，但還是不能和巴金等人比，除了「時間開始了」這首詩以外，胡風實在沒有什麼創作，了不起，他只不過是一個「文評家」，連理論家都談不上。可惜此間無法讀到他的作品，因此有一種神秘感。我曾假定，有一天此間能讀到他的作品，揭開了那點神秘感，胡風也就不怎麼樣了。

根據我們的分析，周胡之爭，是宗派之爭、權力之爭。基本上，胡風還是共產黨員，他們爭論的目的，固然是爲了打倒對方，其目標却都是爲了共產黨的利益，只是達到目標所走的路子不同、方法不同罷了。原則上那是中共的家務事，不過平心而論，他的文學思想，是較周揚開放的，倘使他不是一個共產黨員，而又生活在自由地區裏，相信他會有一點成就也說不定。

七三、一、二八完稿、七三、四、文藝月刊一七八期

胡風的下場與個性有關

胡風比起他的死對頭周揚，胡風作品的量與質，都要高出許多（作品已見前揭），僅以量而言，周揚就難以與胡風比，論對中共的忠誠，胡風不下於周揚。這麼一個對中共有相當貢獻的人，不僅未得到應得的地位、待遇，反而被中共打入地獄裏？只要多接觸一點有關胡風的資料，就會獲得一個印象，除了自「典型」問題，與胡風發生論爭以後，雙方都把對方視同仇敵，非得之而後甘這一點之外，他那刻薄的個性，與他今天的處境，有着密不可分的關係。

一九四五年，也就是抗戰勝利後不久，胡風由重慶回到上海，據翟志成先生引自王戎著刊於一九五五年六月二十八日上海「新聞日報」上的一篇「反革命頭子胡風在『蛇窟』中的罪行」裏說：胡風由重慶回到上海，住在上海永康路文安坊六號二樓，那是一棟三層樓的房子。在抗戰期間，胡風的岳母屠王縝把三樓和底樓分租，他為了逼房客搬家，不惜借用上海社會局的力量，同時故意製造事端切斷水源，把住三樓的女房客安桂林打得鮮血滿面，又盜賣底層房客楊秋白的家具等。

爲了保護財產，這種行爲尚可原諒，最不可原諒的是胡風對待他岳母的態度。王戎在上引的文章中，對胡風的這種惡劣態度描寫說：

「胡風對六十多歲的外母（按：卽岳母）態度惡劣，把她當女傭使喚，不准她進胡風的臥室，也不許她同桌吃飯。」

翟志成先生在引用王戎的資料以後，認爲那種個性是胡風失敗的重要因素之一，這個觀點我非常同意，一個對親人苛虐的人，怎麼能指望他對人寬厚呢？

翟志成作這樣的評論，他說：「以上資料，是一個叫王戎的上海『新聞日報』記者所揭露的。王戎後來被證實爲胡風分子而被逮捕。如果王戎的話是可信的，那麼胡風是一個暴戾而毛躁的人。暴則失衆，躁則輕敵，這與胡風日後的失敗是有直接關係的。」對翟先生的判斷我頗有同感。不過翟先生是搞研究的，卽使是直接的證據（王戎的文章應是直接的證據），也抱着三分存疑，這對於求眞求實的學術態度是有其必要的，所以才有「如果王戎的話是可信的」這種懷疑的話。其實王戎若是胡風集團分子，寫那篇報導自然可靠，卽使略爲誇張，也必然有許多事實作根據，否則王戎不會無中生有的寫那篇文章。不過我們不知道這篇文章是在那種情況之下寫的。因爲一九五五年胡風已經開始被鬥，胡風的內部也有崩離的現象，很可能王戎已被周揚集團所收買，他既是胡風集團的成員，而當時胡風已被打入反革命分子，王戎以出賣胡風求得自保也說不定。不過無論在任何情況之下寫那篇東西，事實總是有幾分的，無論它有幾分，對於我們認識胡風這個人而言，無疑是有幫助的。

由於這種自私，養成胡風梟鳥似的性格，復由於從日本回來後，雖然曾在國民黨的一個出版機構擔任編輯，但旋卽由馮雪峰的介紹而加盟魯迅派，年輕的胡風很自然的受到魯迅的影響而自負、自大、狂妄、不把人看在眼裏。這種個性，搞文藝尚無不可，想當文藝官這種個性已是扞格不入，何況又想當充滿了詭變、鬥爭的共產黨的文藝官呢！具有這種個性的人，不要說在共黨的世界裏不適合當官，就是想做個平民，也難得安穩，因此胡風的失敗，在這種個性養成之時就已經注定了。

胡風的自私，還可從他所辦的雜誌用稿方面看出來。他所辦的雜誌，一向都搞圈圈，用自己人的稿，卽使是全國性的大牌作家，如非其族類，便休想在他的地盤內分一杯羹，有時他寧願捧新人，也不用名家的稿件。而他用新人，目的也爲了建立自己的幫口，發展自己的勢力；批評也是一樣，凡是捧的都是魯派人物，經他捧紅的，據翟志成先生說，有鄒荻帆、田間、艾青、天藍、莊湧、魯藜、綠原、冀汸、方照、阿壠等人。後來這些人也都是胡風的心腹，直到周揚把胡風鬥垮爲止，胡風提拔過的這些青年作家，還是胡風派的核心，可見得胡風建立幫派，擴大自己的勢力範圍，是從馮雪峰把他介紹給魯迅之後，便處心積慮的爲自己未來在文藝界上建立山頭作準備了。

另外，胡風也同魯迅一樣，是一隻大老鴉，到那裏，那裏便着火；到那裏，那裏便有論戰，在上海時期，與周揚展開「典型」及「兩個口號之爭」的論戰；在重慶時期，他發表「今天我們的中心問題」攻擊左傾作家，繼之以一篇「論民族形式問題」，一筆把陳伯達、艾思奇、周揚、何其芳、黃繩、潘梓年、葛一虹、以羣、孔羅蓀、郭沫若等都掃了，到桂林也是一樣的狂狷不馴，照樣的筆戰連連。這樣的人一旦失去權柄，那有不成過街老鼠的道理？

說他是火老鴉，並非他故意如此，乃是從他的血液裏就流有反叛與批評的因子，他在「在混亂裏」的「序」文中說：「不要批評則已，否則，眞正的批評定要和火熱的人生要求相呼應，一定要和痛苦的歷史戰鬥相呼應，一定要使任何種類的、掛羊頭賣狗肉的作家們受傷、喊痛，以至當場出洋相的，決不做出只要有利於自己，對任何人都可以作揖打恭，只有幫閑專家們才能做得出來的奴才式的表情。」以這種態度去寫批評，固然言之有物，但是胡風却像刺蝟一般，只要碰他，便都血淋淋，凡非我族類，都在排斥之列。

胡風反共，並不是從思想意識裏反共，而是魯派與周揚派系之爭「正朔」而戰，一旦當起權來，很可能周揚要變成胡風式的反共了。

我這樣說，是有根據的，他在重慶時期，曾擔任過國民黨的特約撰述，抗戰後在東北、上海等地的知識分子與作家，爲奔赴國難，多數都先後到昆明、重慶等地，生活相當苦，成立於一九三〇年十二月的「中央文化運動委員會」，由張道藩先生領導，潘公展、馮友蘭擔任副主任委員，胡一貫、李辰冬、趙友培、徐文珊等都曾在這個機構工作過。趙友培先生刊在「文訊」第

七、八期合刊中的「抗戰時期的文藝工作」一文，回憶到當年對作家補助的情形說：「選擇若干已有成就，或對國家有貢獻的文化工作者，不分黨派、一視同仁，包括共產黨的文化人士或左傾分子，凡是願意和我們接近的，都可以同他們連繫，每人按月補助稿費若干，以貼補生活。」接受這種補貼的有茅盾、胡風、馮雪峰、田漢、洪琛、許廣平、張友漁、韓幽洞、老舍、老向等，按月致送相當的稿酬。

這種稿費是寫不寫稿都照領，大家心照不宣。由此可知，國民黨確實用了心不說，對胡風更是優遇有加的，却未能使胡風放棄其立場，雖然後來向中共中央上書，力陳文藝管制政策的弊害，以及周揚的許多錯誤，但仍是基於「恨鐵不成鋼」的心理，以及派系鬥爭罷了。愛護中共的基本立場未變，與自由世界的反共是大不相同的，所以說，胡風仍然是一個共產黨員，直到周揚把他打入十八層地獄，也還是沒有放棄他最初的「信仰」。

胡風沒有當權，一旦他當了權，門戶之見更深，而且還不知道他怎麼去整他的死對頭周揚等一夥呢！

據此，我以爲胡風與周揚之鬥，還是中共的家務事，與反不反共可說是無關的，即使反，也只是反中共的文藝政策，反周揚一夥而已。所以胡風的反共，與自由世界的反共有其基本上的不同處。

胡風是中共作家中較具實力與才華的一個，我曾經假定，他如果不陷入政治的爭鬥漩渦裏，只從事文學的創作，說不定會有所成就，可惜他却過於熱衷政治，也過於熱衷做官了。總而言之，胡風的失敗，與他的個性有絕對關係。

七三、四、一、中央日報

論蕭紅及其作品

對於蕭紅這位作家，由於三十多年來禁令的結果，資料來源不易，作品也難讀到；另外一方面，三十年代的文學活動，沒有人下功夫研究，眞相也沒有今天淸晰，所以，一般人把蕭紅也視同左傾作家，此種是由於對蕭紅不了解下的謬誤；其次，蕭紅生於一九一一年，死於一九四二年，按我國的年齡計算法，只有三十二歲，實際的年齡只有三十一歲六個月。按照孫陵先生的說法，「九一八」事變時，她已被在第一女中誘她私奔的李姓青年所遺棄❶，懷了身孕的蕭紅由北平回到哈爾濱，住在小旅館待產，既不願向父親求援，又沒有朋友濟助，欠了旅館四百元房飯錢，向「國際協報」求援，主編老裴幾次談判都沒有結果，直到第二年春夏之交，因松花江上游溶雪，加上大雨，使山洪暴漲，松花江隨時有決堤的危險，「國際協報」的編輯老裴（裴馨園，葛浩文誤爲裴老斐）才利用這種決堤的危險威脅旅館的老闆，減半還淸了房飯錢後，讓蕭紅離開旅館，此後住在裴馨園的家裏，除了供給食宿之外，還幫助蕭紅戒烟，鼓勵她寫作。這時期她使

❶ 見李立明著：「現代中國作家評傳」下册，七〇～八〇面，香港，波文書局，一九八二年二月出版。

用「悄吟」這個筆名發表散文。❷

如果這個說法可靠，那麼蕭紅應當從一九三二年開始寫作，從這年算起，到一九四二年，蕭紅的寫作也不過十年，扣除到日本、到漢口、西安、重慶、香港等旅途上的時間，實際從事創作的時間不會超過八年。這樣一個短命的作家，總字數不會超過一百萬字（有人說是七十萬字），再加上此間不易讀到她的作品，對於蕭紅的忽略與模糊，乃是很自然的事，何況一般人又把蕭紅與「左聯」的那批打手作家聯繫在一起，視同毒蛇猛獸之下，蕭紅便被湮埋了一段相當長的時期。這種情形直到最近研究與評論蕭紅的作品才見增加，又由於翻印商人的翻印，在書刊的黑市裏，可以買到她的代表作「生死場」及「呼蘭河傳」，而使讀者對蕭紅及其作品有較多的認識。至於她的「商市街」、「馬伯樂」則尚未能讀到。

在蕭紅的所有作品中，「生死場」與「呼蘭河傳」固然是蕭紅的代表作，「商市街」是散文，「馬伯樂」則是風格完全不同的諷刺小說。假定能讀到這兩本書，則蕭的文學概貌應當是有初步的了解。不過即使只是「生死場」與「呼蘭河傳」，也足夠對蕭紅個人的思想有相當程度的認識，而不致產生蕭紅與蕭軍兩個筆名去掉蕭字以連成「紅軍」一詞的聯想。先入爲主和僅憑聯想即下論斷，對於文學批評相當有害，不過無論如何蕭軍與蕭紅兩人爲了一個暗示而取筆名的說法，至今沒誰可以證明他們的「用心」，止戈也只是「望『名』生義」而已。❸

---

❷ 見孫陵著：「浮世小品」的「蕭紅的錯誤婚姻」，三四～三五面，正中書局，民國五十年一月出版。

在諸多討論蕭紅作品的論著之中，歸納起來，多數認爲蕭紅的作品與大多數女作家的作品一樣，都是自己的自傳或所熟悉的身邊瑣事。「呼蘭河傳」固然如此，「生死場」也不例外，「商市街」則是與她的情感生活及回憶親友有關，譬如「家族以外的人」卽寫蕭紅家屬以外的人物——有二伯，其次則多數是屬於她所熟悉的農民。在她所有的作品中，唯一憑想像（虛構）的，恐怕就是「馬伯樂」了。不過「馬伯樂」這個虛假的基督徒，多少與魯迅的阿Q有血緣關係，雖然這兩個人物的性格、造型都不同，多重性格及虛矯却是一致的。文學作品的創作，如果完全依靠直接經驗，那麼這種經驗是有限的，只有虛構和想像才是文學創作不斷的泉源。

一個依靠直接經驗爲創作基本素材的作家，他的創作潛力是有限的，蕭紅正在創作的盛年就去世，我們很難對於她寫完了直接經驗的那些作品之後，能不能憑想像及虛構來創作，有較平實的評估，固然她曾經寫「馬伯樂」一書，並且在她所有的作品之中水準不低，但却很難對蕭紅創作的潛在能力下斷語，所以，我們對蕭紅的評論，只能限於她已出版的這些作品。

爲了便於了解蕭紅，不得不對蕭紅的身世作一簡單的敍述，因爲對於蕭紅的身世，在臺灣所讀到的資料雖然不少，但都屬於支離破碎的，卽使是以蕭紅爲博士論文的葛浩文先生所著的「蕭紅評傳」❹也是傳記與文評夾雜，對於一般讀者，是太專門了。以傳記而言，就我目前所讀到

---

❸ 見止戈著：「蕭軍先生及其文化報」，香港，展望雜誌五十六期，一九六三年八月號。

❹ 同❶。

的，應屬李立明先生所著的「蕭紅」較爲簡明。我據手頭的資料，把蕭紅一生重大事件作爲介紹，以便讀者了解蕭紅這位作家。

蕭紅本名張迺瑩，又名婉貞（見蘇雪林著「中國二三十年作家」四六三面），曾經用筆名悄吟、蕭紅創作，生於一九一一（宣統三年）農曆五月初五❺（端午），（另一說法則是五月八日❻，端木蕻良與蕭紅曾是夫妻，他說的似乎可靠，我們採取端木的說法），他的家鄉是黑龍江省呼蘭河，出生在一個地主家庭，祖籍山東掖縣，不過這一說法，周錦先生曾加以考證，認爲不可能，其理由是漢籍軍人在呼蘭河的分布以及清代移民到呼蘭的情形，和另外十種不同種族的少數民族改漢姓的考證，判斷蕭紅的祖先可能是達呼爾人，漢人的可能性很小，即使是漢人，也可能入了旗籍，但是，周錦根據呼蘭河縣誌記載，張姓的分布，共有廿二個村莊，最近是五公里，最遠的是五十五公里❼，不過龍燦雲先生說蕭紅出生在呼蘭縣一個離城二十里的一個鄉村❽，依

---

❺ 見葛浩文著、鄭繼宗譯：「蕭紅評傳」九面，引端木蕻良一九五七年八月十五日，發表於廣州日報的一篇「紀念蕭紅向黨致敬」的文章，這篇文章說：「蕭紅是端午生，不祥而延後三天，所以蕭紅是農曆五月初八生」。見時報文化公司，民國六十九年出版「蕭紅評傳」。

❻ 同❺，引自陳澄之著：「中國著作家辭典」。

❼ 參見周錦著：「論呼蘭河傳」中的「試論蕭紅的家世」，一五五～一六三面，成文出版社，民國六十九年七月出版。

❽ 見龍雲燦著：「三十年代左翼文壇現形錄」的「蕭紅的悲劇」，三二六面，華欣文化中心，民國六十九年七月出版。

據「呼蘭縣誌」所列的廿二個鄉村中，二十公里範圍的一共有二十二公里處的「小張窩堡」、二十六公里處的「張家窩堡」，二十八公里處的「張林家」及二十六公里處的「張家店」等四個村落，龍先生根據甚麼提出這個說法，惜未加註說明，以致可信度減低，假定這種說法是正確的，那麼周錦先生的推論就落了空，因爲呼蘭河的漢族移民固然有嚴格的限制，但是，附近村落接受山東去的移民是可能性很大的；不過關鍵在於蕭紅著的「呼蘭河傳」是一本自傳性的小說，她在「蕭紅自傳」裏，他說：「在這個小縣城裏邊，我生在一個小地主的家裏。」❾及「呼蘭河傳」前所附的「蕭紅小傳」裏說：「父親是當地甚有聲望的鄉紳……住在呼蘭河已經幾代了。」❿蕭紅的兩種自傳，都是出自蕭紅自己的手筆，由此看來龍燦雲的主張，可信度受到極大的影響，那麼蕭紅不是漢人，起碼也是入旗籍的說法成立，祖籍山東掖縣便要失眞，而她是少數民族改漢姓的可能性很大。

蕭紅九歲喪母，父張選三續娶，繼母不愛蕭紅，從此與祖父相依爲命。幼時跟祖父學詩，是否進過小學，沒有詳確的記載，一九二九年就讀哈爾濱市郵政街第一女中一年級六班⓫，一九

---

❾同❷八面，附錄「蕭紅自傳」。

❿同❼，轉引自周錦著：「論呼蘭河傳」，一六三面，目前臺灣地下書市所買到的「呼蘭河傳」，未附該項小傳，未知周錦引自何本。

⓫同❽，三二六面。

二〇年暑假，她父親把她許配給山東省一位將領的兒子，命令她輟學，但她已與一位李姓青年戀愛，並發生了超友誼關係⑫，趁此機會與李姓青年私奔到北平，在北平進入「北京女子師範大學附屬中學」讀書，因李姓青年已有家室，兩人於一九三二年夏天決裂而回到哈爾濱，懷了這位青年的孩子，困居在一間旅館裏，一九三二年春夏之交，松花江氾濫時，「國際協報」主編裴聲園收到蕭紅的求援信（一說是白朗），老裴照對折付了蕭紅所欠的四百元，然後再把她接到家裏來住，這時蕭紅已染上鴉片烟癮，老裴夫妻也抽鴉片煙，深深痛恨此物之害，他們乃協助蕭紅戒除了鴉片煙癮，並鼓勵她寫作⑬。

正在這時劉均（又叫劉田均，筆名田軍、蕭軍）於一九三二年從瀋陽逃到哈爾濱，旅費用完後，也在「國際報協」寫稿維生。

蕭紅和蕭軍的結識是在明月飯店⑭，他們認識後蕭軍卽展開追逐，蕭紅本鍾情於大郎，但有

---

⑫ 這位李姓青年，所有資料中均未記載名字，一說爲「一女中」老師，一說是「法政學堂」的學生，沒有力的證據，姑暫從俗。

⑬ 見駱賓基著：「蕭紅小傳」，三三～三五面，轉引自李立明著：「現代中國作家評傳」下册，八七面註，及孫陵著：「浮生小品」中的「八、蕭紅的錯誤婚姻」三四～三五面。我以爲駱賓基雖然也是東北作家，那個時期並未與蕭紅和白朗他們在一起，孫陵當時就在哈爾濱，並曾接編過「國際協報」的副刊，當然以孫陵的說法較可靠。

⑭ 同❷，「七、蕭軍的悲慘命運」，二九面，孫陵說：「後來我們一批小朋友集資開了一個明月飯館，他搬進飯館來住，生活更加安定了。……正當他在明月飯店的時候，認識了悄吟。」

一天三郎（蕭軍）當着大郎的面，逼着悄吟表示態度，問她，在他們兩人之中到底愛那一個？在愛情面前，蕭紅沒有勇氣回答這個問題，只用哭泣掩飾着她的眞正感情，看在三郎眼裏，先下手爲強的便吻了蕭紅，這一吻決定了他們之間的關係⑮。對於蕭紅和蕭軍之間的愛情，有兩種不同的說法，其一是：這個三角關係的另一男主角是大郎⑯，持另一種主張的是：那另外一個男子是舒羣⑰。這種主張的不多，我採取第一種說法。

蕭紅的命運眞是夠苦了，當兩人都在「國際報協」寫稿，生活勉強可以對付的時候，個性剛愎自用的蕭軍却在裴馨園家裏打架，把玻璃打破了，還要到警察局去告人，裴馨園一怒，把蕭軍連同蕭紅趕出了裴家，「國際報協」的稿也斷了，蕭軍只好去教劍餬口。本性風流的蕭軍，這時又去追一位叫王麗的小姐，在這另一個三角戀愛中，蕭紅常常與蕭軍發生爭吵，而且，被蕭軍毆打過⑱。

---

⑮ 同❷，三〇面。

⑯ 趙聰、孫陵、陳紀瀅、蘇雪林都說三角的另一男角是大郎。

⑰ 文船山在「蕭紅、蕭軍、端木蕻良」一文中說：「當時蕭軍和他的好友兼同志舒羣均全力追求她。舒羣當時年僅十九歲，比蕭紅還要年輕，蕭軍却已二十五歲，而且，是出了名的情場老手和追女人狂，……但受過男人欺騙的蕭紅，却一時拿不定主意。蕭軍最後不得不要求蕭紅在他和舒羣之間作出抉擇。」中國時報人間副刊，民國六十九年六月十五日。

⑱ 同❷，三四五面。

一九三二年冬，「蕭紅進哈爾濱市立第一醫院去生孩子，生了一個女孩。」[19]然後棄女逃跑了。對於棄嬰，孫陵等人以爲是受經濟的限制而把孩子抵押給醫院，李立明從此說；另一說法，則是文船山，他說：「二蕭同居初期，蕭紅進醫院生了李姓男子的骨肉，大概爲顧全二人感情，並出自對當初李姓男子始亂終棄的反感，蕭紅把孩子遺留在醫院。」[20]對蕭紅而言，三者兼而有之，兩蕭都失業，飯是飽一頓飢一頓，那來能力養孩子？蕭紅恨那位李姓青年也是人之常情；而蕭軍的氣量與個性，也不一定能容許蕭紅在自己身邊養別人的孩子。他們就在這種情況下棄嬰的可能性很大。不過，蕭紅在臨死時，還相當懷念這個唯一的親骨肉[21]。

日本侵華日益加緊，這時期蕭紅和蕭軍住在哈爾濱商市街，生活相當艱苦，不過一九三三年二蕭合著的「跋涉」出版，這本約六萬字的集子，是蕭軍和蕭紅的第一本書，只是這本書沒有給他們帶來好運，他們仍得靠「百字一角錢」的稿費、和「蕭軍每月二十元」[22]的家教收入維生。

一九三四年日本步步進迫，在哈爾濱的日本特務逮捕抗日份子，二蕭與哈爾濱的文友不得不逃亡。這年夏天，他們去了大連，接到張梅林之邀，去青島編「青島晨報」的副刊，這是一份左

---

⑲同❶，七四面。

⑳同⑰。

㉑同❶，七四面。

㉒同⑰。

傾的報紙，二蕭的寫作，受到張梅林的影響很大。「青島晨報」銷路甚差，不能維持，不得不另作打算，於是，他們在一九三四年十一月一日乘日本貨輪「京都丸」去上海，在此之前，蕭紅與蕭軍已經和魯迅通過信㉓，在信裏並曾獲魯迅的讚揚。

他們到達上海初期，住在法租界拉都路㉔，在十一月一個月之中，又與魯迅通了六封信，蕭軍曾要求魯迅介紹工作，但未能如願，後來向魯迅借了錢，二十七日接到魯迅約請見面的信，三十日在上海四川路底老靶子路一家小茶館見面㉕，在見面之前，他們三人曾一起到內山書店碰頭，那次同時會見了許廣平與周海嬰，等於魯迅的家庭已經開門接納了來自東北的那兩個青年作家。未久（一九三五年元月初）遷入拉都路另一亭子間，一九三五年十一月六日，蕭紅第一次去魯迅住在上海北四川路底大陸新村的家，稍後他們也搬到大陸新村，住在魯迅居所不遠的地方，從此二蕭成爲周家座上客，尤其是蕭紅年輕，與周海嬰玩得很開心，獲得許廣平的好感，好到連婦女病也告訴許廣平，而許廣平給過蕭紅一些偏方，使她再度懷孕，不過次年流產。

蕭紅「生死場」的原稿，是於一九三五年十一月三十日帶去給魯迅的，讀過後，魯迅對蕭紅的才華有了進一步的認識，把蕭軍的「八月的鄉村」及蕭紅的「生死場」推介給出版商，一般的

㉓同⑰。
㉔同⑤，二八面，葛浩文引自梅林（張梅林）著：「憶蕭紅」。
㉕同❽，三三一面。

說法是：因爲他們是新手，不爲出版商所接受。其實只要讀過「魯迅書簡」的人，就獲得了眞象，那時左聯作家的著作，都要送中共中宣部「文藝審查委員會」（葛浩文先生可能弄錯了，魯迅在「生死場的序言」上，明明說是「中央宣傳部書報檢查委員會」）審查，而且審查一直沒有通過，出版商不接受可能只是魯迅的推托之詞，葛浩文說：「魯迅和二蕭經常通信，幫助他們看稿子，會見他們，並且設法替他倆出版書等等，那是不足爲奇的！因爲魯迅認爲『左聯』的重要任務之一，就是去發掘和介紹新近作家，培養文壇新生的一代。」對於「生死場」的出版，葛浩文說：「不久他倆接到一個令人興奮的消息，有家出版社願意出版蕭紅的中篇『生死場』，同時魯迅已將『生死場』的原稿送中央宣傳部『文藝審查委員會』審查，通過之後就可以出版。由於效率緩慢，原稿被審查積壓了半年之久，最後還是不予通過。」㉖「生死場」終於在一九三五年十二月出版，魯迅於序言中有一段透露，該書還是經審查通過才出版的。葛浩文說：「當一年後該書終獲出版時，魯迅在序言中譏諷該委員會不開明的立場，同時也讚揚它（按：可能仍是指委員會）的最後讓步。」㉗魯序是這樣說的：「人常常會事後才聰明，回想起來，這正是當然的事！對於生的堅強和死的掙扎，恐怕也確是大背『訓政之道』的。今年五月，只爲了『略談皇帝』這一篇文章，這個氣燄萬丈的委員會就忽然煙消火滅，便是『以身作則』的實地大教訓。」

㉖同❺，三三面。

㉗同❺，三三面。

魯迅這段話，又透露了多少悲哀與無奈？

魯迅這時已經與「左聯」的四條漢子非常不愉快，原因是魯迅太喜歡當領袖了，喜歡人捧他，但是「左聯」成立，魯迅不過是一根桿旗、一個偶像而已，胡適先生說：「那時共產黨盡是歡迎這批作家進去，但是共產黨又不放心，因爲共產黨不許文藝作家有創作自由。所以那些監視他們的人——左翼作家的監視者，就是周應起。」㉘照這樣說，蕭紅的「生死場」的審查也可能是中共的「中宣部」。

中共的「中宣部」到底管什麼？我們只要看共產黨的組織便可明白：

「共黨中央宣傳部」（按：簡稱爲「中宣部」）之下爲「黨團」，下轄「文總」，「文總」之下轄九個社團，分別爲：

一、左翼作家聯盟。
二、社會科學聯盟。
三、無產詩人聯盟。
四、左翼戲劇家聯盟。
五、左翼電影從業員聯盟。
六、左翼藝術家聯盟。

㉘見「評魯迅」一〇面，胡適著：「談魯迅」。民國四十七年五月四日胡適講「中國文藝復興」。

七、左翼教育家聯盟。

八、左翼新聞記者聯盟。

九、左翼自由職業者聯盟。

以上九個社團之上是「文總」，「文總」之上還有一個「黨團」控制每個社團之外，各社團還設有黨團小組。㉙而周揚是「文總」的負責人，又是「左聯」的「黨團」，魯迅的領導左翼作家，也只是虛有其表罷了。

依上列中共對文學社團的層層控制來看，「生死場」的審查，可能也有中共的份。（三校本書時，再查鄭學稼著「魯迅正傳」，鄭說：「馮雪峰當時由上海中央局宣傳部負責通訊社工作……」可作旁證。）

除此而外，還可以提出中共對文藝社團層層節制的證據，胡適先生說：「諸位如果有機會，我希望有一本書在自由中國可以得到，是值得看看的。這本書在抗戰初期出版，是魯迅死後，他的太太把魯迅寫給胡風的四封信，其中有一封信就是魯迅死之前不到一年寫的，是一九三五年（他是一九三六年死的，按爲胡適自按語），這封信胡風問他，三郎（按：胡適自按說：「不知是誰，大概是蕭軍。」）應不應該加入黨（同前按：「共產黨」）？他說：『這個問題我可以毫

㉙ 見李牧著：「三十年代文藝論」，五六面，「三十年代的文藝社團第一節」，黎明文化公司，民國六十二年六月出版。

不遲疑的答覆你，不要加入！現在在文藝作家當中，凡是在黨外的都還有一點自由，都還有點創作出來，一到了黨裏去對醬在種種小問題爭論裏面，永遠不能創作了，就醬死了。』」㉚由此可見「左聯」的「老頭」魯迅是如何受到節制的情形，也可以了解魯迅與周揚，包括中共的「中宣部」的關係惡劣到甚麼程度。那麼我們便可以確定那篇序言譏諷的也可能是中共中央的「中宣部」，而不是國民黨的中宣部了。

「生死場」列入魯迅的「奴隸社」中的「奴隸叢書」第三號。爲甚麼這本書不給予中共有關係的書局出版呢？我們由魯迅「讚揚它的讓步」這點看來，「生死場」和「八月的鄉村」這兩本書之所以能出版，完全是魯迅的堅持，由於堅持，中共並不十分樂見此兩書出版，核准是核准了，出版方面中共不予協助，我們可以想像得到倔強的魯迅，在吹鬍子瞪眼之後，乾脆自辦一個出版社，賭氣出版中共勉強核准的書。當然，也極有可能是中共撥經費給魯迅來辦「奴隸」社也不一定。

「生死場」出版後銷路意外的好，這可能與魯迅的序、胡風的跋有相當關係，不過得利者是蕭紅，接着一九三六年「生活出版社」（鄒奮韜主持）一口氣出版了「商市街」、「橋」、「牛車上」㉛等三本書。這時蕭軍與蕭紅的感情又出現新的裂痕，蕭紅爲了疏遠蕭軍，決定以養病爲

㉚ 同㉘。

㉛ 同❶，八四面。

名到日本去。她到日本去的日期不能確定，不過魯迅在一九三六年七月十五日的日記裏說：「晚廣平治饌爲悄吟餞行。」㉜蕭軍沒有陪同蕭紅去接受魯迅的餞別宴，可知他們的感情眞的已到了相當惡劣的程度。由魯迅的記載，我們推知蕭紅由上海去日本，必然是七月十五日以後的事。

魯迅於一九三六年十月十九日病逝，作爲女弟子的蕭紅並未在上海，她在日本是十月二十一日才知道這個消息的㉝。魯迅的死，給蕭紅打擊相當大，她把魯迅的愛視同父愛，當然她非常悲痛了。她於一九三七年四月底或五月初又回到上海（一說蕭紅於一九三七年一月由日本回國㉞），然後去北平，十一月再回上海，與蕭軍住在法租界呂班路。此一時期與孫陵異地重逢，但兩蕭的感情仍然不好，其原因除了蕭軍對愛情不夠專一之外，蕭紅自日本歸來，對於蕭軍在外的一些行爲不諒解是原因之一，其二則是蕭軍此時思想已左傾，與左派的作家更形接近，在文藝界更爲活躍，兩人杆格不入，因此從一九三六——三七年作品產量大減，很可能是這種因素造成。

抗日戰火擴大，「八一三」淞滬之戰使上海成爲危城，人們紛紛後撤，兩蕭也於九月底或十月初逃抵武漢，暫時住在武昌小金龍巷蔣錫金家，胡風的「七月」社社址即設此。這時期，蔣錫

㉜見「魯迅日記」下册，一一二六面（轉引自葛浩文著：「蕭紅傳」七六面）。

㉝同❺，七二面，見葛浩文著：引蕭紅的「海外悲悼」。

㉞同❶，八二面，及❺八二面。葛浩文在「蕭紅評傳」中說是十一月，李立明則在「現代中國作家評傳」說是一月，葛文據「蕭紅簡傳」，李文則未註明所本。

金家幾乎變成了魯迅派的大本營，張梅林、端木蕻良等都曾經在蔣家住過，蕭紅就在那裏與端木認識。這時蕭紅曾與孫陵、陳紀瀅有來往[35]，陳紀瀅在「大公報」編副刊，孫陵則在第三廳當郭聾子的秘書，二蕭這時的感情更陷入低潮，是否與端木的介入有關不得而知，據陳紀瀅的記憶，她曾獨自搬到三教街九號與孔羅蓀夫婦同住[36]，端木蕻良在二蕭的情感裂痕日深時，出現在他們之間，加速了二蕭的分離，蕭紅則與端木結合，蕭軍又娶了王德芬。有人認爲端木是橫刀奪愛，其實沒有端木，他們的婚姻也不會維持多久，因爲從他們結合的那天起，有大郎、裴聲園、王麗及上海一位女編輯介入他們的感情中。到了武昌，兩人實際上只維持婚姻的形式，感情早已兩極化了，根本無法白頭偕老，分開只是遲早的事。

一九三八年元月李公樸在臨汾創辦「民族革命大學」，派梁綖武到武漢招聘教授，蕭紅、蕭軍、端木蕻良、光未然、翦伯贊、馬哲民、施復亮、塞克等應聘前往[37]，在臨汾碰到從西安率劇團來臨汾勞軍的丁玲，二月日本轟炸臨汾，蕭軍奉令帶學生撤退，蕭紅、端木蕻良則與丁玲等坐火車去西安「調查抗戰情況」。這次離別，蕭軍似乎覺得與蕭紅的婚姻已經到了該結束的時候

---

[35] 見陳紀瀅著：「三十年代作家記」，一一二面，成文出版社，民國六十九年五月二十日出版。

[36] 同[35]，一一四面。

[37] 同[35]，一一五面，同[5]，八七面（陳紀瀅說：「民族革命大學」是閻錫山爲了培養革命幹部而創辦，李公樸是應聘而去；葛浩文則說：李公樸爲該校創辦人兼校長，誰說的正確，有待查證。）

了。離別前蕭軍對聶紺弩說：「她單純、淳厚、倔強、有才能，我愛她；但是，她不是妻子，尤其不是我的。」㊳果眞兩人的婚姻到此終止。

在西安未停留多久，丁玲等人又奉命撤退，臨行前丁玲和聶紺弩曾以會見蕭軍爲餌，誘勸蕭紅去延安，但蕭紅與端木却決定留在西安，當丁玲他們一走，蕭紅與端木就在丁玲原住的地方同居在一起。兩週後聶紺弩回到西安發現這種情形，蕭紅對聶紺弩說：「萬一鬧什麼事，你要幫幫忙。」㊴四月蕭紅與端木回武昌，蕭紅第三次懷孕，孩子究竟是誰的無法知道，不過於一九三八年九月去重慶途中，在宜昌碼頭上摔了一跤流產了。九月中到達重慶，居無定所，直到十二月在上海結交的日本友人池田幸子從桂林到重慶住在歌樂山時，蕭紅才搬去和她同住。

端木蕻良在武昌先蕭紅去重慶，在「復旦大學」文學院教書，直到一九三九年五、六月才又和端木在「復旦大學」附近的北碚同居。此一時期她的創作最爲豐富，「回憶魯迅先生」等很多有分量的短篇，都是在這個時期完成的，「呼蘭河傳」也已開始動筆。

一九四四年二月，蕭紅與端木應曾任「復旦大學」社會系系主任、在港主持「大時代書局」的孫寒冰之邀赴香港，初期住在九龍樂道八號三樓，透過孫寒冰的介紹，在「星島日報」寫稿㊵，

㊳ 轉引自葛浩文著：「蕭紅評傳」所引聶紺弩著：「在西安」，九一面。

㊴ 同㊳，九六面。

㊵ 同❶，七七面，李立明說：「一九四〇年二月他們應孫寒冰的邀請，南下香港。」（按：孫寒冰又叫孫錫麟。）見「現代中國作家評傳」下册，一一〇面。

未久端木蕻良主編周鯨文所辦的「時代批評」、「時代文學」雜誌。這時的蕭紅的生活並不如意，也已看穿端木高傲自私的性格，一度想回重慶，打算十月離開香港，乃托梅林在重慶找房子，不知爲甚麼原因沒有成行。這時的蕭紅，肺病的癥候已經十分明顯：咳嗽、頭痛、失眠纏住她，但她沒有醫治，直到一九四一年在上海認識的女記者A・史沫特萊回國時，路經香港，才替她接洽醫院治病。

蕭紅曾把想離開香港的事告訴史沫特萊，因此，史便勸蕭紅去新加坡。

茅盾說：「因爲史沫特萊女士之勸說，蕭紅想到新加坡去，蕭紅又鼓動我夫婦倆也去，那時我不能也不想離開香港，我以爲蕭紅怕陷落在香港（萬一發生戰爭的話），我多方爲之解釋，可是我不知道她之所以想離開香港，因爲她在香港生活是寂寞的，心境也是寂寞的，她是希望由於離開香港而解脫那可怕的寂寞。」史沫特萊是一九四一年三月或四月到香港，依茅盾的記載，史沫特萊可能在香港住了一個月左右[41]。

那時期的蕭紅窮愁潦倒，病情相當嚴重，新加坡既然去不成，史沫特萊只好勸她去醫療，爲她接洽住院的事情，曾經答應回到美國後，爲她籌募養病之資[42]。她便住到「瑪麗醫院」去治療了。這時期，常到醫院去看他的，除了端木、周鯨文、于毅夫、柳亞子之外，駱賓基竟然介入蕭

---

[41] 見周錦著：「論呼蘭河傳」附茅盾的「呼蘭河傳序」，論書一八二面。

[42] 同[1]，七七面。

紅的情感之中。

蕭紅住在醫院後不久，史沫特萊就回美去了。史沫特萊是否實踐諾言、給蕭紅接濟，沒有資料足以證明，不過從蕭紅的窮困依舊來看，史沫特萊並未給予蕭紅幫助，朋友也都無能爲力，蕭紅要求端木替她辦出院手續，端木與周鯨文到醫院去看她，沒有替她辦理出院，由周鯨文代付了六個月的醫藥費，不過後來于毅夫還是協助她出院了，那是一九四一年夏秋之間的事㊸。出院後完成短篇小說「小城三月」。

一九四一年十二月八日，日本開始炮轟香港，十八日登陸，二十三日蕭紅病情惡化而再入院，二十五日（耶誕節）日本攻佔香港。一九四二年一月十三日在跑馬地「養和醫院」動手術切除喉瘤，發現診斷錯誤，十八日在端木和駱賓基協助下，再轉到「瑪麗醫院」，當日下午再手術，二十一日發現傷口有惡化現象，但醫師都被拘留在日本集中營，二十一日六時已開始昏迷，二十二日十一時去世於香港紅十字會臨時設立的「堅士提反臨時病院」，二十四日在跑馬地火葬場火葬㊹，二月十日埋在香港淺水灣㊺。一九五七年八月三日遷葬於廣州市郊沙河的銀河公墓，一代女作家就此永埋在地下。雖然蕭紅的墓木已拱，但她的作品却仍然活著。

蕭紅的作品，已出版的如下：

㊸ 同❺，一二九面。

㊹ 同❺，一三〇面。

一、「跋涉」，與蕭軍合著，一九三三年八月出版。
二、「生死場」，一九三五年十二月，「奴隸社」出版。
三、「商市街」（散文），一九三六年，「文化生活出版社」出版。
四、「橋」（散文），一九三六年，「文化生活出版社」出版。
五、「牛車上」（短篇小說、散文合集），一九三六年，「文化生活出版社」出版。
六、「蕭紅散文集」，一九四〇年六月，「大時代書局」出版。
七、「回憶魯迅先生」，一九四〇年七月，「生活書店」出版。
八、「馬伯樂」（小說），一九四〇年初版（按初版出版社不詳），一九四八年，「海洋出版社」重印。
九、「呼蘭河傳」（小說），一九四七年六月，「寰星書店」出版。
十、「蕭紅選集」，一九五七年，中共「人民出版社」出版[46]。

李牧在所著「中共文藝統戰研究」內曾列「手」（中篇小說）、「夜風」（短篇小說）、「民族魂」（啞劇）三本書，照這個紀錄，蕭紅應有十五本著作（選集不計算在內），十年的創作，有這個量已相當可觀了。

㊺ 見麥青著：「蕭紅的呼蘭河傳」，轉引自周錦著：「論呼蘭河傳」附錄，一六九面。

㊻ 節引自李立明著：「現代中國作家評傳」及司馬長風著：「中國新文學史」。

綜合各家的看法，蕭紅的代表作應是「呼蘭河傳」、「生死場」，這個說法似乎已成定論。蕭紅是以「生死場」邁向文學的旅程，而「呼蘭河傳」是她生命結束前的第二本書，有人把她與「喬治・桑」相提並論，作為一個鄉士作家而言，這個比擬是允當的，可惜的是蕭紅寫作的生命太短，如天假以年，她的成就可能尚不止此。因為她寫作的生命力相當旺盛，即使在病中，仍未停止她的創作，可以說，她是寫到她的手不能揮動為止才結束她的創作，這是一般作家所缺少的韌力。

蕭紅在哈爾濱「第一女中」只讀到二年級，加上在北平讀「北女師大附中」在內，也只能算是初中肄業，以這樣的學歷，寫出十五本著作，難能可貴，她的才情應當獲得肯定，正如王若虛所謂「駿步由來不可追，汗流餘子費奔馳。」[47]蕭紅是屬於天才型的作家。

這位女作家的作品，受到與「左聯」作家接近的影響，在臺灣地區，直到最近一兩年才能讀到她的作品，在她的十五本著作中（第十六本為中共替她出的選集，雖然這本書我們尚未讀到，依選集的慣例，應是從成冊的書中選出，那麼選集的作品應包括在其他十五本之內）她的代表作「生死場」與「呼蘭河傳」，都能在書刊「黑市」中買得到。由於受葛浩文研究的影響，蕭紅的評介近年在報刊上大量出現，復加上她與蕭軍、端木蕻良、駱賓基在情感上都有糾葛，與魯迅及許廣平的友情，評論到上述這些人的時候，難免旁及蕭紅，這位過世了四十多年的女作家，不僅

[47] 見「滹南先生文集」卷四十五。

未被時間所淘汰，相反的日益受到世人的重視。

葛浩文及周錦兩位先生對於「呼蘭河傳」除了認爲是蕭紅的代表作以外，並認爲是不朽的作品之一，給予的評價極高，周錦先生並有專著討論這本作品㊽。

「呼蘭河傳」是否眞有這樣的價値？倘使以蕭紅的個人作品去衡量，這一論斷是可信的，但要和三十年代許多作品比較，可議之處尙多，綜合葛氏與周氏的研究，兩人都重視「呼蘭河傳」的泥土味爲不朽的原因，但從結構來看「呼蘭河傳」，則根本不成爲小說，又不是散文，如果一定要賦予它一個名稱，還得挖空心思去想才行，因爲這本書的人物隨寫隨丟，沒有伏線，沒有結構，除了有二伯及馮歪嘴子及老祖父這三個人物刻劃稍爲成型，讓人有較深刻的印象以外，其他如胡家的團圓媳婦以及團圓媳婦的婆婆等，我們從任何同類小說中，都可以找到同樣的人物，根本不足爲奇。

評論者認爲，「呼蘭河傳」的七個章節中，能自成單元，即使把它分開來讀，也不影響其完整性，而認爲是「呼蘭河傳」的優點之一。這是過於呵護的說法，我以爲正因爲七個章節皆可以分開來讀而不受影響，是結構不完整，前後沒有呼應、沒有伏筆的結果。或者說，類如「呼蘭河傳」這樣的題材，正要如此表現，但就小說而言，則是絕對不允許的。結構是構成小說最重要因素之一，結構失敗（「呼蘭河傳」可說沒有結構），不管任何方面有傑出的表現，這篇或這本小

㊽周錦著：「論呼蘭河傳」，成文出版社，民國六十九年七月十日出版。

說已經註定了它的文學價值是零。

一本書倘使能隨便去掉一章一節，而不受影響，那麼，那一章一節根本是一種贅疣，是病變的一部分，是應當予以切除的；換句話說，多那一章不多，少那一章不少，而不幸「呼蘭河傳」正是這種情形。我之所以說葛周之論爲曲筆呵護理由在此，因爲這種鬆散得近乎隨筆的小說，是它致命的傷害，我們如果竟然說這種結構是本書的一大優點呢？則我們是昧着小說評論的知識良心。蕭紅的著作，不僅是「呼蘭河傳」如此，她的所有小說多數都是頭重脚輕，有頭無尾，也許這種情形，與她的健康有極大關係。一個體力不好的作者，在作品的後半部多數無力以繼。

我並不主張文學一定要載道，所以，我不主張有什麼文藝政策，或者一定要表達什麼類的思想；但是，這並不表示不重視主題，很不幸，主題這個名詞，已被此間的文評家所汚染，只要談到主題，一定聯想到反共上面去，「主題優良」曾是此間評論家的價值判斷標準之一。但是，所謂主題，難道就作這樣狹義的解釋嗎？那當然不是，暴露人性的弱點也是主題，如巴爾扎克的「高老頭」、賽萬提斯的「唐・吉訶德傳」、索忍尼辛的「癌症病房」、柯威爾的「百獸圖」、「一九八四」等等，有的是刻意的爲了一個政治目的，有的則是描寫人性，譬如「高老頭」中的父愛以及子女的貪婪等等。我想，除了那些不入流的小說之外，作者都期望表達一點什麼。那就是我爲什麼要寫這本書？我要寫什麼問題？作者在構思時，我想，第一個所要考慮的便是這一點，我相信這「一點」就應當是這本書的主題。廣義的主題，在作者這樣問自己時，主題就已經形成。只有經過這種成熟的思考，而且，這個思考結果又是可久可大的，才對這本書的朽與不朽有一些幫助。當然文學作品的朽與不朽，與主題有密切的關係，所以一本書，不能缺少主題是可以理解的。「呼蘭河傳」經一讀再讀後我不禁要問，我們從「呼蘭河傳」裏獲得什麼？留些什麼給讀者去回味與思考的呢？當然，讀小說不是爲了玩猜謎遊戲，但却絕對不能缺少「味道」，我想那與作者在寫作之前的「爲什麼」有着密不可分的關係。雖然，「呼蘭河傳」描寫那地方的落後、無知、因循而不知改善農民的苦況，也許這就是「呼蘭河傳」的主題，可是，爲什麼造成這種現象，都沒有加以解決。我以爲蕭紅不是爲了表達這些才寫「呼蘭河傳」，她只是在回憶故鄉時，無意的觸及這些問題罷了，她並沒有刻意的去經營。

周錦先生認爲「它是文學作品的結晶，是件極爲精緻的藝術品，要細心的欣賞，慢慢的咀嚼。」並且說：「蕭紅的『呼蘭河傳』中，可以說處處有諷刺、處處有哀傷、處處有幽默、處處有機鋒、處處有描寫，都要讀的人有耐心去推敲、去發掘、去心領神會。」㊾一本著作可能有若干優點，但不可能具有所有的優點，周錦過於偏愛「呼蘭河傳」，所以，便把所有足以顯示這本書價值的評論語彙都給予「呼蘭河傳」了，這樣的評論是一種空說的阿諛，就同無話可說的人，談天氣一樣的乏味。就文字的運用而言，茲以司馬長風、葛浩文、周錦三位先生都非常讚譽的

㊾同❼，一一六面。

「呼蘭河傳」的那段「火燒雲」，因此就照抄以使讀者對「呼蘭河傳」的遣詞好到什麼程度作一論斷，因為那是他們認為最優美、最稱讚的一段：

「晚飯一過，火燒雲就上來了。照得小孩子的臉是紅的。把大白狗變成紅色的狗了。紅公鷄就變成金的了，黑母鷄就變成紫檀的了。喂猪的老頭子，往牆上靠，把笑盈盈的看着他的兩匹小白（按：周錦在「論呼蘭河傳」的引文，已把「匹」字改成「頭」字。）猪，變成小金猪了，他剛想說：

「『他媽的，你們也變了……』（按：周本「論呼蘭河傳」刪掉「他媽的」。）

「他的旁邊來了個乘涼的人，那人說：

「『你老人家必要高壽，你老是金鬍子了。』

「天空的雲，從西邊一直燒到東邊，紅堂堂的，好像是天著了火。（按：周「論呼蘭河傳」引文在「好像是天」之下增了個「空」字。）

「這地方的火燒雲變化極多，一會兒紅堂堂的了，一會金洞洞的了，一會半紫半黃的，一會半灰半百合色。葡萄灰、大黃梨、紫茄子，這些顏色天空上邊都有。（按：周「論呼蘭河傳」引文在「天空上之下增了「邊」字。）還有些說也說不出來的。

「五秒鐘之內，天空裏有一匹馬，馬頭向南、馬尾向西。那馬是跪着的，像是在等着有人騎到牠背上，她才站起來。再過一秒鐘。沒有什麼變化。再過兩三秒鐘，那匹馬加大了。（按：周論引文改爲「那匹馬」下改爲「起來」了，刪了一個「加」字，增了「起來」兩字。）馬腿也伸開了，馬脖子也長了，一條馬尾巴却不見了。

「看的人，正在尋找馬尾巴的時候，那馬就變靡了。（按：周論改爲「看得人正在找尋馬尾巴」，把「的」字改「得」字，刪了個「，」號，「尋找」改成「找尋」。）

「忽然又來了條大狗，這條狗十分兇猛，牠在前邊跑着，牠的後面似乎還跟着好幾條小狗仔。跑着跑着，小狗就不知道跑到那裏去了，大狗也不見了。（按：周論引文，把「好幾條小狗仔」的「仔」字刪去，「跑到那兒」的「那」字加了「口」旁。）

「又找到了一個大獅子，和娘娘廟門前的大石頭獅子一模一樣的，也是那麼大，也是那樣蹲着，很威武的、很鎮靜的蹲着，牠表示着蔑視一切的樣子，似乎眼睛什麼也不睬，看着看着的，一不謹愼，同時又看到了別一個什麼？這時候，可就麻煩了，人的眼睛不能同時看東又看西。這樣子會活活把那個大獅子糟蹋了。一轉眼，一低頭，天空的東西就變了。若是再找，怕是看瞎了眼睛也找不到了。」（按：周論引文「一個大獅子」改「個」字爲「頭」字，「很威武的、很鎮靜的蹲着」中的「的」刪去，「蔑視」改爲「漠視」，「這時候、可就麻煩了」中「、」刪去，「這樣子會活活把那個……」、在「活活」下增一「的」字。）㊿

周錦先生引文尚有五百餘字，爲了節省篇幅，在此不再作對照引錄，不過就從這一段不到一千字的引文來看，經過周先生「美化」的引文不少（也許周先生引用的版本不同），而其中增刪也有不十分恰當的。別的留在後面討論。這段不到千字的引文，竟用了十六、七個「了」與「的」字，無論如何都美不到那裏去。據說：抗戰勝利後，曾把這段描寫節選爲初中國文課本，並且稱之爲「極有眼光的做法」㉛，如果當初初中課本選的就是這一段，我想課堂上定是一片「了了」和「的的」之聲。

火燒雲，也就是晚霞，是任何地方都可能出現的，呼蘭河有火燒雲，新澤西州也可能有火燒雲，而描寫得好的，蕭紅不是第一個。記不起是那位英國的散文家了，他描寫晚霞爬上窗子的情景說：「夕陽燃燒了西窗。」那比之其他描寫要鮮活些，但是，蕭紅的作品與其他的作品有什麼特別呢？我想，必要的時候，我會把三十年代有關作家描寫晚霞的作品，與蕭紅的作品作一個對照的批評。

一個文藝評論者，不能情感用事，他必須冷靜的去分析才能客觀公正，而評論離開客觀的立

㊿ 引自臺灣翻印香港「新藝出版社」版「呼蘭河傳」，三五～三六面，並與周錦著：「論呼蘭河傳」，一六～一八面對照引錄。

㉛ 同❼，一九面。

場，極易淪爲一己的愛憎，而使作品很難獲得公正的評價。但是，今天我們對三十年代作家的作品也好，對現代作家的作品也好，最需要的就是客觀公正的評價了。

我無意於否定蕭紅的文學地位，更無意於否定葛浩文與周錦兩位先生對蕭紅作品研究的精專與其價值，但我却認爲他們太偏愛蕭紅了，那對於我們認識蕭紅的作品是有害的。葛浩文先生把蕭紅從塵封中拯救出來：周錦先生根據地方文獻及清代檔案考證蕭紅的血統（族屬）問題的發現，都有一定的貢獻，不過把蕭紅的地位提高到他們所認定的程度這點却未敢苟同，三十年代的作家之中，比蕭紅傑出的、成就超過蕭紅的不少。當然我們更不能全盤否定了以政治爲主題的作品全無藝術價值、全是宣傳品，美國的許多不朽著作中，以政治爲主題的作品很多。

這些問題在討論蕭紅時，都是一些題外的話，只是寫到這裏，却禁不住提了出來，原因無他，我們只希望還蕭紅的本來眞面目而已。

關於蕭紅運用語文這方面，有相當的缺失，周錦先生在「呼蘭河傳的方言俗語」中，曾摘註了五十二條，但是，檢視之下，起碼有百分之七十不屬於方言，我爲了寫「黑地」，曾經摘了三百多條屬於松花江一帶的方言，那是在臺灣所能讀到的地方性雜誌，以及有關邊疆論文提到的語言。當初我之所以要這麼做，爲的是增加小說情節發生的「地」有明顯的色彩，因爲我不是東北人，運用北方的語言自然是我的短處，不過蕭紅所寫的是她的故鄉，而且，她離開家鄉——呼蘭時已是成年人了，照理，「呼蘭河傳」的語言應當多用東北話，以增加那個地方的色彩，可惜蕭紅在這方面非常令人失望，「如疤拉節子」即是東北方言，「號脈」的「號」則絕對不限於東北，即西南的中醫也將「把脈」稱爲「號脈」，另外東北的「三字經」多數爲「媽拉把子」，而不是「他媽的」。雖然，蕭紅甚少運用當地的語言作爲創作的骨幹，而減損了「呼蘭河傳」的地方的色彩，但並無害於我們讀「呼蘭河傳」時對那地方的認識與感受。

蕭紅的慣用語言，有機會，當以專文討論，起碼文法值得商討的地方不少。

其次，我想討論「呼蘭河傳」的人物。在「呼蘭河傳」的人物中，蕭紅勾畫得最突出、具有典型的應是有二伯、馮歪嘴子及祖父這幾個人物，獲得所有評論家的讚美及肯定，這是正確的、公平的說法。其實蕭紅的「呼蘭河傳」所寫的人物不多，主幹人物也只有這幾位之外，最多也只能增加胡家團圓媳婦及她的婆婆而已。

在衆多的評論家之中，以茅盾在「呼蘭河傳」中的評論最客觀，所以，最有價值。

以胡家的團圓媳婦及她的婆婆來說，茅盾以爲「我們對於老胡家的小團圓媳婦的不幸的遭遇，當然同情，我們憐惜她，我們爲她叫屈，同時我們也憎恨，——但憎恨的對象不是小團圓媳婦的婆婆，我們只覺得這個婆婆也可憐，她同樣是『照着幾千年傳下來的習慣而思索而生活』的一個犧牲者。」[52]茅盾所說的是那種傳統應是可憎的對象。其實傳統的生活規範是無罪的，因爲傳統曾使中國文明。有罪的、可憎的是教育的不普及，而使人誤解了傳統，更誤解了愚昧無知的

[52] 同[7]，一八四面，附錄茅盾「呼蘭河傳序」。

迷信也屬於傳統的範疇之一，如墨子的學說，也成爲中國的傳統生活規範的一部分的話，團圓媳婦的婆婆已是違反了我們的傳統了。雖然，她也發出愛心，不當的愛却殺死了那個健美的姑娘。我們讀了茅盾的序文，和蕭紅的「呼蘭河傳」，經過了沉思之後，我覺得那不是胡家的悲劇，也不是呼蘭一地的悲劇，整個中國的悲劇何嘗不是因教育的落後所造成的災難？

有二伯在蕭紅的筆下，的確是一個可愛的人物，只是我絕對不同意茅盾把有二伯與魯迅的阿Q作比擬，尤其是茅盾認爲有二伯比阿Q更鮮活這一點是過高的評價。

雖然，有二伯的部分血液與阿Q相同，却沒有阿Q的戲劇性，所以，我們見到很多人引用阿Q作爲那種性格的代表語言，而無需多加筆墨即可讓人了解，有二伯被人引用則是絕無僅有的。當然，阿Q之被廣泛引用，固與魯迅的名，及發行廣大、讀者衆多有關，但是，「呼蘭河傳」的發行也不能算少，就我所知，迄今尚未曾有人引用有二伯作爲論據或比擬，甚而有二伯尚不如「老張的哲學」中的人物，當然更不能與劉佬佬等量齊觀了。所以，我以爲有二伯只堪與「呼蘭河傳」內的人物相比較，那麼有二伯無疑的在這本書的人物當中，是僅次於「祖父」這個角色的。

最後，我想談談「呼蘭河傳」的主題。

臺灣這三十幾年中，思鄉的作品所佔的比例相當大，離鄉背井的人，對鄉土的思念是極其自然的事，另一層原因則是家鄉事物，是他們所熟悉的，描寫起來得心應手，我想，這是蕭紅的

「呼蘭河傳」之所以被評論者誤認爲是她的代表作，而給予過高評價的原因。其實就描寫松花江的風物，蕭紅尚不及田源先生，田源的「松花江畔」比「呼蘭河傳」更使我們獲較深刻的印象。

把「生死場」與「呼蘭河傳」作一比較閱讀後，「生死場」的藝術價值，要比「呼蘭河傳」高，因爲「生死場」雖然都是描寫她所熟悉的農民，但其中有許多虛構的眞實性。這裏所謂的虛構的眞實性，乃是結構的說服力，那些事件，在環境的壓力下，如此發展是合理、而且是有其可能性的。八年抗戰中淪陷區的經驗，以及此項苦難的歷史，足可作爲「生死場」的註脚。

雖然，不一定有「生死場」所敍述的那些事件，以及地點，但是，那確是秋海棠葉上任何日軍佔領地區都有類似的蹂躪，而且，也有趙三、二里半、王婆和他的老馬，他們無奈的依靠着土地生活。(上述都是「生死場」的人物)

「生死場」對於農村的情節，反複地描寫他們的苦況，糧食不足造成人們的饑餓，衞生條件太差而造成傳染病的流行和難產的死亡，由於傳統的大男人主義而造成婦女的從屬地位，及婦女們所受的迫害，地主的剝削而引起農民的恐慌與怨恨，甚而起來反抗，再加上日本入侵所給予農村的壓迫與破壞，蕭紅在「生死場」這本書裏便把這些事件，藉那些情節的發展與人物的活動，逐漸擠壓而使我們對那些人物產生同情，不得不掩卷而嘆。

對於這些，蕭紅有生動的描寫，尤其是王婆把她唯一的財產——老馬牽進屠宰場的那一段，把老馬與王婆之間的情感寫得非常的突出生動。

當她牽着那曾經視同王家的一員的老馬進城去的情形，以及在屠場裏，拿了屠戶的錢想回家時，那似乎通靈的老馬跟着王婆走出屠場，最後躺在路旁，任由屠戶怎麼去抬、去牽、去鞭打，老馬都不動，王婆只好再走進屠場，馬也跟着回到那個院子裏，她給馬搔着頭頂，馬便躺了下來，然後王婆迅速跑出大門，屠夫便把馬關在屠場裏了。

農村裏人畜是有情感的，但王婆不得不送如同家裏成員之一的老馬進入屠場，當她看到屠場斑斑點點的血跡時，受屠的不是老馬而是王婆自己。

王婆爲什麼要賣馬？因爲地主還在她家裏，等着拿走賣老馬的身價錢呢！

「生死場」一再的描寫農民的這種苦況，然後出現地主烈火般的壓迫，以及日本的殘暴，最後農民們不得不組織「鐮刀會」[53]來反抗地主，組織義勇軍來反抗日本的入侵。我相信這就是蕭紅所企圖表現的主題，或者根本就是中共「中宣部」所做的修改。很可能蕭紅就沒有寫農民組織「鐮刀會」這一情節。

爲什麼要組織「鐮刀會」？是因爲傳說地主要加租了。「生死場」這樣寫：

「『是地租加了價嗎？』

「王婆說：『我還沒聽說。』

[53] 見「生死場」，五七面，其中有發現「五個鐮刀」句，（按：鐮刀應以「把」爲單位，蕭紅在這方面常常用字不準。）中流出版公司，翻印的底本可能是奴隸社本。

「『是的呀！你不知道嗎？三哥天天到我家去和他爹商量着。昨夜我站在窗外才聽到他們說哩！打死他吧！』

「『那是一塊惡禍。』」54

組織「鐮刀會」的壓力就那麼一點，後來却因趙三打斷腿而使這個反地主的組織煙消雲散，直到本書終了，雖然曾經有兩三次提到「鐮刀會」這個名詞，都只是爲了「扣」前面的情節而提，無足輕重。不過中共的「國徽」是鐮刀斧頭，而這個「鐮刀會」又與反地主的壓迫連在一起，是否有所指，難以判斷，不過中共初期曾在陸海豐、湖南等地搞農民暴動，「生死場」此一可有可無的情節，是否與中共「中宣部」審查後修改（加進去）的呢？這個懷疑站在一個評論者的立場而言，似乎不應該，但共產黨什麼都能做得出來，在一個作家的書中加入必要的宣傳情節，並不足奇，也有其可能性。還有組織義勇軍的情節寫得也不多，不過在比例上，較「鐮刀會」來得重要。

在「左聯」解散前夕，由於王明的「八一宣言」，中共的政策已由與國民黨對立走向「聯合抗日」的路線，那麼「義勇軍」的組織，是否就因爲這個「政策」的需要而增添的呢？我們發覺，蕭紅對「義勇軍」、「人民革命軍」反抗日本的情節也都寫得很少，只是「盟誓」的那些人，在嘴裏喊抵抗日本人，和「革命」而已。魯迅在給「生死場」寫的「序言」最後

---

54 同53，五五面。

一段說：「不過與其聽我還在安坐中的牢騷話，不如快看下面的『生死場』，她才會給你以堅強和掙扎的力氣。」[55]魯迅此處所指的，很可能是「鐮刀會」的反抗地主與「義勇軍」的反抗日本，那麼這些情節是「黨」的贈送便極有可能。

我們假定這種情節是蕭紅所創作，那麼可惜蕭紅所擅長的僅止於「內觀」和「自傳體」，對於她所不熟知的事物無法創造，也就是無法虛構，當然更無法虛構近似眞實了。「馬伯樂」是純出於虛構的作品，但並不受到重視，因受到才華的限制，「鐮刀會」與「義勇軍」的情節才如此簡單化，這也是可以解釋得通的。

或者有人會問，中共既然甘冒大不諱而修改蕭紅的作品，爲什麼不多著些力呢？我們同時也要問，對於增添那些情節的人，多費筆墨會得到什麼好處？因爲要做到深入的描寫，所費的心力必然倍於創作，作家都自私，替蕭紅改作品，就變成了蕭紅的了，最多拿一筆修改的代價，那畢竟是作家所不願意做的事情。修改須照顧前後情節的發展，又要模仿作者的筆調與風格，那是挺累人的一件事。當然這只是筆者的臆測，目前還沒有證據，能證明「生死場」到底修改了那些地方，增添了那些地方。

不過，無論如何「生死場」是修改過了的。關於如何修改，魯迅說得非常明白。他說：「聽說文學社已經願意給她付印，稿子呈到『中央宣傳部書報檢查委員會』那裏去，

---

[55] 見「生死場」，二頁，「生死場」附魯迅寫的「序言」。

擱了半年，結果不許可。」又說：「『奴隸社』以汗血換來的幾文錢，想爲這本書出版，却又在我們的上司『以身作則』的半年之後了，還要我寫幾句序。」56審查不僅拖了半年，而且，修改了蕭紅的作品。葛浩文先生在引「魯迅日記」，對於這本書的出版情形時，葛浩文說：「月底魯迅將他倆的文稿寄給『好家庭雜誌』，同時也一直注意『生死場』的出版印刷進度。而且，勸告蕭紅如果『審查委員會』或出版社改動『生死場』的文稿不必介意。因爲最重要的是讓『生死場』出版問世。」57由這裏可知，不僅是「審委會」要改蕭紅的稿，魯迅也要改，「奴隸社」本就是魯迅的，一個作家爲什麼要去改人家的稿？我們可以從以下兩方面去解釋：

一、「奴隸社」的改稿，可能是基於魯迅對蕭紅的愛護，才修改未成熟的內容。

二、魯迅受到指示修改，或者「審委會」已經修改完成。

我之所以有此推斷，源於「左聯」對作家的控制與所擔任的任務，魯迅與二蕭認識後，蕭軍曾要求進入「左聯」，被魯迅所阻止，魯迅說：「左聯開始時的基礎就不大好，因爲那時沒有現在的壓迫，所以有些人以爲一經加入，就可以稱爲前進，而又並無大危險的，不料壓迫來了，就逃走了一批。這還不算壞，有的竟至於反而賣消息去了。」58這裏所謂的「壓迫」，可由魯迅

56 同55，二頁。

57 同5，三三面。

58 見趙聰著：「新文學家列傳」，三五二面，時報文化公司，民國六十九年六月三十日出版。

的書信中稱周揚等爲四條漢子，又稱周揚爲奴隸總管，用鞭子抽他，足見「左聯」對作家的控制與迫害。那麼魯迅又爲什麼接納二蕭，並借錢給他們，幫他們看稿子，並替他們出書呢？據說那是「魯迅認爲『左聯』重要任務之一就是去發掘和介紹新作家，培養文壇新的一代。」㊾二蕭到上海初期並未受到照料，經過二蕭六封信的請求，大約一個月後，魯迅才接見二蕭。魯迅在接見二蕭後，對他們如此的照顧與親近，而二蕭到上海又急於需要幫助，爲什麼要經過六封信和一個月後才接見呢？合理的解釋是向中共在上海的地下黨請示，獲准後才接見。談到控制，葛浩文說：「蕭紅到上海早期的稿件都是由魯迅代爲寄出，稿費也是由魯迅經手轉交。」㊿由此可見「左聯」對作家的束縛情況了。

蕭紅的寫作年齡不長，他却寫了十五本書，而且水準不低，如天假以年，也許她的成就尚不止此，可惜的是「天忌英才」，病魔奪去了她的生命。這是整個中國文壇的損失。

她的一生都是悲劇，從她失去母親和祖父開始，到她與端木離婚，答允病癒後與駱賓基結婚止，一生都被感情所折磨，似乎她的一生都在演悲劇。

蕭紅的文學地位，我們不宜標訂，作家不能稱斤論兩，更不能斷定她的作品是否不朽，雖然，她的部分作品，已經經過了數十年的淘汰考驗，只是數十年和整個歷史來比較畢竟是太少

㊾同❺，三三面。

㊿同❺，三四面。

了。如今我們所欣賞到的古典作品，有的經過數千年，有的數百年不等的淘汰，如果現在就斷言蕭紅的作品不朽，未免過於武斷，與其給她某種地位及斷定其作品朽與不朽，遠不如還她眞實的面貌來得重要。

七三、四、一九完稿、七三、八、文藝月刊一八二期

試論蕭紅的「生死場」

在臺灣所能讀到蕭紅的作品，大概就是翻版商翻印的「生死場」和「呼蘭河傳」。蕭紅寫作一共不會超過八年，上述兩本書，可以說是蕭紅的代表作了。蕭紅以擅寫身邊瑣事見長，所以她的作品，多數都是她所熟悉的題材，「呼蘭河傳」，就是寫自己的故鄉，蕭紅在呼蘭縣生，在那裏長大，書中寫她的祖父，寫她那已然荒廢了的後園，以及一下雨就氾濫的泥塘、龍王廟、放河燈、跳大神等等，既沒有重大的衝突作主軸，結構也不相呼應，似乎興之所致，海闊天空的，可以這樣寫，也可以那樣寫，人物也只有馮歪嘴、胡家婆婆和團圓媳婦、有二伯，餘下來的就是那些三姑六婆，沒事兒串門子搬弄些東家長、西家短的是是非非。當年的農村（呼蘭縣）原就那樣單調而乏味。在那個時代讀起來，也許有一點親切感。不過雖然是那麼淡淡的，也許就是那種淡淡的滋味吸引人吧！「呼蘭河傳」的銷路還不算惡，不過，這本書如果能在臺灣銷行，完全是基於蕭紅的大名，和三十年代作品的那點神秘感，我想，除了做研究以外，很難一口氣把這本書讀完，固爲蕭紅所寫的農村，現代人已非常陌生。

倒是「生死場」有一點虛構，結構也比「呼蘭河傳」嚴密，多多少少還有些吸引人的興味，我以爲「生死場」才眞正可以代表蕭紅。不過無論如何虛構，「生死場」仍然以蕭紅所熟悉的農村爲背景，脫離不了那些瑣瑣碎碎的情節。

這本書，與蕭軍的「八月的鄉村」，同時列入魯迅私人的出版社——奴隸社的叢書，「八月的鄉村」是第一號，「生死場」是第三號。「八月的鄉村」目前還讀不到，無法和「生死場」作比較，但以蕭軍的「四條腿的人」（短篇小說集）而言，無疑的，蕭軍的遣詞造句，以及小說的衝突，人物刻劃等，都要比蕭紅高明得多。這一點是不是奴隸社把「八月的鄉村」列爲叢書第一號，而把「生死場」列爲第三號的原因就不得而知了。

關於這一點，我不知道葛浩文所寫的「蕭紅評傳」是不是能給我們一點答案？讓我們再讀葛著的「評傳」就可揭曉。

葛浩文先生在「蕭紅評傳」第五章裏說：

蕭軍慣於在友人面前，揭露蕭紅的弱點，且對她時而拳打脚踢，使得蕭紅常躲在朋友家中。卽使在武昌那段時期，此類事件還是層出不窮。以往，每當類似情形發生，蕭紅忍無可忍時，總是採取逃開一策，但這次却不同了，她有了援手——蕭紅發現了一個仰慕她而可以保護她的人。端木蕻良對蕭紅有意，但蕭紅名氣比他大，因此，她與端木之間的關係上竟佔了以往享受不到的上風。

這一段雖然沒有明的說蕭軍看不起蕭紅，至少蕭軍沒有把她放在眼裏，而蕭紅又因名氣比端木大，而竟「享受到了佔上風」的滋味。也許蕭軍因蕭紅嫁給他時，已是懷了他人孩子的婦人，而心理不平衡，不過無論如何，蕭紅在蕭軍追求她時，已是挺着個大肚子的婦人，如果蕭軍竟然因此耿耿於懷，那是說不通的，也不是蕭軍的個性所應當有的。觀諸蕭軍到現今的行爲，除了對蕭紅不專這點之外，與中共當權派的鬥爭，在在都是一個有稜有角的漢子。不說別的，王實味的「野百合花」事件，他就不像丁玲以打落水狗來求脫罪，他是明知道支持王實味的結果，對自己必然不利，那對蕭軍來說，是「死不悔改」的頑固分子，這種「罪名」當時可以帶來殺身之禍，可是他照自己的意思去做了。另一件事便是他回到東北辦「文化報」時對中共與俄共的一連串露骨的批評，表現了一個知識分子良知的作爲。要知道蕭軍揭露蘇俄對華的罪行時，正是毛澤東一面倒向「老大哥」的密月時期，對蘇俄的批評，等於是在那裏捋虎鬚，可是他批評了！其次，他與王德芬的婚姻一直維持到現在，而且也沒聽說對王德芬拳打脚踢，那麼有人說他好色而引起二蕭感情的破裂的可能性就減低了一些。我以爲最初蕭軍愛蕭紅——一個挺着大肚子的婦人，根本沒有甚麼美可言，或者說是生理的需要吧！一個孕婦又能做什麼？所以蕭軍最有可能的便是愛她的才華，愛她的文名，一旦她的「生死場」出版以後，也不過如此，蕭軍失望了。他們的感情的裂痕，種因於蕭軍對蕭紅的期望太高，結果蕭紅也不過如此，失望也大，結果由愛情的沸點降到冰點，是有其可能的。

當然，據此以作推測的，也只不過葛浩文這短短兩百字的評論而已。我不敢說這是斷論，但是蕭紅作品的確沒有世人的評價那樣的水準，至少她的作品與蕭軍作品的水準有一段相當大的距離。

我們似乎離題了，因爲蕭紅除了一本「馬伯樂」是純虛構的作品以外（也許有模特兒，只是還未發現罷了），其他作品幾乎都是蕭紅身邊瑣事，以「商市街」來說，那是寫二蕭在哈爾濱商市街的一些生活片斷，幾乎是寫實的作品，其他如「回憶魯迅先生」，據葛浩文的說法，是事無巨細都加以敍述。所以他認爲「回憶魯迅先生」這篇文章，至少有一半可以省略❶而且他認爲蕭紅的「過分坦誠，以及注意細微末節，有時對魯迅的近親們不利」，葛浩文似乎也相當矛盾，在評到這篇文章時，他又說：「在這篇『回憶魯迅先生』的文集中，蕭紅以動人的筆法，捕捉住魯迅最後歲月中的精彩片段，只有像她這樣善於觀察的作家兼魯迅密友才能有此精妙的記述。她在文章中並沒想去研究魯迅的思想或他的政治活動以及他的影響力，他的地位、缺點和優點。她只是用她的筆將魯家的大門敞開，讓讀者看看那不常見到的魯迅家居生活；他家庭，家中的擺設和那些令人難以忘懷的魯迅個人性格上的特徵以及怪癖。她以她女性細膩的手法，和用那像畫家一樣的生花妙筆將景物一一寫活了。」❷這樣好的作品，爲甚麼「至少有一半可以省略」呢？原因

❶ 葛浩文著：「蕭紅評傳」，一〇二面。

❷ 同❶。

無他，葛浩文先生所欣賞的，「畫家一樣的妙筆」正是蕭紅作品的最大短處，過於寫實，便缺少了距離的美感。其實蕭紅的作品不僅僅是「回憶魯迅先生」如此，「呼蘭河傳」、「生死場」、「商市街」也都是一個模式，她根本不知道怎樣剪裁，和剪裁效果與藝術性，「呼蘭河傳」共七章，據周錦和葛浩文認爲七個章節可以拆開來變成完整的七個單元，這就是沒有結構的原因，難道說這就是好，就是佳構嗎？佳構不能任意摘，只要刪節，就有損它的完整性，「呼蘭河傳」可以任意拆開，這就是它的缺點。

這些不是我們所要討論的，因爲我並不想在這裏討論蕭紅的作品的價值問題，使我有興趣的是蕭紅的「生死場」一書上，魯迅的序文，所暴露的中共審查制度問題。按魯迅在序言中說：「稿子呈到中央宣傳部書報檢查委員會那裏去，擱了半年，結果是不許可。」顯然中共對這本書並不滿意，所以不准出版。但是我們的魯迅先生當時是「左聯」的「文藝皇帝」，不管是否有人在背後垂簾「聽政」，他究竟還是一個頭頭，而這位一心做「文藝皇帝」的先生還有一層，要做「文藝皇帝」就得有兵將，他是主張左聯招兵買馬的，何況又對這位年輕的女作家特別愛護呢？所以他雖然是個傀儡，却也還是有幾分主見，便使起文藝老頭的脾性來，中共中宣部不得不讓他三分。既然他堅持要出，所以中共中宣部的審查委員會也只好讓他出了。

出是可以的，但有條件，關於此點，魯迅在序裏發着牢騷，這牢騷透露了這些條件。他說：「奴隸社以汗血換來的幾文錢，想爲這本書出版，却又在我們的上司『以身作則』的半年之後了，還要我寫幾句序。」❸魯迅雖然發了牢騷，却是語焉不詳，其實中共不僅要魯迅寫幾句序言，作為交換出版「生死場」的條件，中共還修改了「生死場」，認為符合他們的利益與要求之後才准出版。

魯迅在序中，並不如他的其他雜文那樣一針見血，增刪修改的事並沒有說，但是這件事却記載在「魯迅書簡」給蕭紅的信中，他勸蕭紅說，如果審查委員會或出版社改動「生死場」的文稿，要她不必介意。❹

從語氣上看，至少在魯迅寫信給蕭紅之前，稿子還不曾改動，事實上稿件需要刪改，只是這種先行審查的鉗制言論的暴政，才會這樣做。只是魯迅不便啓口明說罷了。這封信寫於一九三五年元月底，「生死場」於同年十二月出版，「生死場」出版的事尚未定案前，魯迅何以未卜先知，「生死場」要刪改呢？魯迅之所以要寫這封信，很可能「生死場」正在、或將刪改，或者審委會對於書刊，在共產黨的利益的前提之下，一定會予以修改，為了讓蕭紅心理上有所準備，才先寫那封信，也可以說是試探與伏筆。所以我判斷，現在我們所讀的「生死場」，已是中共中宣部認可了的「生死場」，而不是原稿的「生死場」了。

這本書隨一個叫二里半尋找他的一隻老山羊的故事而展開，在蕭紅的筆下，我們看到了荒涼

---

❸ 見蕭紅著：「生死場」二面。

❹ 「魯迅全集」「書簡」下冊，七八四面。

的北方農村貧窮、落後、無奈，守着祖先留下來的土地，一代一代的，都照着前一代的模式生活，洗衣、下地、割草、打柴，農閒時男人們披着老羊皮襖，在屋角上閒扯，而婦女們則手衲鞋底兒，有一搭沒一搭的傳述着一些道聽塗說的「新聞」，偶然也有那家男人和那家大妞眉來眼去的艷事，一陣雨淋着場子上的麥子，便是天大地大的事，使得人們慌手慌脚，這些都上了「生死場」的舞臺，讀起來，雖不怎麼有吸引力，可是對於中年一代的人，確然有幾分親切感。

這樣平靜的農村，忽然有一天旗子換了，日本兵清鄉、胡子橫行，人便活不下去，婦女把自己扮得比實際年齡老些，有幾分姿色的把自己打扮得醜些。這使蕭紅筆下的農村起了波濤，然後這些人便起來反抗。我想，這就是蕭紅所要表達的。

日本入侵了那世世代代平靜的農村，生存有了問題，在國家不能保護他們的時候，便把精壯組織起來抵抗日本。「九一八」事變以後，東方的這頭睡獅醒了，一片抵抗日本侵略的呼聲，從知識分子，從無知的農民的口中叫了出來，連主張理智抗日，爭取時間準備的胡適先生，也被罵成漢奸了。國民政府知道自己的國家有多少力量，一直忍辱負重，仗是一定要打的，中日最後總避免不了一戰，但多一分準備就多一分勝算，直到「七七事變」才全面抗戰。這種苦心既被共產黨所利用，也爲那熱血沸騰的同胞所誤解。抗戰既是全中國人的要求，當然抗日的文藝也受到讀者的歡迎，「生死場」在這種時局下出版發行，得了時勢之利，復加上文藝老頭魯迅的序加以吹捧，「生死場」自是一紙風行，蕭紅這兩個字也不脛而走了。

我想蕭紅所寫的，很可能就是這些，但是書中却硬添上了地主加租，農民組織「鐮刀會」與地主對抗的事。從整個書的結構來看，雖然這一部分不過幾千字，無疑的是，這個情節在「生死場」的整個結構上變成可有可無的贅疣，卽使全部拿掉，對於「生死場」情節的必然發展並沒有甚麼影響。

中共中宣部的審查委員會，是不是在「蛇」上添了這一部分「足」呢？雖然我們沒有掌握修改的證據，多讀兩遍「生死場」，不難發現這種添足的蛛絲馬跡。

對於送審這件事，我曾查過一些資料，國民黨當時也有個「中宣部」，並且也審查書報與出版品，會不會是魯迅序上所說的「中宣部」就是國民黨的中宣部呢？這種求證是必要的。

三十年代的「左翼」社團，隸屬於「中國左翼文化總同盟」，文化鬥爭又是中共中宣部職掌以內的事，武漢分共後，中共中央卽在上海成立地下黨，叫做「上海中央」，統一指揮左翼文人從事文化戰線上的鬥爭。馮乃超、陽翰笙、周揚、瞿秋白等都是當時在上海幹文運的幹部，控制在租界內及白區的文人，當然魯迅把「生死場」送審，是送到中共的「中宣部」了。魯迅當時還不能與組織發生直接關係，此次送審，想來是透過馮雪峰或瞿秋白之手的可能性較大。

葛浩文說：蕭紅的「生死場」一出版就被查禁了。據李牧在「三十年代文藝論」一書中說：「雖然中共文化統戰大本營，得力於外洋租界的庇護，如果政府當時能有力地採取『封鎖』與『對抗』交相並用的措施，馬列主義也不致如此的氾濫，可惜，政府當時却偏重於軍事的圍剿，在文化戰線上所採取的措施，也只重在對書刊的查禁。……」❺既然國民黨的「中宣部」核准了「生死場」的出版，斷不致又出爾反爾查禁的道理，何況那時的上海除了租界之外，其他地區尚在政府的控制之中，查禁的權力自然是政府而非中共。再假定魯迅所指的「中宣部」是中共的「中宣部」的話，也斷不會自己打自己的嘴巴！

由這一推論，「生死場」的那個「蛇足」，乃是中共「中宣部」添上去的，並且這本書根本不合於中共的「文藝政策」，所以壓了六個月沒有核准出版，最後經魯迅的堅持，中共「中宣部」只好「添了足」以後，勉強核准出版，但並不能在中共所經營的書店與出版社出版，魯迅爲了對這兩個年輕人有所交代，不得已在自己的「奴隸出版社」列入奴隸叢書一、三號出版發行。而魯迅的這個出版社，一共只出版了三本書，更足以證明魯迅爲了這兩個年輕人所付出的代價是如何的大了。

大概就因爲這種原因吧！蕭紅的「生死場」，始終沒有得到左翼文人的好評，除了魯迅的弟子胡風和茅盾捧過蕭紅以外，一九六四年「南京大學中文系」編的「左聯時期無產階級文學」指出，「生死場」這本書的缺點，是它悲觀的筆調，和書中錯誤的反動觀念。是甚麼反動觀念呢？認爲書中「人民起義」是獨立自發的，這根本就不可能，沒有共產黨的「領導」，人民是不可能獨立起義的。我在上文裏，認爲中共並未把這本書改好的道理就在這裏，數十年後，仍然不能避

❺ 李牧著：「三十年代文藝論」，黎明文化公司出版。

免共產黨以共產黨的立場加以批評。

中共對作家的控制是歷代無出其右的，魯迅在給王治秋的信說：「如徐懋庸，他橫暴到忘其所以，竟用『實際解決』來恐嚇我了。」❻「左聯」的金交椅雖然是魯迅坐着，但背後却有個工頭，監督他，同傀儡一樣的玩着把戲，他給胡風的那封長信，除了反對蕭軍加入「左聯」之外，也透露了在「奴隸總管」鞭笞下的痛苦。他說：「以我自己而論，總覺得縛了一條鐵索，有一個工頭在背後用鞭子打我，無論我怎麼樣起勁的做，也是打，而我回頭去問自己的錯處時，他却拱手客氣的說，我做得好極了，他和我的情感好極了，今天天氣哈哈哈……常常令我手足無措，我不敢對別人說關於我們的話，對外國人，我避而不談，不得已時，就撒謊。你看這是怎樣的苦境。」❼此外魯迅尚稱周揚為「元帥」，當然「奴隸總管」（工頭）也指的是周揚。以魯迅的地位，尚且如此，何況是一般作家呢？改改蕭紅的「生死場」也就算不得什麼了。

其外，「生死場」為甚麼批不准，很可能也與派系有關，「左聯」的派系，大致可以分成魯迅與周揚派，這兩派除了「左聯」組織內的作家之外，還有外圍的所謂「進步」作家，蕭紅一到上海，就找魯迅，而且以後進出魯迅的家庭，顯然周揚把蕭紅列入魯派的外圍——「進步」作家之一了。周揚可說是代表中共的「上海中央」的，「中宣部」擱置「生死場」，是不是受了派

❻同❹，下册，九七四面。
❼同❹，下册，九四六～九四七面。

系的連累，關於這點，至今尚未發現證據足以證明我的懷疑，但也並非絕無可能。而以魯迅之「尊」，爲青年作家介紹出版一本書，竟然要費那麼大的周折，也可以看出當時魯迅的悲哀了。

稿件的審查制度，中共至今還沒有廢止，由這一點看，在中共統治下，那來的寫作與出版的自由呢！

七三、六、一、中華文藝一六〇期

從打蕭紅屁股看蕭軍的性格

都是一些含橄欖葉的鴿子

自從中共一面倒向蘇聯「老大哥」的懷抱，到珍寶島事件，蘇聯撤退所有的「援助」，中共要關起門來搞「發展」，其間不僅沒有爬上「共產主義」的「天堂」，連上天堂的天梯子也變成了下地獄的捷徑，不但沒在十五年內趕上資本主義社會的英國，還連連倒退，就生活而言，還不如抗戰前的水準。除了勒緊了人民的「褲帶」，爆炸了幾顆原子彈，也放了上天的衞星以外，把大陸搞得一窮二白，十億同胞成了十億餓鬼。

共產黨意識到這是頭等大事，人民都餓死了，沒有了人民，中共的官怎麼當？毛澤東雖然以人多自傲於核子的按鈕戰時代，他曾瘋狂的說過，即使在核戰中死一半人口，中共還有五億。但毛澤東一命歸陰，華國鋒搞宮廷革命，取得紫禁城的頭把金交椅，鄧小平也用同樣的方法把華國鋒擠了下去，接手毛澤東留下的爛攤子，或發現十億人並不能對抗科學文明，一旦發生另一次世界大戰，中共便要陷入永刼不復的絕境。

到「天堂」，共產主義這條路是行不通的，於是鄧小平不能不修正共產主義，實行所謂「四化」，企圖吸收西方的技術與資金，挽救中共的危亡。鄧小平的藥方是否靈，不在我們討論之內，我們所要討論的是，鄧小平的「四化」要想「實現」，就必須爲「四化」付出代價。

中共不得不開放封閉了數十年的中國大陸，並且擺出「修正」的模樣，其他的我們暫且不談，在文藝方面，便是邀請海外左傾作家訪問，另外就是在嚴密的監視下，放作家到非共產集團的美、法、加拿大、日本、新加坡、香港等地去作含橄欖葉的鴿子。但是三十多年來，在中共的高壓之下，不僅未培養出具有國際聲譽的作家，三十年代的老作家也已經停筆。但是利用作家搞統戰，是中共「文宣」的專長之一，而且這種統戰非常有效。於是周揚訪日，巴金、劉賓雁、艾青訪法，沈從文、蕭軍、丁玲（艾青也隨行）等人訪美、加、香港和新加坡，好像鄧小平眞的一下子變了。

蕭軍打了蕭紅的屁股？

一九八一年八月蕭軍到美國參加柏克萊舉行的「紀念魯迅一百週歲生辰」的「國際學術討論會」，蕭紅專家葛浩文敎授問及蕭紅與蕭軍的婚姻時，提到蕭軍脾氣壞，時常毆打蕭紅的問題。

對於這個問題，據翟志成先生在「『出土文物』禮讚」一文中說：「蕭軍顯然不大願意談自己和蕭紅的私事，但禁不住『蕭紅傳』的作者葛浩文教授的追問，只好答以跟蕭紅因緣份而結合，亦因緣盡而分手。」❶葛浩文教授一直追問關於蕭軍打蕭紅的詳情。

蕭軍被葛浩文逼得沒法子，帶點怒意的說：「你們老說我打蕭紅，爲什麼不說蕭紅是我打死的？我們兩口子打仗，關你們什麼事？……我只是在氣頭上把蕭紅推倒在床上，打幾下屁股罷了。那能就把她打傷了？我是學武功的人，眞要打，不要說是一個蕭紅，就是十個蕭紅也被我打死了。……」❷翟志成先生說，他所記的是「大意」，不過我認爲已經很能傳神了。卽使是「大意」，也是八九不離十的。

關於蕭軍與蕭紅的婚姻，孫陵認爲是錯誤的，他在「浮世小品」的第八節裏，題目就是「蕭紅的錯誤婚姻」，他說：「這個時期，三郎住在青島，他們（指蕭軍與蕭紅）底感情很壞，住在一道，三郎時常用拳頭打她，有時把她面孔都打青了。」❸其實是否果如孫陵所說的，尙有疑問，因爲這個時期孫陵住在上海，對於此項描寫，恐怕也是人云亦云。

這種爭吵，從哈爾濱就已經開始，所以一九三五年蕭紅從上海去日本，就是爲了彼此分開，

---

❶ 翟志成著：「出土文物禮讚」，中國時報人間副刊，民國七十年九月二十六日刊出。

❷ 同❶。

❸ 孫陵著：「浮生小品」，三六面，正中書局，民國五十年一月出版。

能夠冷靜的來思考兩人的婚姻問題。不久蕭紅從日本回上海，直到「八一三」淞滬之戰爆發，兩人才相偕去武漢投靠「師兄」胡風，住在武昌蔣錫金家，就在那裏，第三者，也就是蕭紅的第二任丈夫端木蕻良介入，二蕭的「緣」已經到了盡頭。

這種情形看在個性耿介的蕭軍眼裏，當然不是滋味，大概曾經吵架吧！蕭紅搬離蔣錫金家住到漢口三敎街九號孔羅蓀家裏❹，這時二蕭的婚姻已出現了難以彌縫的裂痕，終於他們在山西臨汾分手，在西安等於正式的離婚（其實也不算什麼離婚，因爲他們也沒有結婚，只是同居而已）。

蕭軍的粗獷作風與傳統色彩

蕭紅與蕭軍婚姻的破裂，與蕭軍的粗獷作風有相當關係。

蕭軍與大郎（到目前爲止，尙不知大郞是誰）一起追蕭紅的時候，蕭紅在他們兩人之間，一個粗獷豪邁，一個白皮嫩肉，顯得斯文，很難取捨，只因蕭軍與三人在一起把存在於彼此間的這個結揭開來談，正當蕭紅左右爲難時，蕭軍突然吻了蕭紅，造成事實，蕭紅就這樣算是嫁給蕭軍了❺。從這裏來看，蕭軍的性格，的確是帶有幾分草莽浪漫的氣氛，不過二蕭婚姻破裂，與這種

❹ 陳紀瀅著：「三十年代作家記」，一一四面，成文出版社，民國六十九年七月十日出版。
❺ 同❸。

個性是否有關，我們得從蕭軍以後的作爲去找答案。

多數人認爲蕭軍個性粗暴，而且以見着女人就粘來醜化他，好像他眞的風流成性似的，並把二蕭的婚姻破裂歸咎於此種性格，其實從他在西安或延安與現任的妻子王德芬結合以後，卽未再見到蕭軍的婚外桃色消息來看，我以爲蕭軍可能是大男人主義者心態，蕭軍並非如坊間所說的那樣惡劣，因爲蕭軍與王德芬結婚正是青壯年時期，與蕭紅在一起就拈花惹草，難道與王德芬結婚以後就作了一百八十度的轉變了嗎？

蕭軍與蕭紅在一起期間，不斷發生摩擦，不斷的出現婚姻的軌外行爲，這種行爲很可能與蕭紅婚前和李姓青年的戀愛，造成蕭軍心理難堪有相當關係。我以爲蕭軍表面是豪邁粗獷，內心仍是深受中國傳統的道德觀所束縛，他總以爲他拾了一雙「破鞋」而在心理上難以平衡。他們住在哈爾濱商市街的時候，蕭紅生產下唯一的女兒，結果蕭紅把嬰兒留在醫院，自己一走了事。雖然這個女嬰是李姓青年所有，到底是從蕭紅身上分裂出來的骨肉，以母性的愛來說，蕭紅不可能那麼殘忍的丟棄自己的女兒，而蕭紅之所以違反天性，很可能受到表面浪蕩不羈，實際却對蕭紅於婚前與李姓青年的行爲難以釋懷，而且在婚後或產後，對蕭紅有所抱怨，她怕這個女嬰使蕭軍常常想起她與李姓青年的關係，而會影響婚姻與情感，因此不得不忍痛的捨棄親身骨肉是極爲可能的事。

假定這個說法能夠成立的話，我們可以斷定蕭軍的豪邁只是外殼，而不是蕭軍的內在世界。

他的內在世界實際是被傳統的文化與道德所薰染，傳統色彩相當濃厚的心態。二蕭婚姻的破裂，與蕭軍這種心態有相當關係。

蕭紅的「叛徒」性格與「棄嬰」事件

五四以後西風東漸，中國的傳統文化，同那上國衣冠的民族自尊一樣，被堅船利砲擊得粉碎。固然吸收西歐的知識，有助於睡獅的清醒，但那只是在高級知識分子才有這種眞知，至於一般次知識分子，就只學會了爭取婚姻自由、戀愛自由之類的膚淺東西了。鴛鴦蝴蝶派爭取戀愛自由，古老家庭對青年的迫害，因而造成青年的反抗，製造出的「悲劇」的作品大爲流行就是五四輸入的另一種文化，鴛鴦蝴蝶派或許看清了這點，他們利用此一情勢，推銷自己的作品。雖然這種流風，只是知識分子趁勢掀起的風浪，可是在當時的社會上，這種「文藝」作品，確已成爲青年的時髦劇本，照着張恨水等人的言情小說，演出逃家的「悲劇」。蕭紅的「呼蘭河傳」等於是「蕭紅的自傳」，從這本書裏，除了她的祖父以外，她的父母幾乎沒有給她什麼親情，可能是受了這種原因影響，而反對她父親爲她安排的婚姻，是一種報復性的反抗，何況她也極可能受到五四以後，靑年男女爭取戀愛與婚姻自由的影響，而成爲家庭的「叛徒」，可惜蕭軍却對於蕭紅婚前的行爲難以釋然，蕭軍雖然是五四以後成長的青年，行爲是新潮浪漫的，但當這種事眞在他身上發生，却還是不能接受，所以才有棄嬰慘痛的一幕。

這只是一種臆測，我們不知道有幾分可能性，不過以蕭紅的性格，應是合理的推測，因爲蕭紅有了一次戀愛失敗的經驗，對蕭軍這段姻緣自然十分重視，棄嬰可能是窺破蕭軍那種傳統的性格而主動拋棄那李姓的骨肉，也可能出於蕭軍的逼迫。以母性的愛來說，蕭紅總會在作品中對棄嬰這件事有所觸及，無論如何那女嬰是蕭紅的骨肉，可惜此間無法讀到蕭紅的全部作品，故沒法去作更深入的討論，而可以稱得上是二蕭專家的葛浩文教授，也沒有討論到這一點，足見蕭紅對棄嬰的事避而不提。蕭紅雖然有逃家、反抗父母爲她所安排的婚姻等新潮行爲，應當算得上是新女性，可是他們還是放不開。此點，我們可以從此間尙健在的三十年代作家，以及留在大陸上的丁玲等人，在她們的作品中，涉及她們的感情生活回憶的少之又少這一點，可以旁證蕭紅與李姓青年的那一段戀愛，雖然以現在的道德標準來看，無損於她的人格與作品，但她採取保留的態度，諱莫如深，所以我們可以肯定，蕭紅在這方面還是受到傳統的道德觀念的束縛。

蕭軍也是一樣，他雖然粗獷灑脫，那只不過是外殼，實則他與宋江、武松等人一樣，非常在乎女性的純潔無疵，這是蕭軍與蕭紅時常發生爭吵，而蕭軍與王德芬結合以後，就再也沒有蕭軍這方面的花邊新聞的原因。

蕭軍曾猛烈批評共產黨

對於蕭軍的這種傳統性格，可以從他的行爲中獲得眞象。

蕭軍本應畢業於講武堂，只因於畢業前夕的一次演習中，爲同學丁國英抱不平，「企圖用鐵鍬劈死講武堂第二總隊步兵科第一隊中校隊長朱世勤」❻，而於一九三〇年春天被開除學籍；另一件是一九四二年王實味的「野百合花」事件中，蕭軍、丁玲、艾青、陳企霞等被牽連進去，一起列入中共的第一次「文藝整風」的名單裏，他不僅拒絕了中共對他的批鬥，還在「解放日報」上發表「論對當前文藝諸問題底我見」，一方面爲王實味和同時被鬥的幾個人辯護，並指責那些不公平的批評者，也等於間接批評了毛澤東「在延安文藝座談會上的講話」。他在那篇文章裏說：「批評的時候，立場要堅定，但儘可能要公正，所謂名正言順，堂堂作戰，多下說服工夫，少用打擊力量。」❼與同案的丁玲、艾青比起來，蕭軍的骨頭要硬得多。

蕭軍有反抗性格呢？還是血液裏流着梁山好漢式的俠義精神？王實味的「野百合花」事件並沒有使他退縮，反而卯上共產黨豁出去幹了。

❻ 蕭軍著：「蕭軍小傳」，中國時報人間副刊，民國六十九年一月三十日刊出。

❼ 轉引自龍雲燦著：「三十年代左翼文壇現形錄」，三二〇面，華欣文化中心，民國六十四年七月出版。

由於他對毛澤東的那篇講話有了意見之後，「延安文藝整風」的矛頭掉轉來對正蕭軍，無奈他拒絕「學習」不說，還在撕了的床單上寫下「蕭軍賣書」的橫幅，當街拉起拍賣藏書作為抗議。❽他這種對抗行為在共產黨來說，是「大逆不道」的，殺一千次不算少，只是當時中共急於吸收「白區」❾的知識分子到延安作中共的「革命」的籌碼，「政策」上決定縮小「延安文藝整風」的打擊面，使這個「叛將」逃過一刼。不過蕭軍並沒有因此而妥協，一九四七年東北易手，一九四八年蕭軍回到哈爾濱。

中共把「刼收」來的文化資財分成兩份，一份給蕭軍辦「文化報」，一份給宋之的辦「生活報」，企圖讓蕭軍用他那枝筆「戴罪立功」，但是深受魯迅影響的蕭軍，不僅在筆調上刻意摹仿魯迅，就是性格上也有幾分魯迅的「叛逆」性，於是當宋之的在他的「生活報」上掃蕭軍時，「文化報」立刻和宋之的唱起對臺戲來。

他在「丑角雜談」中說：「真正的丑角是穿上戲袍，善良的人却反充了丑角，共產黨讓那些丑角當權，使有血有肉的人，都成了被談談笑笑隨便凌辱的屁丑，臺下的人却看得大拍其手，可見觀衆的日趨逃避現實，神經的日趨堅硬，並不是無稽之談了。」❿這話當然是針對宋之的而來

---

❽ 古錚劍著：「千古傷心文化人」，七二面，白雲文化事業公司，民國六十七年七月出版。

❾ 「白區」與「紅區」的對稱，指政府統治區而言。

❿ 轉引自古錚劍著：「千古傷心文化人」，七五面。

的，此地的小丑指的就是宋之的，不過中共却被流彈所傷，乾脆他一不做二不休，進一步把槍口對準共產黨幹。

在「政治泛談」一文，他說：「在這些丑角的統治下，只求機械的統一，結果，人民的積極性的人格，人民的積極性的創造精神，都被蔑視了，甚至被殺害了。」⓫這還不算，一九四八年「文化報」的「元旦獻詞」一文，假用外稿的名義，蕭軍以一個共產黨員的身分，全盤否定了共產黨的一切作爲；他說：「所謂民主也，革命也，共產也……此皆背天逆人，顚倒倫常之舉，復加以分人之地、起人之財、掘人之根……甚至淨身出戶（筆者按，在三反五反時，有所謂「掃地出門」一罪，用「淨身出戶」來描寫，乾淨俐落），此眞亘古所未有之強盜行爲，眞李自成、張獻忠之不若也。滿清雖異族，日本雖異類，尙不爲此，胡共產黨竟如此之不仁其善也哉？」⓬在共產黨的矮簷底下，能攖其鋒的，蕭軍之外，惟有「三家村黑店」裏的吳晗、鄧拓、廖沫沙三人差堪與比。所以我在另一篇論及蕭軍的作品中提到，雖然蕭軍現在「貴爲」中共的「全國政協委員」⓭，但我仍以爲蕭軍的風骨是値得敬佩的。當然，他那幾根硬骨，已經使他吃了不少苦頭，把他掛起來當了幾十年的「反面教材」不說，還逼瘋了一個女兒，逼死了個兒子，所付出的代

⓫ 同⓾。

⓬ 同⓾。

⓭ 蕭軍於一九八三年六月「當選中共政協委員」，世界日報，七十二年六月九日香港專電。

價，不能說是不大。

由這些點點滴滴，我們對於蕭軍的個性，已經有了一個梗概的了解，那麼拈花惹草、虐待蕭紅的說法很可能要打些折扣，不過在這種傳統的性格下，對於蕭紅與李姓青年的那段戀愛不能釋然，是大有可能的。我有一個不成熟的看法，蕭軍之所以打蕭紅的「屁股」，又時常發生爭執，極可能是受這種影響。因爲蕭軍的第二次婚姻，沒有發生什麼粗暴的行爲，可以作爲我這個看法的旁證。

是誰影響了蕭軍？

蕭軍不一定能算得上是知識分子，初中畢業卽入「講武堂」的「憲教處」受短期訓練，然後進入講武堂。實際講武堂也只能算是短期的軍事技術訓練，對於知識的訓練是有限的，而後期自修因爲八年抗戰，加上四年的戡亂，自修的機會也不多，故而蕭軍在基本知識上，我們斷定是不夠的。而他竟然會在李公樸所辦的「人民革命大學」及「魯藝」任教，那時教授的資格沒有太大的限制，此其一；再次，中共那時急於「培養」幹部，「人民大學」和「革命大學」以及「魯藝」，雖都有「大專」之名，實際只不過是短期幹部訓練班而已，招收的學生水準既不一致，聘請的教授濫竽充數的自然不少。從這裏看，蕭軍之所以成爲作家，而在國際上也小有名氣，並且成爲中共文藝統戰的一張「牌」，一方面蕭軍可能有一點才氣，再一方面，他起家於「八月鄉村」，而那本書的水準如何，只有天知道，不過蕭軍既拜在魯迅的門下，三十年代在「左聯」的裹脅下，文藝市場已爲「左聯」所獨佔，魯迅已成爲「文藝」老頭。「八月鄉村」一經魯迅的品題（按，魯迅爲八月的鄉村寫序），這本書身價百倍不說，蕭軍也就躍登「龍門」成爲「一書」的「名作家」了。我這樣說，不是因爲蕭軍是共產黨員，有意糟蹋蕭軍，幾十年來，蕭軍也只寫過「八月的鄉村」、「第三代」（按：後來改爲「未來的年代」）和「五月的礦山」等三個長篇而已。嚴格的說，蕭軍只有兩本書，「五月的礦山」是抄了中共報紙的社論，以及礦業報告加上一點情節與幾個人物而成的「遵命文學」，不能算是蕭軍的作品。以這樣一個作家，能不能算是一個知識分子，頗成問題。不過無論如何他那幾根硬骨，是頗令人欣賞的。

他這種性格，除了受魯迅與胡風的影響以外，也許與他的家庭背景有點關係。魯迅一生倔強，這是不必說了，胡風與周揚幾十年的鬥爭，雖被打入地獄，也還是死不認輸。這種性格，蕭軍多少受到感染，不過與他的家庭也有密切的關係。

「九一八」以後，他的父親和兩個叔叔都打游擊與日本人對抗，後來成爲打家刼舍的「鬍子」，我想：蕭軍是不是血液裏就流有這種強悍不屈的性格因子呢？總之，他是一個比較特殊的例子與人物，是一位頗值研究的作家。

七三、八、一一、商工日報

具有風骨的蕭軍

在中共的「作家兵羣」之中，蕭軍是有幾根骨頭者之一，暫且不去討論他在文學上的成就問題，以蕭軍之敢於直言犯忌，頗有幾分中國知識分子的風骨，雖然，蕭軍並不具備知識分子的條件，那點風骨却相當的突出，而且，突出得相當可愛。

蕭軍從中共因王實味的「野百合花」事件而造成第一次文藝整風，蕭軍便牽連在內，到「文革」打入「大右派」爲止的文藝整風中，經歷了「文化報」事件、「丁陳反黨集團事件」及「胡風反黨集團」事件，在這些整風中，「文化報」事件是針對蕭軍而來的，自此，蕭軍卽受到冷凍，「文化大革命」時，他被拉到北平文廟去批鬥，除挨打外，幾乎被文物之火烤死，老舍就因爲受不了折磨投太平湖自了，蕭軍要不是有點練拳脚的底子，他早已不能成爲今天的「出土文物」❶了。

❶翟志成著：「出土文物禮讚」中說：「沈從文、蕭軍等都自嘲爲『出土文物』。」聯合報副刊，民國七十年九月二十六日刊出。

可以說蕭軍在中共對作家的七、八次大批鬥、大整風中，算得上死裏逃生，可是，他的反對和批判的性格絲毫未改。一九八一年八月美國「柏克萊大學」在蒙托利召開「紀念魯迅一百週年生辰」的學術討論會，蕭軍與吳組湘、戈寶權三人被邀請出席。蕭軍以魯迅弟子的身分參加，在柏克萊，他說了一段話，實足表現了這種知識分子風骨的性格。

他說：「我不管你是什麼主義，只要符合我的奮鬥目標，我就承認；違反了我的目標，我就反對，那怕把我再埋進土裏。」❷這段話，是蕭軍在陳若曦所主持的一個演講會後的交誼活動中，大談人生哲學的時候，他表示要「創造一個獨立的、民族自主的、人民大翻身的中國，以及要建立一個沒有人壓逼人、人剝削人的制度。」接着蕭軍認爲「資本主義要把世界染白，共產主義要把世界染紅，都是辦不到的，因爲『資本主義在修、社會主義也在修，修來修去，便修到一起去了。』」❸蕭軍後面一段話，固然有濃厚的統戰意味，但前一段話無異是向共產黨挑戰。他的「人生哲學」，根本就是向中共要民主、自由，也反對共產黨對財富的分配方式，如果在前十五年說出這樣的話來，不僅蕭軍活不成，很可能要株連兒女親友。

問題是，現在說那樣的話，就不會獲罪了嗎？鄧小平提出「四個現代化」以後，言論的控制表面上是鬆了一點，但不要忘記，一九八三年底起，還大搞「清除精神汚染」，何況中共的政策

❷同❶。

❸同❶。

正如「晴時雨偶多雲」一樣的變化無常，誰也沒有把握明天會是怎麼樣的天氣，明天鄧小平是甚麼臉色。

在中共鬥爭的大風大浪裏，打滾了幾十年，最後死裏逃生，成爲「出土文物」，總不知何時又因爲那一句話獲罪而打入地獄，說不定將來就因爲這一段話斷送了生命。這種長期存在的危機，鬥爭經驗豐富如蕭軍不會不知道，旣然知道，還說出來？一句話，還是那種直言死諫的個性，保存那點讀書人的風骨。

對於這點而言，我們願意放棄文學批評的嚴肅立場，爲具有硬骨頭的蕭軍表示我們的讚賞。不過蕭軍這種性格，不一定就是讀書人的風骨，也可能來自野蠻的根源和浪漫的情調。

蕭軍爲什麼不同於其他作家？沈從文、吳組湘等早就看穿了中共而折斷了他們犀利的筆，有的作家雖然沒有停筆，也都寫一些無關痛癢的隨筆，或回憶的文章，等而下之的如丁玲、艾青、臧克家等人，被中共的高壓壓軟了骨頭，成了「歌德」派。當然，我們能體諒在那種環境之下，爲了活下去，「歌德」也是一種不得已的做法，但是，與他們比起來，就更見出蕭軍的風骨嶙峋了。

蕭軍爲甚麼能有這樣的風骨，極可能與他的家庭背景或多或少有點關係。

所以，我們先了解一下蕭軍的家庭背景，對研究蕭軍會有幫助。

蕭軍是遼寧省義縣沈家臺鎭下碾盤溝村人，一九〇七年農曆五月二十三日生（換算西曆爲七月三日），祖父劉榮，爲佃農及彈棉花工人，父親劉清廉，原爲細木工，經營木器小作坊、小商店，後來改行做鑲嵌玻璃工人，曾當過騎兵。一九三一年「九一八」事變，日本入侵東北後，他的父親和兩個叔叔清源、清山參加義縣抗日義勇軍，❹最後當了鬍子（土匪）。❺由蕭軍的自述來看，天不怕、地不怕的個性很可能來自遺傳。

最初進入下碾盤溝村的私塾讀書，十歲隨父親遷居吉林省長春市，就讀「吉長道立商埠小學」，一九二五年蕭軍十八歲時離家，進入吉林省陸軍三十四團騎兵營當騎兵，升到「文書見習上士」，一九二六年考入「東北陸軍講武堂」的「憲兵教練處」第七期，八月畢業後，一九二八年春分發到哈爾濱實習，隨又考入「陸軍講武堂」九期預科，一九三〇年快畢業時，在一次演習中爲同學丁國英打抱不平，企圖用鐵鍬劈死中校中隊長朱世勤而被開除，後回「憲兵教練處」當准尉助教。「九一八」事變，他建議把學兵拉上山打游擊，未被接受，後來憲兵教練處撤退，蕭軍才脫離該處，繼而組織抗日義勇軍失敗，才逃亡哈爾濱。❻從此踏上寫作之路，並以寫作爲終生職業。

從這一段經歷來看，蕭軍的反抗性格，受家庭影響極大，並且，在青少年時期就已經表露無

❹ 蕭軍著：「蕭軍小傳」，中國時報副刊，民國六十九年一月三十日。
❺ 蕭軍著：「蕭軍自傳」，附於孫陵著：「我認識的三十年代作家」，三四面，成文出版社，民國六十九年出版。
❻ 同❺。

遺，接着於一九三四年逃出哈爾濱，在「青島晨報」工作約七、八個月後又逃到上海，此後就與魯迅往來。魯迅也是一個反對角色的人物，個性倔強，蕭是魯迅的崇拜者，以師禮待魯迅，自然也受到魯迅的影響。

我想，蕭軍先天的環境，以及後天的人物接觸，都是蕭軍這種性格養成的重要因素，這種性格形成以後，無論他是在極權世界，或者是其他型態的社會裏，很可能都會扮演着同樣角色。而他在那種無法無天的社會裏，居然能被掩埋在地下數十年後，又再出土，除了依憑着他健壯的體格以外，最大的庇蔭可能是他屬於魯迅派，因爲魯迅自毛澤東「禪封」爲「革命導師」、「無產階級的戰士」等「諡號」之後，魯迅已經成爲神。神的三大弟子臺靜農先生在臺灣❼，馮雪峰與胡風被鬥倒。蕭去美國時他說，胡風雖已開始公開平反，但胡風已是精神錯亂❽。翟志成先生是研究胡風的唯一專家❾，在翟先生研究胡風期間，胡風的資料除了鬥爭下放前尙稱充裕之外，自一九五五年胡風集團整個被鬥爭瓦解，胡風被捕以後，即不知去向，在這種情形下，不能對魯迅派趕盡殺絕，此其一；其二、能成爲中共「文物」的作家，在打打殺殺中，所剩已沒有幾個，而

❼ 同❶。
❽ 同❶，翟志成引用蕭軍的話，按：消息應當是正確的。
❾ 翟志成著：「中共文藝政策研究論文集」，胡風部份佔兩百面（全書三百八十二面），分量相當重。時報文化公司，民國七十二年六月十日出版。

中共基於現實統戰的需要，也只有容忍蕭軍的嘻笑怒罵，中共恨在心裏，暫時對他無可奈何。

從一九四二年三月十九日中共中央在延安展開「整風學習」運動開始，蕭軍即已名列榜上❿。這次鬥爭以王實味作祭旗的三牲，同時陪榜的尚有丁玲、蕭軍、羅烽、艾青與陳企霞。那次整風鬥爭，蕭軍本該被殺，基於那時中共尚在吸收知識分子爲中共叛亂効力，故未予擴大株連，只把「死不認錯」的王實味，當鷄給殺了來儆猴，蕭軍能逃過此一刼數，完全是拜中共尚未成氣候的賜予，否則，蕭軍的枯骨早已用來爲中共驅策同胞作人海戰術的擂鼓棒了，那裏還有甚麼「出土文物」，可作中共展開文藝統戰的資本呢？

在那次「整風學習」之中，蕭軍的硬骨就已經表露出來。他是以「朝聖」的心情，由一九三八年日軍逼近臨汾，蕭軍隨「人民革命大學」撤到吉縣，他覺得閻錫山反共，在吉縣不安全，才辭去「人民革命大學」的「教職」，隻身步行渡過黃河直接去延安⓫。蕭軍本來對延安充滿了希望，到了延安後，眼見「紅色聖地」的黑暗與不平，他同王實味的感受一樣，延安正是王實味所寫的「衣分三色，食分五等」，生活糜爛到「迴舞金蓮步，歌囀玉堂春」，小幹部與士兵則「每一分鐘都有我們親愛的同志在血泊中倒下。」蕭軍未必是一個大作家，却具備作家敏銳的觀察，一九四二年三月，王實味發表了「野百合花」，丁玲則發表了「婦女節感言」，四月八日蕭軍在

---

❿ 李牧著：「三十年代文藝論」，二六八面，黎明文化公司，民國六十二年六月出版。
⓫ 同❶。

「解放日報」上發表「論同志的愛與耐」，把所見所聞所嗅到的發而爲文，直刺入毛澤東及中共核心和骯髒的靈魂。他說：「年來，和一些『革命』的同志接觸得更多一些，我却感到這『同志之愛』的酒，也越來越稀薄了；雖然，我明白這原因，但這却阻止不了我心情上的悲愴。」他在同一篇文章中，進一步揭露當時中共下層的不滿，他接着說：「近來常常接到一些不相識的同志的信，信裏大致是訴說自己的痛苦和牢騷。不滿意環境、不滿意人、不滿意工作，甚至對革命也感到倦怠了。」⑫蕭軍的不滿，不是發表這篇雜文開始的，在此之前，他和羅烽合寫的一篇「太陽裏面也有黑點」，已開始隱諷毛澤東了。

「延安文藝整風」（又稱第一次文藝整風）以王實味爲主要對象，丁玲、艾青、蕭軍等爲陪斬。其實，周揚當初的眞正意願，是要借這次整王實味的刀殺了蕭軍。因蕭軍以魯迅的弟子自居，故與胡風等屬於魯迅派，而周揚在「左聯」時期，因與魯迅爭領導權，早已從「論典型」問題起摩擦，到「國防文學」的兩個口號之爭，周揚與胡風卽已壁壘分明，恨不得鬥個你死我活。當初有魯迅對胡風的庇蔭，周揚無可奈何，如今蕭軍落了單（胡風在重慶），自是一個絕佳機會，但是周揚的如意算盤却因中共的需要而縮小打擊面，只拿王實味一個人祭刀，蕭軍逃過了周揚的陷阱。

⑫轉引自古錚劍著：「千古傷心文化人」中「我和蕭軍」，七三面，白雪文化事業公司，民國六十七年七月出版。

血淋淋的鬥爭，並沒有把這個當年想把學生拉上山打游擊的講武堂開除生嚇倒，反而在一九四二年五月十四日在「解放日報」上發表了「論對當前文藝諸問題底我見」，爲王實味聲援之外，同時，間接批評了毛澤東在「延安文藝座談會的講話」，他自身都難保，那種聲援的聲音實在是太小，能起甚麼作用？除了增加他自己的「黑材料」以外，甚麼都沒有用，王實味還是在那次鬥爭中送了命。

在延安的「文藝整風」中，同時列榜鬥爭的艾青、丁玲的表現則完全不同，陳企霞除了自保還沒有甚麼過於惡劣的表現，艾青與丁玲，到了看風勢不對的時候，不僅未能與王實味站在一條戰線上，爲了自保，還出賣了王實味，這一點丁玲、艾青與蕭軍是截然不同的風格與風骨。不管蕭軍讀了多少書，也不管蕭軍在文學上的成就如何，就義氣而言，蕭軍是可圈可點的。

蕭軍在那篇「論對當前文藝諸問題底我見」裏，爲王實味公開叫屈，他說：「批評的時候，立場要堅定，但盡可能要公正，所謂名正言順，堂堂作戰，多下說服工夫，少用打擊力量。」一則蕭軍那時是泥菩薩過河，自身難保，說話的效力自是打了折扣，再者，王實味的命運，根本就在鬥爭前已經決定了，鬥爭只是透過一種形式的「判決」，王實味是否眞正犯了錯誤，與其結果便沒有甚麼關係了。不過，無論如何蕭軍的聲音雖然小，但在廣大的、眼睛雪亮的羣衆，竟因蕭軍的作品，而覺得王實味的寃枉，已使他的冒險換得了代價。

延安文藝整風鬥完王實味，接着鬥蕭軍，倔強的蕭軍竟然拒不到會。後來，雖然到了會，可是，他公開的發表挑戰性的辯論。等到他覺得活得無味時，索性豁出去幹了，把床單撕毀，寫成「蕭軍賣書」的橫幅。古錚劍說：「橫幅上寫着『蕭軍賣書』四個大字，然後，將家裏的藏書，全運到街頭擺賣，所有的書，一律不作價，給多少算多少，以此和中共的宗派主義相對抗。」⓭雖然，魯迅的這位「徒弟」的作爲，近於魯迅筆下的阿Q，卽使是阿Q，在中共嚴厲的、血腥的控制下，還需要有相當的勇氣才行。如果我們承認魯迅與蕭軍是師徒關係的話，蕭軍雖沒有乃師的博學與爲文的潑辣，但至少倔強的個性是有所「師承」的。

在中共的「延安文藝整風」大會上，蕭軍的鬥爭性已深深讓他的對手了解到蕭軍的韌度與尖銳的性格，他的確和刺蝟一般，全身都是刺，周揚雖然是狼，也有一種無從下口之感，卽使勉強下手，也將滿口是血。「延安文藝整風」上周揚派雖然有意構陷，最後也不得不放棄他們的計劃。「延安文藝整風」主角不是蕭軍，但「文化報事件」却是他單打獨鬥，以一個人之力，對付組織龐大嚴密的共產黨。

一九四七年中共倖犯得逞，席捲東北，大量幹部由西北轉東北，蕭軍寫點東西，名列作家之林，被派回籍從事文化工作。中共把劫掠得來的印刷器材分成兩份，一份給宋之的，辦「生活報」；一份給蕭軍，辦「文化報」，並於一九四七年五月四日創刊發行⓮。

⓭ 同⓬。

⓮ 新文藝月刊「紅外線」專欄，蔡丹冶著：「蕭軍和文化報事件」，六六頁。

蕭軍在延安的表現並不理想，不僅不理想，還有些反叛性格，中共不是不知道，之所以還用蕭軍，是因中共的進展大出意外的迅速，過快的擴張，需要大量幹部，而最缺的又是文化方面的工作人員，因爲這類幹部不是短期訓練所可能培養的，中共明知蕭軍是一隻千里吃肉的狼，也不得不用；其二，「延安文藝整風」王實味血淋淋的下場，再頑冥的人，也可能是一個教訓；再說，對於蕭軍回鄉辦報，總算是「榮歸」，大小是個幹部，衡量蕭軍在目前的「利益」與「未來的遠景」上，中共以爲他不會再唱反調，中共這種想法原是希望以他那枝筆，站在文化崗位上爲中共宣傳，那知中共的這些如意算盤，對沒有骨頭的軟體文人自是百分之百有效，對有幾根骨頭的蕭軍，可說是失策了。

「文化報」的表現，令中共失望，他在「箕豆相煎」一文中說：「對方死得最多的還不都是工農大衆嗎？他們原來不是兄弟麼？……中國人民的血，還要大量流下去嗎？想到這裏，難免有所愴然。箕豆相煎，實不能無所悸痛。」⑮他的這種論調，正是中共叛亂數十年來，初嚐「勝利」果實的狂熱中，大出於中共意料之外的一項清涼劑，也是一次有力的針砭。

不僅僅如此，他在「夏夜抄之三」裏說：「中國離無產階級專政大概還得兩天，因此有一批過早抱着有這『專政』思想的人，還應該忍耐一點才好。即使專政，那也還是『階級』而不是黨，當然更不會是你；即使專政，也決不會殺盡所有非無產階級的人……小秦始皇主義式的想法

⑮ 文化報五十三期，「箕豆相煎」。

是要不得的。」⑯毛澤東正是提倡「無產階級專政」的人，反「專政」等於反毛澤東。他還意猶未盡，在「文化報」五十一期「丑角雜談」裏，認爲眞正丑角穿上戲袍上臺，人民倒眞的成爲「丑角」了，因此「眞理睡覺，妖孽出現」，他說：「而在丑角當權時，有血有肉的人，却成了被談談笑笑隨便凌辱的尸丑。」這眞是要對中共有了透澈的了解以後，才能說出來的話。不幸這個丑角沐猴而冠以後，搞「三面紅旗」、「大躍進」、「人民公社」，說那是通往共產黨天堂的天梯，料不到竟然成爲下地獄的吊繩，把中國搞得一窮二白，不僅十五年沒趕上英國，人民的生活倒退到一九四五年以前去了。這一點，蕭軍倒眞的是見識卓越，有相當的見解。

能有這種見識的，在中國知識分子當中，多如過江之鯽，但有蕭軍說出來的氣魄者實在太少了。國家之亡，亡在知識分子缺少骨頭，無人能諫，暴君便可以橫行無忌，「文化大革命」的浩劫，可說是讀書人的骨頭都被中共的文字大獄與屠殺給弄軟了的結果，沒人敢講話，毛澤東當然橫行，才有那一場大災大難，多有幾個蕭軍，也許這場災難可以避免，有人可能認爲我高估了蕭軍的影響力與制衡的角色，有時他所能發生的作用，是看不見的，既無法預估，結果也是隱性的。

「文化報」事件雖已是冰凍三尺非一日之寒，可是，眞正的導火線是一九四八年的那篇「元旦獻詞」。

⑯ 文化報三十七期，「夏夜抄之三」。

蕭軍在那篇獻詞裏，除了把共產黨的惡行歸納成一百二十四個主義之外，他說：「所謂民主也、革命也、共產也……此皆背天逆人、顚倒倫常之舉；復加以分人地、起人之財、掘人之根、……甚至淨身出戶，此眞亘古所未有之強盜行爲，眞李自成、張獻忠之不若也。」⑰這眞是明目張膽的反毛反共，一針見血。是可忍孰不可忍，決心要鏟除掉背上的這一芒刺而後快，何況蕭軍又在毛澤東宣布一面倒向「蘇聯老大哥」懷裏的緊要時刻反蘇呢！

當東北的讀者正在大快人心的時候，終在一九四八年春，展開了對蕭軍的攻擊，演變成所謂的「文化報」事件。

在中共正準備擴大叛亂南下之時，蕭軍的事件在毛澤東的心目中，自是微不足道，乃批交中共「中央東北局」的高崗去辦⑱。由宋之的所辦的「生活報」開火，一九四八年周立波、劉芝明、張如心集中火力批判蕭軍，批評的重點爲「蕭的錯誤思想，主要表現在以下三方面：一、極端的個人主義，他倡導『大蔑視的思想和情感』，二、資產階級的超階級觀點；早在延安時期，蕭軍已經是一個腐朽的『人性論』者，他否認階級鬥爭是社會發展的推動力。……他把黨領導全國人民所進行的解放戰爭，說成是『箕豆相煎』，而且，他『實不能無所悸痛』。與此同時，他想反對土地改革、誣衊農民土地，還認是爲『亘古所未有的強盜行爲』，這眞是到了極點的反動

⑰ 龍雲燦著：「三十年代左翼文壇現形錄」，三二三面，華欣文化中心，民國六十四年七月出版。

⑱ 王瑤著：「中國新文學史稿」下冊，二四四面。

論調。三、狹隘的民族主義，這自然是與他個人主義和『人性論』密切聯繫的。」⑲劉綬松敍述當年的鬥爭經過，和宋之的等人對蕭軍的攻擊，相當扼要，東北的「東北文藝協會」等十五個團體，在中共「東北局」的指揮下，動作齊一的清算蕭軍，「判定他『破壞文藝統一戰線、危害人民革命事業』」是他的罪名，因此替他作了三項決定：

一、在東北文藝界繼續關於蕭軍及其文化報的思想批判，把封建地主和官僚資產階級的反動思想，以及這種思想在自由資產階級和小資產階級中的翻版，從文藝戰線上驅逐出去。

二、為鞏固進步文藝界的統一戰線，發展革命的文藝批評，提倡文藝作家相互批評和自我批評，並結合廣大羣衆性的批評，把批評創作結合起來。建立文藝工作的定期總結，經常分析作品，指出它們的優缺點，提倡作品的思想水平與藝術水平，以便更好地為人民解放鬥爭、為「新民主主義」建設、為工農兵廣大羣衆所服務。

三、在進步文藝中提倡對於馬克思列寧主義及其理論的學習，廣泛地系統地宣傳，解釋和介紹馬克思列寧主義的文藝理論著作。⑳

中共「中央東北局」接受了那十五個文藝團體的三項決定，另外又作出了「關於蕭軍問題」

⑲ 劉綬松著：「中國新文學史初稿」下卷，二二一面。

⑳ 丁淼著：「中共文藝總批判」，一一七面，亞洲出版社，民國四十三年四月出版。

的三項決定：

一、在黨內外展開對於蕭軍反動思想及其他類似的反動思想的批判，以便在黨內驅逐小資產階級的、資產階級的和地方階級的思想影響；在黨外帶動青年知識分子糾正同類錯誤觀點。

二、加強對於文藝工作的領導，加強黨的文藝工作者的馬克思列寧主義的修養，在文藝界提供嚴正的相互批評和自我批評，反對無原則的「團結」和無原則的「爭論」，爲提高文藝作品的思想性、藝術性而奮鬥。

三、停止對蕭軍文學活動的物質方面的幫助。㉑

中共「中央東北局」的決定，等於是東北文藝協會等十五個單位的決議，形式上是由下到上的自發性鬥爭，誰又能說，不是高崗做了決定以後，由東北的文藝團體再做成結論送到「東北局」的呢！總之，蕭軍的「文藝級」的待遇停止了（物質方面的幫助），文學生命結束了（不准執筆）。隨着這個決定之後的行動是「文化報」停刊，蕭軍於一九四八年十月送撫順煤礦勞改。「野百合花」事件時，蕭軍替王實味說話，終使王實味死得不算太寂寞，「文化報事件」則是以蕭軍爲唯一目標的鬥爭。在這一事件中，沒有一個人敢於挺身爲他說話，蕭軍只好作困獸之鬥，但是，中共封鎖了全部傳播媒體，又離「白區」㉒千里，蕭軍縱使有筆如刀，也只好無奈的讓中

㉑同⑳。

共把他掛起來當「反面教材」。「吊銷」了「專業作家」的資格，一家的生活也陷入絕境。文革後，只能從「街道辦事處」領取三十元一月的津貼過日子。

自「五月的礦山」完成後，蕭軍已經停筆了十幾年。中共統治下的作家是「職業性」的，只要進入「中國文藝協會」，就可以像「政府」職員、工廠員工那樣，按月拿薪，「解放」後，絕大部分作家都加入「文聯」或「作協」，成爲「文藝幹部」，按知名度、地位，及對「革命的貢獻」分別訂定級別及待遇。吳祖光說：「作家在解放後成了文藝幹部，每天向政府支取生活費。」㉓「文藝幹部」是分級的，也就是有不同的待遇，「文聯主席」比照部會首長、副主席比照副省長、省長或副部會首長的待遇，以次是「理事」與「作家」，最低的也可以與講師的待遇比。中共的大學教授，大概是六十到兩百元僞幣左右，省長級以上則爲三百元左右，蕭軍與艾青、蕭乾等，於一九八三年元月到新加坡「星洲日報」所策劃舉辦的「國際華人文藝營」㉔，洛夫在有關的報導中說：「艾青、臧克家、田間號稱目前大陸三大詩人。田間我不大清楚，臧克家被批評爲『風派』的政客型詩人，曾充江青打手，本想左右逢源，四人幫垮臺後，現在很不得志。三大詩人中，目前仍以艾青最受讀者喜愛，也頗受中共當局倚重，現任『中國作家協會』副主席，月薪

㉒「白區」指政府控制區。

㉓吳祖光著：「對文藝創作的一些意見」，人民日報，一九五二年五月二十五日。

㉔新加坡於一九八三年元月十三日，召開「國際華人文藝營」。

三百多人民幣，家裏裝有電話，出門有汽車……」。㉕蕭軍於一九八三年六月又當選了「政協委員」㉖，也算走了步「老運」，想來待遇一定在艾青之上。

「文窮而後工」這句話，曾有些無聊的人謬解爲「生活」上的窮困，實則此處指的「文窮」應是知識上的窮通。如果知識上能窮通，又有才華，「工」是不成問題，生活窮困未必就能文工。文學家是人，需要優閒的生活才能思考，如受到生活烈火的煎熬，那能寫出偉構？照說中共對作家採取供給制，在不愁衣食下，應當有好的作品出現才對，可是，事實不然，三十多年來，中共沒有幾部作品，以一個十億人口的國家，三十多年來沒有出現好作品，這個問題是什麼？我想，知識的窮通、生活的優遇之外，還有一個最重要的條件，那就是自由。中共給予作家的「待遇」，在我們富裕的社會，以及自由世界的生活水準來看，仍然窮困得可憐！但是，與中國大陸一般人的生活水準作比較，則中共作家是生活在截然不同的另一個天地裏，還有，滯留在大陸上的作家中，不乏飽學之士，如巴金、茅盾、老舍等都有深厚的學養，然而，他們都沒有好的作品，唯一的解釋是他們缺少了自由。

也許我們可以歸咎於中共的作家太少，中共究竟有多少作家？一九五六年劉白羽在「中國作協第二次理事會擴大會」中報告說：「作協總會會員五三五人，業餘作家三九三人，佔全體會員

㉕ 引自洛夫著：「艾青印象記」，聯合月刊二十三期，民國七十二年六月出版。

㉖ 見世界日報，民國七十二年六月九日香港專電。

百分之七十三點五，加上上海、重慶、西安、廣州、武漢六個分會會員四一一人，共計爲九四六人。」㉗上述數字，是指有待遇的專業作家而言，不過，業餘作家則爲數不少，尤其是中共感覺到「精神食糧」供應不足，專業作家避免「禍從筆出」的情況下，雖不罷寫，却只是應付了事。既然專家作家擠不出作品，中共只好想出發動「培養青年作家」的「運動」，不過，這個運動也落了空，寫出來的東西，量固然堆集如山，質却都不堪一提。這就是中共文藝「政策」所結的惡果。

這個專業作家數字固然少，可是，九百多位作家，如果每人每年一本書，也應有九百多本，結果如何？答案是「又缺又濫」㉘，因之又不得不用提高稿酬來刺激創作，結果還是不如理想，其實中共也明白，給予作家任何條件，都不如還給作家自由，因爲那是創作中最重要的條件之一，沒有了自由，豐富的知識與充裕的物質條件，都是一無用處的。問題是中共絕對不會給作家自由，何況物質條件，比起自由世界來又差了一大截。

在這樣的情況下蕭軍於平反之後，恢復了「文藝級」，生活也獲得了改善，不過他爲了保護目前的「待遇」，而採取躲閃的態度，當然自「五月的礦山」以後，蕭軍只是中共迎來送往的道具，那會寫得出什麼作品呢？我想，艾青有三百元薪級，蕭軍與艾青是齊名的作家，如今又當上

㉗ 劉白羽著：「爲繁榮文學創作而奮鬥」，一九五六年三月二十五日，文藝報。

㉘ 同❾，二七三面。

「政協委員」，「待遇」不會少於艾青，在農工每月三、四十元供給中，蕭軍又是多少個工人的待遇？從這個地方去替蕭軍設想，他目前的轉變，也就情有可原了。何況個人面對那龐大無比而又組織嚴密的「黨」，卽使是再硬的骨頭，也會把它壓得粉碎，蕭軍不是金鋼鑽，那是無可奈何的事。

在柏克萊的表現，蕭軍雖然仍嘻笑怒罵，但已不若在「文化報」時期，在無數次整風、下放、勞動改造、洗腦之中，千百風骨之士，也已變成了軟體動物，蕭軍的改變，與其說蕭軍不能堅持，不如說這是中國知識分子的悲劇，奴顏婢膝，似乎不算什麼恥辱，人總是要生活的，蕭軍自然也不例外。當了職業作家，便可按照級別拿薪水養家活口，至於寫出來的東西，能不能發表，那是「黨」的事，冑被控制，作家也只好同動物一樣的，供中共牽着脖子表演猴戲。所以，蕭軍在柏克萊、新加坡的表演，也就可以理解了，不然「吊銷」了「寫作執照」，不太好受，蕭軍嘗過這種天羅地網的痛苦滋味，不表演行嗎？

一九七九獲得平反的蕭軍，雖未淪爲「歌德」作家，也已不復是「延安文藝整風」及「文化報」時代的蕭軍了。頭角早已磨盡，圓一些也是爲「生活」，我們不能期望人人都是三閭大夫，「出土文物」這種自我嘲笑的背後，是多少血淚？多少痛苦？繞指柔是要百鍊鋼，硬骨頭得付出多少代價？

二蕭當中，蕭紅在葛浩文的研究之下，已經在中國「不朽」，枯骨也已經遷葬，蕭軍也已經當了「政協委員」，作家能到這「地位」，回想當年在撫順煤礦的那些苦況，一切都已成爲過去了。畢竟蕭軍要比郭沫若那些人好得多。如以二蕭比較，蕭軍的「成就」要比蕭紅高得多，但蕭紅所獲得的「評價」已經超過她的成就，很可能得之於她傳奇性的婚姻與早死的緣故。

蕭軍成名於「八月的鄉村」，也以這本書爲代表，可說是「一書」作家，也人有說，他眞正的代表作是另一本小說「第三代」，這本書於一九五七年修改其內容，更名爲「過去的年代」出版㉙。其餘有「羊」、「五月的礦山」、「跋涉」（與蕭紅合著）、「江上」、「綠葉的故事」、「十月十五日」、「蕭軍傑作選」等，其中「五月的礦山」是由中共的出版社出版，「八月的鄉村」是由「奴隸社」出版，「蕭軍傑作選」由「新象書店」出版，「跋涉」是自費出版之外，其餘均由「生活書店」出版㉚，其中除了「新象書店」的背景尙無法了解，「生活書店」等於是共產黨在國府區的宣傳機構。從這裏來看，當年在上海的蕭軍雖然在魯迅阻止之下㉛，沒有加入「左聯」，也沒有加入共產黨，但是，中共的「上海中央局」顯然已把蕭軍視同共產黨的同路人。（蕭軍是在一九四一年入黨。）

蕭軍的代表作，此間尙無法讀到，但是「蕭軍傑作選」，此間盜版商已經改爲「四條腿的

㉙　「過去的年代」，一九五七年，作家出版社出版。
㉚　見李立明著：「現代中國作家評傳」下册，六一面，香港，波文書局，一九八二年二月出版。
㉛　鄭學稼著：「魯迅正傳」，四四七面，時報文化公司，民國六十七年七月十五日出版。

人」，假「文教出版社」之名出版（有沒有這個出版社尙成問題），與蕭紅的「呼蘭河傳」及「生死場」來比較，如果說蕭紅「不朽」，蕭軍的作品就不知道要用什麼形容詞來形容他的「成就」，因爲蕭紅的作品，造句根本很多不合語法，是不通的，蕭軍至少沒有犯這種大毛病，而且，就小說的結構而言，蕭紅的作品根本無法與蕭軍比。此點，是就二蕭的作品比較而言的，如要與「老張的哲學」等作品比較，蕭軍又難望其項背了。

「『第三代』這本小說是蕭軍的一部磚頭書，預計寫成『第三代三部』，第一部一九三七年二月、第二部一九三七年三月由『生活文化出版社』出版，第三部於一九三七年九月十一日在胡風所創辦的『七月』發表，直到一九五一年五月寫完最後一部分，一九五三年開始修改至一九五四年修改完畢，一九五七年六月改爲『過去的年代』，由『北京作家出版社』分上下兩集出版，全書八十多萬言。」㉜以他所用去的時間，和出版的愼重而言，這本書應是蕭軍自認得意之作，其知名度却不如「八月的鄉村」，是因爲「八月的鄉村」是一部抗戰小說，同時獲得魯迅的肯定有極大的關係。魯迅把「八月的鄉村」編爲「奴隸社」叢書第一號出版，他在序言上說：「我曾見過幾種述說關於東三省被佔事情的小說，『八月的鄉村』，卽是很好的一部，雖然，有些近乎短篇的連續，結構和描寫人物，也不能比法捷耶夫的『毀滅』，然而，嚴肅、緊張，作者的心血和失去的天空、土地、受難的人民，以至失去的茂草、高粱、蟈蟈、蚊子，攪成一團，鮮紅的在

㉜ 同㉚，節引，六二～六三面。

讀者眼前展開，顯示着中國的一部分，現在和未來，死路和活路。凡有人心的讀者，是看得完的，而且，有所得的。」㉝「八月的鄉村」原來也和「呼蘭河傳」一樣，是不連續的「長篇」小說，葛浩文與周錦曾說，蕭紅的「呼蘭河傳」可以分成若干個短篇（見「論蕭紅及其作品」）來讀，並認爲這是「呼蘭河傳」的優點之一，也是不朽的條件之一，想不到「八月的鄉村」也是許多短篇的結合。難怪擅長尖酸刻薄、嘻笑怒罵的魯迅，對於執弟子禮，自認除胡風之外，爲第二個入室弟子的蕭軍也不放過。他說：「凡有人心的讀者，是看得完的。」那就是說，一般讀者，如不能把「八月的鄉村」當成「愛國」小說來讀，不抱目的的讀者，不一定能讀得完。換句話說，蕭軍的這本書是缺乏趣味性與可讀性的，至於小說的藝術價值，這位「大師」不僅不置一詞，頗有貶意，因爲他說無法與法捷耶夫的作品作比較，由此足見魯迅還有一點藝術「良心」。關於這一點，我們不能不對魯迅另眼相看，即使因私情不得已而爲文，他還是能有所爲有所不爲。如果不「因人廢言」，至少他對於蕭軍的這篇序文，還能本諸知識良心，只是限於人情，不得不寫而已，如把門道看對了，仍然是話中有話的。

這話，證諸司馬長風對「八月的鄉村」的看法，是相符的。他說：「『八月的鄉村』只是一典型的幼稚的政治小說，而且，明顯的模仿蘇俄作家法捷耶夫的『毀滅』。關於這一點，魯迅曾在『序』中點出。蕭是粗獷型的天才，可是，却在『八月的鄉村』中浪費了他的天才。他當時受

㉝ 同⑰，三一六頁。

了魯迅等人的影響，固執社會和政治的要求，不屑多做藝術的推敲。試看他於一九三六年二月二日所寫『再版感言』：『或者有人說，這不像一顆成熟的果子，如果能修改一下，也許會好些。但，我是任牠這樣了，我個人不喜歡吃過爛的飯和過熟的果子，即使是恰熟也不怎麼喜歡，那不合我的胃口，比較嘗些野味和生味的倒好。那麼，這部書也只好算一枚還嫌太楞的青杏。』這實在等於拒絕藝術錘練了，這位憲兵出身的作家，實在無知。」㉞一個文學史家如此批評，是憑着他的歷史良知的，魯迅的序文，很可能有筆者所下的推斷，以及司馬長風所下的結論這種功能。不過，此間沒有法捷耶夫的「毀滅」，而在蕭軍完成「八月的鄉村」時，「毀滅」是否已經有中譯本，假定有中譯本，又是在蕭軍之前或之後呢？以蕭軍的俄文程度而言能不能閱讀俄文原著都是問題。蕭軍是東北人，很可能對俄文有某種基礎，而東北的小學是否教外國語文等等都是問題，因爲在蕭軍的自傳中，他自己說：「我沒受過多少正統教育，每間所唸的學校，最後都開除了我，總共算起來，我只不過唸了六、七年書。」㉟以他所受的教育來判斷，當然無法閱讀俄國原文作品。倘若說「八月的鄉村」果如司馬長風所下的斷語，以及魯迅的暗示，受到了法捷耶夫「毀滅」的影響，那一定是中譯本或者口傳了。這種情形不是沒有，可能性小一些。不過，東北

㉞ 司馬長風著：「中國新文學史」中卷，第十九章，五五～五六面（引用版本，爲此間盜印版本，印刷雖粗糙，除版權頁未載以外，其內容尚能保持完整，引者註）。

㉟ 葛浩文著，劉以鬯主編：「漫談中國新文學」，一三面，香港文學研究社出版。

人可能懂俄語，也只是「語」而已，懂俄語未必能讀俄文，那麼蕭軍的「八月的鄉村」即使果眞與「毀滅」有若干雷同，或受其影響，偶合的可能性就相當的大。

這裏，我不得不對蕭軍的學歷，多說幾句有關作品以外的話。對於蕭軍的經歷、學歷，在他的「自傳」裏，也有很多矛盾；以學歷一項而言，他畢業於「憲兵教練處」，他的「自傳」中，有一份是上海時期的，沒有提到這一點。另一份題爲「蕭軍小傳」的傳記却說：「約五、六歲（一九一二——三年左右）入本村私塾開始讀書，當時學名爲劉鴻霖。後轉入沈家臺鎭國民小學校讀書。……十歲時，因父親在吉林省長春市改充鑲嵌建築玻璃工人，即至父親處，入長春『吉長道立商埠小學校』繼續讀書。十八歲時（一九二五年）因自謀生活，即離家投入吉林省城軍閥部隊『陸軍三十四團』所屬騎兵營當了騎兵，後被拔選爲『文書見習上士』。一九二六年考入『東北陸軍講武堂』所屬『憲兵教練處』（當時在瀋陽）第七期學法律和軍事。八個月畢業後，一九二八年春被分配到哈爾濱實習三個月。實習期滿，即辭去憲兵職務，又回到瀋陽，插隊考入『東北陸軍講武堂』第九期預科入伍隊（又名第六教導隊）學習初級軍事。一九二八年冬轉入『講武堂』本校（校址在瀋陽市東郊『東山咀子』）砲兵科肄業。一九三〇年春臨畢業時，在野外演習期間，因代同學丁國英打抱不平，曾用鐵鍬企圖劈死第二總隊步科第一隊中校隊長朱世勳，經軍法會審後被關押於校中『重禁閉』室一個時期，即被開除出校。」㊱關於蕭軍的學歷，這算

㊱同㊱。

是最完整的一部分了，而且，也是出自蕭軍本人的手筆。在發表這篇「自傳」時，「中國時報副刊」曾有「說明」部分說：「美國舊金山州立大學的葛浩文教授（Prof. Howard Goldblatte）治中國新文學史多年，對蕭紅和蕭軍等作家的生平及作品，尤有研究。不久以前，他收到蕭軍寄出的一篇小傳，稿紙首頁上蓋有蕭軍本人的印鑑，說明了這位三十年代老作家對此文的負責。」㊲足見此項學歷的眞實性相當高，除了蕭軍有意隱瞞什麼，我們沒有理由不去相信它的眞實性。由這一學歷來看，他讀法捷耶夫「毀滅」的原文可能性已減至最低限度了。

倘若「毀滅」沒有中譯本，或有中譯本而在蕭軍完成「八月的鄉村」之後出版，那麼受「毀滅」影響的可能性又大大的減低了。所以，我以為偶合的成分極大。不過「八月的鄉村」的文學價值有限，的確是所謂的「青澀果子」，因為結構與人物刻劃、趣味等等，都不足以構成文學作品的條件。

「第三代」又如何？

蕭軍的著作中一共有三部長篇小說，「八月的鄉村」、「第三代」（過去的年代）、「五月的礦山」等三本。

第一本「八月的鄉村」已如上述，「五月的礦山」等於是「任務」小說，多數抄中共的礦務報告，以及中共報紙的社論，以鼓舞和歌頌「社會主義」社會為「主題」的作品，沒有評論的價

㊲同㉙。

值，剩下來能代表蕭軍的，就是一本「第三代」了。

「第三代」後來易名為「過去的年代」，由北京「作家出版社」分上下兩集出版。全書八十多萬字，蕭軍用了二十年的時間[38]，應是一本比較嚴肅的作品，至少他修改了舊作，常風的「近出小說四種」中說：「這是一篇雄渾、沉毅、莊嚴的史詩。」[39]「第三代」（過去的年代）所寫的東北農村的衆生相，從辛亥革命前的「日俄戰爭」時代到「九一八」事變，也就是一九〇四至三一年的近三十年的農民疾苦。司馬長風也對這本小說相當讚許，他說：「『第三代』在內容上雖也有政治的要求和動機，但是，在分量上被壓縮到不重要的程度，同時，圓熟的文學技巧，已足以駕馭主題，將它圓融於藝術的形象中不致喧賓奪主。」[40]足見「第三代」（過去的年代）是蕭軍的一部重要作品，是他的代表作。

在此間，能在地攤上買到蕭軍的作品是「蕭軍傑作選」[41]，其中「羊」、「江上」、「綠葉的故事」都是幾本著作中的名作品集合而成，稱之為「蕭軍的傑作」並不為過。

從「蕭軍的傑作選」中的「櫻花」、「四條腿的人」來衡量他的作品，他的短篇小說具相當的水準。「櫻花」是寫一個家庭抗日的故事，日本侵華，使骨肉離散的慘境。寫得相當感人。

---

[38] 常風著：「近出小說四種」，刊於文學雜誌一卷二期。

[39] 同[38]，五六面。

[40] 同[34]。

至於「四條腿的人」，則寫一羣煤礦礦工由一個外國資本家轉到另外一個資本家手中被壓榨的痛苦，寫幾個因挖煤斷了手脚，被資本家趕出礦區的生活苦況，環節的呼應、人物的刻劃，都相當成功，那是有相當水準而又與現實生活結合的、有血有肉、有淚有汗的作品，具有一定的說服力。

由我們所讀到的作品中，去衡量常風及司馬長風對「八月的鄉村」與「第三代」的評論來看，雖是一毀一讚，我們皆可以信得過，並可以引用對蕭軍作爲一個小說家的評價。不過，那是「解放」前的作品，至於「五月的礦山」則是任務小說，不討論也罷。

中共所提倡的「工農兵文學」，有一個公式，尤其是所謂「解放」後的作品，更是如此。這個公式是：「過去黑暗，現在光明；過去落後分子現在進步，拚命熱情勞動，爭取勞模的光榮；『解放』前工人思想落後、生活清苦，『解放』後工人的思想『進步』、生活『幸福』，」總之，在「對比」之下，來「歌頌」共產黨的「偉大」。這個公式，仍是根據毛澤東在「延安座談會」上的「講話」而來的。

中共要求知識分子、作家爲「工農兵服務」，但是，沒有工農兵的生活體驗，寫出的作品是

㊶ 蕭軍著：「蕭軍傑作選」，內附「小傳」，選入「櫻花」、「四條腿的人」、「羊」、「大連丸上」、「江上」、「綠葉的故事」、「水靈山島」、「馬的故事」等，上海新象書店，民國三十六年出版。此間改名爲「四條腿的人」，盜版出售。

閉門造車的僵硬蒼白，怎麼辦？「新中國」不能沒有夜鶯的歌唱呀！不能沒有作家點綴呀！可是作家不是一時可以培養成功的，每一個作家的成長都是數十年，但他們不熟悉「工農兵」，當然就無法服務了。培養新的、年輕的作家既然不易，只好用老作家。

於是，改造、下放，改造下放仍不能「變化他們的氣質」時就「整肅」、「批判」，直到作家俯首貼耳爲止。這個策略仍然是根據辯證法來的，中共的文藝整風、鬥爭將永遠的繼續下去。蕭軍就在這種「政策」下被埋在土裏埋了幾十年，前後被鬥了三次，在「文革」中幾乎送了命。中共雖然養作家，在大陸上比較之下，算是優厚待遇的一羣，但他們既沒有寫什麼的自由，也沒有不寫什麼的自由。從敵對的立場，我們反對中共蓄養的作家，從人性立場，我們非常同情他們的處境。

作家知識的吸收，是必具的條件，蕭軍在這方面吃了大虧，雖然他有才華，但缺少深厚的知識基礎，潛力就無法發揮出來，蕭軍一生只寫三本長篇小說，能不能有傳世之作，實在難說，因爲蕭軍的小說幾乎都是以政治爲主題的。

雖然，人不能脫離政治，文學藝術也難以脫離政治而寫所謂的「純文學」，但是，文藝介入政治並非處心積慮的硬生生的套公式，他必須有所感，在小說的虛構，或採取現實社會環境中的事件，自然的介入時代的脈搏。硬套公式，刻意的去表現政治的主題（目的），不可能會出現偉大的、不朽的作品，像「黑奴籲天錄」等小說，並不是爲了達到種族問題的解決，才去刻意寫它，而是要把社會的現象，藉小說的藝術功能去訴說黑、白種族之間的不平與不幸，黑奴因此本小說而獲得解放，那是一種意外。中共所謂爲「工農兵」服務，那是逼作家去寫違背良知與違背知識的東西，爲了生活，或者爲了生存、安全等等理由，這樣的作品是寫出來了，而這些作品能有說服力嗎？能發生藝術的功用嗎？中共政權能在這方面獲得多少利益，能達到目的與否？是頗值懷疑的，因爲中共治下的作家們，不斷的爭取寫作自由，是一個不爭的事實。當毛澤東實施陽謀，搞「雙百」方針時，這種弱點充分的暴露，知識分子在解除了內心的那股高壓力量以後，怒潮澎湃的說出他們內心的話，「防口」的結果，一旦有缺口，便是天下皆是「諫言」，使毛澤東不能不趕緊拉緊勒住套在作家脖子上的繩子，可惜對毛澤東了解不透徹的作家們、知識分子們已經掉進毛澤東的「陽謀陷阱」裏去了。

此間，提倡政治文學的大有人在，而且，有的人們以爲不寫政治就不是文學，無論是爲反對而反對也好，或者爲某種目的，而利用文學也好，這種提倡者非常霸道。從中共的「文藝政策」，要求作家爲「工農兵」服務，導致作品歉收，來探討此間提倡的所謂「政治文學」，無疑是開了文學的倒車。

嚴格的說，政府是不應當有什麼「文藝政策」的，只要有所謂的「文藝政策」，對作家就是一種束縛；我們既然不贊成有什麼文藝政策，難道我們能贊成具有裹脅性的所謂「政治文學」嗎？

政府並不要文學家爲政府做些什麼，但文學家們卽使做了什麼，那也是一種知識判斷下的自我行爲，與「政策」無關。所以，「政治文學」的提倡，對於文學的發展有害，我們需要的是有別於蕭軍的創作環境，雖然，我們的作家寅支卯糧，並不表示作家生活的困苦，就沒有優秀作品，因爲我們有權爲任何人服務，也有權不爲任何人服務，我們有權寫政治小說，也有權不寫政治小說。當我們說：「這裏沒有說話的自由」的時候，不正是有了說話的自由了嗎？

張春橋以「狄克」的筆名，發表「我們要執行自我批判」一文時，對蕭軍的批評客觀與否姑且不論，有一點今天是可以肯定的，他說魯迅把一個良好的作者送進墳墓裏去了㊷，這倒很有見地的。蕭軍的第一個長篇「八月的鄉村」出版時，魯迅做了過高的評價，蕭軍誤認爲自己眞有曠世才華，而不再用功，致數十年的寫作歷史，只有一本「第三代」可看。魯迅成全了蕭軍，也眞的害了蕭軍，蕭軍的成就僅止於此，不能不說是與魯迅的過高評價有相當的關係，這也就是愛之適足以害之。這一點，張春橋（狄克）確然獨具慧眼。

不問蕭軍在文學上的成就如何，從「王實味事件」、「文化報事件」、「文化大革命」所受的迫害而言，蕭軍與中共之間的鬥爭，有一種貓玩死鼠之感。

他的勇氣與風骨是值得敬佩的；他的作品則不敢恭維。

蕭軍爲什麼會有這樣的勇氣？這可能與他所倡導的「大蔑視的思想和感情」有極大的關係。

㊷ 狄克著：「我們要執行自我批判」，一九三六年三月十五日，大華晚報副刊，轉引自王章陵著：「中國大陸反共文藝思潮」，一九三面，黎明文化公司，民國六十八年四月出版。

他的大蔑視思想和情感，可以從他的「我的生涯」一文中看得出來。他主張他的人生「希望登臨某種高頂以上，以英雄的姿態，向周圍的太卑瑣、渺小、平凡的，如一隻螞蟻似的人們俯視着，讓他統統在自己的面前，低下腦袋、獻他們的恐怖和屈從。」㊸這樣的人生觀，頗類他師父筆下的阿Q，不過也就因爲他具有這種精神而且比阿Q強些，所以能夠度過那難以讓人忍受的侮蔑。

如果不談他的文學，他的爲人是相當可愛的，他的個性，是趙燕男兒的個性，我綜合了所能蒐集到的資料，並且，閱讀一遍以後，我覺得蕭軍走文學的道路可能是錯了。以他勇於鬥的性格，他一直在張學良的手下當兵㊹，出路一定比現在好，「成就」也一定比現在高，可惜他從瀋陽逃到哈爾濱以後，碰到了「國際協報」的副刊主編裴聲園㊺，發表了他的作品，使他走上寫作這條道路，也才使他不斷的上演人生的悲劇；否則，他不會有這麼多不幸的遭遇。

七三、九、文藝月刊一八三期

㊸ 轉引自古錚劍著：「千古傷心文化人」，六三面。

㊹ 同㉝。司馬長風說：「一九三一年『九一八』事變，蕭軍二十三歲，正在張學良統治下的瀋陽當憲兵。」五四面。

㊺ 孫陵著：「我所認識的蕭紅」一文說：「國際協報」的副刊是裴聲「圓」主編，臺灣日報副刊，民國七十年五月六日。可能爲「圓」是「園」字之誤，文船山在中國時報的另一篇文章說是裴聲園。此引以文船山之說爲依據。

端木蕻良的鄉土色彩

三十年代後期作家中，端木蕻良是比較優秀的小說家，他與蕭軍及蕭紅是同一時代的人物，以小說而言，他的成就在他們之上，是講究結構、人物刻劃的一位小說家，尤以運用東北的特有語言相當成功，成爲東北作家中較突出的一位。

端木蕻良於一九三二年加入北平剛成立的「北平左翼作家聯盟」❶，他的成名作「科爾沁旗草原」，於一九四〇年由「開明書店」出版以後❷，他就已經擠入一流作家之林。「科爾沁旗草原」是他敲門之作，使他獲得作家的桂冠，但也是他唯一值得一讀的作品。值得一提的是，端木蕻良雖然在「左聯」成立北平分會的時候，就已經加入，可是，他却未曾獲得「左聯」多少幫助，原因是他不像二蕭、胡風、馮雪峰一樣，長於攀附逢迎，所以，他不屬於「左聯」的周派，也不屬於魯派，他是「左聯」的門神，關起來在外，開起來在內，故未曾獲得中共御用的「批評

❶「中國文學家辭典」現代第一分册，五九六面，「四川人民出版社」，一九七九年出版。

❷同❶。

家」有計劃「培養」。雖然，他的作品不低於巴金、老舍等大牌作家，卻未曾獲得應得的地位。從這方面來看，端木蕻良似乎吃虧，却因爲他不屬於任何一派，固然沒有朋友，但也沒有敵人，因此，在中共的六、七次「文藝整風」中都避過了。在腥風血雨裏，端木能苟延生命於亂世，也可以說是「失之東隅，收之桑榆」吧？

他的作品，長於粗獷豪邁的描寫和人物塑造，是不可多得的、具有地方色彩的小說，尤其是描寫大草原牧野雄風的場景，沒有幾人能及，東北作家相當多，論作品多數不能與之排比，奇怪的是端木蕻良的作品竟未能得到太多的注意。故而評論和有關作者的報導都很少，所以，臺灣的讀者，對這位作家了解不多。不過，司馬長風在他那本「中國新文學史」裏，對端木蕻良的評價甚高，我以爲司馬長風的看法比較公正。

司馬長風在「中國新文學史」中兩度談到端木蕻良。

他說：「端木蕻良是『九一八』以後出現的東北作家之一，但他的文學成就，絕非『抗日文學』所能範圍。他的短篇小說，具有東北作家共有的粗獷與豪放，但却獨有東北作家所缺乏的精雕細刻的形象描寫。」❸司馬長風對於「遙遠的風沙」相當推崇。

他認爲「端木小說的最大魅力，是摒棄平面的敍述，在『遙遠的風沙』中幾乎完全絕跡，除了若干場景的描寫，全是行動和對話，因此，比沈從文和老舍的小說更生動，更具迫力（按：可

❸ 司馬長風著：「中國新文學史」中册，七六面。

能爲『魄』字之誤）。其次在形象化的描寫上，具有鬼才和強烈的獨特風格。」❹由司馬長風的這項評論來衡量端木蕻良的小說成就，我以爲甚是公允平實，當之無愧。

這樣一位重要作家，未曾獲得評論家的重視，而且，也缺少有關他的報導資料，其原因何在？這是頗値得去探討的問題。

一般人的印象，端木橫刀奪愛，趁二蕭情感有裂痕的時候，把蕭紅從蕭軍的懷裏搶了過去，最後，却又有負於蕭紅，是一個不負責任、把蕭紅當玩偶的丈夫。他們的愛，是屬於動物性的愛，最後，蕭紅含恨而死，因而被讀者及作家鄙視。經過的情形，已見於有關二蕭的評論中，此處不再重複。

另外，由他在抗戰期間的旅踪來判斷，端木是一個逃避抗戰者。他由北平逃到上海，再於淞滬之戰發生時又逃到武昌，當武昌危急，又去臨汾投奔閻錫山所辦的「民族革命大學」任教，當臨汾被攻之前，再回武昌，去重慶，未久又逃到香港，給人的第二個印象是逃避抗戰。在民族情感高漲，全國同胞熱血沸騰的抵抗侵略時，他却爲苟全偸生而逃避，端木這樣的行爲，被同行鄙視，被作家杯葛。此其二。其三，他不屬於任何一派，固不曾受到攻擊，也沒有被人吹捧，無論你的作品如何優秀，很難受知於社會。「生死場」、「八月的鄉村」雖遠不如「科爾沁旗草原」，但前兩書有魯迅、茅盾等作序，一舉成名，後者，却未得到重視，因而被埋沒在書海

❹ 同❸。

裏。

那時的魯迅，眞的已經成爲文藝皇帝，他說誰是優秀作家，誰就是優秀作家；端木的「科爾沁旗草原」沒有得到魯迅的品題，也不曾被周揚集團所吹捧，故端木的作品未受知於世。

那個時代，作家壁壘分明，非此卽彼，除非你非常傑出，幾乎沒有園地可以發表作品，卽使有園地發表作品，也都被冷凍。因此，他雖已成爲「左聯」的一分子，却難以出頭，直到現在，仍未受到應有的重視。三十年代的文藝界如此，今天又如何？

今天的文藝界也已經快到三十年代那種情形，有許多小集團，刻意突出某些人的作品，你想獨立於這些是非之外、獨善其身都不可能，風氣之壞，可能已經超過三十年代，有些小集團門戶之嚴，比三十年代有過之而無不及，這是值得我們去深思的問題。

因此，端木的作品水準雖然超過很多人，可是，文學的成就是另一回事，名又是另一回事。共產世界如此，自由世界也如此；古代如此，現代更是如此。很多作家、藝術家不受當代重視，死後却成爲大師，所以，甚麼公正評論都是假的，在講究推銷自己的年代裏，自我推銷非常重要，例如自評、自我訪問等等，雖形同百貨公司打折的新招，究竟是廉價大賣出，不足取法，稍稍要顏面的作家，都不會幹，端木蕻良能耐住寂寞，我倒覺得他有很多可愛的地方。

端木蕻良不是突出的作家，也沒有明顯的「反黨」傾向，偶然也寫些「遵命文學」交差，他就是這樣一個可有可無、可存在可不存在的作家，對中共的政權旣沒有太大的威脅，也沒有太大的利用價值，端木就在這樣的夾縫中，苟延性命於亂世。

七、八次文藝整風，端木都順利過關，置身事外，只在「文化大革命」時受到波及，也沒有太大的傷害。這固然是端木蕻良沒有陷入中共文藝派系的紛爭之中，但是，像「文化報事件」、「丁陳反革命集團事件」、「胡風事件」，涉入這些事件的作家以數百人計，端木却仍是端木，沒有被捲入是非的漩渦，除了單純這一點之外，很可能是他躲閃有術。

「文化大革命」無人能倖免，端木蕻良自一九六三年起就半身不遂❺，據說，他是「心臟缺氧症」導至半身不遂的。彥火在「當代中國作家風貌」一書中，曾談到端木蕻良的病況。「彥火問：『聽說您患了冠心病，現在覺得麼樣？』（按：心臟病有多種，如心肌栓塞、瓣膜壞死等，却沒有冠心病，判斷可能指冠狀動脈硬化。）「端木蕻良說：『我現在的冠心病主要是缺氧，我現在打一種水針，還是很有效的。』」❻

關於端木的病，經不起折騰，所以，逃過了「文化大革命」的一刼也有可能。「紅衞兵」在「文化大革命」中是無法無天的，抄家毒打，遊街示衆，只要他們能想出來折磨人的方法，就可以用來「懲治」所謂的「犯人」，老舍被「文化之火」（用「破四舊」搜得的

❺ 夏志清著：「端木蕻良的科爾沁旗草原」，中國時報副刊，民國六十九年十二月，參加法國波里拿基金會主辦「中國抗戰文學學術討論會」論文之一。

❻ 彥火著：「當代中國作家風貌」，香港，昭明出版社有限公司，一九八〇年五月出版。

文房四寶、古典書籍、古董字畫燒火來烤「犯人」）烤得受不了而投水。

也虧「紅衞兵」想得出來，這比「炮烙」更具「獨創」性，用文人寫的書燒火來烤文人，諷刺到了家。自由世界對於端木蕻良報導得太少，他又不善於自我宣傳，所以，不知道他是怎麼逃過那些刼難，那需要相當技巧；因爲像周揚那樣的人，也難免於「異化論」而在「清除精神污染」中被波及，何況是一個地位不及周揚，權勢不及茅盾、巴金的端木蕻良呢？

從這裏去看端木蕻良，他實在也是一個相當滑溜的人物。雖然，我們判斷他因心臟病而逃過一刼的說法，但如果「紅衞兵」是那麼「理性」的饒過端木蕻良，當然也饒得過六、七十歲的老舍、巴金等體弱多病的老人。所以，上述的臆測，也是用自由社會的道德標準的一種假定。對於中共，尤其是紅衞兵的行爲，這種假設是很大膽的。因此，我想紅衞兵絕不是以「人道」而放過他，所以，雖然已被牽連，還能保住一條老命，很可能還有別的因素，不過這些因素至今還沒有顯露出來而已。當時周恩來曾庇護過不少藝術家，是否與此有關，則不得而知。

端木蕻良一九一二年九月二十五日生，至今已經到了古稀之年。他的故鄉是遼寧昌圖縣鴜鷺村人❼。遼寧直到民國十八年才建省（舊制爲奉天）。未建省前，夏商時代屬靑、冀二州；周朝爲幽州；秦、漢爲遼東郡；宋代陷入契丹、女眞統治；元朝又同我國版圖。在元朝，遼寧、遼北、吉林、安東一帶合稱爲「科爾沁旗」，在長城以北，長白山的支脈下，海拔甚低，爲一廣大

❼ 同❶。

的草原區，其下爲沖積地，物產非常豐富。

這一帶的居民爲漢、滿、蒙等多族雜居，滿、蒙爲此地的原住民，漢族多數是從山東、河北一帶逃荒的飢民，或逃亡的罪犯，所以，民性強悍，常有強食弱肉的事件發生，田原的「松花江畔」就是寫這些情節。

端木蕻良的家族也是逃荒入遼的飢民，只因他祖父是一個神棍，無意中醫好一個少女，因而成爲那些難民中的一個小首領，除了開荒之外，並以治病、驅鬼、迎神爲副業，到了端木這一代，家境富有，他的父親已經是當地的紳仕，是個知識分子。

端木蕻良的父親從小就教他讀書識字，少年時代，能詩能畫，有「小神童」的美譽，小時已能代他父親寫些應酬的信件❽。

端木蕻良原名曹京平，乳名蘭柱，又名家京、之木，除端木蕻良這個筆名之外，還用過羅旋、隼、金詠霓、黃葉、葉之林、曹坪、紅良女士、荊坪等筆名。幾乎一生都從事文化事業，至今未曾間斷。

端木蕻良的青年時代非常活躍。

一九二八年（十六歲）至一九三一年就讀天津的「南開中學」。在「南開」曾組織過「新人社」，出版「新人雜誌」（最初叫「人間」，後來改爲「新人」），發表處女作「力的文學宣

❽ 李立明著：「現代中國作家評傳」下冊，一〇五面，香港波文書局，一九八二年二月出版。

言」、「水生」，並爲「新人」設計封面。又曾當過「南開」的學生會會長，鋒頭很健❾。

「南開」之後，在北平參加孫殿英的「學生軍」從事抗日活動，一九三二年夏天考入「清華大學」歷史系，開始寫他的成名作，也是他的代表作「科爾沁旗草原」的一部份，以「曹京平」的名字在「清華」的一個「週報」上發表了一部分，不知是否因爲他參加「北平左聯」，或者曾參加過「一二九」事件而獲罪，因此，政府要逮捕端木蕻良，他不得不逃到天津，住在他哥哥家裏。

端木既是個通緝的逃犯，而政府又追捕得緊，在天津不敢出門，只好窩在他哥哥家裏，百無聊賴，乃繼續寫「科爾沁旗草原」，現在，我們所談到的「科爾沁旗草原」，完成於一九三三年八月。在「清大」期間，他曾寫信給魯迅，逃亡時在天津收到魯迅的回信，這對他的寫作鼓舞甚大。

「科爾沁旗草原」原計劃寫三部，第二部曾在桂林期間寫了五章，後來在湘桂撤退中原稿遺失，直到現在也沒有完成，現在他的興趣又轉到寫「曹雪芹」傳，以七十多歲的老人，能不能完成十年前立下的心願，那就是問題了。

雖然「科爾沁旗草原」續集可能胎死腹中，在香港時期，他寫了「科爾沁前史」，彥火在訪問他時，對於這篇東西，他很自謙的說：「後來我在香港寫了『科爾沁前史』。寫的也是科爾沁

---

❾ 同❻。

——我家鄉的生活。可以說是作爲對『科爾沁旗草原』的一個補充吧。那算得上是個藝術品！這也好像是個說明似的，但也很不準確。總之，寫得不很認眞，那也不是我的眞實歷史。」對於「科爾沁旗草原」是不是端木蕻良的自傳問題，他表示是有他的一些家史，但不完全⑩。很可能以曹家爲經，再加進一些情節，成爲我們所看到的小說。

關於端木的家史，與他家以做神司爲副業是頗爲吻合的事，由司馬長風在「中國新文學史」裏，對他用過多的篇幅去描寫「跳大神」（按爲東北的一種驅鬼避邪的法事）一事訴病，可知他對於「跳大神」這一類驅鬼弄法是非常內行的，那麼這兩本書，多少都有他自已的身影在內。問題是，有多少眞實性，又有多少是虛構的情節。我以爲「科爾沁旗草原」中的丁寧多少都與端木蕻良有些相似之處。是不是丁寧就是端木蕻良？只有他自已才能解答這個問題。

端木蕻良的思想左傾很早，一九二四年自天津回到老家，寫詩、寫小說之外，在昌圖縣讀了一個時期，一九二七年來了一個教務長，原是馬克思主義的信徒。

在彥火的訪問中，端木蕻良說：「他在教室裏掛了他自已畫的馬克思、恩格斯的像和小傳，我們談得很好，留在那裏唸了幾年書。」⑪由這個訪問看來，端木蕻良至少自一九二七年開始，思想雖未必談得上左傾，已是受了那位教務長相當深的影響。當時他只不過是一位十五歲的少

⑩ 同⑥。
⑪ 同⑥。

年，根據我們過去讀書的經驗，一個學生是很難與教務長像老朋友一樣談天的，而且，又「談得很好」。不過也有例外，端木在昌圖縣是富家子弟，又加上他在「南開中學」的情形看來，他是個非常活躍的學生，成熟得也早，教師們對於活躍的學生，常是另眼相看，「談得很好」也未嘗沒有可能。

「左聯北平分會」成立於一九三二年元月⑫，端木的思想既然自一九二七年就開始左傾，而且又愛好文藝，「左聯」吸收他入會，或者是他主動申請入會的可能性都很大，也甚爲合理，所以，李立明說他到了上海才加入「左聯」這一點，可能有誤，因爲一九七九年「四川人民出版社」出版的「中國文學家辭典」現代第一分册，也是說他一九三二年在北平進入「左聯」活動的。這是第一手資料，當然比李立明的說法可靠了。

「科爾沁旗草原」於一九四〇年由「開明書店」出版後一舉成名。

他的出書，沒有二蕭的著作出版那樣的波折，在當時能被「開明書店」接受，足見「科爾沁旗草原」要比「生死場」、「八月的鄉村」高明一些。後兩書，魯迅曾大力向中共上海「地下黨」的審查單位推薦，又向書店介紹，都沒有推銷出去，最後，不得不自己成立一個「奴隸社」出版二蕭的著作，可以看出魯迅對二蕭的愛護之外，同時也證明了端木當時的才華要比二蕭高一些。

在中共出版的「端木小傳」中透露，端木自一九三三年就以「葉之林」這個名字與魯迅通

⑫ 馬良春、張大明合編：「三十年代左翼文藝資料選編」，六六面，「四川人民出版社」，一九八〇年出版。

信。

「葉之林」這個化名，除了用來與魯迅通信之外，似乎沒有再做其他的用途。那時端木蕻良還未曾入黨，共產黨員在「白區」都使用化名以資保密，他既未入黨，何以要用化名？百思不得其解。可惜此間沒有魯迅全集，無法查出端木在信中到底與魯迅談些什麼，很可能是中共賦予他與魯迅取得連絡的專用化名，周恩來、鄧穎超等高級共產黨員都曾經這樣做過，如果他在一九三二年就入了「左聯」，中共至少已把端木視同同路人，而規定使用假名通信，是一種免於暴露身分的必要措施。

一九三六年端木在上海完成第二個長篇小說「大地的海」，這本書於一九三八年由上海「生活書店」出版。

「生活書店」是中共經營的書店，凡是中共所認同的作家，才能在他們經營的書店內出版，同時，也可以確定端木蕻良由北平南下，已與上海「左聯」取得連繫，也證明「左聯」已經認定他是一個「忠貞」的盟員。

端木蕻良既是「左聯」的「忠貞」盟員，何以對同是東北來的流亡作家，才氣又比二蕭要高，却沒有加以照顧？對於這一點，魯迅顯然是偏見相當深。

爲甚麼會這樣？照說魯迅相當愛才，而且，與胡風、馮雪峰等積極培養自己的黨羽，對抗周揚一派，取得「左聯」領導的實權，那麼對一個具有相當潛力的作家爭取尚且來不及，魯迅竟然對端木那樣冷淡，我想沒有別的理由，問題正出在端木對「左聯」的「忠貞」上，因為我們可以從魯迅反對蕭軍加入「左聯」、加入共產黨這一點，得到魯迅對「左聯」及「共產黨」厭惡的心理。他對端木蕻良的冷淡和未加以照顧，很可能問題卽出在他對「左聯」的「忠貞」上了。

由魯迅對端木的心態，可見魯迅也只是一個搞門戶、派系的文藝老頭，愛護青年作家也者，都是為了培養自己的勢力，他在蔣光赤等人一陣痛打之後，仍然坐上「左聯」的金交椅，沒有別的，只為了做文藝界的領袖。魯迅的文章固然辛辣有力，也有許多可取之處，但他究竟是人，不是神，也有七情六慾，所謂愛護青年作家、培植青年作家，裝成一副長者慈善心腸，都為一己之私而已。

這種門牆主義，與中共擴大文運的政策相違背，導致後來「左聯」的解散，雖不是主要的因素，多少有些關係，而且，也給予周揚派攻擊魯迅派的一個口實，說起來，都是名利心尚未能看穿的緣故。魯迅的文藝王國，未能迅速建立，與這種猜忌之心也有很大的關係。我想，魯迅之所以未把端木收入帳下，乃是端木「左」得已到了不可能改變的程度，與其吸收進來，成為內部一個時時需要防範的人物，就不如排斥在門牆之外，對魯派的安全威脅較少。

也許魯迅對了，端木蕻良是一個自私而又寡情的人。

端木從西安回到武昌後與蕭紅同居，不久蕭紅懷孕，這時武漢吃緊，一般人都會讓眷屬先撤退到安全的地方，免得遭受戰火的波及，如能同行，便於照顧那當然更好，可是，端木蕻良不是，他買了一張頭等船票，自己先溜了，留下懷有身孕的蕭紅，孤苦伶仃的在武昌。孫陵說：「端木看來文雅，但是，二十七年夏天，正是武漢緊張的時期，他却一個人買了張頭等船票去了重慶，把蕭紅一個人留在武昌不管了。蕭紅這時和他同居了七個月，肚子也大了，但是，他不肯把頭等票換成兩張三等票帶着蕭紅一起走。」⑬

蕭紅在端木走後不久，九月初也溯江而上，可是，在宜昌碼頭跌了一跤流產了。蕭紅這次流產未受到太大的傷害，九月中還是到了重慶，足見所懷的孩子還不曾超過七個月以上，如孫陵的說法如果可靠，他們同居的時間是七個月的話，那孩子必然是端木蕻良的，因爲蕭軍自與蕭紅分手就去了西安，未久又去了延安，當然不是蕭軍的孩子。

通常孕婦如懷孕七、八個月以上再流產，對母體會構成相當嚴重的傷害，患有肺疾的蕭紅，如流產的孩子是七個月以上的話，她不僅到不了重慶，很可能性命都難保。所以，我們依照常識判斷，蕭紅流產的孩子不會太大，幾乎是可以確定的。

他們同居未久，愛情應還是相當濃厚的時候，蕭紅懷着誰的孩子，端木心裏也應當清楚，而他竟圖自己的舒適，棄懷着自己孩子的愛人於不顧，其自私自利與薄情可見一斑。

這種人是不可交的，魯迅拒收端木入門牆之內，足證魯迅有相當眼光。

其次，端木的自私，也表現在蕭紅肺疾末期之時，他竟然不顧蕭紅的死活，去追周鯨文的小

---

⑬ 孫陵著：「浮世小品」，一八三面，正中書局，民國五十年一月出版。

婕子這件事情上⑭。大概蕭紅已經發覺了這種情形，在臨死前，還和端木辦完了離婚手續，版權送給駱賓基、蕭軍和她的弟弟，唯獨沒有留下任何東西給端木蕻良。可見得蕭紅是多麼痛恨他。

一般的說法，都指責蕭軍粗暴，常揍蕭紅，所以，感情破裂，對於這樣一個粗暴的而又離了婚的前夫，臨死前，她還把「生死場」的版權送給蕭軍，可見得蕭紅在死前，對蕭軍還相當懷念，至少比對端木蕻良要好些。

對於這段往事，端木絕口不談，也沒有寫什麼文章紀念蕭紅，倒是臨終前才與蕭紅有一段感情的駱賓基却寫了「蕭紅小傳」，端木之無情與冷酷，實在少見。

端木的自私，不僅見諸於上述三事，他對蕭軍橫刀奪愛，就非常的不應該。端木與二蕭相識於武昌蔣錫金家中，未久卽介入他們的感情糾葛裏，雖然在端木與蕭紅之間，那時有沒有肉體關係不得而知，到了西安，當蕭軍離開蕭紅到前線去的時候，端木就已經與蕭紅發生了不可告人的事，而且，被人撞見，上情已見於對蕭紅的評論中，此處不再重複。

一般人對於蕭軍的看法，說他風流成性，眞正風流成性，而又不講道義的是端木蕻良。

他不僅從蕭軍的懷抱裏搶走了蕭紅，太平洋戰爭爆發後，端木蕻良於一九四二年三月和駱賓基回到大後方桂林，住在孫陵的家裏，與熊佛西比鄰而居。端木去投靠孫陵，結果又跟熊佛西的婕太太葉子有扯不清的關係。

---

⑭ 孫陵著：「我熟識的三十年代作家」，一八面，成文出版社，民國六十九年五月二十日出版。

孫陵回憶說：「湘桂撤退，熊佛西和端木蕻良不知從何處要到一筆錢創辦『文藝墾殖團』，去到遵義從事『開墾』，這時熊佛西的二太太葉子，是一位話劇演員，忽然生了個小孩，不像熊佛西，倒有些像端木的樣子。後來這個孩子死了，熊佛西留一撮小鬍子表示哀悼，端木也留一撮小鬍子。這時蕭紅已經死去兩年多了。」⑮

蕭紅於一九四二年元月二十二日去世，端木三月到桂林，住進孫陵位於榕蔭路的家裏，後來因與駱賓基爲蕭紅的版權爭吵，甚而要動武，才被孫陵趕出去。時間不算太長，孫陵前項記載的語氣，顯然葉子所生的小孩是端木的骨肉。那樣短短的時間，又與朋友的愛人有染，端木與禽獸實在沒有什麼差別。

以科學的眼光來看，不能說葉子所生的小孩像端木就是端木的骨肉，父子面貌不同的人很多，問題是端木爲什麼也要留一撮鬍子呢？從這裏來看，端木不無瓜田李下之嫌。他的爲人實在太可怕了。

三十年代作家的性觀念比較開放，丁玲與胡也頻、沈從文三人大被同眠、郁達夫與王映霞、徐志摩與陸小曼的戀愛都傳爲美談：郭沫若與陽翰笙的太太不清不白的關係，與他妻子于立羣的姐姐錯綜複雜的糾葛，這些都是典型的例子。所以，端木與熊佛西二太太葉子有見不得人的事情發生，極爲可能，因爲葉子是話劇演員，對性的態度更可能開放，孫陵的說法可信度很高。

⑮ 同⑬。

那時孫陵在桂林等於是替第五戰區招兵買馬，拉攏文藝界。他辦刊物、招待流亡桂林文藝界人士的錢，多數來自津貼，而且，他與端木蕻良、駱賓基都是東北同鄉，對端木蕻良的行爲自然清楚，而他寫「浮世小品」這本書時，已事隔十五、六年（按：雖然出書是民國五十年，寫作應在成書之前陸續發表在他所編的「民族副刊」上，後又在成文出版社出版），沒有再造端木蕻良謠言的必要。

從以上端木的行爲來看，欺了朋友的妻、棄了自己的骨肉妻子，不管蕭紅的死活，只管自己的快樂，是出於動物性的行爲，是不容於社會規範與風俗習慣的。

端木自一九四二年三月到桂林後，代替王魯彥主編「文藝雜誌」，這時期他曾試圖寫「科爾沁旗草原」的第二部，寫到第五章時桂林撤退，手稿遺失，從此就沒有能夠再繼續完成。

在桂林期間，他曾寫有京劇本「紅拂傳」等。似乎在這時期對蕭紅還有相當懷念。智侶說：「曹家京到了桂林，編了一個文學雜誌，我因爲寫文章的關係，跟他常有往來，成了很要好的朋友，每次到他家裏，見到壁上掛着的一張立軸，就使我不能不想起蕭紅，那立軸是一首七絕，書法飄逸，詩意凄婉。乃是近代大詩人『南社』的巨頭柳亞子所作，原詩記得是這樣的：『杜陵兄妹緣何淺？青島雲山夢已空；公愛私情兩愁絕，賸揮熱淚泣蕭紅。』柳亞子先生送給端木的詩，當時的端木，一方面由於新賦悼亡，另一方面也是由於生涯落寞，意態十分蕭條。他獨自個兒租住了人家一層二樓，除了偶爾有一兩個朋友去借住一下之外，多半日子是閉門索居。」⑯關於智侶在「蕭紅與端木」裏的這段描寫，不是端木蕻良因蕭紅的去世而傷感，掛柳亞子的立軸只因柳亞子的那筆字，因爲在三十年代作家中，柳亞子的字是出色的一位。掛此幅立軸，除了向人表示對蕭紅的思念哀悼外，也是炫耀與柳亞子的交往，那時，柳亞子的地位、成就都比端木蕻良高。我以爲他這種作法，都是欺世盜名的虛僞行爲。

由於湘桂吃緊，端木於一九四四年十一月逃到貴陽，是否與熊佛西去遵義從事開墾，無法確定，不過根據中共編的「中國文學家辭典」有關端木蕻良的記載部分中說，他是去當「力行報」的主任，一九四五年冬天去重慶再轉武漢編「大剛報」的副刊「大江」，一九四七年秋天辭去主編「大江」的職務，應長沙「水陸洲音專」之聘，任該校學科系主任：一九四八年回上海主編「求是」、「銀色批判」，同年逃香港，直到一九四九年（民國三十八年）八月才由香港回北平。據中共的說法，他是回北平參加近郊的「土改工作」。由這段經歷來看，端木在做人方面是個十足的投機分子。

這時中共僞「北京市文聯成立」，端木蕻良任創作部副部長、出版部副部長、副秘書長等職務。後來下放到鋼鐵廠「首鋼」蹲點，據中共的說法是「與工人一起完成該廠歷史」，著作有「鋼鐵的凱歌」。自視甚高的端木蕻良，也只好寫起遵命文學了。

從這些經歷中，我們了解端木無論做人和做事，都有許多值得詬病的地方，尤其是在做人方

⑯ 智侶著：「蕭紅與端木」，一九五七年八月二日，香港「文滙報」。

面，更是令人齒冷，除了「科爾沁旗草原」、「大地的海」以外，他再也沒有大的創作，以他寫這兩部書的才氣，創作應當更豐富才對，可是，他沒有，其原因是他那種五日京兆的心態。孫陵對這點批評得相當深刻，他說：「端木這時也並不難過（按：孫陵所指爲蕭紅去世這件事），天天悠悠盪盪地，忽然要寫一部『香島之春』，忽然又爲一位平劇女伶撰寫『紅樓夢』唱詞，我看他寫『大地的海』那種創作抱負一點也沒有了。熊佛西這時聯合了柳亞子一批人，發起一個『榴園雅集』，一看便可了解這是一種無聊的集會，吃吃老酒、寫寫詩詞，打情罵俏之後，默念『五月榴花照眼明』的句子，向共匪頻送眼色。」[17]這倒是一針見血的看法，端木就是那樣無聊文人。後來，果眞於一九五二年九月加入了共產黨[18]，一九六三年起，端木就疾病纏身[19]。他原來就有心臟病，但是，沒有那麼嚴重，自一九六三年以後，他已不能再參加文藝界的活動了。

據彥火的訪問，端木患的是一種「冠心病」，他說：「我的冠心病主要是缺氧，我現在打一種水針，還是很有效的。」[20]雖說「有效」，却使他半身不遂。

所謂「冠心病」，我曾就教於名醫藥記者李師鄭先生，請他做一判斷。李師鄭認爲端木所患的可能是「冠狀動脈性心臟病」，血管堵塞或硬化，進入心臟的血液不夠充分，以致心臟缺氧，

[17] 同[13]，一八四面。
[18] 同[12]，五九七面。
[19] 同[12]，五九七面。
[20] 同[6]，八三面。

導致半身不遂，情形嚴重時會有生命危險。

一九六〇年他再度與鍾耀羣結婚，那時端木蕻良已經四十八歲，距蕭紅死後十八年。鍾耀羣是「新中國劇社」的演員，曾在桂林演過「大雷雨」中的卡契林娜、「明末遺恨」中演過陳圓圓，在「昆明話劇團」擔任過導演，他們結婚後，鍾耀羣在「北京文聯」任職，後來「北京市委會」又「批准」鍾耀羣做端木的助理，寫「曹雪芹」那本小說㉑。六一年生了個女兒叫鍾蕻。這名字跟母姓，當然蕻字就是以端木蕻良的「蕻」字爲名，一九七八年考入建築學系。彥火是一九七九年訪問端木的，鍾蕻現在應該是二十三歲了。

端木蕻良的創作並不多，以他的才氣，應該不止現在的成就，可惜他却不能全心全意寫作，現將其著作列於後，以供參考：

一、「科爾沁旗草原」，一九四〇年「開明書店」初版，一九五二年重新整理，「人民文學出版社」重新出版。

二、「大地的海」，一九三六年在上海完成，一九三八年上海「生活書店」出版。

三、「憎恨」，短篇小說集，收入「鴜鷺湖的憂鬱」、「被撞破的臉孔」、「爺爺爲什麼」、「不吃高粱米粥」、「遙遠的風沙」、「憎恨」等，一九三九年上海「生活書店」出版。

四、「風陵渡」，一九三九年上海「雜誌公司」出版。

㉑同❻，八三面。

五、「江南風景」，一九四〇年重慶「大時代書局」出版。
六、「新都花絮」，一九四四年上海「知識出版社」出版。
七、「大江」，一九四四年桂林「良友復興圖書出版公司」出版。
八、京劇本「戚繼光」、「周處」、「羅漢錢」、「粱山伯與祝英台」，一九五二年，「北京寶文堂書局」出版。
九、秦腔「戚繼光斬子」，一九五五年「北京大衆書局」出版。
一〇、「端木蕻良選集」，年代不詳（按：可能在一九五五年以後），香港「文學研究社」出版。
一一、「鋼鐵的凱歌」，未見出版。
一二、「曹雪芹」，未見出版（按：似乎已完成。）

從這張出版的書目，自一九三一年發表「力的文學宣言」及「水生」起，迄於一九八四年筆者完此稿止，端木蕻良有五十三年的寫作年齡中，却只出版了十二本書，就量而言，每五年才出版一本，實在少了些。

爲什麼會這樣？我認爲與他的投機行爲多少有點關係。

他在「左聯」時期，不介入派系；抗戰時又總是以逃避戰火爲能事，他是在傅作義投降以後才到北平，中共能酬以「北京文聯」的一些副職已算是高位了，對中共而言，端木蕻良只是一個投機知識分子罷了。因此，他的作品雖然僅次於巴金、老舍、沈從文；高於艾青、臧克家，却未受到應得的重視，道理何在？我們只要一讀一九〇五年十一月十三日，列寧「黨的組織和黨的文學」就知道個大概。

他說：「文學應當成爲黨的文學，與資產階級的習氣相反，與資產階級營利的商業性的出版業相反，與資產階級文學上名位主義和個人主義、『老爺式的無政府主義』、和唯利是圖相反。社會主義無產階級應當提出黨的文學原則，發展這個原則，並且盡可能以完整的形式實現這個原則。」這個原則是什麼？他進一步的說：「文學家一定要參加黨的組織，出版社和書庫、書店和閱覽室、圖書館與各種書報販賣所，這一切都應當成爲黨的機構，都應當請示滙報。有組織的社會主義無產階級，應當注視這一切工作，監督這一切工作，把生氣勃勃的無產階級事業的生氣勃勃的活水，注入這一切工作中，無一例外，以此消滅古老的、半奧勃洛摩夫式的、半商業性的俄國原則——作者，讀者——的一切基礎。」㉒中共所以有秦始皇式的「文革」，要「破四舊立四新」，完全師法自列寧的此項一黨化、清一色化的「文化政策」。中國文化有兩大浩刼，一是秦始皇的「焚書坑儒」，一是中共的「文化大革命」，對於中國文化的損害，阻礙文明進步，其損失無法估計。端木蕻良初期不是共產黨黨員，抗戰期間逃到香港，勝利後由湖南到上海，我政府於一九四六至四八年期間懲治左傾作家，他又逃到香港避鋒頭。端木蕻良只不過是一個左傾的機

㉒「中共怎樣對待知識份子」（原始資料彙編之一．上），一一一面，黎明公司，民國七十二年六月初版。

會主義者，與茅盾這些人自然不能相提並論，給他一個噉飯的差事，算來已夠優渥。我們不能因爲中共的不重視端木蕻良，而忽視他在文學上的成就，相反的，此間的文學評論家如夏志清、文學史家司馬長風等，對端木蕻良的「科爾沁旗草原」一書，有相當高的評價，也不以他的人格的鄙下而拒絕予以肯定。

這也許就是自由社會的自由文學，與列寧式的只此一家別無分店的「文化政策」最大不同之點。(關於這一點，中共在一九八〇年以前，徹底執行列寧的文化政策，出版事業除了分工，書報幾乎百分之百爲中共所經營，地方有地方的出版機構，「中央」有中央的出版機構，發行則統一由「新華書店」擔任，作家則採供給制，所以，根本就沒有什麼出版言論自由了。)

此間根本無法讀到「科爾沁旗草原」這本書，雖然，我知道有兩個對中共進行研究的機構藏有這本書，沒有特殊的關係，根本無法接觸，當然也就看不到了，而盜版商却又不知道這本書的價值，市面上就很難買到，所以，筆者未能讀到「科爾沁旗草原」，只能借文學史家及評論家的評論，來對這本書作綜合敍述。這是非常遺憾，而在現在的環境中也是無可奈何的事。

「科爾沁旗草原」的情節，以丁寧一族，於滿清逃荒到東北——也就是「科爾沁旗」的故事爲主幹，遷徙東北的丁家第一代綽號丁半仙，救活了一個少女而成爲災民的頭頭。丁家在「科爾沁旗」雖然已經發達成了豪富，可是仍以驅神弄鬼爲傳家之業。從丁半仙到丁寧這一代已成爲「科爾沁旗」的旺族，成爲草原上的豪門，生活奢侈，成爲一般窮人忌嫉的對象。日軍侵華來臨前夕，在南方讀書的丁寧回到科爾沁旗，也帶來了新的知識與人道主義，對於淫邪的丁家大院厭惡與痛苦，可是，丁寧却陷入這泥淖中。「科爾沁旗草原」以丁家興衰爲主線，佃農與地主鬥爭爲發展的次要情節。

端木以丁寧代表資產階級勢力，以大山代表無產階級而發生許多衝突。端木却巧妙的安排他們爲親表兄弟，並且這表兄偏偏又是仇家，這種情節的衝突性當然強烈，可讀性也高了。

「科爾沁旗草原」主角之一、丁寧的父親搶佃戶的女兒黃寧姑娘爲妻，黃寧姑娘的哥哥就是大山的父親，雖然後來他們已成爲郎舅，可是，大山的父親却沒有因爲成爲至親而忘記搶婚的仇恨。生前誓殺丁寧一家洩憤，可惜這個仇至死也沒有報成，當然報仇的這個使命便落在大山的肩上。丁寧的父親是大山的姑丈，却在搶姑爲妻的大仇人之外，還有地主與佃農的衝突。親情、利益、搶親等交織成「科爾沁旗草原」的情節。丁寧、大山都有天人交戰的痛苦。

另外，有俄國奸黨、江北的浪人、日俄對科爾沁旗草原的爭奪、農民對抗地主、中國人兩面對抗敵人等等，組成了副線，推展起來，確是人物衆多，情節變化無常，結構也還相當緊湊。

丁寧、大山是兩個不同典型的人物，一個陰柔攻於心計，又是一個同情被剝削者的知識分子，個性矛盾；大山則粗獷，所到之處，風雷變色，有趙燕男兒的勇敢，又有北方胡子的兇殘毒辣。這兩個人却有一個共同點，愛國家，並反抗居於統治地位的資產階級，說起來兩個都是性格矛盾的人物。

大山領導佃戶搞退租運動，丁寧用計瓦解了大山的運動。從此大山隱入山林，直到「九一八事變」，他才又成爲抗日義勇軍的領袖。

大山曾經在丁府做工頭，受過丁寧的指揮。丁寧一方面是個激進的青年知識分子，一方面又繼承了富家子弟的浪漫頹廢，與女婢春兒戀愛幾乎私奔，與村女水水留情，爲了這點幾乎被大山槍殺，又受三十三嬸的引誘而成姦，末了與女婢靈子戀愛而使她懷了身孕，最後一走了之，靈子被丁寧的母親毒殺。丁寧是一個人道與魔道的綜合體。

這樣一本書，趣味性相當的濃厚，是一本綜合了「水滸」、「紅樓夢」的優點的小說。可惜，端木蕻良寫這本書的時候才二十一歲，想像力固然豐富，駕馭這樣一本情節龐雜、人物衆多的作品，難免有力不從心的現象，而有蕪蔓之感。就人物情節而言，與蕭軍的「八月的鄉村」、蕭紅的「呼蘭河傳」，無論在結構上、人物塑造與刻劃上，都比二蕭高明，他的成就，不在當代最優秀的小說家之下。

司馬長風在「中國新文學史」對「科爾沁旗草原」有其客觀的價值判斷。

現在我引述司馬長風的評論如下：

司馬長風說：「『科爾沁旗草原』雖然難讀，可是，你認眞讀完之後，很難立刻脫出那蒼涼與荒誕、粗野與纖麗雜揉的世界。它具有好多強韌的魅力。」[23]司馬長風認爲他深受托爾斯泰等

---

[23] 同[3]，八九面。

我國作家的影響，另外，他認爲端木蕻良的另一優點是「表現了強烈的對襯美」、「剛與柔」、「野與文」等，引導讀者不斷的從這一個世界跳進另一個世界。可以說，司馬長風對端木的「科爾沁旗草原」捏拿得相當準，恰如其分的搔到了癢處，而且，也相當的明快。他的評論肯定而明確，所以，顯得相當有力量。

司馬長風原是從事中國思想史研究的，他對於歷史方法當然要比一般人高明，他的這本文學史，在自由世界中算是較客觀，也較具有參考價值的。

一九八〇年法國「波里拿基金會」主辦的「中國抗戰文學討論會」，從六月十六日到十九日舉行四天。這項會議是在「辛額——波里拿基金會的大房子」裏召開的，首日上午（十六日）宣讀夏志清先生的論文「端木蕻良的『科爾沁旗草原』」，這篇用英文寫成的論文，曾經過余雙仁先生節譯，刊在「中國時報」副刊上，這篇評論對於作品並未作太多的觸及，我們可以視爲泛論端木蕻良。也許譯者未能把夏敎授的精彩之處譯出，也許受篇幅的限制，節譯中反而把重要的部分漏掉了。以夏敎授的題目來看，分明是針對「科爾沁旗草原」來評論的，可是，討論端木蕻良的人比討論他的著作多，讀了以後，頗使我對巴黎這次討論會的成就持保留的態度。而且，國內有許多文學家，倘使環境許可，資料充分，我想他們的研究的成績不會低於那些國際性的學人。

在「鴉片戰爭」以後，我華夏民族已失去了自尊自信，甚麼都是「土不如洋」，文章也不例外，不過對「科爾沁旗草原」的評論，司馬長風與夏志清先生所用的方法顯然不同，所以，得到的結論也就不同了。

司馬長風對「科爾沁旗草原」的對話有所詬病，對於運用許多對話代替描寫，司馬長風不以爲然，我却以爲是端木的一大長處。因爲用對話使得節奏明快。

彥火在那篇訪問記裏，問到了這一點。

現在我把集結在「當代中國作家風貌」這本書中、「端木蕻良訪問記」裏對「科爾沁旗草原」的寫作方法的問答，引錄如下：

問：有些評論家覺得你的一些作品，例如「科爾沁旗草原」和「大地的海」運用了電影手法，對這一說法您覺得怎樣？

答：這倒是眞的，我確是想在「科爾沁旗草原」中用一些蒙太奇手法。因爲作品題材是寫三代，我不願用舊小說那種手法，轉換的時候（按：也就是結構關鍵所在），也要細細描寫細節和不必要的情節，要不，就轉不過來。用剪接的手法比較乾淨俐落。㉔一九三二年端木寫「科爾沁旗草原」時，就已經懂得節奏的快慢對一本書的影響。在「科爾沁旗草原」這本書裏，他採用混合編年式，回溯的地方極多，而且利用讀者的想像力，於閱讀時，自已去完成作者覺得累贅的部分。在那個時代而言，「科爾沁旗草原」已運用了最新的方法去寫作。因此，這本書的技巧是比較成熟的，而且，絕對是新的嘗試。以「科爾沁旗草原」與

㉔同❻，七四～七六面。

「八月鄉村」、「呼蘭河傳」作比較，前者才是小說，後兩書既不是小說，又不是散文，很可能是四不像，更可能是「獅虎」一般的新文體。

我無意藉端木來貶低二蕭的成就，但如要比較，則其間的價值立現。

端木蕻良的另一本創作——「大地的海」，雖不及「科爾沁旗草原」，也應算是端木蕻良的代表作之一，這本書讀過的人不多，被批評和談論的自然也少。

「大地的海」完成於一九三六年八月。他在「我的創作經驗」這篇文章裏，對於「科爾沁旗草原」和「大地的海」的背景與創作動機，都有很詳細的敍述。「科爾沁旗草原」是寫他自己的家史（曹姓）；「大地的海」則寫他母親丁氏家族史。端木說：「『大地的海』是記敍我母親那一族的故事的。那是企圖把大山擴大了來寫。那個年青（按：爲『輕』字之誤，爲保持原文，此處不改）農夫的影子，便是用我的大表哥的來作底子的。」他爲甚麼要寫「大地的海」？他在同一篇文章裏，也有所揭露的說：「我有一種厭抑的沉厚的愛，這種愛衹有土地能了解的，這是我對於土地的寄下了沉厚的囑託的理由。我離開了土地，來到了海上，我感到無比的寂寞和懷戀，對於那稻草的香氣和原野的空曠，『大地的海』的全文，便是我對於土地的愛情的自白。」㉕基本上，這兩本代表作，是寫母親家和自己的家史。

這兩本書之所以好，在於他只是把他家和外家的一段恩怨故事重現，所以，有眞實感，也相

㉕ 端木蕻良著：「我的創作經驗」。載於一九四四年，萬象月刊，第四年第五期。

當動人。端木蕻良不善於虛構，他在上述那篇「我的創作經驗」裏，有相當露骨的表白。

他說：「在這兩部東西裏（按：指『科爾沁旗草原』和『大地的海』），所寫的人物和故事都是有眞人眞事做底子的。這並不是我的初衷，而是爲了把文章趕快完成的原故。有了眞人眞事做底子，容易計劃，容易統一，不致張冠李戴，行文方便。但也有時反而誤事，就是脫不開原來計劃。眞事和故事糾纏在一起，在『科爾沁旗草原』的原稿上，有許多地方把丁府誤寫成曹府，便是一例。假設我能得到充分的時間來構想，我願意把『底子』重新改過，最喜悅的事是完全不要底子而寫出來一個人物或者一個故事。但我很少能得到這個機會，這把我的創作樂趣減低了很多。」一個有五十幾年創作年齡的作家，一共只寫出十二本書，可讀的只有兩本，而這兩本都與他的家史有關。他不是沒有機會作虛構的創作，而是沒有那個能力，這就是端木創作少，也不曾受到中共的重視的部分原因。

另外，我還想說的是，蕭紅對於端木蕻良的文名，有若干不利影響。他在武昌扔下蕭紅不管，以及在香港沒有好好照顧蕭紅等，對於端木是一個重大打擊。彥火訪問端木時，把這一點提了出來。

他說：「一對夫妻吵架，不可能和他們的創作成正比例，或者說，夫婦不和決不是創作的動力。排比一下我們的創作產量，這個問題就迎刃而解」。㉖

㉖同❻，八四面。

我試把蕭紅、端木結婚後的著作，表列如下。這也許使我們眞的可以獲得結論也不一定。這個排比，是從他們在一九三九年初夏結婚前及以後的創作量來比較：

蕭紅部分：

與端木結婚前的作品		與端木結婚後的作品	
一九三五	生死場	一九四〇	馬伯樂
一九三六	商市街		
	橋	一九四一	馬伯樂續篇
一九三七	牛車上	一九四二	呼蘭河傳
		一九四六	曠野的呼喊

按：「曠野的呼喊」可能包括與端木結婚前及結婚後的作品集結出版，但上表與端木結婚前僅「生死場」爲中篇，其餘爲短篇，與「馬伯樂」、「呼蘭河傳」、「馬伯樂續篇」字數皆不能成正比。而兩者創作時間都是三年，前三年不安定，後三年則大半時間在病中。

（李牧所列的「手」、「夜風」、「民族魂」因未注出版年份，不列入上表。）

端木蕻良部分：

與蕭紅結婚前的作品		與蕭紅結婚後的作品	
一九四〇	科爾沁旗草原	一九三九	風陵渡
一九三六	大地的海	一九四〇	江南風景
一九三七	憎恨		新都花絮
			人間傳奇

按：「科爾沁旗草原」雖於一九四〇年出版，完成却在婚前。所以作如此的排比，未把它列於婚後的作品。

由這張表來看，蕭紅在他們婚後的創作量的確是增加了，如果端木認爲情感好，是提高創作量的泉源，這種說法如果成立，這張表所列的數字，有助於證明蕭紅與端木蕻良夫妻的生活是「美滿」的，不如外界、尤其是孫陵與駱賓基說的那麼惡劣。問題是端木的論調未必正確，有時人在苦悶的時候，以寫作來發洩情感，創作量反而增加，質也可能提高。以米蓋爾·德·塞萬提斯·薩阿維德爲例，他是破產的貴族，到他那一代家境已經清寒，一五七〇年參加西班牙駐義大利的軍隊，一五七一年在西班牙對抗土耳其的勒邦德海戰中，三次被俘，左手傷殘，回國後找不到工作，決心以寫作維持生活，但顯然不易。不得已到格拉那達省做稅吏，却被誣陷入獄，在獄中寫「唐・吉訶德傳」；另一例子則是張拓蕪先生，他是在腦血管破裂、造成左手和左脚殘廢，爲了維持生活，才棄詩從事散文創作，一舉成名，並因此自謔的以「左殘」作書名，顯然這都不是在愛情，或者說感情好的時候創作的。甚而剛好與端木蕻良所提以創作量來證明他與蕭紅的不如外界說那麼壞的論據相反。類似的例子非常的多，左拉、巴爾扎克都是不講甚麼靈感，也不論陰晴雪雨都創作的作家，所以，端木的論調，只不過是掩人耳目罷了。

雖然，我列了表作對照，企圖找出對端木有利的證據，不幸我找不出來。當然卽使找出來，也未必能證明什麼？況且值得我們去探討的是：蕭紅與端木婚後，創作量是增加了，可是文質如何？對於這個問題，限於篇幅，留在以後有機會再提出來加以討論。有一點，是端木蕻良無法掩飾的，那就是蕭紅在彌留時，與端木離了婚。一個將死的人爲甚麼還要計較這些呢？那只是名分而已。還有就是我們已提到的版權分配問題，也足以證明蕭紅對端木的憎恨已到了極點，不然一個將死的人是不會如此絕情的。所以，在彥火的訪問中，端木所提出來愉快才能增加創作的論調，並以蕭紅在香港期間的創作量增加，作爲他們夫妻愛情彌篤的反證，也只是一種巧合罷了。

但是，他爲甚麼要掩飾他與蕭紅之間的感情，則是一個無法解開的謎。

端木蕻良自一九五〇以後，毫不例外的與其他三十年代作家一樣，創作等於停頓，自所謂「四人幫」被打倒後，端木蕻良同其他作家獲得「平反」，自一九七九年十月起，開始寫「曹雪芹」，並預備寫一百萬字，進行五十天，卽已寫了十萬字，每天約爲兩千字的產量，從一九七九到一九八四年共五年整，如以前項速度來計算，「曹雪芹」應早就寫完，惟迄今能未得到這本書的出版消息。

端木對這本書的寫作充滿信心，而且，期望也很高。但是，端木已是七十多歲的老人，有這種雄心壯志使我們佩服，有沒有能力去完成這樣一本大篇幅、人物衆多、情節複雜的書，却又是另外一回事了。

關於這本書的創作，是合於端木蕻良的寫作習慣的，與「科爾沁旗草原」及「大地的海」一樣，「曹雪芹」是有歷史脈絡可循的，儘管「曹雪芹」的身世還是一個謎，如作歷史考證，要有所突破當然不易，把「曹雪芹」寫成小說，則一如在他自己的家史裏加些無產階級革命、佃農鬥爭地主加愛情之類的，只要虛構得合理，能自圓其說，以一個小說家而言，還是不難的。

我對端木蕻良抱着樂觀的看法，乃是他適合於這種創作，他以歷史故事，重新組合成戲劇，就是一個極好的例子。

對於適合自己味口的題材，創作起來自然就容易達到目的。

端木的才華，在二蕭及駱賓基等人之上，至少可以與沈從文的創作不分高下，只可惜他受了與蕭紅婚姻之累，作品流傳也不廣，評論家又沒有較公正的評價，創作量也少了一些，致端木蕻良的文學地位，反而不如二蕭受到自由世界的注意，同時也未受到中共的重視，對他而言，是不太公平的。

他是中共作家中，出身「清大」的少數作家之一，而且，又是學文史的，起步也很早，他之所以止於「科爾沁旗草原」的那一階層，多少與他早期的婚姻有關。如果這本小說中的丁寧就是端木蕻良的化身，那麼他的家庭生活，充滿了腐敗、道德淪喪、自私、掠奪的罪惡。在共產黨的世界裏，他是屬於資產階級成分，應是被革命的對象，至少在歷次腥風血雨的鬥爭中，他却輕鬆的逃過了各種劫難，他如不是長白山下的千年雪狐，就是人中的大奸，因爲三十年代的作家沒有誰能逃得過文藝整風，連周揚都難以身免，難怪當年魯迅不收入門牆，孫陵也拒之於千里。我想其中定有特別因素。

端木蕻良已是七十多歲的老人，在彥火於一九七九年春季的那篇訪問中，對於寫作還是雄心勃勃，一點也沒有老人的悲觀與放棄的心理。那時他正在寫「曹雪芹」，每天以二千字的速度在進行中，對一個七十多歲的老人而言，應是相當的負荷，可是，他還要寫一百萬字，這種「壯志」，是此間文藝老人們所缺少的，塞萬提斯活六十九歲，「唐．吉訶德」第二部於一九一五年出版，一九一六年就去世了，那是一本篇幅相當大的小說，不過顯然沒有第一部精彩有趣；歌德活了八十三歲，「浮士德」第二部完成於一八三一年，有近六十年的寫作年齡。「浮士德」第二部完成後，於一八三二年去世；喬治．桑活了七十二歲，雖然晚年已不大動筆，可是，他寫了一百四十多部小說，比端木蕻良多了十一．六倍強。

以這些作家與端木比，即使「曹雪芹」能順利寫完，雖然尚未蓋棺，作家的地位似已成為定論了。

七三、一二、文藝月刊一八六期

駱賓基的悲劇

論資歷、論作品，駱賓基只能算是趕上三十年代的末班車。當他開始寫作的時候，魯迅已經病入膏肓了。

駱賓基是一個三十年代夾縫中的作家，「左翼聯盟」鼎盛時期他沒有趕上，雖然，他以「大上海的一日」見知於茅盾❶，卻未獲得「左聯」的重視，作為力捧的對象，繼「大上海的一日」之後，「文化生活出版社」出版了他的「邊陲線上」而成名，可是，却始終未獲得應有的待遇，其原因很可能是他屬於軍中作家，爲出身學院者所排斥，其次則因他的作品分量也遠不如蕭軍。

駱賓基原爲「新四軍」的中下級幹部之一，中共奉第三國際之命與國民黨「合作」抗日，可是，毛澤東却陽奉陰違，「新四軍」在皖南繼續擴大組織，保存實力，由於不斷的磨擦，終在一

❶ 孫陵著：「我熟識的三十年代作家・駱賓基」一章，一一面，成文出版社，民國六十九年五月二十日出版。

九四一年元月四日在涇縣發生中央軍包圍「新四軍」事件❷，國共合作抗日的分裂表面化，深藏水底的冰山終於冒了出來，一向投機的駱賓基，爲了逃避風險，而由江西遠走廣州，沒有多久又去了香港，並且，在香港與病重的蕭紅譜了一曲成爲文壇話題的黃昏之戀。其間的恩恩怨怨，到今天還是沒有定論的爭議。這件事使端木蕻良成了千古負心人，駱賓基則成爲無恥之徒，關於這一段文壇恩怨眞象，端木蕻良及駱賓基兩個當事人，又不肯直截了當的暴露當時的眞實情況，誰是誰非，至今還是個謎。好在這和他們的文學生涯關係不大，又沒有第三者可以證明什麼，在要追究也無從追究之下，也只好讓它成爲無頭公案。

原名張璞君的駱賓基，一九一七年生於吉林琿春縣，同東北多數居民一般，駱賓基的祖先是來自山東逃荒的難民，以經營茶葉爲業，父親商業失敗，並且爲逃避日本人的搶刼虜掠，「九一八」的第二年，他們全家離開琿春縣城，逃到黑頂子山的九道泡子去住。

他的童年就在那個荒野的地方渡過。對於他的童年，他在「初訪『神壇』」一文中的第二章裏，有詳細的敍述。

他在「初訪『神壇』」一文中說：

「我說：『這還是在我未離開我的家鄉——吉林琿春縣之前，在黑頂子的九道泡子村鄉居所發生的事，完全是眞實的，屬於我個人心靈發展的歷史記錄。』❸」

---

❷ 郭廷以著：「近代中國史綱」下册，七〇四面，香港，中文大學出版部，一九八〇年出版。

九道泡子是個什麼樣的地方呢？他在爲馮雪峰敘述這等於駱賓基自己歷史的故事時說：「我們全家坐在四輪農車上，於『九一八』事變的當年秋季，就離開琿春縣城，到九道泡子，父親早年的屬於『占荒』戶的『壓目』裏避難來了，那是一個處於蘇聯邊境又距離圖們江以西的朝鮮軍糧城與訓戎不遠的大塊丘陵起伏的荒原。」❹

駱賓基一家所搬去的地方，只有兩戶漢人，另一戶則是來自朝鮮的朝鮮族人家，都是九道泡子的墾荒戶，商業失敗後的張家是到那裏「撩荒地」去了。

到底是逃日本人呢？還是因商業失敗了去開墾？駱賓基爲馮雪峰口述的這篇自傳性的「小說」沒有交代得十分明白，不過那時駱賓基約爲十四、五歲，只能做些放牛等輕鬆的工作，當然，能記憶的也有限。

對於駱賓基而言，此間僅能讀到的，就是這一篇「初訪神壇」。以這篇作品而言，還算得上是流利的，而且，又是以東北正統白話寫成的作品，相當感人。雖然駱賓基已經老去，描寫當年與馮雪峰徹夜長談的情形，娓娓道來還十分動聽。

老作家固然成熟了，但是想像力也衰退了，而駱賓基還能寫得如此好，至少描寫的能力還過

---

❸「新聞學史料」二十期，駱賓基著：「初訪神壇」（第一夜），人民文學出版社，一九八三年十一月出版。

❹同❸。

得去，這非常難得。

一九三三年的春天，駱賓基的父親病故，家裏更無力再供他繼續讀書，據彥火訪問駱賓基時說：「一九三五年他曾意圖越境到蘇聯求學未果，一九三六年五月他懷着一絲希望南下，跑到冒險家樂園的上海，住在法租界，開始寫他的第一部作品『邊陲線上』，這是一部以抗日救國軍為題材的長篇小說，當時他已完成了一半，便效法蕭軍（蕭軍的「八月鄉村」由魯迅推薦，並在上海出版），把稿寄給魯迅，但魯迅當時已染沉疴，不能代為推介了。」❺那時的駱賓基不過是一個十九歲的青年，已然懂得登龍之術，足見他的溜滑程度。

「邊陲線上」雖然魯迅不能推薦，後來還是由茅盾（沈雁冰）介紹到「文化生活出版社」，於一九四二年出版。並獲得蕭軍的鼓勵。

一九三七年高爾基逝世一週年時，他的一篇紀念高爾基的文章——「高爾基永遠活在我們心中」發表於「上海快報」上。那是上海的一張小報，而駱賓基的文章，正是投編輯所好的應景作品，自是容易被接受。

那篇作品發表後，駱賓基很懂得順竿而上的道理，於是「吶喊」、「大上海的一日」等陸續登場，因而受知於馮雪峰，他與馮雪峰的交情也是從此開始的。

從這些作品發表的情形，可以斷定駱賓基是個投機分子，而且，只要有縫就會鑽進去的滑溜

❺ 彥火著：「當代中國作家風貌續編」八〇面，昭明出版社，一九八二年八月出版。

傢伙。

一九三九年一、二月份，在上海過完春節後，「魯迅全集」出版，駱賓基奉王任叔(巴人)之令，替正躲在義烏神壇的馮雪峰送書。那時巴人是上海中國共產黨「地下黨」的領導人之一，也是負責「左翼」文學的領導工作者之一。中共對於在所謂「白區」的地下組織稱爲「地下黨」，駱賓基是從上海專程送剛出版未久的「魯迅全集」，到達馮雪峰的家鄉義烏，時正是元宵節的前夕。專程送書給一個幹部，並且，是奉巴人的派遣，足見那時駱賓基已經入黨，不過地位還只是一個小黨員，雖然，他說「嵊縣是他抗日救亡活動的基地」❻，還只是停留在跑跑腿的角色。不過另有一說法他在一九三九年以前，是金華的地委❼，顯然是錯的，因爲「初訪神壇」是「駱賓基回憶錄」的一部分，自是第一手資料了。不過駱賓基僅說那是他活動的基地，而沒有說他的職務是什麼。

這時上海已經淪陷，稱爲孤島，共產黨爲了替他的幹部送一套書，而派一個文藝新秀奔波數百里，有兩點頗值注意：一是顯示共產黨多麼重視他的幹部、一是共產黨的認眞徹底。一般來說，送一部書何必這樣去勞動一個幹部呢？但是，共產黨做了。共產黨除了對黨員的控制以外，

❻「新文學史料」一九期，二〇四面，駱賓基著：「初訪神壇」（第一夜），人民文學出版社，一九八三年五月出版。

❼趙聰著：「三十年代文壇史話」，一一二面，此間翻版，未署出版社及年月。

還有一些別的東西；那就是對黨員的照顧與關懷。這種照顧與關懷，不管是眞是假，他們做了，以巴人派駱賓基千里迢迢送一套書給馮雪峰而言，在受的人，可眞是千里送鴻毛，一個愛書人對當時的「魯迅全集」，又何異是千金厚餽。黨固以道義結合同志，但道義之外，還有情感，走筆至此，三掩其卷，每有所得，然而戚戚之於懷，未能暢白，非有所藏，今日世態實在有不能言的許多苦衷。

黨工黨工，豈可不三復此言？

駱賓基曾是「新四軍」幹部，除在趙聰先生的「三十年代文壇史話」中輕輕一筆帶過以外，再也沒有提及駱賓基的過往，不過，默鳳先生在「中共文特駱賓基」一文裏，對駱賓基的活動，略爲提及，他說：

「我在橋頭堡中，從展望孔中看，雪陣中出現一個舉手的人形，軍犬押着他，踉踉蹌蹌從光圈中走向堡壘，班長搜身後，叫他坐在煤爐邊，我取出筆記本：「『姓名？』」

「『馬大拴子……』」

「『嘿，你是駱濱基（按「濱」字爲賓字誤，以下同，爲存眞，此處照原文引），我在重慶見過你，偷越封鎖線，你被捕了。』」

「『我確實是馬大拴子呀……』」

「當夜，他被押往長春市警備司令部保安處偵訊。

「東北籍的左傾作家駱濱基，夤夜藉大雪掩護過江，欲經哈爾濱轉往佳木斯，向林彪的人民民主聯軍政治部宣傳科報到。」❽

除此之外，默鳳先生還說：「駱濱基是早年進關的知名的東北作家之一。民國十九年（一九三〇）八月一日，化名趙之啓的劉少奇在瀋陽被捕，後因證據不足被釋放。駱濱基便是劉少奇吸收加入中共的。」這是關於駱賓基入黨的一則唯一的報導。關於駱賓基的活動，默鳳先生說：「民國二十二年（一九三三）長城抗日戰役時，他在平津一帶活動，後來被情治單位發現，他逃到上海，躲到租界，作『亭子間英雄』……旋潛往浙江，擔任中共地委。」❾這倒是與趙聰的說法相吻合的。時而軍職，時而地委，默鳳先生說駱賓基是特務很可能對了。只可惜默鳳先生沒有更詳細的去寫這位文特。在臺灣除了孫陵之外，很可能還有玄默先生見過駱賓基，第三個人就是默鳳了。所以，默鳳先生的此項報導，應算得上是第一手資料。可惜把「賓」寫「濱」之外，還發生下列幾處錯誤，以致減低了這篇作品的可信度。

一、駱賓基在上海見到蕭紅，這是不確的，彥火與他的通信訪問中，問到關於他與蕭紅的交

---

❽ 默鳳著：「中共文特駱濱基」（按爲賓字之誤），商工日報副刊，民國七十三年七月二十四日

❾ 同❽。

往時，駱賓基說：「我是一九三六年冬在吳淞口與蕭軍先見面的，次年與蕭紅的同母弟張秀珂建立了友情，當時蕭紅先生在日本。一九四一年秋到香港，大約十月間，去九龍樂道探望她，這是我們第一次見面。」❿這就已經說明了他們見面的時間，默鳳先生的說法是想當然罷了。

二、默鳳先生說：「三十七年（一九四八）駱濱基從佳木斯隨袁牧之前往接收長春，被槍殺了。」⓫但駱賓基現在還活着。

由以上兩點，都說明了默鳳先生只憑記憶寫文章，而沒有就駱賓基的資料參照考證，非常可惜。不過，在彥火的訪問中，證實了駱賓基確實兩次被捕。默鳳先生說，駱賓基的第一次被捕在成都。他說：「駱濱基正與洪菲菲同居，他倆轉赴成都，幫助艾蕪搞『學運』，當憲警前往圍捕時，駱濱基槍殺洪菲菲滅口，並且燒掉一包文件，然後他和艾蕪向政府投誠。」⓬默鳳說他是二十九年去香港，實際他是民國三十年秋天（一九四一）到香港，也許默鳳先生的記憶有誤。其二則是三十五年（一九四六）在東北時被捕。關於這兩次被捕，彥火的訪問中引駱賓基的話說：「一九四四年冬，駱賓基與另一個作家豐村在離開豐都碼頭之前，爲當地軍統局機關所逮捕，以

❿同❺。
⓫同❽。
⓬同❽。

『左傾』爲名把他單獨羈押在『稽查所』，連續兩次受刑，以至重傷，後由邵力子營救出來：第二次是一九四七年三月，當他與其他人一行六人，擬隨陳健中（當年瀋陽東北青年協會代表）離開長春市，經農安赴解放區（哈爾濱）時，在市郊被杜聿明特種部隊所拘捕，這次險些送命。駱賓基其後假稱自己是民盟周鯨文的私人代表，得以暫時緩刑，不久又因暴露目標，幾乎被槍決，後來，蔣介石下野，李宗仁上臺，駱賓基才以『政治犯』獲特赦，逃過刼運。」⓭彥火是直接引自駱賓基的自述，自然可靠，這可以證實默鳳所說的確有其事，不過，時間上都有差誤，當然應以駱賓基的自述爲準。

不管怎麼說，這些片斷對於了解駱賓基這個人，還是有相當幫助的。

駱賓基是一個謎樣的人物，此間了解他的不太多，這大概與他的工作性質有相當關係。他在上海一直就幹的情報工作，這我們可以從他「初訪神壇」這篇文章中的回憶看得出來。

他從上海到了馮雪峰住在神壇的家以後，就上馮家的閣樓烤火，除了吃飯以外，很少下到樓底，馮家的人也絕少上樓。他們談到「魯迅全集」的出版，以及王任叔工作的危險性，使駱賓基想起他初到上海的工作情形時，有這樣一段回憶。

他說：「提到我出版的第一本報告散文集『大上海的一日』，以及茅盾先生對我的作品的評

⓭ 轉引自彥火著：「當代中國作家風貌續編」，八〇面，該文彥火引自「駱賓基短篇小說集後記」的那篇「六十自述」。

語來了！自然，我立刻想到在上海馮雪峰同志與茅盾先生兩人一次訪我未遇的往事了。這是我們初次由王任叔同志介紹而認識之前，約一星期左右的事了。」接着，駱賓基說：「當時，我在上海康悌路難民收容所任宣傳幹事，茅盾先生偕馮雪峰同志彷彿由於臨時決定，突然來這個難民收容所看我來了，却不想出面接待的是化名焦火的所長，原來他是三十年代有名的木刻工作者，筆名曹白，是魯迅先生周圍的青年木刻工作者之一，他們都認識，而我却還不知道這個所長的政治面目呢！我已記不確切是通過文藝界什麼人輾轉介紹到這個所來的。自然，他也不知道我的『面目』，因我當時用的或是張璞君的本名，或爲張良石的化名。等到我外出歸來，這兩位當時在上海文藝界享有盛名的人物，已經早已離去了。當曹白同志欣喜的招呼我到所長辦公室的那瞬間，我還很奇怪爲什麼這個身穿長衫的小學校長式的人物突然對我這麼親切？……他隨手拉開抽屜，先遞給我上海聯合救濟機構所發的聘書與徽章，原來，在這之前，我還是個臨時試用的人員，實際上，聘書與徽章鎖在他抽屜裏至少已是一周了。他說（按指曹白）：我知道你是誰，你知道我是誰麼？於是告訴我，『馮雪峰與茅盾來看過你』。」⑭這就是共產黨的一種工作方式，除了排除異己之外，同時也相當的機警，所有工作幾乎是直線領導，很少發生橫的關係，茅盾和馮雪峰去訪問駱賓基，又把關係也交了，可算是例外。

在駱賓基沒有到難民救濟所以前，原本要到浙東去工作的，不知道爲什麼改變了，恐怕這個

⑭ 同⑥二〇五～二〇六面。

改變，只有派遣他的胡愈之才知道。在同一篇文章中，駱賓基說：「我必須還要補充一句，在茅盾先生當時給我的信中，却是說和胡愈之先生作的安排，要我準備離開上海去浙東。」雖然這次沒有去，終竟最後他還是去了，除了趙聰所記的片斷之外，他在桂林寄寓在孫陵的出版社時，曾說他參加過「金華專員公署做事，已經做到『地委』」的話⑮」，可見得他在難民救濟所之後，又去了浙東。

在浙東，駱賓基到底工作了多久，又是怎麼到「新四軍」去的，以現有的資料排列不起來，不過他從浙東去「新四軍」是可以確定的。孫陵在「我熟識的三十年代作家」中說，二十九年十月以後的一天，駱賓基突然到孫陵所開的通訊社裏住了下來，他招待駱賓基吃晚飯以後，駱賓基對他說：「本來我想住到『救亡日報』去的，一定是夏衍接到電報了，拒絕我的要求。唔……我是三天前從江西開小差的。」孫陵說：「原來他是在『新四軍』作事的，我這才弄清楚。」孫陵在「我熟識的三十年代作家」一書中，對駱賓基相當貶損。

「新四軍」事件是一九三八年國軍和共軍在華北、西北等地發生了一連串磨擦，國軍都吃了大虧，一九三九年十二月蔣一波又帶走第二戰區四萬餘人，一九四〇年十月，「新四軍」在黃橋伏擊國軍八十九軍，使八十九軍損失萬餘人，一九四一年元月七日，國軍消滅駐於江西的「新四軍」，稱為「新四軍事件」。

⑮ 同❶，一四面。

依照孫陵的敍述，駱賓基顯然是在「新四軍」事件之前離開的，所謂「開小差」只不過是駱賓基所借的一個理由，到底駱賓基爲什麼於「新四軍事件」發生前離開「新四軍」去桂林，只有駱賓基才能解開這個謎。

當他去投靠孫陵的時候，曾經告訴孫陵說，他已經被共產黨開除黨籍，其實旣是茅盾介紹進「救亡日報」，林林又把駱賓基介紹到孫陵的「自由中國」去住，根本是中共派赴桂林工作去的，那裏會開除黨籍？

孫陵寫駱賓基到「自由中國」通訊處去住的情形，有如下的話：

「三十九年十月，我在桂林復刊『自由中國』，城裏有兩間房子，作爲通訊處。

「一天下午，我從鄉下進城，突然發現那兩間房子裏，多出一張床舖來。一個陌生的人，背影對着我，正在那裏舖一張俄國毛氈。

「通訊處工友對我說：

「這位是駱賓基先生，『救亡日報』林林介紹來住的。」

「他聽到有人談話，轉過身來，向我笑笑說：

「『對不起，沒有徵求你的同意就先搬來了，本來要舖好來看你的。』」⑯

---

⑯ 同❶，一二面。

這裏，牽涉到幾個問題：

一、駱賓基與孫陵素不相識，怎可以貿然搬到他的住處？

二、就算抗戰期間，不分彼此，能擠則擠吧，至少林林這個介紹人總得先打一聲招呼，才能讓駱賓基搬去，方合於做人的原則。

三、林林與孫陵是什麼關係？有那麼深的友誼，孫陵一定要接受林林塞過來的那個包袱嗎？

四、駱賓基無視於主人的存在，以孫陵的個性，當初怎麼接受駱賓基這樣的食客呢？

林林縱然與孫陵有深厚的交情，就做人的原則與應有的禮貌，他把駱賓基送到孫陵那裏，等於是不接受也得接受，形同強迫，孫陵居然接受了，是令我們不能理解的事情。孫陵的工友雖說那是林林介紹，實在林林的話是具有命令的效力與威嚴的，似乎駱賓基與林林都有把握，孫陵非接受不可似。林林與孫陵到底是什麼交情？在孫陵的文集中沒有提到，不過我們可以推測，林林與孫陵的關係非比尋常，如林林沒有一點把握，他不會做這樣冒失的事。既然關係如此密切，對於一個不相干的駱賓基都寫了近萬字，爲什麼反而不寫林林呢？這是我們無法打開的一個結，孫陵已經去世，我們目前已無法求證了。

不過，我們對林林加以了解，或者對這件事的判斷會有助益。

林林到底是個什麼樣的人呢？林林勉強可以算得上是個詩人，作品有「印度詩稿」、「冬季頌歌」；翻譯詩集「海涅詩選」、「鄉之歌」；雜文集「崇高的憂鬱」；電影劇本「羌笛頌」等。

另外他是位文字改革者，主張簡化中國文字。林林以筆名嚴郁尊發表作品，福建人，一九一〇年生，出身「北大」，留學日本返國後，與左派文人如巴金、殷夫等人交往，一九四一年去菲律賓，一九四六年到香港，一九四九年回大陸，一九五三年任「中共中央華南分局宣傳部文藝處長」，一九五四年當選「廣東文學藝術聯合會」常委，一九五五年當選「廣州文協分會」常務理事，一九五九年出任「中國人民對外文化友好協會」副秘書長，曾訪問過阿富汗、緬甸等，一九六一年出席在日本召開的「亞洲作家會議」，一九六六年出任「中國人民對外文化友好協會」書記⑰，由他的經歷來看，他是一位以文藝工作者爲掩護的統戰專家，早應是個共產黨員，他在桂林與孫陵及駱賓基的往來，自是有其目的的了。但是，林林爲什麼能夠硬把駱賓基塞給孫陵？其間是頗堪玩味的事。

駱賓基的「黨性」，可以由他在難民收容所裏，沒有飯吃還發展三個小組⑱可以看得出來。他從江西「新四軍」開小差等等，都是謊言，也發揮了他小說家虛構故事的本領，自能天衣無縫的瞞過孫陵。這可以從孫陵事後說，駱賓基很會說故事一事獲得驗證，他講述「塊肉餘生記」時，曾使孫陵「大流眼淚」，因而「留下深刻印象」之外，同時我們也可以從他爲紀念馮雪峰而寫的「初訪神壇」一文中，爲馮雪峰口述他在家鄉九道泡子的生活，以及他誤把灌木當成俄羅斯

⑰ 參見李立明著：「中國現代六百作家小傳」，一九八面，香港，一九七八年七月出版。

⑱ 同❶。

巡邏隊，讓他騎馬先逃的情形，眞是非常動聽。足見事後孫陵也有被騙的感覺。不過，令人不解的是，對於林林這個人，孫陵除了敍述駱賓基交往中順提一筆之外，就沒有再發現孫陵提到林林。照說，孫陵能接受林林介紹來的一陌生人，除了給他白住、爲他包飯外，還每天供給一包土製香煙來看，他與林林的交往及感情一定不壞，那麼孫陵對這一位曾經要好的友人爲什麼不提呢？

在桂林孫陵的地位不低，他是當過第三廳的機要，到過第五戰區去當文藝參謀以後再到桂林的，而且，他在桂林負拉攏作家的任務，他辦學校與刊物的錢，都是有其來源的。難道說，他之所以容忍林林與駱賓基的無禮，只是爲了拉攏作家嗎？當然並非沒有這種可能，可是，以孫陵的爲人而言，卽使爲了替出錢的人拉攏作家，也不一定非要拉攏兩個不把他看在眼裏的人不可呀！

唯一可以解釋這種反常現象的是，郭沫若、夏衍所辦的「救亡日報」，一九四〇年在桂林復刊，林林主編「救亡日報」的副刊，因爲郭沫若曾當過孫陵的「長官」，對他又信任有加，曾把重要公文及圖章都交給孫陵，基於這樣的情感而接受了駱賓基。本來駱是到「救亡日報」工作的，不知是甚麼原因爲夏衍所拒絕接受，而不得不依附孫陵生活，孫陵基於同鄉關係，便不得不接受了。

駱賓基是怎麼個人呢？

駱賓基青少年時期住在九道泡子，那是一個跨步就出國境線，而且，是個只住着三家開荒戶的荒僻之地，未久就開始抗戰，所以，我判斷他沒有受到良好的知識訓練，因而在所有的資料中，總是缺少學歷一項。他說要寫一本六十萬字的回憶錄，這本書是否已出版，此間尙未見到消息，在回憶錄上是否也有意的忽略這一項重要資料，尙不得而知，以研究「金文」的能力來看，至少他的國學及歷史方法學，不管是在學校所受的訓練，或者是來自自修，都有問題，他的這項研究成績如何，我持保留態度。有關於他的研究，會在後面提出討論。現在，我們將從本文所參考的資料中，將他已結集出版的作品，作一排列組合。

他的作品計有：一、「吳非有」中篇小說，一九四〇年刊於孫陵主編的「自由中國」、二、「人與土地」一九四一年「時代文學」連載、三、「鸚鵡與燕子」童話，「文化生活出版社」出版、四、「寂寞」（短篇小說，出版年月與出版社不詳）、五、「罪證」中篇小說，一九四一年，在「筆談」發表、六、「邊陲線上」一九四二年，「生活出版社」出版、七、「姜步畏家史」第一部「混沌」，又名「幼年」，一九四四年，在桂林出版、第二部「氤氳」，又名「少年」，一九五三年，上海「新羣出版社」出版、八、「蕭紅小傳」一九四七年，「建文書店」初版，一九八一年，黑龍江「人民出版社」再版、九、「張保洛的回憶」一九五一年，「山東新華書店」出版、十、「年假」一九五六年，「作家出版社」出版、十一、「老魏俊與芳芳」一九五八年，「作家出版社」出版、十二、「山區收購站」一九六三年，「作家出版社」出版、十三、「金文新考」、十四、「春秋批注」。以上爲十二本文學著作、兩本學術著作，從題目上看，後期（即所謂「解放」後）作品多數爲遵命文學。在這些作品之中，「邊陲線上」以及「姜步畏家史」可能是駱賓基的代表作。

這裏須作一說明，一九四〇年駱賓基投奔孫陵時，孫陵曾說過「我讀過你的『邊陲線上』」這樣的話，但是，彥火的訪問却寫的是一九四二年由「文化生活出版社」出版⑳，我想孫陵所說的看過這本書，很可能是連載，因爲事過境遷，孫陵的回憶上有錯誤。不管是怎麼，並不影響到對駱賓基這個人的了解，其中的矛盾不過順便在這裏一提罷了。

關於駱賓基的「金文研究」，與沈從文的目的一樣，乃是一種逃避，把自己放在故紙堆中，與現實隔離，免得因文字而獲罪，這一點可以說大陸作家人同此心，可惜有人能逃避安然渡過危險，有人逃避不了因而獲罪下獄的也不在少數。

駱賓基爲甚麼要逃避現實？因爲一九五四年十月十八日，中共的「人民日報」完全不「人民」的在「人民文藝」上，發表了該刊主編袁水拍的質問「文藝報」編者的文章後，掀起了俞平伯（銘衡）「紅樓夢研究」的批鬥，接着於同年十一月七日及十一月十一日轉變爲胡風集團的批鬥以後，牽連的人達七十一人之多㉑，駱賓基當然是其中之一。所謂胡風集團的鬥爭，出於所能

⑲ 同❶。

⑳ 同❺，八〇面。

㉑ 翟志成著：「中共文藝政策研究論文集」，一九一面，時報文化出版事業有限公司，民國七十二年六月十日出版。

想像的可怕。一九五三年三月，周揚對蘆甸透露，「討論胡風問題的時機成熟了」。是怎樣的成熟呢？胡風自「左聯」時代開始，就建立自己的組織，使之成爲胡風死黨，胡風所辦的刊物密不透風，滴水不進，外人的稿子休想在胡風的刊物上登出來。

胡風以魯迅的弟子自居，魯迅去世後，以大弟子的身分掌門；拉攏青年作家建立自己的勢力範圍，姚雪垠在「粉碎胡風反黨集團」一文中曾有：「辦刊物、出書、寫文章捧自己、罵別人等等，都得向胡風請示，由胡指示進行。」㉒巴金在「必須徹底打垮胡風反黨集團」一文中也說：「他（按：指胡風）支支吾吾、吞吞吐吐，說些不像中國語言的話，寫些不像中文的文章，居然有些青年把他當作經典，以爲作者學問如何淵博、理論如何高深，這大半靠他的集團吹噓。」㉓由此可以看出胡風對自己的集團（派系）組織是如何的嚴密了。所以，他的對手周揚非常了解，要鬥倒胡風，非從他的內部着手不可，於是，周揚對胡風集團採取了組織對組織的手段，用當年對付魯迅的方法，來對付胡風，先鬥胡風的黨羽路翎、綠原等，這些人在一連串批鬥整肅中動搖變節，王元化、路翎、綠原、舒蕪等人賣友求榮，把參與胡風集團的機密提供給周揚，作爲攻擊胡風的有力武器，公布他們往來的函件，那是胡風的致命傷。

㉒ 姚雪垠著：「粉碎胡風反黨集團」，文藝報二十期，一九五五年五月出版（轉引自翟著）。

㉓ 巴金著：「必須徹底打垮胡風反黨集團」，發表於一九五五年五月二十六日，人民日報（轉引自翟志成著：「中共文藝政策研究論文集」）。

顯然，周揚的這個策略是成功的，果然把胡風鬥倒了。駱賓基在批鬥胡風集團中受到牽連，使他在這次風波之中，雖未列入七十一人的名單內，也已經夠使駱賓基心驚肉跳的了。從這些鬥爭的經驗之中，駱賓基覺悟到文藝的傾軋與排擠的可怕。

爲了躲避這種風暴，他乾脆放棄文學，走學術研究的路線。由這裏也可以看出駱賓基狡滑的性格，及善於躲閃的本領。這是他把自己一頭栽進故紙堆中的主要原因。因此，自胡風事件以後，駱賓基從文壇上消聲匿迹。

一九五五年到五六年期間，在反胡風集團中，駱賓基被視爲胡風集團的一分子，審查了一年，終於發現駱賓基在胡風集團中不是重要分子而逃過一劫，此後他似乎對人生有了頓悟，乃與多事的文壇告別，開始把興趣轉移到古代典籍的研究。這並不意味着駱賓基對文史眞的有興趣，而是不得已的逃避。

開始他研究古典文學，如「詩經」等，等到對古代社會發現了很多值得把時間與精力投入的時候，因考古的必要，又接觸到殷墟甲骨文等訓詁的必要知識，故而使他一頭栽進「觀堂集林」、「西清古鑒」、「愙齋集古錄」等古代史的有關著作之中，雖然，文革也牽連到他，終究他的逃避是成功的躲過許多風浪，使他順利的完成「春秋批注」、「金文新考」等著述。

對於這兩部典籍研究的成就如何，因此間無法讀到他的這些著作，很難獲得他研究的成果到底價值如何。「金文新考」這本書，包括了「貨幣集」、「兵銘集」、「人物集」（鯀、堯、舜、禹），根據彥火的「駱賓基創作金文新考」一文中說，駱賓基糾正了歐陽修、薛尚功、吳大澂的錯誤，在文字學方面也直指了王國維、胡適、鼎堂的錯誤外，同時，對李約瑟博士的某些觀點還提出了異議。這種心胸志向是「偉大」的，問題是這種異議有沒有價值，他的異議本身的學術水準如何，目前沒有甚麼評價的作品出現，所以，我們對於駱賓基在金文方面的研究，因沒有讀到他所發表的論文，也沒有讀到有關的討論，僅祇彥火這篇訪問而已。而彥火是不是有對駱賓基在金文方面研究上作價值判斷的知識也要存疑，在沒有讀到他對金文研究的專著以前，是應當持保留態度的。學術著作與小說創作是兩回事，金文的研究要力學，小說則僅憑才智與想像力，兩者的性質是完全不同的。尤其是彥火說駱賓基研究金文的成就勝過許多前人。在彥火的訪問中，我們僅讀到他發現在公元前四千年前就已經有了青銅。又說：駱賓基進一步指出：「一九五六年在陝西西安半坡遺址的廢墟中，就出土過銅片，是由高級合金製成的。半坡遺址經碳素測定的年代，距今六千年，由此可知，以前認定半坡遺址爲新石器遺跡，那就完全不對了。」㉔駱賓基的這些發現，一九七九年第五號的「社會科學戰線」曾經想刊他對這方面的著作，可是，又臨時抽版抽掉了，直到一九八〇年「學習與探索」才加以發表。

「學習與探索」是中共中級的學術科物，沒有甚麼地位。他的這些研究，迄未評定，依我的想法，那是駱賓基自我膨脹的宣傳，沒有太多的意義是可以肯定的。總之，駱賓基在這方面的研

㉔同❺，七八面。

究，成就到底如何，需要等待讀到他的作品以後，才能確定。不過，他與沈從文不同，淪陷前，沈從文就已在大學任教，他對我國古代服裝的研究，已是卓然成家，而且，學術的態度上是謙虛的，他從來也沒有認爲自己超越任何人，這是沈從文與駱賓基最大的區別。因爲我們從彥火的訪問中，駱賓基的溢於表面的得意，已是躍然紙上，實則發表他的「學術論文」的刊物「柳泉」（發表「從詩經看周三世婚姻關係」）、「學習與探索」（發表「關於金文新考」），前者是山東的地方刊物，後者是黑龍江出版[25]，都是發行於一隅的地方性刊物，學術地位上是比較薄弱的。我們不是帶着有色的眼鏡來看地方性刊物，實則駱賓基的研究，曾於一九七八年向僞「中國社會科學院」提出報告，「關於金文考的報告」曾經要在一九七八年五月號的「社會科學戰線」發表，未知何故被臨時抽出，直到一九八〇年才在上述「學習與探索」發表[26]。此項抽版，我們可以解釋爲未獲得僞「社會科學院」的接受，顯然可以看出駱賓基的研究還未獲得學術界的肯定。

「文革」也波及了駱賓基，一九七二年起，駱賓基已經患高血壓，在一九八一年第三期的「學習與探索」，「蔣天佐與駱賓基談金文」的訪問上，他說：「實際上當時我是找個精神上的避風港，作爲求得唯一安慰自己，解決大痛苦的方法。」所謂研究，實際是一種逃避。

[25] 同[5]，八二面。
[26] 同[5]，七八面。

他不僅逃避了文革的以及中共不合理的社會制度，也逃避文學創作。駱賓基不是以作品傳，而是與蕭紅的一段黃昏戀愛，被閻純德在「他，舉着生命的火把——記駱賓基」一文形容駱賓基與蕭紅的這段戀情說：「譜寫着純眞深摯，爲俗人永遠不得理解的文壇佳話」，使駱賓基也因蕭紅與蕭軍及端木蕻良而傳世，駱賓基是沾了他們的光罷了。

駱賓基與蕭紅的這段黃昏戀曲到底是怎麼譜的呢？

一九四一秋天，他去九龍樂道探望蕭紅，同年十二月太平洋戰爭爆發，八日那天日本轟炸香港，蕭紅、端木蕻良他們三個人商議躲到鄉下去，就在他們把蕭紅送到香港半山，後來又轉銅鑼灣，再次遷移到思豪大酒店，可說是一日三遷。

他們兩人把蕭紅送進酒店，端木蕻良竟不辭而別，駱賓基不得不陪蕭紅，從此他們朝夕相處了四十四天，其中端木離開了三十四天，直到蕭紅逝世前十天，才又到「養和醫院」陪蕭紅。

也就因爲端木蕻良的這種無情與自私，蕭紅在去世前與端木鬧翻，在臨死前，還與駱賓基譜一曲黃昏之戀。

這段黃昏之戀，除了獲得蕭紅送給他的一本「呼蘭河傳」的版權，並且，用這本書的版稅，在桂林買綢子新被和圓頂白紗蚊帳[27]（那時蕭紅死後屍骨未寒，竟沒想到用她的版稅爲她做點紀念性的事情，而用她的版稅去享受，因而使孫陵從此鄙視駱賓基的人格）。同時也因這一段戀情

[27] 同[1]，二〇面。

見知於讀者，大大的提高了賓駱基的知名度。

抗戰勝利，駱賓基又到了重慶，大概是從事情報活動，一九四二年的冬天，在四川豐都被軍統局所逮捕，經邵力子營救出獄。邵力子爲共產黨人關說，結果這個所謂的「民主人士」終在一九四九年的國共和談中，露出披着羊皮的狼貌，投靠中共去了。這正和今天許多民意代表爲很多不法事情、不法分子關說，結果他本身就是黑社會分子是一樣的道理。今天在臺灣，很多「民主人士」，尤其是那些與中共打過橋牌，又活躍在黨外與國民黨之間的那些所謂「名流」，其立場是非常值得探討的，有一天，他們是否也和邵力子一樣呢？如果當初沒有那麼多的所謂「民主人士」幫着共黨說話，也許一九四九年的歷史不會這樣寫了。

抗戰勝利後駱賓基在重慶工作，孫陵已奉命到東北接收，一天在觀音岩下碰到孫陵時，他曾經慫恿孫陵趁接收之便弄錢，足見駱賓基的人格是什麼了。

也由此，我們對於駱賓基與蕭紅的這一段情感不如他所說的那樣「平凡」，葛浩文對駱賓基的這段感情糾葛，有客觀的評論。

葛浩文對駱賓基的「蕭紅小傳」（舊稱蕭紅簡傳）的評論時，有如下的話：「作傳記的駱賓基，對傳記中的主人翁蕭紅的深刻感情往往從字裏行間浮現在讀者的眼前，使得這種傳記佔有很重要的地位；讀者看完了後，便自然而然地感覺到蕭紅不僅僅是一個作家的『名字』，而曾經是一個眞正有血有肉的女人。」㉘那麼端木蕻良認爲駱賓基認識蕭紅是在她肺病末期，他們不可能做出甚麼來的話，也不過是一種大男人主義的遮掩而已。而駱賓基也曾對孫陵說過「蕭紅答應病好後嫁給我」的話㉙，足證葛浩文根據駱著作所下的評語相當客觀。不僅駱賓基在字裏行間宣洩了他對蕭紅的感情，而且，他對端木蕻良還是耿耿於懷的。葛浩文說：「駱氏與蕭紅是短時期的相識，因之有時不覺失去其客觀態度，舉個例吧！誰都知道蕭紅的晚年（卽一九三八至一九四二年）在武漢、重慶和香港，在生活上和寫作上對他影響很大的是端木蕻良。但在駱賓基的敍述當中端木的名字竟沒有出現，以至成爲東北作家羣外人士。理由自然可追溯到私人在某方面的衝突；這種情況說不定可以諒解，但筆者認爲不能不提。」㉚關於駱賓基、端木蕻良、蕭紅之間的三角習題中，彥火訪問時，駱賓基還是不提端木的名字，而以「T」代替端木蕻良㉛。足見駱賓基與蕭紅的這一段情感，不如當事人所說的那麼簡單，因爲他們在桂林同住在孫陵處時，曾莫名其妙的打了一架。那時蕭紅雖然已死，可能他們彼此間因蕭紅的版稅，和蕭紅最後的情感問題而撚酸，不是不可能。

無論蕭紅在臨死前，對端木蕻良的感情如何惡劣，端木總是蕭紅的第二任正式丈夫，只要寫

㉘ 葛浩文著：「從中國大陸文壇的『蕭紅熱』談起」，五一面，中報月刊。

㉙ 同❶，一九面。

㉚ 同㉘。

㉛ 同❺，八四面。

蕭紅的傳，就不能不寫端木這個人，駱賓基之所以有意略去這個重要人物，除了化學作用的理由之外，我認爲最大的另一理由就是駱賓基至今還沒有失去其油滑的性格，因爲端木還健在，如果把他寫進蕭紅傳裏，必然會引起端木的不快而得罪了端木。所以，駱賓基的「蕭紅傳」，實在不是葛浩文先生所說的客觀，相反的除了青少年時代的部分歷史以外，主觀的成分相當的重。

駱賓基是一個眞正具有情報人員身分的作家之一，雖然三十年代末期，以「邊陲線上」而竊得文藝作家的名器，他實在不是一個重要的作家。

他的作品與其他的幾位東北作家一樣，除了他們的家鄉，以及所熟識的故事以外，其他的作品皆不足觀。因爲駱賓基的學養有限，初期的寫作，也只是憑着一點才情塗鴉而已，所以步入中年以後作品就少了。

在他的所有作品中，應是以「姜步畏家史」爲代表作，可是，這本書等於他自己的自傳，由於不善剪裁，而給人雜亂無章的感覺，尤其是人物的刻劃與塑造都不突出，情節平凡，流於說故事的階段，根本談不上是小說，當然更談不上是藝術的小說了。王瑤是中共御用的文學史家，他對駱賓基的批評，應是客觀的。他對駱賓基是怎麼看法呢？他說：「題材大概是他親自經歷過的，又流露着作者的溫婉的柔情，因此，讀來感到很親切。背景仍是俄羅斯海口的中國邊境琿春。……細膩有條地寫出了圍繞在姜步畏周圍的一些故事和人物，地方氣氛很濃厚，人物也寫得清晰生動，筆調細膩明快，對話合於口吻，處處流露着作家的才華。他的作風不同於端木蕻良的濃烈，而是一種溫雅的筆調。但有時寫得過細了，就使人有累贅之感。」㉜王瑤對他的評論，不能直接寫他的作品贅疣過多，極富人情味的便用了曲筆，這和彥火在「當代中國作家風貌續篇」所作的評論有很大的區別。

彥火批評一九六三年「作家出版社」出版的「山區收購站」時說：「其中短篇『山區收購站』寫得尤其好，它成功塑造了三個具有鮮明特性的藝術形象，英氣勃發的供銷社主任曹英，精通業務、責任心強的王子修、精明能幹的副業務主任陳老三。王子修是一個以舊眼光看新事物的人，所以，他與陳老三原是多年老友而格格不入，令到一樁互利的山貨交易擱淺，相反的，曹英與陳老三是新相識，却是一見如故，正因爲後者抓住矛盾的本質，很快便把一樁生意做成了。作者運用繪彩鎦金的畫筆，把東北山區的生活和勞動人民豪獷，善良的本性描活了。」㉝「山區收購站」一眼可以看出是「革命加戀愛」的任務小說，它的藝術性是值得懷疑的。根據彥火及司馬長風的說法，駱賓基擅長寫鄉土，尤其是寫他所熟知的家鄉，確是有相當的吸引力，可是，他也具有蕭軍、蕭紅、端木蕻良共同的缺點，那就是一離開了他所熟知的事物，作品的寫景敍事就走了樣。那麼這篇「山區收購站」，從彥火的評論中，給予我們極顯明的印象是：那是把一個在任

㉜ 王瑤著：「中國新文學史稿」下册十三章，五、「經歷與回憶」。（按轉引司馬長風的「中國新文學史」，一二三面。）

㉝ 同❺，八二面。

何地區都可能發生的同樣故事，硬生生的套在他家鄉的風景上，是那樣的不協調。

他所寫的曹英、王子修、陳老三這些人物的衝突性，完全是在於對「任務」（收購）的不同作法所產生的矛盾，而且，最後又都是能夠統一的，那完全是在中共的文藝政策下的一個寫作公式。這樣的小說，在這種框框下的創作，不要說駱賓基的才華有限，就是一流的小說家，也不可能有好的作品，何況是駱賓基呢！所以，我們認爲彥火的批評，還不如王瑤及司馬長風來得客觀公正。

當然，這不是駱賓基個人的悲哀，而是在中共統治下，整個大陸作家的悲哀了。偉大的作品產生自信念。而信念是甚麼？信念是「一般人所共有的社會經驗、民族禮俗中，看出某一點是盡善盡美的德模，是萬古不變的眞理，是人生應有的終極目的，是舉世矚目的教訓，是宇宙間惟一無二，比他自己生命更可珍貴的鴻寶。」㉞沈剛伯先生認爲創作應從這個信念出發，才會產生不朽的偉大作品。駱賓基的「山區收購站」是從這樣情況下孕育出來的信念所寫出來的作品嗎？

當然不是的。如果他果眞有這樣的知識，有這樣的信念，他就不會放棄創作，逃避現實，而鑽進故紙堆裏去搞那枯燥無味的「金文」了。由此證明，駱賓基不是由衷的去寫任務小說，而是不得不寫，也不能不寫，這樣的作品，有甚麼可觀之處？

㉞「文學雜誌作品集」之「中國文學評論・第三期」沈剛伯著：「中國文學的沒落」，八～一九面。聯經出版公司，民國六十六年十二月出版。

硬擠出來的「山區收購站」，被彥火作了過分的揄揚，卽使「姜步畏家史」，還被王瑤曲筆批評，何況是任務小說呢？

三十年代的小說，被夏濟安先生說是「『集衆惡之大成』來寫舊社會，然後，又以完全柏拉圖式的十全十美來描寫新社會的嚮往，這種浪漫的幻想，無疑是有助於共產主義宣傳的推行。」㉟三十年代作家的作品如此，大陸淪陷後，所有作家的寫作，都是「趕任務」趕出來的，「山區收購站」自然也不例外，所以，我們對於「山區收購站」的藝術性、文學性的懷疑是有其理由的。

駱賓基本來就沒有頭角，但經過胡風事件，及「文革」兩次鬥爭以後，已把他磨得落下葉子都怕打破頭了。這個東北作家與蕭軍的性格完全不同，如果要以他們兩人作比較，一個是虎死不倒威的虎，一個是被中共鬥成了無骨的軟體動物。他們雖然也都歷經刼難，却與蕭軍完全不同，蕭軍是傲骨嶙峋，駱賓基則是企圖在中共的高壓下苟延殘喘罷了，無論是做人和作品都不能比。一九七七年就遷住到北平西門大街，一九八〇年患高血壓症而中風，現在駱賓基靠手持拐杖走路，他雖未蓋棺，却可以定論了。

我之所以如此替駱賓基下結論，不是輕率與武斷。他的創作力已經衰退，從一九八三年他在「新文學史料」十九及二十期所發表的「初訪神壇」來看，他只是一個活在回憶中的作家，已經沒有能力再創作，至於他的「金文新考」，又沒有得到學術界的肯定。作爲一個文學家，他只能

㉟同㉞，二六面，夏濟安著：「舊文化與新小說」。

算是二、三流角色；作爲一個學術或歷史的學者，還未得到某種程度的肯定，他之所以還能夠領中共的薪水；那不過是中共在打天下時，他在白區的情報活動的一種酬庸，而不是領受作家的待遇。可悲的是，一個不夠格的作家，却始終想戴着作家的桂冠入棺。不僅想以作家終其一生，還想以學者來裝飾他的人生。駱賓基在彥火的訪問中的自我膨脹，是他的悲劇。

我的看法是，駱賓基已不可能再有更大的著作出現了，當年馮雪峰曾邀他共寫「盧代之死」這個所謂「二萬五千里長征」的故事，被蕭紅和駱賓基喻爲「半部紅樓夢」的作品，駱賓基已不可能去完成他們的心願，因爲駱賓基已經老得活在夢中，去回憶一些往事過活。他的創作力已經衰退，他只有帶着這個完成不了的願望到棺材裏去了。

七四、三、文藝月刊一八九期

這個那個時代的丁玲

當中共鬬了門胡整了三十多年，搞得大陸一窮二白，十億同胞都在饑餓線上掙扎，饑餓的怒火，立卽就要遍地燃燒的時候，奪得大權的鄧小平終於明白：共產主義眞是一條死胡同，不改弦易轍，饑餓之火勢必吞噬了中共的「政權」，於是，鄧小平不能不重新拾起一鬆二緊，做退却的讓步，以緩和那些卽將到達爆炸臨界線的饑餓同胞的怒火。

衡諸情勢變化，許多措施不能不有所更張：包產責任制、市場有限度的自由化等等，都是這種更張的具體事實。中共退却策略，的確給受壓榨與禁錮了數十年的十億同胞帶來一個喘息的機會，其中獲益最多的應當是作家。中共竊得政權的兩大兵團之一，便是作家。從淸黨後，左翼文人由廣州、武漢、厦門等地逃到上海，藉租界的庇護，做起所謂「文化戰線的鬥爭」，成立「左聯」等文藝團體，及藉統一抗戰，中共進入政治部，搞文藝活動，實行中共的所謂「文化戰線的鬥爭」，作家替中共立下的汗馬功勞，不亞於野戰部隊。

中共竊國三十多年，倒行逆施，發覺此路不通而改弦易轍時，鄧小平不能不記起那批曾經替中共賣過命的，但却在中共的頭頭沐猴而冠以後，把他們打入「臭老九」行例的作家來。

作家無疑的是中共在挽回頹勢的一劑續命湯。於是，鄧小平在打倒所謂「四人幫」之後，爲了再度利用那些作家，便「皇恩浩蕩」給那些鬥垮、鬥臭了作家「平反」。鄧小平這一着算得上是「高招」，「平反」後的作家，感激涕零之餘，自然替鄧小平「效命」，甘受驅使，成爲中共對外統戰，塑造「開放」及「自由化」形象的「籌碼」。

作家們在中共的這種需要下，獲得「平反」，從北大荒、新疆等邊遠地區被放回；從牛欄、雞舍歸家：巴金、蕭軍、艾青、沈從文、錢鍾書、劉賓雁等放風箏式的准許到香港、法國、美國、日本、新加坡、加拿大等地訪問，丁玲及陳明也曾到法國、美國、加拿大等地活動，此間很自然的造成一陣丁玲熱。

丁玲是中共較有才華的作家之一，成名於「莎菲女士日記」，發表於一九二七年（時丁玲二十一歲）二月號「小說月報」❶，司馬長風批評這本書時說：「這篇小說當時所以吸引文壇的注意，不止因爲它的內容在女子性生活上具有石破天驚的大膽描寫，同時也因爲技巧出色，清新灑脫，好多人誤以爲它只是以性暴露或描寫性變態取勝，那不是誤解便是胡說。卓然不羣，實質上是非常嚴肅和精心結構的一篇小說。」❷大致上這是持平之論。

❶ 叢甦著：「自莎菲到杜晚香」，民國七十年十二月三十日，聯合報副刊。
❷ 司馬長風著：「中國新文學史」上册，一六五面。

這篇發表於一九二七年「小說月報」的小說收集在「在黑暗中」，❸蘇雪林批評「莎菲女士日記」說：「丁玲以女作家身分描寫女人心理自比較鞭辟入裏，比較曲折細微，而其大膽無畏的精神，熱烈眞摯的文筆，在現代女作家中尙爲少見。」❹除了蘇雪林之外，陳敬之、王章陵等人的看法也大致相同。

丁玲的才華之所以受到肯定，乃是她在寫「莎菲女士日記」、「夢珂」、「暑假中」、「阿毛姑娘」、「自殺日記」、「韋護」、「一個人的誕生」、「母親」等作品時，不過是二十多歲，就作品的質而言，不下於巴金和茅盾等人的水準，倘使丁玲有創作的自由，而又不把生命浪費在爲中共吶喊的「工作」上，她的成就未可限量，可惜的是她却由一起步，就與瞿秋白等共產黨員交往，誤入歧途，也誤了她的文學生命，如今淪爲鬥軟了骨頭後的「歌德」作家。

丁玲似乎具有一副反骨，在沒有以她的那枝筆服務於馬克斯主義之前，她反抗社會，也對傳統反叛，王章陵說：「『五四』浪潮培育了丁玲的性格，使她成爲一位『個人主義者』，成爲『舊禮教的叛逆者』，但是，這位娜拉不是生長在資本主義發達的西方社會，而是生長在經濟落後、政治思潮却極端複雜的『五四』浪潮滾滾來襲的中國，結果，娜拉走出家庭，却沒有享受到她所追求的個人主義甜蜜的果實，而她的創作，從『夢珂』、『莎菲』、『貞貞』到『陸萍』，

---

❸ 轉引自趙聰著：「新文學家列傳」，二面，時報文化公司，民國六十九年六月出版。

❹ 蘇雪林著：「中國二三十年代作家」，四一八面，純文學出版社，民國七十二年十月出版。

爲她、也爲歷史寫下了中國『娜拉』的悲劇。」❺

她於一九〇六（民國前五年，光緒三十二年）生於湖南臨澧縣，原名蔣冰之，筆名隨母姓，曾在桃源縣女子師範及長沙嶽雲中學讀書，一九二二年（民國十一年，時年十六歲）到上海進入陳獨秀等人所辦的「平民中學」，讀了兩年，未曾畢業而赴南京，一九二四年（民國十三年）進入于右任所辦的「上海大學」❻中文系，後來離開「上海大學」去北平，在北大旁聽。胡也頻和沈從文就在這時候所結識❼，並結爲好朋友，最後嫁給胡也頻。

丁玲的左傾，與她的這段學程有相當關係。她本具有叛逆的性格，又出生在仕宦之家。對於她自己的家庭，在一九八三年（民國七十二年）四月到巴黎訪問十四天時，在巴黎逗留期間，曾在專售中共書籍的「凰鳳書店」舉行了一次座談會。會中她談到自己的家庭，她說：「我到湖南老家翻開族譜，沒有一代沒有人做大官的，我這一生中東跑西跑，什麼地方都去，就是不愛回老家，因爲這些人都是剝削別人的人，我不喜歡他們。」❽足見丁玲的出身，在中共來說，是屬於「黑五類」，應是「革命」的對象，可是丁玲却幹了六十年共產黨員，而且，又經過無數次整風

---

❺ 王章陵著：「中國大陸反共文藝思潮」，二〇五面，黎明文化公司，民國六十八年四月出版。

❻ 丁淼著：「評中共文藝代表作」，丁玲的「太陽照在桑乾河上」，五二面，新世紀出版社，民國四十九年九月出版。

❼ 司馬長風著：「中國新文學史」，一六四面。

的驚濤駭浪，幾乎把老命也送掉了。基於這種經驗與教訓，即使在巴黎，也不能不數典忘祖地說些甩包袱的話來保護自己，這是與丁玲的反抗性格，及她的叛逆血液因子不相符的。

她為什麼會變成這個樣子？唯一而合理的解釋是：中共鬥爭的烈火，已把她的骨頭燒軟了。她不僅以罵自己的祖宗來保護自己，根據叢甦那篇「自莎菲到杜晚香」的報導，丁玲於一九八一年（民國七十年）在美、加的訪問中，曾經極盡所能的為中共辯護。

現在，我們看叢甦是怎樣描寫當年「左聯」旗下的「戰士」，怎樣為中共辯解的？

「二十二年（一九七九）後，她被平反，也摘去了『反黨集團』、『右派』等帽子。她說（筆者按：指丁玲），一個美國作家到北京去看她，當知道她曾在到北大荒餵雞的時候，哭了，說：『但是你是一個作家呀！』她（同前按）並不以北大荒的墾拓為苦，她一生裏最痛苦的是『被開除黨籍』，認為『無籍之人』，『無臉面去見人民』。」❾

這真是非常奇怪的事，她家為仕宦之家，給她去讀書、吃好的、穿好的，但她却認為自己的祖先是剝削者而引以為恥，可是，共產黨把十億人弄得一窮二白，搜刮了全國土地，為黨所有（中共說，黨即國家），剝削十億同胞，殺死了千千萬萬人，中共開除了她的黨籍，她却認為「無

❽ 周謙之著：「是什麼人說什麼話」，中國時報副刊，民國七十二年六月二日刊出。

籍的人」便「無臉去見人民」，我們不知道這是用什麼邏輯去數典忘祖的。

類似的辯護，不知道有多少，我們是舉不勝舉的。

一個才華甚高的作家，爲什麼變得這樣軟骨起來呢？

這一點，我們還得從她的歷史中去找答案。

鴉片戰爭一仗，西夷的堅甲利炮打醒了天朝大國的夢魘，各種思潮湧進中國，獨尊孔孟的厚牆，已經無法擋住那種求變的浪濤，在那個複雜的狂飈時代，舊禮教、世俗的封建社會摧毀了，而新的道德標準尚未建立，社會秩序在動盪不安，每人都爲個人，以及大我找出路。在那樣一個時代中，丁玲的反叛性格，被陳獨秀、瞿秋白、邵力子、施仔統、陳望道、茅盾、田漢、鄭振鐸等人所引導，在性格尚未成形的一個十七、八歲的女孩，左傾是極其自然的事情。

在那個時代中的丁玲，自然感到焦慮徬徨，由上海到北平，希望進入北大的丁玲，沒有能夠如願以償。而正在此時，落第的沈從文、胡也頻也住在北平，在同病相憐、愛好相同，沈、胡都追逐丁玲的情形下，丁玲終於與粗壯豪邁的胡也頻結婚了，他們從北平回到上海，不久沈從文也從北平趕來，三人住在上海薩坡賽路二〇四號。雖然胡也頻和丁玲已經結婚，但無損三人的友情。龍雲燦說：「三個人表面上沒有什麼間隔，有人說他們三人夜間大被同眠，同甘共苦。」⑩

---

⑨ 同❶。

⑩ 見龍雲燦著：「三十年代左翼文壇現形錄」，三八面，華欣文化中心，民國六十四年七月出版。

這三個好友於一九二八年（民國十七年）組成「紅黑社」，出版「紅黑半月刊」，一九三一年（民國二十年）一月十七日胡也頻被捕，二月七日伏法⓫，這的確給予丁玲一個重大的打擊，也是丁玲正式而積極的反政府、反國民黨的一個重要因素。

一九三一年一月，胡也頻、柔石（趙復平）、段夫（徐白莽）、嶺梅（馮鏗）、李偉森等在上海東方飯店召開會議被捕，二月七日上述五人，和另外一些共產黨員在上海龍華被處決⓬，丁玲痛恨之餘，思想愈趨激烈，五月二十五日魯迅在「前哨」領銜發表所謂「左翼作家聯盟爲國民黨屠殺大批革命作家宣言」，魯迅說：「中國無產階級革命文學在今天和明天之發生，在誣蔑和壓迫之中滋長，終於在黑暗裏，用我們同志的鮮血寫了第一篇文章。」⓭，此一事件，給政府帶來相當大的困擾，九月二十日丁玲主編「左聯」機關刊物「北斗」創刊，「水」在「北斗」第一期連載⓮。這時的丁玲思想大變，「水」這篇小說，描寫一九三〇至三一年的大水災，以此一事件擴大描寫災民活不下去而「自發反抗」的情況，據共產黨說：「這篇小說對於煽惑災民起了相當作用。」這時是中共擴大的外圍組織，「左聯」的活動進入最高潮時期，而丁玲已經成爲這個組織的中堅分子之一，許多宣言和所謂的運動，也都有丁玲參加。這時丁玲已成爲「左聯」的執

⓫ 王章陵著：「中國大陸反共文藝思潮」，二〇七面。
⓬ 馬良春、張大明合編：「三十年代左翼文藝資料選編」，五四面，「四川人民出版社」，一九八〇年出版。
⓭ 同⓬，五六面。
⓮ 同⓬，五九面。

委兼黨團書記。

此間議論丁玲最多的，可能是丁玲的情感生活部分，他的第一個情人是瞿純白，後來去北平認識沈從文和胡也頻，雖然丁玲與胡也頻結婚，但是沈從文對於丁玲的感情還是始終如一，胡也頻被捕，人避之唯恐不及的時候，沈從文却從武漢趕到上海，陪着懷孕中的丁玲奔走營救，胡也頻被執行，丁玲生下胡也頻的孩子後，又把她送回湖南老家，無如沈從文這種付出却沒有得到丁玲青睞，反而嫁給了馮達，不幸的是一九三三年五月十四日丁玲與馮達雙雙被捕。在逮捕丁玲事件中，青年作家應修人當場被打死，「左聯」爲營救丁玲而發表宣言，利用應修人之死，擴大宣傳⑮，對政府也造成極大的困擾。

丁玲和馮達在上海昆山花園被捕，旋即押解南京，丁玲寫了悔過書自新，加之她沒有嚴重過失，便被軟禁在南京，據龍雲燦的說法，政府的情治單位還把他們夫婦送到莫干山去避暑，直到多天才回南京。龍雲燦說：「天下着大雪，莫干山變成了銀色世界，才又把他們接到南京，住進中山陵附近的一間洋房裏。這時他們已獲得了完全的自由，唯一限制是，不要離開南京。爲了使她安心寫作，還接受了她的要求，把她守寡的母親接到南京和她同住。二十四年春天，她又生下了一個女兒（按：爲蔣祖慧，留俄學芭蕾），……她被准許去北平作了一次旅行再回到南京。大概是二十五年秋天吧，……以去上海治病爲由，一去不復返。」⑯這次逃亡，丁玲去了延安，那

⑮同⑫，八一面。

是一九三五年(民國二十四年)多天的事。從此，丁玲已經眞正走上一條不能回頭的歧路上去了。

丁玲的著作甚豐，但是，在臺灣尙未發現丁玲的作品，王章陵說：「早在一九三〇年，丁玲在『小說月報』上發表的『韋護』，已開始運用當時極流行的『戀愛加革命』的創作模式。」⑰這大致是對的。雖然丁玲的作品，在臺灣很難得看到，巧的是，我收藏的一套「小說月報」二十卷一至十二期中，正好是民國十九年一月到十二月出版的各期，「韋護」這篇小說，從一期起連載至五期結束，粗略讀了一遍，我覺得蘇雪林先生的說法是正確的。

蘇雪林說「『韋護』這個長篇與『一九三〇春上海之一』、『之二』的兩個短篇出現以後，作者左傾的色彩已經很濃了。」⑱

蘇先生眞是目光如炬，把丁玲的五腑六臟都看穿了。無論如何，她年輕時代的作品水準不低，以「韋護」來說，與時下的任何作品比較並不遜色。

「莎菲女士日記」基本上是反社會、反傳統的，因爲那時她沒有一個反的目標和基點，直到與「左聯」搭上了關係，才在作品上「戀愛加革命」。因爲一九四二年她在自己編的「解放日報」上發表了「三八節感言」、王實味的「野百合花」，以及蕭軍等反中共的作品，引來一九五

⑯同⑮，龍著。
⑰同⑫。
⑱同④。

八年五月的文藝整風（又稱「野百合花事件」），倘使不是丁玲立即見風轉舵，做了「檢討」，並出賣了王實味，丁玲應是在刼難逃，因爲丁玲自已寫了對中共不滿的批評文章不說，還發表了王實味等的「反黨」作品，主編是應負有連帶責任的。那次鬥爭，除了鬥死王實味之外，艾靑、蕭軍、丁玲都遭到下放的處分。不僅是這次下放就算了結，而且，種下一九五七年被打成「丁陳反黨集團」，下放北大荒，停筆二十二年之久。

一九四二年的文藝整風，丁玲下放到晉冀察邊區搞土地改革，以土改的經驗寫成「太陽照在桑乾河上」。

這本小說無所謂藝術的成就，當初丁玲寫這本書的目的，不過是爲了向中共交心，洗刷她寫「三八節感言」所犯下的錯誤，但是，這却是中共文藝界唯一有名的長篇小說，初版於一九四九年十一月，到一九五二年八月已經出了第四版。

「太陽照在桑乾河上」於一九五一年獲得「史達林文學獎金」的二等獎，中共的另外一位作家周立波的「暴風驟雨」獲得三等獎，因而使丁玲紅得發紫，在打成「丁陳反黨集團」之前，她是「文聯」副主席、「作協」副主席、「中宣部」文藝處處長、「中共文學研究所」所長、「文藝報」主編、「人民文學」副主編，趙聰說：「她的名次雖僅在周揚之下，所掌握的實權及文壇上的地位，則較周揚爲大爲高。」[19] 趙聰認爲丁玲因此受到周揚的排擠，兩人一直明爭暗鬥不已。

一九五五年丁玲之被鬥，肇因於丁玲的權勢，但導火線却是一九五四年俞平伯「紅樓夢研究」事件牽涉到「文藝報」的主編馮雪峰，因爲馮是接丁玲的主編而主持中共的這本喉舌刊物。「文藝報」因馮雪峰及兪平伯而受到檢查，這根「黑線」自然就牽連到丁玲頭上來了。周揚乃趁這個機會，於一九五五年召開「作協」會議鬥爭丁玲。鬥爭的主題則是她在一九五四年主持「文藝報」時期，發表朱光潛的「美學」，中共文藝主管衙門認爲朱光潛是以資產階級觀點來討論美學的，當然這是不合於中共的文藝框框了。

丁玲是主編，自然就把她牽涉進去，而她的叛逆性格，對這種指責是不能接受的，還有就是她得了「史達林獎金」後，持寵而驕，不把周揚放在眼裏，有抗周的本錢，也是她堅強抵抗那項指責的一個原因。不幸的是「作協」的那次鬥爭會，把她打成了反革命，停止黨籍，一九五七年毛澤東搞陽謀，以「大鳴大放」，「言者無罪」來「引毒蛇出洞」，天眞的丁玲和陳企霞要求翻案。

對於這段公案，王章陵說：「一九五七年六月，在『作協』舉行的三次大會中，她慷慨陳詞，得到參加會議的人的同情，逼得周揚、劉白羽等人向她一再道歉，承認五五年對她鬥爭得過火了。」⑳可惜那只是一個陽謀，到了七月大鳴大放就變成了「反右整風」，情勢變易，周揚發動整個大陸文藝界的鬥爭，從七月到九月共鬥了二十七次，大會嚴酷的公審丁玲。那次鬥爭丁玲

⑲ 同❸，一五頁。

⑳ 同⓫。

的範圍相當廣，周揚幾乎已經發動了整個大陸的作家來進行這次鬥爭。在這個事件中她遭到開除黨籍的處分。

從此，丁玲開始了一連串悲慘的命運。在中共的文壇上消失了二十二年。

一九五八年，下放到黑龍江湯原縣十二年。那裏就是我們所熟知的北大荒。

一九六六年「文化大革命」，紅衞兵串連到北大荒，丁玲被逼向紅衞兵下跪，最後關進牛棚裏(按，即坐牢)。

一九七〇年，丁玲被「四人幫」關進監獄。

一九七五年釋放，下放到山西太行山西麓的嶂頭村，「杜晚香」就是在這時期的創作。

她於一九七九年獲得平反，復基於統戰的需要而得以重返北平，五月二十六日她探望葉聖陶時，她說：「老葉……要是你不發表我的小說，我也許就不走這條路，不至於受這麼多的折騰了。」㉑彥火說：「丁玲這番話是發自受傷的心靈深處。」按，丁玲的第一篇處女作「夢珂」發表於葉聖陶主編的「小說月報」，以後葉又把「夢珂」、「莎菲女士的日記」、「暑假中」、「阿毛姑娘」編爲「在黑暗中」一書推薦給開明書店出版，丁玲走上文學創作的道路，與葉聖陶的賞識有關。㉒

㉑ 彥火著：「當代中國作家風貌」，一〇七面，香港，昭明出版社。
㉒ 引自彥火著：「當代中國作家風貌」，一〇八面。

丁玲的這條曲曲折折道路，不僅害了她自己，也害了她的子女，蔣祖麟、蔣祖慧也都受到排擠，可說是禍延子孫。這裏要順便一提的是，丁玲的一對兒女都姓蔣，隨外公姓，而丁玲自己隨母姓，讀者也許以爲怪，其實沒有什麼好怪的，江青的女兒李納也跟母姓，並以名紀念前夫呢！中共是不講什麼宗法的。

中共爲了實現所謂「四化」，大搞半開門式的「開放」以後，吸收西方資本與技術的同時，也連帶的把西方的民主自由挾帶了進去，作家自由化的傾向之後，才有人寫揭露中共黑暗的作品，也才有所謂的傷痕文學出現。是可忍孰不可忍，中共於在一九八三年十月召開的「社會主義學會成立大會」上的一篇講話，暗示文藝界的自由化已造成三信危機，已放出文藝整風的信號，十一月四日「人民日報」發表了評論員的文章，重申「反右」的「清除精神污染」，同一天中共「中宣部」舉行記者會，宣佈「周揚鼓吹社會主義異化」，大陸掀起另一次文藝整風，在那次記者招待會中，艾青、王蒙、鄧有梅出面指控周揚，丁玲則於八三年十一月初在「人民日報」上發表談話，指責大陸上文藝界充斥「精神污染」，她說：「一個時期來，有人提出黨最好少管或不管文藝，有人嚮往資產階級自由化，有的青年作家以創作可以不要生活，也不要政治，……如劇場裏傳出靡靡之音，會博得一片喝采，聽嚴肅的歌曲，掌聲寥寥，甚至唱『沒有共產黨就沒有新中國』，竟有人發出笑聲。」㉓丁玲表態、獻媚，可說是醜態畢露。

㉓ 麥如蓮著：「丁玲支持清除精神污染」，發表於七二年十一月九日「世界日報」。

這是很有趣的一件事，二十六年前丁玲是大右派，被周揚所鬥爭，但是，這個當年的「大右派」於坐了二十幾年牢以後，變成「大左派」，而且，淸除由左變右的周揚，這是寃寃相報呢？還是丁玲的骨頭已在中共鬥爭的烈焰中被燒煉得軟化了？

她的身上，已經再也找不到叛逆的血液，和當年抵抗周揚鬥爭的硬骨頭了。其實丁玲的軟骨，在「野百合花」事件自我檢討中就已經顯露出來，證之於在巴黎、美、加爲中共辯護來看，丁玲是連軟骨都沒有的冷血軟體動物。這個時代和那個時代的丁玲，已經完全不同了。

這裏要插一點題外話，爲了寫這篇東西，把丁玲的資料集中來讀後，發現有關對丁玲文學批評的結論，竟然有三人雷同，很多作家（名家）引用資料不註明出處，缺少公信力，損及論文的價値，這種竊爲已有的情形，非常可恥，那簡直就是抄襲。

丁玲已於一九八六年三月四日病逝於北平，雖已蓋棺，未必定論。她是一位爭議最多的作家，也是受苦最多，而又極活躍的作家，其地位，尙有待史家評定。

七二、十二、八完稿、七三、一、文藝月刊一七五期

胡也頻的血所下的注解

中共利用作家是人盡皆知的事，而只要中共需要，則毫不考慮情感道義，予以殺害，或借人之手除去背上的芒刺。

中共到底如何利用作家，並且又如何利用別人的手，除去派系的敵人，「整風」的故事不勝枚舉；借人之手殺人的例子，最典型的莫過於胡也頻案了。

胡也頻於一九三一年一月十七日被捕，二月七日被政府槍決於上海龍華❶。關於這個案子，中共的說法是政府「迫害」左翼作家，其實眞相如何？只要翻開共產黨史，一眼就能明白。中共於召開「擴大四中全會」後，發生派系之爭，中共的國際派出賣了胡也頻等人。他們借政府的槍，除去派系的大敵，事後「左聯」還用胡也頻等人之死大做其文章，當時政府的聲譽遭到了相當的損害。

中共於一九三一年一月八日在上海召開「擴大四中全會」，到會代表三十七人，由國際代表

❶「中國文學家辭典」(現代第一分册)，四〇八面，「四川人民出版社」，一九七九年十二月出版。

米夫指導，清算「立三路線」（李立三），瞿秋白被撤銷職務，改選的結果，「中央總書記」名義上仍由向忠發擔任，實權則落在國際派陳紹禹（王明）、秦邦憲手中。這次會議造成分裂，何孟雄、羅章龍等成爲「四中全會派」（按，又叫幹部派），創議組織「第二黨」對抗國際派❷。「中共擴大四中全會」召開後，「中央政治局」委員的席次多爲國際派所囊括，何孟雄等人非常不滿，乃於一月十七日召開「緊急會議」於上海，成立前述「第二黨」。這個「第二黨」的正式名稱爲「第二江蘇省委」。胡也頻被選爲上海文化團體代表，參加是項緊急會議，周芬娜說：「因『國際派』密告，他與何孟雄等在上海公共租界的『東方旅館』中被國民政府所逮捕，並於二月七日被處死於上海龍華。」❸與胡也頻同時被處決的還有柔石（趙復平）、殷夫（徐白莽）、嶺梅（馮鏗）、李偉森等「左聯」旗下的作家。由這段史實來看，胡也頻之被執槍決，不是政府要除去他。那時胡也頻的名氣，與他的行爲，還沒有到非抓到他除去而後快的程度。他只是「左聯」搖旗的小角色，怎麼說都輪不到他，要抓的是魯迅、瞿秋白、周應起（周揚）、馮雪峰等人，胡也頻只是一個嘍囉而已。（也許政府明知被利用，而將計就計除去這部分左得離奇的作家也不一定。）

爲什麼他竟然被執並且在短短幾十天內就槍決了呢？那完全是國際派借政府的力量，剪除反

---

❷ 「中共禍國史實年表」㈠，五三面，中國大陸問題研究中心，民國七十一年六月出版。

❸ 周芬娜著：「丁玲與中共文學」，六二面，成文出版社，民國六十九年七月十日出版。

對派的何孟雄、羅章龍等人，胡也頻只不過恰好在開會，用麻將的術語來說，那只是「槓上開花」，是外帶的一番而已，政府是被國際派利用了。

也由這一點，可以理解中共派系鬥爭，是不擇手段的，同時，也沒有所謂的「同志愛」可言。這是間接剪除不同的派系，至於直接向文藝作家開刀的不知多少，那一次不是爲了剪除反對派而發生悲劇？無論過去有多少功勞，只要犯下「錯誤」，便非清除不可。結果是每一個作家都沒有好下場。

胡也頻本名胡崇軒，一九〇三年（民前七年）生於福建福州的城邊街買鷄衕❹。

他的學習過程非常曲折；曾讀過私塾，因家境不十分好而輟學，後來到一家金舖去當學徒。由於受不了學徒的生活苦況，偷了金店的金飾逃到上海，進入「浦東中學」，一九二一年到大沽進「海軍學校」，因學校停辦，而於一九二五年到北平報考「北大」，不幸名落孫山，因而與丁玲、沈從文認識❺。

他在大沽「海軍學校」學機械，因爲學校停辦而離開。到了北平，也就是一九二四年，與項拙合編「民衆文藝週刊」。根據中共「四川人民出版社」出版的「中國文學家辭典」說，胡也頻於一九二四年開始寫詩與小說❻，不過，李立明則說他是一九二五年開始投稿的❼。胡也頻被槍

---

❹ 李立明著：「中國現代六百作家小傳」，二三八面，香港，波文書局，一九七八年七月出版。

❺ 同❹，一九二〇年竊取金飾逃亡。

決時二十七歲零九個月（按國人習慣，叫二十九歲），作齡也不過六年，不管他作品的素質如何，就量來看相當可觀，雖然如此，做一個作家的條件，仍然不夠，但他却上了「文學家辭典」，足見胡也頻在中共文壇中的分量。他是中共的黨員作家，在沒有發現新的資料前，不得不以中共所公布的資料爲準，所以，採用中共的說法，算他有六年的作齡。

胡也頻二十歲時開始寫稿，二十一至二十二歲編刊物，應算得上是年輕的作家與編輯，短短七年的時間，曾出版過「聖徒」（新月書店）、「活珠子」（光華書店）、「往何處去」（第一線書店）、「詩稿」（現代書局）、「也頻詩選」（一九二九年，紅黑出版社，按：爲胡也頻、丁玲、沈從文合開的出版社）、「牧場上」（遠東圖書公司）、「消磨」（上海尙志書屋）、「三個不統一的人物」（光華書局）、「四星期」（華通書局）、「別人的幸福」（戲劇，華通書局）「一幕悲劇的寫實」（中華書局）、「到莫斯科去」（光華書局）、「光明在我們的前面」（春秋書店），這是生前出版的書，至於死後中共替他出了三個選集，那都是包括在這些集子裏的作品，以上是根據中共所編的「中國文學家辭典」所摘錄的，另外李立明列入，但中共編的「中國文學家辭典」未收入的尙有「黑骨頭」（短篇小說）、「鬼與人心」（戲劇）共兩種，以上統計十五種，平均每年寫兩本多一點書，產量是驚人的❽。胡也頻的作品水準如何，丁玲有很適當的

---

❻同❶。

❼同❹。

批評。她說：「他（按，指胡也頻）實在不能寫小說，他的小說沒有一篇是優秀的，只有那篇『光明在前』（光明在我們的前面）是成功的，可是，也沒有寫完。胡也頻不是個文學家，而其實是一個很好的革命工作者……我常勸他放棄寫作事業，但也頻在文學上頗具野心，雖則他並沒有因此妨礙自己的實際工作。」❾丁玲這個批評，可說是極了解胡也頻，我之所以說中共也把「胡也頻列爲文學家」，主要是因爲胡也頻是中共的黨員，又是「左聯」的「烈士」，不然像他這樣的作家，三十年代裏多如過江之鯽，根本是排不上名的。由此，也可以看出共產黨的狹心症來了。過去如此，現在如此，將來也如此，共產黨始終是黨同伐異的。他們對作品的評價，不是作品的藝術價值如何，而是「黨的立場」如何。這也許就是以運用文藝起家，攫奪了政權之後，立即設下種種限制，剝奪了文藝寫作自由的主要因素。又由於這種限制，就是中共已禍國三十餘年，在文藝上却歉收的重大因素之一。中共「治」下的作家，人人頭上都有「五把刀子」，縛手束脚，怎麼會有好的作品出現呢？

由以上的剖析，胡也頻之能上「文學家辭典」，也就不足爲奇了，利用死人，他已不會辯駁，也不會變壞或更好。胡也頻之所以上「文學家辭典」的榜，正如魯迅成爲「革命導師」是同

---

❽ 摘自「中國文學家辭典」與「中國現代六百作家小傳」兩書。

❾ L. Inaun（英山）著：「丁玲在陝北」（載於「女戰士丁玲」），六二～六三面，轉引自周芬娜著：「丁玲與中共文學」，五四面。

一道理。

胡也頻成爲「文學家」，正如丁玲所說的，他不是什麼天才，他的投稿生涯是被生活所逼。自「海軍學校」停辦，胡也頻在大沽等於「失業」，他只好向各報投稿，謀取生活之資。「海軍學校」關門後，到北平去試運氣，報考「北大」，「終因英文不及格而未被錄取」⑩。李牧認爲「他只有在流浪窮困之中找尋文學作品安慰，藉着文學創作發洩。」李牧的這個評斷，是根據丁玲的「一個眞實人的一生」，這是丁玲替中共「人民文學出版社」出版「胡也頻選集」所寫的「序」言⑪，當然相當可靠，也非常切中。

胡也頻是一九二四年秋天開始寫作，「小說月報」、「現代評論」、「晨報」曾先後發表他的作品。

丁玲、胡也頻、沈從文於一九二五年三月認識，僅三個月（一九二五年六月）丁胡卽賦同居，不過並不影響三人的友誼。他們三個人在北平鬼混，雖不曾有好日子，可能過得下去，民國十五年（一九二六年）國民革命軍北伐誓師，而盤據東北的奉軍也在是年春天南下，一九二七年兩軍均抵達長江南北岸，歷經爭戰後，國民革命軍獲得勝利。在北伐軍北上、奉軍南下之間，北

⑩ 李牧著：「中共『文藝統戰』之研究」，一三〇面，黎明文化公司，民國六十六年六月三十日出版。

⑪ 丁玲著：「胡也頻選集」（代序），「一個眞實人的一生」，「中共人民文學」三卷二期。此文轉引自李牧著：「中共『文藝統戰』之研究」一文的引文。

方作家不堪軍閥的壓迫，造成作家的大遷徙。

作家南下的原因，據司馬長風（胡靈雨）的看法是：一、政府（北方政府）欠薪，無以爲生，因爲當時多數是教授兼作家，教育部發不出薪水，教授南下，自然作家也南下了。二、軍閥腐敗，禁售作家的書。三、新文學運動提倡白話文，章士釗爲國粹派，不幸一九二四年十一月下旬，章士釗就任段祺瑞臨時政府的司法總長，不久又兼教育總長，禁書政策受到鼓勵，保守派抬頭。他的教育方案受到反對，並因支持楊蔭榆當「北京女子師範大學」校長，引起學潮，國務院會議通過停辦「女師大」，因而「北大」等宣布脫離教育部獨立以示抗議，演出了學校與章士釗決裂的局面。四、一九二六年三月奉軍艦隊進攻大沽口，國民革命軍封鎖大沽口，外國船隻無法入港而引起辛丑合約八國的抗議，壓迫北方政府正式道歉與賠償，北平民衆請願，要求當局強硬對付，切勿屈服，十八日引起請願者與衞隊衝突，開槍射死四十七人，傷二百餘人，北方政府下令通緝徐謙、李大釗、李石曾、易培基、顧兆熊等人。五、一九二六年四月二十六日奉軍封閉京報，槍決邵飄萍。至此北平已經成爲一個恐怖的城市。六、接着「語絲」、「現代評論」停刊。因此，教授與作家紛紛離開北平南下⑫，梁實秋先生是當年南下作家之一，他說那是「逃荒」⑬，足見當時的慘狀。胡也頻這一幫年輕人雖然不太在乎生活的艱苦，可是，這些新文學作家

⑫ 司馬長風著：「中國新文學史」第一篇，二四七～二四八面，摘自司馬長風的著作。

⑬ 梁實秋著：「憶新月」。

在思想上，同情或傾向南方的革命，因此，也遭到北方政府的懷疑與猜忌，隨時都會有生命的危險，當然在北平也無法繼續生活下去。

一九二八年春天，丁胡兩人相偕南下。胡也頻當時受上海「中央日報」總編輯彭浩徐之聘，編「中央日報」副刊⑭，每月二百元（一說稿費），丁玲與胡也頻的生活有了很大的改善。

胡也頻接編上海「中央日報」副刊後，定名爲「紅與黑」，也就是後來他們三人辦「紅黑雜誌」、「紅黑出版社」的基礎。不過，他們的雜誌出版社終因資金不足，拉不到名作家的作品而夭折。

在丁玲與胡也頻到上海之前，有一段有趣的插曲值得一記，也可以由這段記述裏，看出丁玲對於胡也頻的寫作是始終不抱太大希望的。

胡也頻他們沒有去上海之前，洪深帶了電影去北平放映，引起丁玲拍電影的慾望，曾向洪深表達從影的意願，並獲得洪深允予協助的承諾。丁玲是一個新潮的大膽女性，想做的事立卽就想去實踐，恰巧這時胡也頻也接到彭浩徐的邀請，所以，兩人聯袂到上海。後來，丁玲曾參與電影工作，但她發現電影界太黑，尤其是電影圈把人當成人肉商品，使她失望而却步，明星夢就此破滅。她對於電影圈，有如下的描寫。丁玲說：「凡是她所領的，便是那男女演員或導演間粗鄙的俏皮話，或是當那大腿被扭後發生的細小的叫聲，以及種種互相傳達的眼光，誰也都是那樣自

⑭ 趙聰著：「三十年代文壇史話」，一四八面，臺灣崇文書店出版。

如的、嬉笑的、快樂的談着、玩着。只有她驚詫、懷疑，像自己也變成妓女似的，在這兒任那些毫不尊重的眼光去觀覽了。」⑮丁玲顯然對電影界這種紙醉金迷的生活是不習慣的，一說丁玲是一個性開放者，但從這一史實來看，她的私生活似乎並不如傳聞那麼開放與濫情。

提到這一點，我想用丁玲的婚姻作對照。丁玲最初的情人是瞿純白，那是在「上海大學」時代的事⑯，除了瞿純白之外，胡也頻、潘梓年、馮達、彭德懷、陳明等都與丁玲都有密切的關係。最是駭人聽聞的是他與胡也頻、沈從文在上海法租界大被同眠的這件事了（參看「這個那個時代的丁玲」）。以她的行為與她在「夢珂」所寫的對照，頗有言行不一致的感覺。到底內情如何，也只有丁玲自己心裏有數了。

胡也頻一九二五年三月與丁玲認識，六月開始同居，一九二八年二月從北平到上海，不久在杭州結婚⑰。民國十六年（一九二七年）四月一日，汪精衞自法國繞經莫斯科返抵上海，武漢政府在共產黨徒的刼持下，下令免蔣總司令職務，二日國民黨中央監察委員會在上海召開全體大會，通過吳稚暉先生「請查辦共產黨謀叛案」，審查中央執委的忠貞成分，五日汪精衞、陳獨秀

---

⑮ 丁玲著：「夢珂」，收入「丁玲短篇小說選集」，八七面，人民文學出版社，一九七四年十二月出版。此處轉引自周芬娜著：「丁玲與中共文學」，四七面的引文。

⑯ 龍雲燦著：「三十年代左翼文壇現形錄」，三九面，華欣文化事業中心，民國六十四年七月出版。

⑰ 馬良春、張大明編：「三十年代左翼文藝資料選編」，二六面，偽四川人民出版社，一九八○年出版。

發表聯合宣言，允許共產黨共治中國，六日張作霖搜查北京蘇俄大使館，發現赤化中國的陰謀及文件，十日國民黨中委會吳稚暉先生「請制裁共產黨謀叛案」並送中央執行委員會執行，十六日國民政府通令清黨。國共合作已告破裂。中共全面叛亂，於一九二九年八月中共調出上海閘北「第三街支部」的夏衍（沈端先）、孟超籌建「左翼文藝」，十一月建立了戲劇的「藝術劇社」[18]，這個社團應當是「左聯」的第一個組織，一九三〇年二月十六日夏衍（沈端先）、魯迅、柔石、華漢（陽翰笙）、畫室（馮雪峰）召開「左聯籌備會」，確定「左聯的四個方針」，二十四日茅盾（沈雁冰）、馮乃超又訪魯迅，敲定領導人及開會的演講等，三月二日這個影響深遠，對國家造成極大損害的「左翼文學」團體在上海竇樂安路「中華藝術大學」的教室裏正式成立[19]，「左聯」這個名詞，不單純指文藝作家，而是許多個組織的總稱，胡也頻就是「左聯」轄下的「工農兵通訊委員會」的主席[20]。我之所以要敘述「左聯」的這段歷史，是因為胡也頻、丁玲參加「左聯」之後，愛好自由、不參加任何黨派的沈從文就與他們疏遠了。

根據馬良春的說法，胡也頻發表長篇小說「到莫斯科去」之後，他已有轉變的預兆。這本書是一九二九年六月由「光華書局」出版的，他在五月十九日寫的序文中預測說：「將來是無產文

[18] 同[17]，三三面。
[19] 同[17]，三五～三八面。
[20] 同[17]，四〇面。

學佔領文壇」㉑。那麼胡也頻後來當共產黨，是其來有自了。胡也頻之被殺，雖是國際派借政府的槍，剪除了反對者，在政府而言，無論是任何派閥的共產黨都是敵人，被利用是被利用了，仍然是除去一個敵人，是一點也不錯的，所以，我認為政府被利用，只是我們的看法，說不定政府正是利用了國際派也未可知。

胡也頻被捕後，中共創辦人之一的李達與陳紹禹（王明）立即把丁玲接到家裏去住，鄭振鐸那時在「商務」，他把胡也頻和丁玲在「小說月報」的稿費結算交給沈從文轉交丁玲。另外，沈從文曾陪丁玲到龍華上海警備司令部的監獄去探監，並要求鄭振鐸和陳望道寫介紹信，他們拿了鄭振鐸與陳望道的信去見邵力子，邵又叫他們去找上海市長張羣先生，張羣則介紹沈、胡去見中央宣傳部長陳立夫先生。沈從文又陪同丁玲去南京見陳立夫先生，可是沒有結果㉒。沈從文這種不避株連危險的營救，對朋友而言，沈從文已經盡到了道義的責任了。

「紅黑出版社」倒閉之後，胡也頻與丁玲的生活陷入絕境，經胡適先生的介紹，進入「濟南中學」當教員。

這所中學創辦於一九二九年，山東教育廳長何思源把山東省立中學的高中分出後合併而成。

㉑同⑰，三〇面。

㉒同⑭，一五〇面。

㉓同⑭，一四九面。

該校校長是張默生，聘請不少作家擔任教員，除胡也頻之外，尚有董每戡、董秋芳等人。這次北上，是胡也頻先走丁玲隨後才去㉓。胡也頻到濟南去的介紹人有不同的說法，一說是陸侃如㉔，另一說法則是該校托陸侃如夫婦在上海方面請教員，由沈從文把胡也頻介紹給陸侃如㉕，再就是胡適先生的介紹了。無論誰介紹給誰，胡也頻與丁玲於一九三〇年春前後去了濟南，而且是爲逃債治窮是不爭的事實。

胡也頻到了濟南，在此期間研究「普列漢諾夫」、「盧那卡斯基」，此外，並散播共產毒素。「四川人民出版社」出版的「中國文學家辭典」現代第一分册，「胡也頻」條內說：「……並進行革命宣傳，受到學生的擁護，曾領導成立了幾百學生參加的文學研究會。」㉖這種不法活動不久就被山東省府（在一九三〇年）發覺了，乃於是年夏天對該校的左傾教員及學生主席下通緝令。教育廳長何思源與校長張默生通風報信，並由張默生致送路費，胡也頻才得以逃走。㉗

胡在加入「左聯」後，立即被選爲執委，並兼「工農兵通訊社委員會」主席，參與機密性極高的會議等，所以，趙聰據以判斷，在赴濟南之前已經加入共產黨，可是，前述文學家辭典中却

㉔ 同⑩。

㉕ 同⑯。

㉖ 同❶。

㉗ 丁玲著：「一個眞實的人生——記胡也頻」，人民文學三卷二期，轉引趙聰「三十年代文壇史話」。

說，他是加入左聯後才入黨的。胡也頻是一九三〇年五月離開濟南中學返回上海，參加「左聯」應當是一九三〇年五月之後，而中共於一九三一年元月在上海召開「擴大四中全會」他參加了，這個會的代表總共才三十七人，胡也頻即佔去一個名額，與瞿秋白等老共產黨人平起平坐，並且，又捲入派閥之爭，足見他的地位不低，當然，絕不是一個剛入黨的黨員。並且不止此，他還當選上海文化代表、準備參加中共在瑞金召開的「全國蘇維埃區域代表大會」㉘，這就令人不解了。

可是中共的「四川人民出版社」出版的「中國文學家辭典」上（現代第一分册），明明說：「這年（按爲一九三〇年）五月被迫離開……同年加入中國共產黨。」㉙胡也頻就算是五月加入「左聯」、六月入黨吧！到他當選代表也才七個月，算不上資深黨員，怎麼能擔任那麼高的職務，又當選代表呢？這是我們想不透的事。也許那時清黨未久，共產黨已經亂了章法也不一定，不過，依照共產黨一貫的猜疑性格斷不致此，所以，我認爲趙聰的看法還是有相當價值的，可以說胡也頻入黨的問題，中共已經斬釘截鐵的透露了，我以爲還有懷疑之處。不過，這對於我們評論胡也頻影響不大，留待以後發現新材料，再加補正。

丁玲與胡也頻的婚姻雖然短暫，並且都在顚沛流離中，丁玲還是替胡也頻生有一子。此子隨

㉘同❶。

㉙同❶。

蔣姓，取名祖麟。

胡也頻死後，沈從文護送丁玲母子回湖南老家，交給丁玲的母親，也是蔣祖麟的外婆撫養，現在蔣祖麟在中共上海造船廠工作㉚，胡也頻的這個孩子，今年也應當是老人了。丁玲除與胡也頻生了個孩子之外，我們所知道的是，他與馮達同居時生了個女兒，叫蔣祖慧，兩個孩子都隨外祖父姓蔣，由此也可以看出共產黨不注重傳統，年代遠久，尋祖尋根的人必然更多了。

嚴格的說，胡也頻算不得是位作家，但是，從他二十歲投稿，到死時，寫作的年齡只有六至七年，却出版了十四、五本集子，平均每年約為兩本書，這個速度是驚人的。胡也頻如不被中共的國際派出賣，他至少可以成為一個多產作家。他之被列為文學家，不過是中共利用死人的剩餘價值而已。我寫胡也頻，並不是他有什麼傑出的作品，在我的眼中，胡也頻只是中共的工具，而我寫他的原因，是因為他曾經是丁玲的丈夫，又是沈從文的好友，寫了丁玲與沈從文不寫胡也頻，總有些不夠圓滿似的。事實上胡也頻與上述丁、沈兩人，有着分不開的關係。

寫胡也頻，有助於對丁玲與沈從文進一步了解。我的目的在此，並不是胡也頻有不朽的作品，他的那些常有濃重宣傳意味的東西，不久就會與草木同朽了，若干時間之後，如能再出現胡也頻的名字，那就是因寫過丁玲與沈從文而必須提到他。這是無可奈何，又不得不做的事。

七四、十、文藝月刊一九六期

㉚ 古錚劍著：「丁玲：五十年南柯一夢」，時報週刊，民國六十九年元月二十日出版。

「行伍」作家沈從文

「行伍」一詞，是在軍中譏諷那些非正科班出身的軍官，多少含有輕視、鄙薄之意，我用「行伍」冠在沈從文的頭上沒有惡意，因爲他始終沒有一張文憑，只好以這個名詞，使之與出身學院的作家有別。本想找一個文雅一些的名詞冠在他的頭上，無如其他的名詞，都不如「行伍」兩字來得貼切，因此，也就不管文雅或粗俗與否的冠上去了。

沈從文是二、三十年代作家中最奇特的一個，充滿了傳奇的色彩，當過士兵，也幹過稅警，做旁聽生，也當過教授，現在是中共「社會科學院」的研究員，他的成就曲曲折折，社會的險惡與污濁，終未湮埋這個天才。可惜在淪陷的前夕，沒有逃出中共撒下的漫天大網，使他自淪陷後停筆不寫文藝至今，這可能是他個人的損失，也可能是中國文藝的損失。在淪陷前，他才四十七、八歲，已經寫了數十本書，而四十多歲正是一個作家成熟的巔峰狀態，他却就此停筆，如他寫到今天，「著作等身」絕對名副其實，可惜他的機遇很壞，沒有自由寫作、自由發表的環境，扼殺了天才，這或許就是那些爲爭寫作、出版、言論自由者前仆後繼的原因。

淪陷不會把沈從文的才華扼殺，但他不寫了，他的停筆與朱奪的抗議頗有異曲同工之妙，只可惜他沒有一枝畫筆，來畫方形眼，眼珠點在眼眶上方，來表示白眼向人的蔑視「當今」，只有用沉默來抗議才能求得心中安寧。不寫固然無法以他的筆抗議與撻伐，至少也不會被強迫歌頌。何以見得他的停筆是一種抗議與不合作呢？巴金、老舍、蕭軍、蕭乾都寫過「遵命文學」，唯獨沈從文沒有寫，至少也寫得較少，但是，沈從文到底有一枝生花妙筆，能讓他爲中共政權歌功頌德，自然有利於中共的統治。因此「一九六一年他曾與幾位作家一同被邀請到江西井岡山上，請他在那裏住上三年，寫一長篇小說，但沈先生寫不下去，把稿紙丟掉，飄然下山而去。他用這樣的詩句辭謝了『主人』『……諸事難具陳，筆拙意樸誠，多謝賢主人，作客愧深情。』」❶這首詩題爲「下山回南昌途中」，下署「一九六一年十二月三十日。」❷他不是筆拙，而是拒絕。在那種環境裏，既沒有寫的自由，也沒有不寫的自由，拒絕中共的要求，後果自然是沈從文所能了解的，明知道惡運會隨那拒絕而來，可是，他還是拒絕了。雖在別人的矮簷之下，他仍然能挺住湘西蠻人的那根硬骨頭，在充滿了利慾的今天，沈從文保持了文人的格，可以說是難能可貴的。他並沒有被那龐大的組織壓碎了骨頭而卑躬屈膝，他的人格以及他的行爲，應當獲得一定程度的肯定。

❶ 馬逢華著：「重晤沈從文教授」，中國時報人間副刊，民國七十二年二月三日（引自馬逢華註釋）。
❷ 同❶。

民國三十八年元月二十三日共軍一個團在所謂「局部休戰」生效後進入北平❸，長江以北地區，已經遭到共軍竄擾，沈從文的惡運也從這個時候開始了。在北平淪陷前，「北大文學院東方語文系主任季羡林先生，一天在北樓飯廳裏苦笑着說：『咱們都像是下了鍋的螃蟹，只要等人加一把火，就都要變紅了。』」❹事實上沈從文並沒有等「別人」加火，就已經「變紅」，馬逢華說：「北平圍城的後期，中共的地下工作人員，已經半公開地在北京大學展開了活動。住在紅樓的人，早晨起來開門，常會有一本小册子從門縫中掉下來，封面往往印的是老舍或周作人的什麼作品，打開一看，裏面不是『新民主主義論』，就是『目前的形勢與我們的任務』，這個沉悶了好久的北大『民主牆』上那些壁報，忽然又熱鬧起來，並不知道爲了什麼，有幾個壁報集中了火力向沈從文展開攻擊。還有一份壁報把郭沫若從前在香港寫的辱罵沈從文（『紅色的作家』）、朱光潛（『藍色的作家』）和蕭乾（『黑色的作家』）等人的文章，用大字照抄。有些壁報指責他作品的『落伍意識』，有些則痛罵他是一個沒有『立場』的『妓女作家』。」❺沈從文沒等到「人家」加一把火就「紅」了。

他的楣運從那時已經開始。

---

❸ 劉紹唐主編：「民國大事日誌」第二册，八二二面，民國六十八年三月一日傳記文學社再版。

❹ 馬逢華著：「懷念沈從文教授」，傳記文學二卷一期，一三頁，民國五十二年一月出版。

❺ 同❹。

三十七年底到三十八年初北平被圍的時候，本以爲傅作義堅守崗位的話，北平還有解危的希望，等到發現傅作義態度曖昧時，政府要做許多撤退的工作已經無能爲力了。民國三十七年十二月十四日政府派飛機去搶救胡適先生時，西苑的機場已是不能降落，十五日又派飛機冒險降落南苑機場，這時到南苑機場的交通已不安全，還是傅作義派了部隊護送胡適先生夫妻和一些學人及眷屬，胡適先生才得南飛脫險❻。沈從文當然算不得是重要學人，可能未列入重要學人搶救自是可以理解的事，最重要的是他當時頗有隨遇而「安」的想法。北平在淪陷前，一位學生寫信問他怎麼辦時，他回信說：「……目前這個政府，在各方面癱瘓腐朽，積重難返……我們這一代的文人，從『五四』時候起，握着一枝筆，抱着『科學』與『民主』精神，努力了二、三十年，在文化工作上，也算盡了力量。以後新社會，還待你們青年朋友努力創造。不管政治怎樣演變，新國家的建設，總要依靠你們誠懇踏實的青年人。你問起時局，是不是走動的意思？照我看來，逃避也沒有用，不過既然留下，就得下決心把一切從頭學起，若還像從前一樣，作小書呆子，恐怕終不是辦法……」❼這就是當時沈從文對政府、對時局的看法，他之所以在「北大」不走，也是基於這種看法的結果，以這樣的認知與態度，卽使是飛機能安全降落到二十三日，而且，也有機位，並且，也把他列入搶救名單內，沈從文也未必會追隨政府，當然以後的種種折磨，都與這種

❻ 胡頌平編：「胡適之先生年譜長編初稿」第六册，二〇六三面，聯經公司民國七十三年五月出版。
❼ 同❺。

態度有關，那麼他的痛苦是咎由自取。

沈從文之所持的這種態度，主要是在政治上，他不是任何黨派，文學上也自認沒有派系，他只是個獨立的作家與教授而已，這種態度的成因，多少與「新月派」有關。雖然他早期與徐志摩因文字緣而成爲朋友，乃由徐志摩的推介而受知於胡適之先生，並因此踏入學界，成爲京派的名教授，可是，他所遵守新月派不黨不羣的宗旨，所以既不是「左翼作家聯盟」的成員，也不傾向「民族主義文藝派」，基於這樣獨立超然的地位，他自認由任何人、任何黨派當政，他都只是一位作家與教授，都應當能生存下去。也許就因此，他在北平成爲危城時沒有作逃亡的打算。另外一點，在自由世界，他有胡適之先生與梁實秋這樣的朋友，在中共方面，有丁玲與何其芳等人，他自認爲自己既然不熱衷政治，平靜的寫作與教書混口飯吃總不成問題的。事後證明，他這種看法都荒謬可笑，並且，給自己帶來終身的痛苦，可是，有一點是對的，那就是他已對共產黨的全面叛亂有正確的認識，「逃避也沒有用」，中共果眞在一年不到卽席捲了整個大陸。

從他給學生的這封信來看，他對於陷共是有心理準備的，但是，等到所謂「解放」以後，老婆、孩子都「跟上了時代」，他自己却總是「落伍」的原因何在呢？只有一項理由可以解釋，郭沫若過早鬥爭沈從文，使這位自稱爲蠻子中的蠻子的湘西人弄擰了。他自認爲立場超然，態度中立，這種態度與立場竟然被鬥，使他對自己的作爲與認知後悔，因而把托爾斯泰的「不抵抗主義」及甘地的「不合作主義」，用在他對付共產黨的行爲上。不合作與不抵抗主義融合而成沈從文主義。我們從他三十多年不動筆，以及三十多年與那些文物為伍，默默地任由中共擺佈，而自己却搞自己的研究上，既不見他擁護共產黨，也沒有見他反對共產黨，在這世界上似乎存在又似乎不存在，他眞的做到了忘掉自己存在的境界，他早已沒有了喜怒哀樂，無奈的是：為妻子兒女生活，只有苟且偸生。鄭清茂在沈從文訪問美國時，寫信給林海音說：「在『北京最寒冷的冬天』活過三十多年，『此老』可說是耐寒。」❽沈從文被中共氷凍了三十多年，在這三十多年中，曾受了不少糟蹋，終於在他年近八十時能重見天日，重新呼吸自由的空氣，可說是一種奇蹟。不過中共竟把他當成「國民黨」的「文特」鬥得死去活來，沈從文可說是猪八戒了。

奇蹟的不僅是被冷凍了三十多年仍然復生，沈從文的一生都充滿了奇蹟，幾幾乎每一個成長都是不可能的，但是，他却眞的做到了。他是少數成功人物中，背景特殊者之一，一生都充滿了傳奇。

沈從文一九〇二年十一月二十九日生於湖南鎭筸❾，民國後改為鳳凰縣，現在已經改成所謂「湖南苗族土家自治州」了。❿

那是怎麼一個地方呢？他在「沈從文自傳」的「我生長的地方」⓫一章裏，有極詳細描寫。

---

❽ 林海音著：「此老耐寒」，聯合副刊，民國七十年二月二十七日。

❾ 李立明著：「中國現代六百作家小傳」，一五二面，一九七八年七月，香港，波文書局出版。

❿ 徐盈著：「沈從文近況」，大公報，一九八四年二月十日。

鎮筸在沅水上游，爲一個黔、川、湘搭界的交滙點上，他說：「那黑土區名稱不習慣於一般人的耳朵，兵卒純善如平民，與人無侮無擾。農民勇敢而安分，且莫不敬神守法；商人各負擔了花紗同貨物，灑脫單獨向山中村莊走去與平民作有無交易，謀取什一之利。地方統治者分數種：最上爲天神、其次爲官、又其次才爲村長同執行巫術的神的侍奉者。人人潔身信神，守法愛官。每家俱有兵役，可按月各自到營上領取一點銀子、一分米糧，且可從官家領取二百年前被政府所沒收的公田耕耨播種。城中人每年各按照家中有無到天王廟去殺豬、宰羊、磔狗、獻鷄、獻魚，求神保佑五穀的繁殖，六畜的興旺，兒女的長成，以及作疾病婚喪的禳解。人人皆很高興擔負官府所分派的捐款，又自動的捐錢與廟祝或單獨執行巫者。一切事保持一種淳樸習慣，遵從古禮；春、秋二季農事起始與結束時，照例有年老人向各處人家斂錢，給社稷神唱木傀儡戲。旱暵祈雨，便有小孩子共同抬了活狗，帶上柳條，或紮成草龍，各處走去。春天常有春官，穿黃衣各處念農事歌詞。歲暮年末居民便裝飾紅衣儺神於家中正屋，搥大鼓如雷鳴，苗巫穿鮮紅如血衣服，吹鏤銀牛角，拏銅刀，踴躍歌舞娛神。城中的住民，多當時派遣移來的戍卒屯丁，此外則有江西人在此賣布，福建人在此賣煙，廣東人在此賣藥。地方上由少數讀書人與多數軍官，在政治上與婚姻上兩面結合，產生一個上層階級，這階級一方面用一種保守穩健的政策，長期管理政治，一方面支

---

⑪ 沈從文著：「沈從文自傳」，民國二十年八月在青島完成，二十九年十月十日在昆明西南聯大改寫，三十年一月七日校完，民國五十八年十月，十月出版有限公司出臺灣版。

配了大部屬於私有的土地；而這階級的來源，却又仍然出於當年的戍卒屯丁。地方的山坡上產桐樹杉樹，礦坑中有硃砂水銀，松林裏生菌子，山洞中多硝。城鄉全不缺少勇敢忠誠適於理想的兵士，與溫柔耐勞適於家庭的婦人。在軍校階級廚房中，出異常可口的菜飯，在伐樹砍柴人口中，出熱情優美的歌聲。」⑫在沈從文的筆下，那是一個與世無爭、淳樸美麗的地方。我們從他的描寫中，也能感染到和諧的情感。此處之所以引用近千字的原文，主要是認識鎮筸這個地方之外，同時地欣賞他自傳中如行雲流水的片斷，而描寫又十分準確的文采，對這個幾乎已經被人遺忘的作家，有更深一層的了解。

從他的描寫中，鎮筸眞是世外桃源，在這擾攘的世界裏，已經是不可多得了。不過那是辛亥革命以前的事，辛亥以後，民國時代鎮筸已改爲鳳凰縣，中共則把這地方改爲湖南「苗族土家自治州」，早已受到文明的汚染，那裏如今還設立了一所名叫「吉首」的大學，已經不是沈從文描寫的家鄉了。不過一九八二年沈從文和他的表侄黃永玉曾回到家鄉，他讀書與玩耍的地方依然如舊，足見沒有甚麼進步。一九八二年他在名畫家黃永玉的陪同下，回了一趟鎮筸，大有「少小離家老大回」的滋味，家鄉已沒有幾人認識這個名震中外的作家了。

沈從文不是一個好學生，在他的自傳裏，把逃學去遊玩戲水的種種絕招寫得非常鮮活，以能在學校與家庭兩邊都把謊言說得天衣無縫爲樂，學塾爲了怕他們去玩水，用硃筆在他們掌心寫

⑫同⑪，三面。

字，他們「尚依然能夠一手高舉，把身體泡在水中玩個半天」⑬他們把書藏在土地廟裏，然後去讀沈從文所說的「大書」（大自然的萬象），看打鐵、榨油、殺猪等與捉蟋蟀，到了民國三年鎮筸成立了新式小學，民國四年他進了新式小學讀書，半年後從第二初級小學升到第一小學，直到民國六年，沈從文才升入高小時（也就是四年級），鎮筸那地方，「受蔡鍔討袁戰事的刺激，感覺軍隊非改革不能存在，因此本地鎮守署方面，設了一個軍官團，前爲道尹後改屯務處方面，也設了一個將弁學校。另外還有一個教練兵士的學兵營，一個教導隊。」⑭貪玩的沈從文說：「那時我哥哥已到熱河找尋我父親去了，我因不受拘束，生活日益放肆，母親正想不出處置我的方法，因此一來，將軍後人就決定去作兵役的候補者了。」⑮那時他只不過是個是十五歲的孩子。

也許他是軍人之後，也許鎮筸原就是一個兵營，家家都有人當兵，他並沒有爲出操、拉單槓、翻觔斗感到痛苦，還認爲是一種樂事。我們看看他對於這差事有甚麼看法；他說：「當時我們所想的實在與這類事不同，他只打量作團長（他的同學陳繼瑛，筆者註），我就只想進陸軍大學。即或我爸爸希望作一將軍終生也作不到，但他把祖父那分光榮，用許多甜甜的故事輸入到這荒唐頑皮的小腦子裏後，却引起了很大的影響。書本既不是我所關心的東西，國家又革了命，我

⑬同⑪，一〇面。

⑭同⑪，四七面。

⑮同⑪，四八面。

知道中狀元已無可希望，却儼然有一個將軍的志氣。」[16]將軍沒有當成，却成爲一個出色的作家、教授和古物考證的歷史學者，實在是出於沈從文的意外，這本自傳是民國二十年八月在青島完成的，那時他已是青島大學的教授了[17]。這恐怕是一個一心想做將軍的人，夢也未曾夢過的吧！從大兵到教授之間，也不過是十二年光景，其中還當過四年文書上士（一九一七至一九二一）。脫離軍籍後，一九二二年夏天到了北平，住在「西西會館」裏[18]，當時他曾經報考「北大」，未被錄取。在「西西會館」住了半年。

「西西會館」不遠就是琉璃廠，那裏是有名的估書與骨董市場，還有廊頭房、二、三條是珠寶集中地，東騾馬菜市大街則是已經過氣的鏢局，沈從文在那裏住了近半年，他曾說：「開首半年，在一種無望無助孤獨寂寞裏，有一頓無一頓的混過了。總的說來，這一段日子並不難過，甚至於可說對我以後十分得益。而且對於我近三十年的工作，打下十分良好的基礎。可以說是在社會大學文物歷史預備班畢了業。」[19]後來得到表弟黃村生（按：爲黃永玉的父親）的幫助，才遷

[16] 同[11]，五二面。

[17] 同[9]。

[18] 沈從文著：「二十年代前期中國北京新文學運動情況和我接觸到的點點滴滴」（一九八〇年十一月七日下午沈氏訪美時，在哥倫比亞大學的演講詞），中國時報副刊，民國六十九年十一月十二日刊出。

[19] 同[18]。

到「北大」的紅樓附近去住。他之所以要遷移，是要多接近一些「五四文化的空氣」。

在「北大」旁聽的學生生活，就從此時開始。那時大學完全是依「有教無類」這個原則去教化人的，旁聽不要什麼證件，也無須考試，更沒有人問你是誰，甚至也可以參加各科的考試，教授也並不因爲你沒有通過入學試，不是學生而排斥，甚至你是誰教授們也不過問，這種開放的學風，連現在的大學也趕不上。「北大」的大門永遠爲追求知識的人敞開，根據沈從文的回憶，未註册的旁聽生比註册的還多。紅樓就住這些學生與教授。

沈從文也同一般俗人一樣，追求一個正式出身，這個心願始終牢牢的扣住他，於是，他一面在「北大」旁聽，一面却去考「燕京大學」的二年制國文班，不幸又未考取，並且把他的兩元報名費也退回給他。他對於這一段經歷並不愉快，他在美國演講時說：「我後來考燕大二年制國文班學生，一問三不知，得個零分，連兩元學費也退還。」對於退費這件事，沈從文始終耿耿於懷，他說：「可說是極大的侮辱。」可能「燕大」不曾有侮辱的意思，反而是一種好意，既不收沈從文做學生，當然也不收他的費用，這點恐怕沈從文是多心了。就由於多心。「三年後，燕大却想聘我做教師，我倒不便答應了。」⑳筆者曾讀了不少有關沈從文的資料，在那些資料所給我的印象是：沈從文非常謙虛，八十多歲了還稱自己的作品爲習作，「中國服裝史」稱爲「試點本」，過於謙虛的結果反而給人造作的印象，不過我們知道他的謙遜是出自他的天性，唯獨他對

⑳同⑱。

考「燕大」這件事甚爲計較，從這裏來看，沈從文也有作家執拗可愛的一面。

沈從文寫「沈從文自傳」這本名著，是離軍籍後的十二年完成的，他考學校失敗後就一面讀書，一面以寫作謀生，在二十年代而言，他可能是唯一以寫作謀生的職業作家。他開始寫作大約是一九二四年，那時他二十三歲，最初是向「晨報」投稿，在劉勉己負責編輯之前的編輯，把他的幾十篇稿紙連成一長條，在一次集會上攤開來對參加開會的人說：「某某大作家的作品。」沈從文說：「說完後卽扭成一團投于字簍。」直到劉勉己接編「小公園」，前任編輯轉編「京報」，把「晨報」的作家拉走，等於「小公園」空了，他的作品才得以在「小公園」發表㉑，到了徐志摩接任「晨報副刊」編輯的時代，他的作品才在「現代評論」等刊物出現，並且與徐志摩、胡適、郁達夫等人有交往，才擴大他的作品發表園地，葉紹鈞編的「小說月報」、「東方雜誌」，施蟄存負責的「現代」等，已在胡適和徐志摩的推介下，陸續有作品刊登。到這時，沈從文已是大作家之一。不過他雖受到胡適等人的重視，終就不是出身學院的人，於是「多產作家」、「無思想作家」、「無靈魂作家」等帶着輕視意味的「帽子」亂飛，不管沈從文是否願意戴，他都得無條件的接受那帶有點兒侮辱性的「封號」。說起來令人氣結，缺少了一張文憑，學問也不是學問了，作品呢！自然就是多產作家、無思想的作家、無靈魂作家的作品。這樣的作品有「甚麼地

㉑ 同⑱。按：據王哲甫著：「中國新文學運動史」說：「劉勉己接孫伏園主編晨報副刊」，此處所指，應爲孫伏園。

位」？不過後代的人並不管沈從文是否出身學院而接受了他，並肯定了他的作品。這就是時間考驗了沈從文吧！

一九二九年經徐志摩的介紹，沈從文在胡適之主持的「中國公學」任講師㉒，距他脫離軍籍不過七年，一個大學都考不取的人，怎麼搖身一變而成爲講師呢？當然，我們不應太重視學歷與文憑，但學歷與文憑至少證明他讀書的過程，一個沒有證書的人，除了表現在他的作品裏之外，無法對他的知識作一種標示，不過無論如何他被徐志摩與胡適等人的聘用，已證實沈從文的「學力」足夠教大學生了。到底沈從文怎樣讀書，並且又以小學程度去教大學的呢？這是個值得探討的問題。

當他從街頭的軍事訓練補習班補上兵額的時候，他還只是一個寫得一筆好字的大兵，又由於那些部隊的文化水準不高，所以，沈從文很快的在軍中拔擢成爲處理文書工作的「司書」，總算與筆墨沒有脫離。但軍中的文書工作，也只是造槍械與士兵三斗花名冊，或一些等因奉此之類而已，對知識的提升沒有甚麼進步與幫助，直到後來移防懷化鎮，這時來了個姓文的秘書，這個人教給這位野人文明，他讀過「秋水軒尺牘」，也學會了翻「辭源」，擴大了沈從文的生活與知識領域。他說：「這人當時只能說他很有趣，現在想起他那風格，也作過我全生活一顆釘子，一個齒輪，對於他有可感謝處了。」㉓這位姓文的秘書，不僅教他翻「辭源」，並且教他讀報。

㉒李立明著：「中國現代六百作家小傳」，一五三面，一九七八年七月，香港波文書局出版。

他生命的轉捩點，應當是從川東回湘西時，他在一個名譽甚好的統領官身邊作書記。他說：「這份生活實在是我一個轉機。」㉔那是一點也不錯的，他跟的那個統領以王守仁、曾國藩等儒將自許，在會議室裏的四五個楠木大櫥櫃裏有宋、明、清的舊畫與骨董，還有十幾箱書和大批碑帖、一部「四部叢刊」。在公事之外，替那位統領抄書，和整理書籍，登記骨董，也幫助他做一些考證之類的工作，對於沈從文的文學基礎有相當的好處。那位想當王守仁、曾國藩的統領，不僅是想當王守仁、曾國藩而已，他也去實行。沈從文在他那本「我的生活——沈從文自傳」裏說：「那軍官的文稿，草字極不容易認識，望文會義的認識了不少新字，但使我很感動的，影響到一生工作的，却是他那種稀有的精神和人格。」甚麼稀有的精神和人格？那人天沒亮便起身，半夜裏還不睡覺，自俸極儉，又能把軍隊團結如同一片堅強的鐵。這種勤奮的精神，影響沈從文一生，他的一位助手王亞蓉在她寫的「沈從文小記」裏說：「歷史博物館還設在故宮的午門樓上，按舊規矩是不許生火、點燈的。北京的三九天，朝陽未出，寒風撲面，沈先生便去上班。他身着灰色棉襖，常常兩手捧塊才出爐的烤白薯，倒來倒去地邊暖手邊站在天安門前一個避風的角落裏，等候警衞逐一開門。」㉕他工作得常常忘記時間。馬逢華說：「在工作條件十分惡劣的文

㉓ 同⓫，八三面。
㉔ 同⓫，一三五面。
㉕ 王亞蓉著：「沈從文小記」，刊於「戰地」，一九八〇年四月號（轉引自馬逢華著：「重晤沈從文教授」，中國時報，民國七十二年二月三日）。

物倉庫裏，沈先生潛心從事登記、抄錄、鑑定、研究等等工作，常常忘身在其間，到了下班時候，被工作人員反鎖在倉庫裏，也不知道。」㉖他這種發奮忘食的精神，雖是中共把他從「北大」教授之尊的位置上拉下來，到故宮去寫標籤，做訪客解說文物的講員，還是未曾稍有改變。那位在沈從文心目中，是一位好統領的軍官的精神，已在沈從文的身上重現了。這種好學的精神，直到他中風前㉗還是一貫的，從來沒有間斷過。

沈從文以一介草莽而取得教授的資格，並在脫離軍籍後不久就到「中國公學」去教書，與這種不斷的努力、不斷的吸收極有關係，絕對不是徐志摩的介紹有以倖至，他在史學方面，以及文物方面的知識，恐怕還不是那些經過正統訓練出來的歷史學者所能望其項背的。以草莽之身進入學術殿堂的沒有幾人，而沈從文是其中最傑出的一個。他在歷史學方面，尤其是器物，如中國服裝、繪畫、馬方面的研究，是當代的權威。沈從文給我們的印象相當深刻的是，他想以五十年來從事文藝創作的學習再來寫作。雖然他已卓然成家，但他還是相當的謙虛，徐盈在「沈從文近況」一文中引用沈從文的話說：「一直到一九三五年印我的選集的時候，從三、四十本集子裏抽出一些出來編印時，我還是叫它爲習作選。我向來認爲自己習作五十年，才有機會、有資格按照我的想法去寫，以前全部都是習作。」㉘這話，沈從文是否過謙了呢？不是的，謙虛是沈從文的

㉖ 馬逢華著：「重晤沈從文教授」，中國時報副刊，民國七十二年二月三日。

㉗ 趙瑞蕻著：「想念沈從文師」，大公報，一九八四年八月三日。

德性，無論是淪陷前或後，這點德性是相當一致的，從來沒有因環境而改變。他這種謙虛，與時下的一些作家「老子第一」的心態大異其趣，要寫五十年才可「照自己的想法寫東西」，也足見沈從文任事的專一。他的成功，與這種「定於一」的心性有極大關係。

沈從文曾受教於與熊希齡同科的聶姓進士，他又是前面提到的、喜歡讀書的統領的老師。他到保靖來的時候，統領把他安置在獅子洞的廟裏。這位姓聶的進士教過沈從文的「宋元哲學」、「佛學」（大乘）、「因明學」和「進化論」，他由一個小學生到幫人抄錄書、寫書與骨董的標籤的司書，到聽懂「宋元哲學」與「因明學」，這時候的沈從文已經不是一個普通的司書了。不過這些只是古老的知識，也是他後來當教授的一點資本罷了。眞正使沈從文認識湘西、川東以外地方的，是那位有爲的統領有意把他所轄的十三個縣市現代化。他所訂的「湘西自治草案」使保靖這個地方增加了師範講習所、聯合模範中學，一間女校、一個職業女學、一個模範林場之外還有六個工廠、軍官學校、士兵教練營，和六千軍農隊㉙。本是閉塞的湘西，頗有現代化的意味。這個計劃使湘西極需要傳播媒體，所以他們辦了報館。沈被調進報館裏當校對，從長沙聘來

㉘ 徐盈著：「沈從文近況」，一九八四年二月十日，大公報（徐盈轉錄爲「邊城」拍電影，回到「湖南苗族土家自治州」時，吉首大學學報，一九八二年第二輯中，劉一友寫了一篇「桃李不言，下自成蹊」，錄沈從文在吉首大學的談話）。

㉙ 同⓫，一四〇面。

的印刷工人，常給他許多新的知識，因而閱讀「創造週報」，並且接受「五四運動」的新思潮與白話文。他沒有說這位統領和印刷工人是誰，不過統領把他帶入知識的領域，工人帶領他走出湘西那狹隘的世界都是事實。

似乎那位印刷工人對沈從文的影響，比那統領的人物還要大些。他在自傳裏說：「我從他那兒知道了些新的，正在一片土地同一日頭所照及的地方的人，如何去用他們的腦子，對於目前社會作一度檢討與批判，又如何幻想一個未來社會的標準與輪廓。他們那麼熱心在人類行爲上尋找錯誤處，發現合理處。我起初注意到時，眞發生不少反應，可是爲時不久便被這些大小書本征服了。」㉚那是甚麼書？是「新潮」和「改造」。「新潮」創刊於一九一九年一月，爲羅家倫、傅斯年所創辦，作家有汪敬熙、康白情、周作人、胡適、郭紹虞、葉紹鈞、江紹原、潘家洵、孫伏園、魯迅、俞平伯、何思源、陳達材、高尚德、楊振聲、吳康等，「北大」出版部發行㉛。「改造」則不詳。這時的沈從文已不再是司書的沈從文了。他有了新的思想與人生觀。「新潮」是「新青年」的姊妹刊物，一九一九年元月創刊至一九二〇年十一月停刊，它的影響力與貢獻不下

㉚ 同⓫，一四五面。

㉛ 王哲甫著：「中國新文學運動史」，四〇七面，（完成於一九三三年年七月底，作者是在海甸蔚秀園完成的序，泰順書局，民國六十一年三月一日翻版，出版於何時，原由何家出版社出版，未曾注明，原題爲「中國新文學運動史」，泰順改爲「三十年代文學史料」。）

於「新青年」㉜。沈從文被這些新的刊物、日報，把他從閉塞的湘西開發出來，毅然的離開那古老的地方到開風氣之先的北平去。

他爲甚麼會離開家鄉？沈從文的一位同學陸弢與朋友打賭泅渡淹死，經過了四天的沉思，他終於獲得一個結論；「好壞我總有一天得死去，多見幾個新鮮日頭，多過幾個新鮮的橋，在一些危險中使盡最後一點力氣咽下最後一口氣，比較在這兒病死或無意中爲流彈打死，似乎應當有意思些。」㉝於是他決定去作生命之賭，他要去讀書了。他把自己的決定向上級說時，他那位開明的上級不僅未留難他，還發給他三個月的薪，臨走時他對沈從文說：「你到那兒去看看，能進什麼學校，一年兩年可以畢業，這裏給你寄錢，情形不合，你想回來，這裏仍然有你喫飯的地方。」㉞他就這樣經過十九天的舟車勞頓，二十歲的沈從文開始了一個新的人生旅程。

沈從文是反共呢？還是傾向於共產黨？這問題在自由世界裏有一點爭議，主要是沈從文在共產黨於傅作義投降進入北平後，曾經喝煤油，並割腕雙重自殺過；但是，他也曾經努力做好共產黨的順民，看來似乎有些兒矛盾。其實旣不能順利的死，只好使自己活得「愉快」一些，當一個「好」的「順民」是活得「愉快」一些的唯一條件。

㉜ 司馬長風著：「中國新文學史」，七九面，一九七八年九月出版。
㉝ 同⑪，一四六面。
㉞ 同⑪，一四七面。

他與共產黨人接觸得最早的很可能是賀龍。在他那本「我的生活——沈從文自傳」裏，曾經兩度提到賀龍這個人，一是在「常德」一章內，因爲那白臉士兵的姊姊拐了他的錢，因此逃到常德，後來拿了朋友的介紹信到桃源縣去找賀龍，賀龍是湖南省政府直轄支隊的「司令」，只是賀龍沒有接見沈從文，他在另一部隊找到了事，後來他在川軍司令湯子模請靖國第一聯軍去川東駐防時，桃源的直屬支隊「司令」賀龍，却又成爲過川軍的四個團中的警衛團長，當然不是沈從文的直屬長官，不過奇怪的事是，有很多人並未在那本書中提名，獨賀龍被提了兩次，並且對他的職務，有比較詳細的交代。到底其中有沒有特殊的意義，未便臆測，至少他重視賀龍這是不會錯的。爲甚麼要有這樣的臆測，因爲鼓勵他去北平讀書，並且答應資助他的那位軍官，應是他生命轉捩點的重要人物，對於他，沈從文也惜墨如金，不提他的名字，獨對賀龍特殊些。所以我不得不把它看作是一種異數。賀龍對中共的貢獻不下於林彪，中共所謂的「二萬五千里長征」若沒有賀龍的掩護，由江西井岡山流竄的殘餘很難到達延安，是否因此賀龍在他的心目中受到重視則不得而知。

沈從文由湘西到北平，充滿了冒險性，帶着不算充裕的川資到北平闖，因學歷不符入學的規定，入學考也沒法通過之下，被摒除在大學的門外，久住會館(西西會館)也不是辦法，於是搬到北大附近的小旅館內，雖說不是很重的負擔，但長期的生活也不是沈從文所能受得了的，最後他只有投稿維生。並因爲投稿而結識編「晨報」副刊的徐志摩，又由徐志摩而結識胡適等先生，從此一腳跨進文學的大門，成爲一個教授「級」的作家。他這段文學因緣，頗爲曲折，也頗值一記。

有人說沈從文的作品，開始就很順利的得到發表的機會，這是不確的，最初他向「晨報」投稿時，曾被編輯戲弄的事，就是一個極好的證明。他在「二十年代前期中國北京新文學運動情況和我接觸到的點點滴滴」的演講裏，他說：「正如一九二五年左右，我投稿無出路却被當時作編輯的先生開玩笑，在一次集會裏把我幾十篇作品連成一長段，攤開後笑說某某大作家的作品；說完後卽扭成一團投於字簍。」㉟直到劉勉己接編「小公園」，他的作品才有出路，眞正作品受到重視，是由徐志摩接編副刊之後。他說：「後來換了徐志摩先生，我才有機會在副刊的篇幅得到出版，但至多每月稿費也不會超過二十元。」㊱沈從文爲人厚道，他沒有說出那位編輯的名字。到底那編輯是誰，王哲甫在「中國新文學運動史」附錄「晨報副刊」一節裏，有比較詳細的記載。「晨報副刊與晨報同創刊於一九一八年十二月，主其事者，多爲研究系一派的人。次年『五四』運動勃興，新思想新學術，如怒潮似的震盪了全國青年，白話文的報章雜誌，一年之中產生了四百餘種，晨報副刊卽是當時傳播新文化最有力的刊物。許多新文學初期的創作，都是藉着它發表的，如魯迅的『阿Q正傳』、冰心女士的小詩，便是很好的例子。負責主辦的是劉放園（卽

㉟ 同⑱。

㊱ 同㉛，四三八面。

冰心女士之表兄），一九二三年左右主編是孫伏園，……後孫伏園去職，辦京報副刊，由學藝部同仁共負編輯之責，主編者爲勉已（按卽沈從文說的劉勉已），一九二五年十月徐志摩由該報主辦人陳博生、黃子美等人的敦請，擔任主編。」㊲讀這段敘述「晨報」一九一八——一九二五的主編更替情況以後，我們證實沈從文在美國哥倫比亞大學演講所指的那位把他稿紙接龍「展」出後，揉進字紙簍的就是孫伏園，同時也了解他是一九二五年以後才在文壇嶄露頭角的。一個鄉下老實巴巴的孩子到北平去，怎麼會受知於徐志摩那一批人呢？夏志清先生的看法是：「到了一九二四年，左派在文壇上的勢力已漸佔上風，胡適和他的朋友，面對這種歪風，只有招架之力。在他們的陣營中，論學問淵博的有胡適、新詩才華的有徐志摩，可是，在小說方面，除了凌叔華外，就再沒有甚麼出色的人才堪與『創造社』的作家抗衡了。他們對沈從文感興趣的原因，不但因爲他文筆流暢，最重要的還是他那種天生的保守性和對舊中國不移的信心，他相信要確定中國的前途，非先對中國的弱點和優點實實澄澄的弄個明白不可。胡適等人看中沈從文的，就是這種務實的保守性。他們覺得，這種保守主義跟他們所倡導的批判的自由主義一樣，對當時激進的革命氣氛，會發生撥亂反正的作用。」㊳夏志清先生這一看法，可能是獨到的，沈從文到我寫這篇

㊲ 同㉛。

㊳ 夏志清著：「中國現代小說史」，二一四面，原由「傳記文學」出版，後由「純文學」出版，本節引用的是所謂盜印本，沒有版權記載。

稿爲止，已經八十三歲，截至目前他還保持「新月派」不介入黨派的原則，沒有加入政治上任何黨派，雖然他不得不捲入黨派掀起的漩渦中，他總盡可能的保持中立。

歐威爾的小說「一九八四」結尾有句名言：「我出賣你，你也出賣我。」那就是共產社會的寫照，沈從文如何？他是唯一的例外。自一九四九年大陸淪入中共之手後，除了在「北大」被郭沫若鬥爭，感到在共產黨統治之下，人失去尊嚴而自殺之外，以後所加諸於沈從文的各種懲罰、折磨，甚至於侮辱，他都是逆來順受，努力「做好」中共的「順民」。在這數十年中，沈從文可說是其柔如水。

中共進入北平城後，據馬逢華先生說：「據說一位從東北來的某部隊的『政委』曾去看過沈（好像是以沈夫人的舊友的身分來的），勸沈把兩個孩子送進東北的什麼保育院去，讓夫人到『革大』或『人大』去學習，並且勸沈自己也把思想『搞通』些。」㊴沈從文受了刺激，企圖一死了之而自殺。

沈從文的自殺不是「架式」而已，他是以必死的決心進行雙重自殺的。馬逢華說：「我事後到沈家去探詢，才知道沈先生吞服了煤油，並用利器割傷了喉頭和兩腕的血管。」㊵吞煤油和割喉是湘黔一帶的人自殺的方法之一。湘西亦爲鴉片煙產區，吞生鴉片自殺在民初非常流行，割喉

㊴同❹。
㊵同❹。

也是一樣，至於割腕，則須對生理稍有認識的人，才知道這動脈的所在。沈從文的自殺，所下的決心可知，「抹脖子」需要很大的勇氣，可知沈從文的確不想活了。自殺後，被張兆和迅速發現，送到翠花胡同「北大」文科研究所斜對面那家小醫院裏救治。當馬逢華去探望他時，馬逢華如此敍述沈從文的精神狀況：「我看到沈夫人時，她容色慘淡，說：『最好大家都不要去看他（按：他指沈從文），讓他多休息幾天。』聽說沈在病房裏一直認爲自己是在牢獄中。『清醒』的時候，拼命在病床上寫東西，並且一再叮囑沈夫人去請湯用彤先生設法把他營救出來。」[41]由馬逢華先生的敍述裏，知道中共進城後，沈從文的精神已接近崩潰了。

他的遭遇令人同情，中共不把人當人，當然更無視於知識分子的地位，毛澤東把知識分子劃爲「臭老九」，認爲具有不可「改造」的「劣根性」，沈從文沒有及時逃出北平危城，是他那種保守性害了他。另外，他沒有加入任何政治團體和黨派，固然保持了他的超然地位，却因爲他兩邊都有朋友，也是他沒有及時逃走的原因。怎見得？馬逢華在他出院以後去看他時，沈從文的一段表白可以看出來他對中共不是全沒有幻想。馬逢華說：「出院以後，沈的身體極壞，有一次我去看他，他的面目浮腫，鼻孔上出血不止。他很難過地說：『叫我怎麼弄得懂？那些自幼養尊處優、在溫室中長大，並且有錢出國留學的作家們，從前他們活動在社會的上層，今天爲這個大官做壽，明天去參加一個要人的宴會。現在共產黨來了，他們仍活動在社會的上層，毫無問題，我

[41] 同[4]。

這個當過多年小兵的鄉下人，就算是過去認識不清，落在隊伍後面了吧！現在爲什麼連個歸隊的機會也沒有？我究竟犯了什麼罪過？共產黨究竟要想怎樣處置我？只要他們明白地告訴我，我一定遵命，死無怨言，爲什麼老是不明不白地讓手下人對我冷嘲熱諷、謾罵恫嚇？共產黨裏面，也有不少我的朋友，比如丁玲；也有不少我的學生，比如何其芳，要他們來告訴我，共產黨對我的意見也好呀！——到現在都不讓他們來。』」㊷沈從文這番話，值得我們深思，按照共產黨的成分來劃分階級，沈從文的祖父和父親都當過官，應是出身「惡霸」家庭，沈應是「黑五類」，所謂「解放」後的「改革」，沈從文應該被鬥爭，冷嘲熱諷已經是「優待」了。其次沈從文並不是不「歸隊」，是不給「歸隊」的機會。那麼在淪陷前的沈從文，縱使不是共產黨，縱使他沒有幫過共產黨，至少他對共產黨有某種程度的幻想，復又因爲有了像丁玲這樣的「朋友」與何其芳那樣的「學生」，才有恃無恐地對共產黨產生幻想，却未料到共產黨竟是如此恐怖、如此殘暴、如此的不講理、如此的蠻幹、如此的不講交情！其實他的許多散文和短篇小說，偶然也若隱若現的，在國共對峙的數十年中，同情共產黨，對政府不滿，爲數不少。

丁玲不去看他，何其芳也不去看他，其實他的朋友和學生豈止於這兩個人，「中國公學」、「北大」、「青島大學」、「武漢大學」、「西南聯大」等教過的學生，可說桃李滿天下，朋友遍四海，周揚、馮雪峰都是舊識，只是共產黨一來，天都變了顏色，所有的朋友變了有甚麼奇

㊷ 同❹。

怪？對於一個「落伍」的知識分子，對於被認爲是國民黨特務的教授，避之唯恐不及，誰還去攀交情，自找麻煩呢？最寃的是沈從文不是國民黨的特務，他只是一個把國民黨看成「目前這個政府，在各方面癱瘓腐朽」㊸，這時他才覺悟出自己的錯誤，空有一雙明亮的眼睛，空讀了一肚子書，沒把這世界看清楚，當然也後悔沒有跟胡適先生一起逃出去。可憐的是，這種後悔說也不敢說，埋藏在心裏幾十年，看來，沈從文只好把這種後悔帶進棺材裏，隨着他的軀殼埋掉，永遠也沒有向世人表白的機會了。李健吾曾經說過這樣的話，可能對沈從文是最好的評價，他說：「沈從文先生是一個永遠被人誤解的人。」㊹中共說沈從文是國民黨的特務和反動文人，把他從「北大」教授拉下來，「中共以『清道夫』的名義，派在故宮博物院寫標籤。」㊺沈從文於訪美國之後，徐盈在「沈從文近況」的那篇報導裏，沈從文曾發牢騷說：「臺灣也禁我的書，現在都沒有敢解除禁令。」㊻雖然臺灣並未明令禁止沈從文的作品，可是，臺灣也沒有印沈的作品倒是事實；從這些地方看來，他眞的是被誤解的。誤解的不僅止於此，他當教授也不曾受到學院派的歡

㊸ 同❹。

㊹ 彥火著：「當代中國作家風貌續編」，三四面，一九八二年八月，香港昭明出版社出版。

㊺ 艾蒲著：「從空墓裏走出來的人」（該文引自許芥昱著：「故國行」，此處轉引），聯合報聯副，民國七十年二月二十一日。

㊻ 同㉘。

迎和重視，古錚劍先生在一九五一年和一位姓陳的教授參觀「故宮博物院」時，正好遇着沈從文。當時沈是「故宮博物院」寫標籤和講解員，是不是正和好替他們講解，古先生沒有說得明白，他們離開故宮時，那位陳教授說了段故事。古錚劍說：「那是（按：那位陳教授的敍述）抗戰期間，沈從文是西南聯大教授，一次日機空襲，他躲進防空洞，洞裏一位以講莊子聞名的教授看到沈從文進來，先是故意唸了弔妻詩兩句：『我死你改嫁，你死我不哭。』隨後用諷刺的口吻說道：『沈從文呀！你也來躲飛機？我躲飛機，是躭心我被炸死了，中國沒人講莊子，你要是被炸死了，講『中國小說史』的多的是。』」㊼這是多麼明白的諷刺與侮辱？古錚劍說完了這個故事，感慨的說：「沈從文是由作家而教授，沒有高深的學歷，就好像低人一等，受到奚落也不敢還嘴。」沒有學歷當教授也不好過，除了徐志摩與胡適先生之外，沈從文似乎在學界也不曾受到重視。寫到這裏，由不得不想到臺灣的文壇及學術界，大致也同當時「西南聯大」的情況相去不遠，沒有學歷卽使有翻天的本領，也屬枉然。這等事似乎中外皆然，古今相同了。沈從文這位天才，似乎注定要被人誤解與捉弄。

沈從文以爲他曾經當過四年大兵，應是「無產階級」中的一員，雖然後來脫離隊伍了，應有歸隊的機會，可是，共產黨却歸隊的機會都不給他，而那些過去是有產階級，活躍在上層社會的人，如今仍然活躍在達官貴人之間，這種現象，沈從文不滿，對這種不公平現象有怨艾之意，認

㊼古錚劍著：「西出陽關無故人」，勝利之光三一五期，民國七十年三月出版。

爲共產黨不公平。這是沈從文不了解共產黨的階級劃分原則，共產黨劃分階級是從祖宗八代算起，有的則可以不算他的歷史，如周恩來等人是。沈從文出生在官宦之家，他們的家是隨清軍防苗，才從江西到鎭筸落戶，祖父沈洪富二十二歲已經做到雲南昭通鎭守使，同治二年（一八六三）升任雲貴川總督，父親在庚子（一九〇〇年）聯軍時，已做到大沽口鎭守使羅提督的裨將，如不是八國聯軍把他們打敗，做個將軍是非常有希望的㊽。家裏有田產、有僕役，吃國家的俸祿，照共產黨的「階級劃分」法，沈從文既是地主，又是惡霸的剝削階級，他自認是「隊伍中」的一員，那就大錯特錯了。雖然他出生在一個官宦之家，可是因爲沒有順利的受教育，他的自卑感仍然難免，關於這點自卑，在他著名的作品「邊城」的題記可以看得出來。

「邊城」的「題記」說：「對於農人與士兵，懷了不可言說的溫愛，這點感情在我一切作品中，隨處都可以看出……因爲他們是正直的、誠實的、生活有些方面極其偉大，有些方面又極其平凡、性情有些方面極其美麗，有些方面又極其瑣碎，——我動手寫他們時，爲了使其更有人性，更近人情，自然老老實實的寫下去。但因此一來，這作品或者便不免成爲一種無益之業了。因爲它對於在都市中生長教育的讀書人說來，似乎相去太遠了。他們的需要應當是另外一種作品。……然目前風氣說來，文學理論家、批評家，及大多數讀者，對於這種作品極容易引起不愉

㊽ 參考沈從文著：「我的生活——沈從文自傳」，十月出版社出版。

㊾ 沈從文著：「邊城」的「題記」二頁，此地盜印商假借香港新藝出版社出版，未記載翻印年月日。

快的感情的。」」㊾他不一定是自卑，至少他對於那些人反感，也許是自卑後的自大，因此他說「我這本書不是爲這種多數人而寫的」，這種態度，自大陸沉淪以後有極大的轉變，不僅消聲匿跡，直到第四次「文代會」才又被邀請出席這項「重要會議」㊿，但在一九八〇年三月十二日給馬逢華的信中却說：「年來只希望能達到一個『合格公民』，少惹意外災害，努力把一些待收尾或在進行的雜文物小專題工作逐一完成，不算是吃白飯過日子的人就好了。」51一個意氣風發，反抗學院派的作家，突然認命了，其間的轉變有多少痛苦，我們是很容易理解的。

沈從文似乎極其矛盾，他和那位講「莊子」的教授打架了沒有？古錚劍沒有把故事的結果告訴我們，不過證諸他對中共所加諸於他身上的壓迫來看，古錚劍雖未把結果說出來，大致上我們可以從合理的推測中獲得結論。從教授的崇高地位把他拉下來，送到「華北大學」的「研究班」去「改造」，並且「成績都是一些丙丁」52（張兆和語），後來又編入「土改工作隊」，派到四川內江去搞「土地改革」53，接着又同十二位教授以清潔工的職位，送到故宮去做「塡寫標籤」

㊿ 潛風著：「沈從文重新回到讀者心中」，文滙報，一九八三年四月四日。
51 同㉖。
52 同❹。
53 賈枉枚著：「永遠地擁抱自己的工作不放——訪著名文學家、古物學家沈從文」，光明日報，一九八〇年元月七日。

與「講員」的「代職」，他在回答許芥昱的訪問時，別有深意的說：「我一直受到『保護』，而且一直有著非同尋常的工作。」[54]一九六六年「文化大革命」，沈從文連安靜的在「故宮」做那卑微的工作都不可得，被打成「反動權威」，罰他打掃天安門左邊的女廁所達半年之久[55]。但是對沈從文的鬥爭並不就此停止，一九六九年冬下放湖北咸寧的「五七幹校」（勞改營，筆者按）看守菜園、趕牛餵豬，那時沈從文已是年近七十的老人[56]。這次下放可以說是妻離子散，凡是有點人氣的人，都會悲痛，但在黃永玉的筆下，這位大作家却還能說「這兒的荷花眞好」，足見沈從文不僅超然物外，他簡直已經變成一堆無性的泥土，人家要怎麼捏就怎麼捏，他完全依「人」的意思塑造。黃永玉是沈從文的表侄，他的話自然可信。

在貴州和湘西有一種糍粑，是用糯米蒸熟後，經椿成泥狀，婦女們把它捏成圓的，上面印成各種圖案。這種食物可以存放經年不壞，它唯一的特性是軟，沈從文自大陸淪陷，也許是來不及逃共，也許當初根本不想逃，但是自從身陷大陸後，他只在內心反抗，表面上根本已經同糍粑一樣軟得沒有性格。但是沈從文有沒有性格，反不反抗呢？不反抗，任由中共擺佈，那只是沈從文

[54] 許芥昱著：「故國行」。

[55] 黃永玉著：「太陽下的風景——沈從文與我」，一九八〇年，花城第五期（轉引自馬逢華：「重晤沈從文教授」）。

[56] 同[54]。

的表面；內心却蘊藏了一爐熊熊的怒火，並且一生都是反共的。「文滙報」一九八二年君君在「沈從文和他的詩」一文中，引用沈從文題爲「新晴」的五律，署名「君君」的這位作者說：「筆者有幸，得到他手書的一首五言律句，題作『喜新晴』，是他一九七〇年的舊作。作詩時，正是中國大地處於昏昏黯黯之中，詩人的處境可想而知。卽如此，『老驥伏櫪』，志不可奪，他對祖國的前途和個人的理想始終存着堅強的信心。」㊼爲了使讀者了解他如何的爲「祖國」堅強其「信心」，玆把原詩轉引如下：

寒風摧枯草，蕭蕭斑馬鳴。老驥伏櫪久，千里思絕塵。
祇因骨格異，俗謂喜離羣。本非騎乘具，難期裝備新。
真堪托生死，杜詩寄意深。躑躅近愚拙，祿厚難為心。
報國思流血，戲曝表微忱。日囓路邊草，時感歲月增。
閑作騰驤夢，偶然一嘶鳴。萬馬齊瘖久，聞聲轉相驚。
楓槭悄悄語，此馬將亂羣。四時有代謝，往來成古今。
伯樂久已沒，徒傳相馬經。千金市駿骨，早已成史聞。
燕昭知誰氏？高台餘土墩。時世異今昔。錦樣尚巧新。

㊼君君著：「沈從文和他的詩」，文滙報，一九八二年二月二日。

應市鴛鴦錦，兩面有花紋。朝夕寒溫易，隨時而翻騰。
新儒明易理，入秋早上身。朝來經宿雨，落葉積溝深。
白雪倏忽駛，籃空卷魚鯫。不懷遲暮嘆，還喜長庚明。
親故遠分離，天涯共此星。獨輪車雖小，不倒又向前。

這首詩雖未必懷念我政府，至少是對共黨不滿的，尤其是對自己的遭遇感觸特多，憤怒與不平躍然紙上，以馬擬人，時時都想騰空而去，並以「椎輪爲大輅之始」的故事，以暗喻終會有出頭的一天。或問沈從文既能逆來順受，怎麼會有寫這首詩的膽子？須知沈從文寫此詩時，已是八九老翁，早就該死，如今活着都是賺的，想通了此點，也就無所懼了。何況他的詩，又如君君可解作對「四人幫」的咒罵呢！卽使因此詩獲罪，那正好還他的淸白，一生的不抵抗的「抵抗主義」，終於可用他的死去肯定，那也可以說是昭告世人的一種方法。可惜鄧小平並不入他的圈套，輕輕的一撥，沈從文的反共詩就變成反「四人幫」了。中共爲什麼容忍沈從文？理由非常簡單，由於沈從文在中國古物的知識是國際知名的專家；文藝呢！雖然他已經三十多年不彈此調，但海外仍然是沈從文熱。要辦沈從文，對於一個要筆桿的書生，同捏螞蟻一樣，但是對中共而言是得不償失的，何況他還是一張統戰的好牌呢！再說，他的詩雖然反共，雖然長刺，輕輕往「四人幫」身上一推，已與中共無關了。

「四人幫」不僅對中共無害，而且是一寶，種種罪惡都可由「四人幫」去揹，眞是妙用無窮。沈從文駡的旣是「四人幫」，正是鄧政權所歡迎的，發獎還來不及呢？爲什麼要辦人？所以一九八四年十二月二十九日至次年元月五日，中共在北平召開「中國作家協會」第四次會員代表大會時，中共又「請」這位躱在故宮三十多年的「古文物」作爲「代表」㊳，參加這次「文代會」。雖然三十多年都沒有寫作，雖然他自認自己的作品都已過時，只能當反面敎材來用㊴，但中共還是請他「上坐」。事實上大陸對沈從文知道的不多，潛風在「沈從文重新回到讀者心中」一文中說：「我知道國外對沈老的硏究很多，甚而有的因此而獲博士學位，可是國內却甚少有人涉足，特別是目前的中靑年，知道沈從文者極少。談起這些，沈老說：前不久，有二十幾間高等院校因爲合編現代文學史，派人來找他。談起過去的作品，來人却十分漠然，談話很難進行下去。」㊵（按：可能就是十四院校所編的「中國現代文學史」，一九八一年出版）這樣一個人，眞可說是「出土文物」，把他重新從土裏發掘出來，主要因爲他還是一張牌，他有他的價値存

㊳ 孫瀅著：「中共召開『作協』第四次會員代表大會之分析」，中共硏究十九卷三期（二一九期），民國七十四年三月十五日出版。

㊴ 同⑱，他對徐盈說：「香港地方雜一點，保存一些書，我這才得以編輯我的選集。不過，編成的書大家不要抱很大的希望，很大的希望是不可能的。都是五十年以前的作品，碰到寫家鄉的景色以外，社會面貌已基本上改變了，只能把它當作反面敎材看。」（此處的「雜」指自由而言）

㊵ 潛風著：「沈從文重新回到讀者心中」，文滙報，一九八三年四月四日。

在，不罰他，是可以理解的，他有國際上的宣傳價值，把他當成有刺的玫瑰插在花瓶上，並不礙中共什麼事。

說到沈從文的國際知名度，以及他的知識，尤其是古物的知識，我們舉兩例來說明：在美國有四人因研究沈從文獲得博士，三十多人獲得碩士學位。徐盈在「沈從文的近況」一文裏說：「巴黎大學甚至作出這樣的規定：凡是要投考『終身中學中文教員的人，都要讀四本中國文學書，其中必有一本是沈從文寫。』[61]巴黎大學不少，我們無法查證這項規定，徐盈何所本，沒有提及，諒來總會有所本的吧？不然怎能說得這樣肯定，不過，美國研究沈從文的人不少，金介甫(Jeffrey Kinkly)就是其中之一，金介甫在哈佛的博士論文就是「由沈從文看五十年代之前的中國」(Shen Ts'ung-wens Vision of Republican of China)，朱婉清在「西出陽關這一遭」說：「金介甫苦讀沈的作品八年。」[62]沈從文的作品果眞富有魔力。上兩則報導如果都很正確，沈從文的國際聲譽這個「條件」，正在統戰熱的中共絕對不會不懂。因此可說，沈從文已不再是中共眼裏的「通俗作家」。他現在是每月兩百「人民幣」的「社會科學院」的研究員[63]，兼「中國作家協會」的「顧問」[64]，住在北平東大路三號十六層樓五〇七室「中國社會科學院」的宿舍[65]，

[61] 同[28]。
[62] 朱婉清著：「西出陽關這一遭」，中國時報，民國六十九年十一月十二日。
[63] 同[62]。

安於三房兩廳[66]的家裏。按張兆和的說法，那已經相當的「優待」，不過比蕭乾、丁玲等比照副省長、部長的待遇來要少一些，容易安於現實的沈從文，共產黨給予他的「恩典」已如「山」一般重了。

沈從文如在自由世界，他的享受決不止此，因爲他是用他的知識換取代價，講報酬的社會，當然不止此。說到他在古物方面的知識，他曾著有「中國絲綢圖案」、「唐宋銅鏡」、「龍鳳藝術」及「中國古代服裝研究」，在古物方面，服裝的研究最具權威，此間翻印的「中國古代服裝研究」即沈從文的著作，可惜把「引言」、「後記」都已經刪除[67]，不復是原書的面貌了。

一九八四年七月，黃永玉帶日本東京電視臺的記者訪問沈從文，是爲了解開日本貨幣萬元、五千元大鈔上所印的「聖德太子」的頭像引起的爭議。據說「聖德太子畫像」是八世紀前的古物，有人却說「那是從唐朝進口的畫，絕非聖德太子的像。」日本記者希望沈從文能加以鑑定，畫像是出於中國呢？還是日本的原有物？沈從文從畫風、穿着的服裝，斷定「聖德太子畫像」是中國的產物，他說「唐朝的『供養人』畫，是相像。」不過當時他找不到「供養人」的畫片作對

---

[64] 同[58]。
[65] 同[60]。
[66] 同[62]。
[67] 同[60]。

照，要他們到敦煌去就可以看到類似的畫片[68]。他看得多，記憶力又好，他的鑑定應是沒問題的。他對古物的知識，得力於他超人的記憶力，他雖然已是八十多歲的老人，記憶力還相當強。

這樣一個作家兼古物家，不是三、五十年能培養出來的，尤其是一個沒有受過正式教育，全靠自修而成的大作家、大學者而言，更是不可多得。

沈從文原名岳煥，是因爲一位軍法官看他偶然寫舊體詩頗有「唐味」，而說他「煥乎其有文」，自此改名「從文」[69]，另外曾用過「小岳」、「懋琳」、「炯元」、「休芸芸」、「甲辰」、「璇若」、「紅黑舊人」、「芸芸」、「岳煥」、「季蕤」、「上官碧」、「窄而霉齋主人」等筆名[70]，自一九二四年「晨報」刊出他第一篇作品「七毛錢」開始，至一九四九年封筆止，在二十五年的創作中[71]（司馬長風說在一九二三年，因司馬長風未註發表篇名，故採朱婉清的說法），我從所能見到的資料，整理出一張沈從文著作名稱表如下：

一、鴨子（小說、散文、戲劇、詩合集）	一九二八	出版
二、密柑（小說）	一九二八	出版

---

[68] 莫靈著：「在北京訪沈從文及黃永玉」，九十年代，一九八五年元月。

[69] 同[20]引自一九八〇年三月十三日，沈從文給馬逢華的信。

[70] 同[9]。

[71] 同[62]。

三、入伍後（小說）　一九二八　出版
四、老實人（小說）　一九二八　出版
五、阿麗思中國遊記（小說）　一九二八—三一　新月社出版
六、蜜月（小說）　一九二八—三一　新月社出版
七、邊城（小說）　一九三四　生活書店出版
八、神巫之愛（小說）　一九二九　光華書局出版
九、十四夜間（小說）　一九二九　開明書店出版
一〇、旅店及其他（小說）　一九三〇　中華書局出版
一一、沈從文乙集（小說）　一九三一　新月社出版
一二、石子船（小說）　一九三一　中華書局出版
一三、舊夢（小說）　一九三一　商務出版
一四、虎雛（小說）　一九三二　新中國書局出版
一五、一個女劇員的生活（小說）　一九三二　大東書局出版
一六、都市一婦女（小說）　一九三二　新中國書局出版
一七、泥塗（小說）　一九三二　北平星雲堂出版
一八、沫沫集（散文）　一九三四　大東書局出版

一九、游目集（散文） 一九三四 大東書局出版
二〇、如蕤集（小說） 一九三四 生活書店出版
二一、浮世輯（小說） 一九三五 良友圖書公司出版
二二、八駿圖（小說） 一九三五 文化生活社出版
二三、新與舊（小說） 一九三六 良友圖書公司出版
二四、月下小景（小說・註：原名新十日談） 一九三六 復興書局出版
二五、從文小說習作選（小說・註：此爲厚達七三六頁的册子，包括未成集的十四個短篇月下小景、神巫之愛等） 一九三六 良友圖書公司出版
二六、從文自傳（傳記） 一九三四 第一出版社出版
二七、從文小說集（小說） 一九三五 大光書局出版
二八、沈從文選集（小說） 一九三六 萬象書屋出版
二九、記丁玲（傳記） 一九三七 文化生活社出版
三〇、廢郵存底（散文） 一九三六 文化生活社出版
三一、湘行散記（散文） 一九三六 商務出版
三二、主婦集（小說） 一九四〇 商務出版
三三、長河（長篇小說・註：此間有翻版） 一九四三 開明書店出版

三四、湘西（散文） 一九三八 商務出版

三五、雲南看雲集（散文） （不詳）

三六、昆明冬景（批評與散文合集） 一九四一 （出版者不詳）

三七、從現實學習（批評，未出版）

（以上摘自司馬長風著：「中國新文學史」）

三八、記胡也頻（傳記） 一九三二 光華書局出版

三九、記丁玲續集（傳記） 一九三九 上海良友出版

（以上摘自李立明著：「中國現代六百作家小傳」）

四〇、中國古代服飾研究（學術） 一九八一 香港商務出版

四一、文物考古論文集（是否出版，未確定）

（以上摘自彥火著：「當代中國作家風貌續集」）

四二、阿金

四三、黑夜

四四、春

四五、春燈集

四六、黑鳳集

（以上摘自林海音編：「中國近代作家與作品」）

四七、鳳凰（計劃出版）

（以上摘自林青著：「初訪臥病的沈從文」）

四八、沈從文文集（十三巨冊）　廣州花成、香港三聯書店出版

（以上摘自潛風著：「沈從文重新回到讀者中心」）

四九、中國絲綢圖案（學術著作）

五〇、龍鳳藝術（學術著作）

（以上摘自君君著：「沈從文和他的詩」）[72]

以上所摘獲的五十本書目，以他的創作年齡而言，平均一年出一本多書，但是其中從一九四九年到一九八〇年對文藝作品幾乎已是封筆不寫，而這一份書目，只就手頭有的資料摘取，掛一漏萬在所難免，但也已足見他創作力的旺盛。左翼作家說他是多產作家，多少含有鄙薄嘲弄的意味，但是他的量雖然多，水準却不曾因爲寫得多而降低，相反，他作品的藝術價值不在那些自命不凡的作家之下。復由於他的出身，以及軍中的生活，在他的作品中，藉藝術的手法重現，與當

---

[72] 參考司馬長風著：「中國新文學史」，李立明著：「中國現代六百作家小傳」，彥火著：「當代中國作家風貌續集」，林海音編：「近代中國作家與作品」、「此老耐寒」，林青著：「初訪臥病的沈從文」，潛風著：「沈從文重新回到讀者心中」，君君著：「沈從文和他的詩」。

時的農工、士兵的生活密不可分，反而比那些學院派的作品更爲讀者所歡迎。當然，這樣的作品的生命力，也就比其他作品長。海外的「沈從文熱」，不能說是毫無原因。

我們已經在前面說過，他不太在乎時髦，也不在乎批評，他在「邊城」的「題記」中說：「我這本書不是爲這種多數人而寫的。」什麼是多數人呢？多數人指誰呢？是「大凡念了三五本關於文學理論文學批評問題的洋裝書，或同時還念過一大堆古典與近代世界名作的人，他們生活的經驗，却常常不許可他們在『博學』之外還知道一點點中國另外一個地方另外一種事，因此這個作者卽或與當前某種文學理論相符合，批評家便加以讚美，這種批評其實仍然不免成爲作者的侮辱。」[73]多數人卽指此。由他這段話裏把「博學」括起來，乃是一種否定語意，而且認爲被這種人批評，無論是讚美或者是貶責，他都認爲是「侮辱」，可見得在文學創作上，他自視甚高，也無視於滔滔洪流，他是獨來獨往的。「新月社」的一羣作家，司馬長風把他們列入「自由派」[74]，他們反對文藝受任何束縛，傾向自由獨立，他的一首舊詩曾有兩句說：「人本潔來還潔去，留得清白在人間。」[75]這樣的人生觀，近於佛家境界，如果他的環境許可，沈從文可能是另外一個隱者。他能耐寂寞，當他的好友丁玲當上文化部副部長的時候，他却是一位以清道夫名

[73] 同[49]。

[74] 同[32]，二二八面。

[75] 林青著：「初訪臥病的沈從文」，香港明報，一九八四年七月十二日。

義、一個落伍的「老高知」、在清冷的「故宮博物院」裏寫標籤，作故宮的導遊，爲遊客解說古物的「講員」，他不求他們、不忌嫉、不羨慕。他並非「空」得沒有主張，他在「從文小說選」的序中說：「在爭奪口號名詞是非得失過程中，南方以上海爲中心，已得到了一個『雜文高於一切』的成就。……在北方，在所謂死沉沉的大城裏，却慢慢的生長了一羣有實力、有生氣的作家。曹禹、蘆焚、卞之琳、蕭乾、林微音（筆者按：還有一位林徽因）、李健吾、何其芳、李廣田……是在這個時期陸續爲人所熟習（按：原書筆誤，爲存眞此處直抄）的，而熟習不僅是姓名，却熟習他們由謙虛態度產生的優秀作品。」[76]他不僅僅對創作抱着這種態度，人生也是抱着這種態度的。「不羣不黨」的宗旨，一直本着當初進入「新月」的宗旨始終不改，在「新月」的一羣中，我們看到「不羣不黨」的還有梁實秋先生，胡適先生。「新月」成員都是謙謙君子。三十年代如果文學要有一點收穫，類似的人作了最大的貢獻，當初他主持「大公報」文藝版時，也是抱着此一態度。

當年「新月」的大將之一的梁實秋先生，在「復旦旬刊」創刊號發表的「盧騷論女子教育」一文，這篇文章反對「思想平等觀念」，也宣揚人性不變論。魯迅針對這篇文章提出批評。魯迅之所反駁這篇文章的原因，是徐志摩代表「新月社」，在「新月」月刊創刊號上寫了一篇未署名

---

76 沈從文著：「從現實學習」，一九四七年十二月二十日寫於北平，刊於新書屋出版的「沈從文小說散文選」。

的「新月的態度」，含沙射影的、指桑罵槐的否定左翼文學，梁實秋是「新月」的一員，大概魯迅懷疑那篇未署名的文章出自梁實秋之手，因此，魯迅選擇梁實秋報復，引起一場從一九二八年起到一九三一年，三年之長的論戰。在這場論戰中至少在形式上是梁實秋獨鬥魯迅，可能背後曾有人支持並出主意參戰，露面的只是梁實秋一個人單打獨鬥「左聯」的那一幫[77]，「新月」同仁則作壁上觀，這就是「新月」的風格與「新月」成員的人格，沈從文與梁實秋都實踐了「新月不羣不黨」的信條，沈從文能在文壇上有一席之地，以及在中共統治下能活下來，無不與這種主張，並能身體力行有密切關係。

他與丁玲、胡也頻有極親密關係，趙聰先生說：「沈從文曾追過她（按指丁玲），她却愛上了胡也頻。他們全未成名時，曾在上海辦『紅黑』雜誌，備嘗艱辛，夜間三人大被同眠，同甘共苦，情長誼深。」[78]他與丁玲的認識經過，趙聰的說法是：「他住在一間小公寓裏（按，在北平）……就在這間小公寓裏，他認識了丁玲和胡也頻。丁、胡也是報考大學不成，他們正同病相

---

[77] 參見「魯迅與梁實秋論戰文選」，壁華編，天地圖書公司出版，無出版年月日。

[78] 趙聰著：「三十年代文壇史話」，一四面，臺灣崇文書店出版。（可能係翻版書，沒有出版年月的記載，後來改名「現代中國作家列傳」，由香港筆滙出版，現又改名「新文學作家列傳」，由時報公司出版，本引文引自原版書。但趙先生說三人大被同眠這件事，也未引注，後查出是李輝英首倡其說，龍雲燦先生可能亦本此說而來。）

憐，因此，都試着向報館投稿，成了患難之交，有錢大家用，不分你我。」[79]沈從文與丁玲的交情不止此，胡也頻去瑞金時，他已任「武漢大學」教授，在他去瑞金之前，沈從文特別從武漢趕到上海爲胡也頻送行，並贈他一襲皮袍。胡也頻於一九三一年二月七日被槍決，人人避之唯恐不及時，沈從文不避嫌疑的陪丁玲到龍華警備司令部去探監，並營救胡也頻[80]，一年多以後，當丁玲繼胡也頻之後被捕，沈從文也曾經替她奔走，這就不是普通的友情了。而當時誤傳丁玲也被執行槍決時，他曾寫「記丁玲」作爲對朋友的追悼，足見沈從文愛丁玲之深，也可見彼此感情的篤厚。可是，他們因信仰不同，丁玲和胡也頻參加了「左聯」，他則仍信仰他的自由主義，抱持「不黨不羣」的原則，與好友分手，足見沈從文的思想與行爲是一致的。他在中共的統治下苟活，恐實在有不得已的苦衷。

沈從文的代表作，公認的有「邊城」、「湘行散記」、「沈從文自傳」三本，受到議論最多的是「邊城」這本中篇小說。

中年人大多數觀賞過「翠翠」這部影片，那是嚴俊出名的作品，「翠翠」就是「邊城」裏的那位小姑娘，因某種原因，片名未便標「邊城」這本書的名稱，不過曾經涉獵過三十年代文藝的人，誰都知道那部片子是沈從文的「邊城」。沈從文的「邊城」，就這樣偷渡臺灣，並成爲家

---

[79] 趙聰著：「新文學作家列傳」，八六面，時報文化公司出版，民國六十九年六月三日。

[80] 同[79]。

喻戶曉的作品，司馬長風認爲「『邊城』可能是一部最短的長篇小說，實際上則是一部最長的詩。」81這是非常深刻，而又有創意的說法。

「邊城」的情節單純得不能再單純，故事是這樣的：茶峒的渡頭有一家人家，他們的職業就是渡過路人，老船夫的女兒與一個軍人戀愛，却格於現實不能結合，軍人投河自盡了，翠翠的母親生下翠翠後也自虐死去，然後翠翠依靠外祖父在那幾乎與人隔絕的渡口生活，到她長大時，與茶峒城碼頭大哥順順的兩個兒子的老二戀愛，但老大也喜歡翠翠，並央媒人提親，翠翠不允，結果老大在精神恍惚下落水送了命。從此碼頭大哥順順與翠翠的外祖父翻了臉，不久外祖父去世，翠翠與老二的感情沒有結果，「邊城」的情節就這麼簡單的結束。與現代的小說講究結構、講究起伏、講究懸疑來比較，「邊城」的情節是單薄了一些，可是這個故事却十分的淒美動人。

他在「邊城」一書中的文字，樸拙生動，那正是湘西特有的，帶有泥土味的語言，例如這「把」字，乃是湘西、黔東一帶人的「給」字，「邊城」經常使用，「但不成，凡事求個心安理得，出氣力不受酬誰好意思，不管如何還是有人要『把』錢的。」其次則爲「大哥」，「大哥」並不眞大，凡世家的一些的孩子、少年、中年的陌生人，或不十分親的鄉人都叫「大哥」，既是尊稱，也可作爲對男子的通稱，類似的例子不少。這種樸拙的描寫，讀「邊城」，便如同你到了茶峒那地方一樣，青山綠水，一塵不染的大地令人格外的喜歡，它的田園氣息相當濃厚。有人稱

---

81 同32。

沈從文爲「文體家」，應是中肯的評論，的確，他行文的特殊風格，眞是自成一家言。

他似乎對土地的愛堅信不移，無論是「邊城」、「長河」寫的都是鄉下的人們那種清純，在他的小說裏的人物中，「長河」的地主、「蕭蕭」的童養媳、「邊城」裏的翠翠、「生」的王九似乎都安於那純樸的社會，而且一切按照老祖宗留下來的規矩生活。那規矩，同火車的軌道一樣的規範着他們，不想去變動，也無法變動。好像那種生活也有着痛苦，不過他對於田園的依戀是一致的，直到今天仍沒有變，在他的筆下出現的，是一個和平的宇宙，在他筆下的湘西，是再美、再純樸不過的地方了。

夏志清先生引用「龍朱」這篇小說的片段，用以證明蘇雪林先生說沈從文「……用字造句，雖力求短峭簡練，描寫却依然繁冗拖沓。有時累數百言還不能達到『中心思想』」[82]的評論。爲了便於了解蘇先生的評論，玆抄「龍朱」的片斷如下：

> 郎家苗人中出美男子，彷彿是那地方的父母全曾參與過雕塑阿波羅神的工作，因此把美的模型留給兒子了。族長龍朱十七歲，是美男子中的美男子。這個人，美麗強壯像獅子，溫和謙馴如小羊。是人中模型，是權威，是力，是光。種種比譬全是爲了他的美。其他德行則與美一樣，得天比平常人都多。[83]

---

[82] 蘇雪林著：「沈從文論」（轉引自夏著：「中國現代小說史」）。

夏志清說：「這段頭兩句，簡直不知所云。」[84]我不太明白蘇雪林與夏志清所指，同時覺得不十分公平。不過從這裏，我却有了另一個發現，苗族因爲反抗清朝的統治，曾激成苗變，沈從文的祖先是隨同清朝的鎭壓大軍到湘黔去「剿滅」苗亂的，等把苗變平定之後，由江西一帶開往剿苗的部隊，轉變成「防苗」的守軍，沈從文家卽在過去的鎭筸（今之鳳凰縣）落脚，並就地生根，戍卒都是孤家寡人，自然與當地人通婚，沈從文說他有苗人血統就是本此。

苗人因「被剿」、「被防」，又是少數的、「野蠻」的民族，自然有極大的自卑感，沈從文含有苗人的血統，理當美化苗人以彌補那種自卑，所以「龍朱」這個苗人就是美的化身了。美的化身不僅僅是龍朱一個人而已，是所有的苗人，因爲「那地方的父母都曾參與過雕塑阿波羅神的工作」，這就如誰把貴州人叫苗字，他必然跟你打一架同樣是一種自卑的掩飾與反射，這種掩飾心理，演化成爲沈從文美化苗人的行文，其外，他寧願選擇地位崇高、代表文明的教授職業，而鄙棄黨羣，很可能也出於這種原因。當然，道家，乃至於無政府主義的浪漫色彩，在沈從文的作品中隨處都可以找得出例證。以「邊城」而言，就是「老死不相往來」的一個隔絕的、一塵不染的美麗世界。那裏的人互不侵犯，甚至於動物也是和平相處的。「湘行散記」、「長河」等都是

---

[83] 沈從文著：「龍朱」，「沈從文選集」，一四六面，轉引自夏著：「中國現代小說史」，二一七面。

[84] 同[38]。

這樣主題（思想）下的產品。

不過我却反對蘇雪林及夏志清兩先生，認爲他初期的作品的語言是累贅繁冗的說法。我認爲小說的語言藝術有多種，簡潔凝練不是小說唯一的語言，有時爲了烘托，甚至故意的繁複者不乏其例。這種例子，在西洋的現代小說中隨處可拾，以這一點詬病沈從文，我認爲不十分公平。蘇雪林先生所要求的、所懸出的水準，是論文的語言。論文的語言，能寫到美的程度，固然好，但是我以爲論文的語言，首在能把握說得清楚明白，娓娓道來，美是次要的。如果一篇論文，寫到因美而朦朧，那就是以言害意了。現代的論文，很多人正犯了這個貧血症，其中包括許多所謂的「大師級」的評論家在內。對於沈從文的語言，司馬長風先生有着與蘇雪林、夏志清截然不同的看法。他引「湘行散記」中描寫辰州的一段爲例，轉引如下：

> 看日夜不斷，千古長流的河水裏石頭和沙子，以及水面腐爛的草木，破碎的船板，使我了解一個使人感覺惆悵的名詞。我想起「歷史」。一套用文字寫成的歷史，除了告訴我們一些另一時代另一羣人在這地面上相砍相殺的故事以外，我們絕不會再多知道一些要知道的事物。但這條河流，却告訴了我若干年來若干人類的哀樂！小小灰色的漁船，船舷船頂站滿了黑色的鷺鳥，向下游緩緩划去了。石灘上走着脊樑略彎的拉船人。這些東西於歷史似乎毫無關係，百年前或百年後皆彷彿同目前一樣。他們那麼忠實莊嚴的生活，擔負了

自己那分命運，爲自己、爲兒女，繼續在這世界中活下去。不問所遇的是如何貧賤艱難的日子，却從來不逃避爲了求生而應有的一切努力。在他們生活愛情得失裏，也依然攤派了哭、笑、喫、喝。對於寒暑的來臨，他們便更比其他世界上人感到四時交替的嚴肅。歷史對於他們儼然毫無意義，然而提到他們這點千年不變無可記載的歷史，却使人引起無言的哀戚。[85]

司馬長風先生認爲沈從文已經到了「物我古今兼忘於剎那，是三十年代散文的一朵花。」語言是「雄渾蒼淳」。[86]

除了語言之外，我又以爲他在淪陷前的這一段描寫，正好是他在淪陷後、到所謂「平反」以前這一段生活的寫照。辰州居民在歷史上的遭遇，生活上的折磨，正是他所接受的。其實自大陸淪陷後，過這種生活，不僅止於沈從文個人，也不僅止於辰州一地，而是整個中國，十億同胞。中國何其不幸？如果要對這一點加以審思，每一個人都該哭泣。這種苦難，又有誰能同沈從文一樣去描寫它、暴露它？

沈從文參加了「新月」以後，一直遵守「新月」「不妨害健康」與「不折辱尊嚴」的兩大原

---

85 沈從文著：「湘行散記」（轉引自司馬長風著：「中國新文學史」中册，一二七面）。

86 同32，中册，一二七面。

則[87]，在生活上獨來獨往。梁實秋先生說：「獅子老虎永遠都是獨來獨往的，只有狐狸和狗才成羣結隊。」[88]雖然這隻獅子老虎已落入平陽，還是保持他一貫的精神。「新月」是反共的，當年梁實秋與魯迅的論戰，曾批評中共在上海的「左翼」盟員，雖然新月是一個沒有背景、沒有支援的社團，可是，他們的反共却不輸於當時在南京成立的那些團體。陳敬之先生說：「他們這一論戰上所發揮的偉大戰力和所收穫的輝煌戰果，不僅在中國文藝史上值得大書特書，卽在中國反共鬥爭史上，也值得特記一筆的。只可惜那時的當道者，對於文藝界的敵抑是友？爲功抑爲罪？不僅沒有辨認得十分清楚；而且還因某些措置的失當，致使奸僞日形猖獗，忠貞者時感困擾。」[89]陳敬之先生的這個說法，如能站得住，則沈從文之淪爲共產黨的順民，所負責任不大、不多，陳先生爲國民黨黨史委員會副主任委員[90]，對文藝史尙極注意，陳先生此言，亦係有感而發，相信定有所本，否則以陳先生所擔任的職務、所站立場，絕不會無的放矢，當然可信度相當高。張道藩先生在重慶所主持的救濟機構，就是誰反政府誰就獲得較多的救濟與關懷。陳先生也許是針對此而言者。當局對文藝不僅過去如此，經過了民國三十八年的大潰敗，也只在傷痛最烈的前幾

[87] 徐志摩著：「新月的態度」。

[88] 梁實秋著：「憶新月」。

[89] 陳敬之著：「新月派及其重要作家」，二三面，民國六十九年七月二十日，成文出版社出版。

[90] 陳鵠著：「陳伯誠先生墓誌銘」，民國七十一年十二月十日，藝文誌二〇六期（敬之先生字伯誠）。

年，才稍有覺悟，等到經濟起飛，傷痕平復以後又忘記了中共在文藝戰線所加諸身上的痛苦，說起來令人感慨不已。對不分青紅皂白的情形，不僅陳敬之有這樣看法，丁淼也認為「新月也受到了壓迫」[91]，這就不是偶然，也不是某一人的偏見出現了欠持平的評論，而是政策上有了錯誤，認識上也有錯誤了。

劉西渭（李健吾）曾評沈從文的作品為「熱情而不說教。」[92]他不是一個主題作家，但夏志清先生却在沈從文訪美的一次座談上說：「你的作品裏怎麼都是老男與少女？湘西的女子都被你說得美死了。」朱婉清把他的作品與胡適倡導白話一樣，認為都是開先河的大事，朱婉清說：「沈氏是白話大殿堂內獨闢的一間幽室，可說是另一門派的開始。」[93]他在「西南聯大」教書時，曾要求學生暑假返鄉時要寫作，他說：「你喪失任何東西都可以重獲，可是寫作的衝動却像生命本體一樣，一旦失去就再也回不來了。」[94]這樣一位熱愛寫作的人，竟然停筆數十年不寫，不能不說是一種悲劇。

這種悲劇的造成，原因極多，除了上述的政策錯誤，沒有好好的做引導，使很多原本中立的

---

[91] 丁淼著：「中共文藝總批判」，四一面，民國四十三年四月，亞洲出版社出版。

[92] 轉引至茶陵（周玉山）著：「沈從文的悲哀」（劉西渭為評論家與戲劇家李健吾的筆名），聯合報，民國七十年一月十日。

[93] 同[62]。

[94] 同[92]，茶陵引許芥昱著：「故國行」，此處轉引。

作家不能及時逃出淪陷的大陸以外，主要的是沈從文的價值觀念，以及價值判斷的錯誤，使他身陷水火之中，要想自拔也無從做起。這可以從他在「西南聯大」與幾位教授合辦的「戰國策」看得出來。「他們對共匪認識不清楚，雖然共匪對他們抨擊不遺餘力——他們却極力警惕自己，不要存有任何成見，以免有失公平。」[95]他們不知道中共這個邪惡團體，是不能以常理去判斷的，毛澤東搞「雙百方針」中開宗明義的說：「百花齊放、百家爭鳴，長期共存，互相監督。」[96]但這項「鳴放」運動最後以「引蛇出洞」，一網打盡反抗的知識分子而結束，什麼討論自由，什麼中立立場都放棄了，他幹的是如何去消滅反對中共的知識分子的事。當時很多民主黨派人士，類如沈從文這樣被騙的人，眞的不知道有多少。中共的心目中只有階級鬥爭，正如同「共產黨宣言」所說的一樣，他們的眼中是「迄今存在過的一切社會底歷史都是階級鬥爭的歷史，自由與奴隸、貴族與平民、地主與農奴、行東與幫工，簡言之，壓迫者與被壓迫者，始終是處於互相對抗的地位，進行着不斷的、有時隱藏、有時公開的鬥爭，每次結局若不是全部社會結構受到革命改造，便是各鬥爭階級同歸於盡。」[97]對於一個不是你死我生，就是同歸於盡的邪惡團體，那些教

[95] 孫陵著：「浮世小品」，五三面，民國五十年一月，正中書局出版。
[96] 毛澤東著：「關於正確處理人民內部矛盾的問題」，民國七十二年六月，黎明公司出版，「原始資料彙編之一」中册：「中共怎樣對待知識分子」，七面。
[97] 摘自「共產黨宣言」。

授竟然要把它與其他的團體作同等看待，要避免「偏見」，當然最後的結果是三十八年大陸淪陷，把那些「客觀的」、「民主的」、「中立的」人都關進那間大牢裏。沈從文遭遇到的是應了「試問禪關，參求無數，往往到頭虛老。磨磚作鏡，積雪爲糧，迷了幾多少年？毛呑大海，芥納須彌，金色頭陀微笑。悟時超十地三乘，凝滯了四生六道。誰聽得絕想崖前，無陰樹下，杜宇一聲春曉？曹溪路險，鷲嶺雲深，此處故人音杳。千丈冰崖，五葉蓮開，古殿簾垂香裊。那時節，識破源流，便見龍王三寶。」[98]三、四十年的「參」，應當是「悟」了，從他的語言行爲上，我們已經發覺他是眞的悟了，可是到那裏去找「龍王三寶」？故而我們斷定，他的「悟」，也只能說一些雙關的、有心人才能聽得懂的「道」。不過那對於沈從文而言，是沒有多少價值的，對他毫無益處，他只能同那億萬同胞一樣，做着無望的期待。沈從文現在用槁木死灰的方法來處橫逆之世，夜叉進來，菩薩出去；怒的進來，笑的出去；誤解進來，了解出去。他對付共產黨的方法，用的是個無慾的方法，反正他在中共統治大陸之初，靈魂已經死過了，剩下的只是佛家所說的一隻臭皮囊。

這臭皮囊是不知、不覺的，當然隨便中共如何擺佈了，叫他以清道夫的名義去故宮塡標籤，好！叫他做遊客講解古物的講員，好！叫他到咸寧的「五七幹校」勞動改造，好！叫他不寫小說，好！叫他到美國去統戰，好！他就同苗人的熱糍粑，隨他們揑去好了！他是這樣的活過來

[98] 「西遊記」第八回，引自「三民書局」本。

的，活得非常屈辱。

如今已經是八十餘歲，當然只求得個平安死去就好，所以他把自己埋在故宮的墳墓裏，做他的研究。當年他看不慣社會的浮淺，看不慣家鄉的變遷那樣的急躁已消失殆盡。在「長河」的「題記」裏，他說得十分明白：「表面上看來，事事物物自然都有了極大進步，試仔細注意，便見出在變化中墮落趨勢。最明顯的事，卽農村社會所保有的那點正直素樸的人情美，幾乎要消失無餘，代替而來的却是近二十年（筆者按：指民國十五至三十五、六年）來實際社會培養成功的一種唯實唯利庸俗人生觀。敬鬼神長天命的迷信固然已經被常識所摧毀，然而做人時的義利取捨是非辨別也隨同泯沒了。」[99]這種喪失了的純樸社會風氣是什麼？是衣襟上必插兩支自來水筆、腕上帶個白金手錶、鼻樑上架副墨鏡、吹口琴、哼京腔、抽大砲臺或三五，大白天還拿個手電筒或小手電筒，總之，是一些浮華不實，趕時髦的玩藝。這些現象，沈從文便寫「長河」來加以撻伐，來讚美那個他一向愛護的故鄉，企圖喚醒那些年輕人。可是，他什麼也不能做，「長河」是出版了，但湘西的惡化，同沅江的水一般，向下流去，什麼都不能阻擋，家鄉被文明蹂躪，也被軍人蹂躪。他對這種現象相當反感，但共產黨統治下的社會，豈是當時的湘西社會可比？沒有自由、沒有民族自尊，一切都沒有，沈從文如何想，我們不知道，不過以他寫「長河」的悲憤，對

---

[99] 沈從文著：「長河」的「題紀」，文教出版社出版（可能是翻版書，既無社址，也無出版版權頁應有的各項記載），該書完成於民國三十四年七月，第一卷。（按：下卷迄未完成。）

現在社會深惡痛絕是當然的事。

抗戰使西南的門戶開放，帶來了文明，也帶來了文明的副產品——罪惡與墮落，年輕人都變了，但是這就同那些江水一樣，要來的一定要來，要流的一定要流，沈從文却苦苦的在掙扎。那只是過去，民國三十八年戰事逆轉，那些水一下子把整個大陸淹沒了，而淹沒的不是湘西一隅，怎麼辦？沈從文張口結舌，因爲擋不住，他知道共產黨不是國民黨。國民黨删他的小說，還可以在序上發發牢騷，可是對共產黨，什麼也不能說，只好藉故宮那「古墓」的庇護，把生命保存下來。眞叫是「光景催人，還又是西風吹袂。青鏡裏，滿簪華髮，不堪憔悴。一月幾逢開口笑，十年滴盡傷時淚。倩一尊相對說淸愁，花前醉。初未識，名爲累；今始覺，身如寄，把閒情換了，平生豪氣。改主安民非我事，求田舍直良計。看野雲出岫却飛回，亢無意。」⑩⑩段克己的這闋「滿江紅」，寫盡了世事的變化無常，帶給人的悲苦傷感，正好作爲沈從文歷經滄桑的寫照。雖然他已「去有、去矜、去伐」，什麼都不想了，只是那不過是無可爲之的「沒奈何」罷了，從他訪美的一些談話中，一些言外之意，我們是可以理解的。他雖未蓋棺，大致已可定論，叫是「今始覺，身如寄」，奈何？

七四、六、文藝月刊一九二期

---

⑩⑩ 見段成己著：「菊軒樂府，彊村叢書」。段克己爲成己兄，兩人皆避世，都有名，時稱「二妙」。書爲成己輯。

沈從文的性格與婚姻

一九八〇年十一月沈從文與張兆和獲准，前去美國探親，忙着演講、赴宴等，給華裔美人的社會帶來一陣沈從文熱。或報導盛況、或評作品、或說其生平，其間有老友，也有師生，這位「出土文物」（翟志成語）又造成了一陣旋風。

沈從文帶着「人民文學」的編輯張兆和前去美國看望么妹充和。張兆和有四姐妹，大姐元和、二姐允和是另一母親生的，她和么妹充和同母，她們家是四姊妹五兄弟。么妹充和嫁德裔美人漢思（Hans Frankel）❶，這次他們就是去探望妹妹充和與妹夫的。如沒有中共與美國的「建交」，沈從文還走不出那座古墓（沈從文自謔之稱，他與十二位教授被指定在故宮博物院裏，埋了三十多年）裏。

沈從文對張兆和「三姐三姐」地叫個不停，原因是她排行老三，這樣旣親暱，又和暖，表現

❶ 陳紀瀅著：「記沈從文」、「傳記文學」三十八卷四期，六六面，民國七十年四月出版，他的洋連襟的全名是：漢思・佛朗哥（Hans Frankel）。

了多少深情蜜意。事實上沈張結合已經五十二年（一九三三結婚），紅臉的機會都不多，沈從文今年（一九八五）已八十三歲（一九〇二年生），張兆和也已七十五歲（張小沈八歲）了，兩人還和結婚未久的年輕人一樣，恩愛異常。這五十多年的婚姻生活，除最初在北大、武大和西南聯大的這幾年外，多數都過着痛苦的生活，尤其是北平淪陷後，沒有逃走的結果，三十多年來都朝不保夕。在這三十多年裏，兩人互相扶持，互相照顧，濡之以沫才渡過那些苦難，他們的恩愛、他們的相敬如賓，眞不知道羨煞多少人。

沈從文的戀愛與婚姻生活如何？頗值探討。

他當兵到第三年，升爲司書時，部隊過川東「剿匪」，匪未剿成却被川東的「神兵」給「剿」了。除駐守在湖南龍山的一個團，得免被反剿的命運以外，他所屬的那個「雜牌部隊」，被川東的神軍消滅。據他說，只好領了遣散費，各人帶了「護照」回家❷。但是沈從文在家待不住，不久又離開家到沅州，在當警察所所長的舅父那裏補了個辦事員的缺額。

他的第一次戀愛就是在沅州。

那時沈從文的工作，是塡寫稅單，到各肉攤去收屠宰稅，我們叫他稅警，或稅務員也未嘗不可。除了寫稅單、收稅之外，就是陪着他的舅父到當地仕紳家中喝酒、聊天。當那些人酒醉矇矓中酬唱時，他就爲他們抄寫謄正。時間久了，自然也受感染，摹仿做些律詩，並且被視爲天才而

❷ 沈從文著：「沈從文自傳」，八九～九八面，十月出版社，民國五十八年十月，臺一版。

受到重視。在那種情形下，生活原本十分快樂，未料到他十七歲時（一九一九年），沈從文的母親，把鎮筸的房屋賣了，帶着賣房子的錢到沅州來和他同住。

一個窮辦事員，卽使有才情，也不會有多大麻煩，但他的母親却把賣房子的錢交給沈從文，並且又存到當地的銀號裏去。這麼一來，錢財露了白，引起人的歹念。

恰於這時，當警察所所長的舅父害肺病死去，因此他又變成了收稅員，依照現在的標準來看，那應當是個好職務，可惜當時的沈從文還不懂得這個職務尚有許多生財之道，所以他在一九二九年去北平時，還得伸手向人要錢。沈從文就在沅州開始他的戀愛。

當時他的舅父，以及舅父的朋友們把他當成一個才子看，這一點證明了他們的眼光不曾有錯，後來沈從文果眞成爲一個名作家，並且也擠上清苦而高尚的大學教席。

當他的母親來到沅州不久，他的姨媽把沈從文叫去，當着沈從文的母親，問他看看，四個女孩子中他看誰好就把誰許給他的時候，他却對那四個且都生得十分體面的表妹一個都不喜歡。原因是他認爲自己已經愛上在「民團局」認識的，一個白臉長身的孩子的姊姊，故對「全是平時不敢希望得到的好女孩子」❸都沒有看上，原因就是心中橫梗着那從來也未曾謀面的影子。

事後他認爲，「不是上帝的意思，就是魔鬼的意識，兩者必居其一」。❹哪知道那對白臉姊

❸同❷。

❹同❷。

弟如拆白黨一般的玩弄這位大作家。

他們是怎樣的使沈從文確認自己在戀愛的呢？那白臉長身的孩子，把沈從文的詩，從辦公室帶回家去，白臉孩子說他的姊姊喜歡沈從文的詩。這是多麼風雅的事，自己的詩有一紅粉欣賞，讀過一些古典小說的沈從文，簡直就是紅葉題詩之類的才子佳人的風流韻事重現，而且古典小說裏，這類故事又都十分淒美而且多數都有極好的結局。這時的沈從文儼然就是風流才子了。

後來，白臉長身的男孩與沈從文又發生了借貸的關係。對於這一段往事，沈從文在「自傳」裏的供狀是：「那白臉孩子今天向我把錢借去，明天即刻還我，後天再借去，大後天又還給我，結果算來算去都有一千塊錢左右的數目，任何方法也算不出它用到什麼方面去，這錢居然無着落了。」❺那錢是沈從文母親賣了房子的老本，而他又無法彌補那筆錢，只好再悄悄的離開家人到沅州和常德去。

這就是沈從文的第一次戀愛，這次戀愛的經驗不挺愉快。

第二次戀愛情形如何？雖然比第一次戀愛較實際一些，可是仍舊不像古典小說的戀愛一樣圓滿，帶給他的痛苦不下於第一次。

沈從文到了常德後再度當兵，他曾向賀龍求職，並且差一點做了賀龍的部下。

一九二二年夏天到北平❻，沈從文已滿二十足歲，原本到北京考大學，但他從協助人抄寫線

---

❺ 同❷。

裝書那裏所得來的知識，除了對常識與作文有一點幫助之外，入學考試而言，一點都派不上用場。

他考北大，結果名落孫山，接着考燕京二年制國文班，也得了零分❼，最後連兩元報名費都退還，而被認爲是種侮辱。這件事，他在美國哥大的演講中，雖已八十多歲，仍然耿耿於懷。他說：「我後來考燕大二年制國文班學生，一問三不知，得個零分，連兩元學費也退還，可說是極大的侮辱。三年後，燕大却想聘我作教師，我倒不便答應了。」❽這種語氣是阿Q式的報復。

雖然考不取學校，但北大的門還是爲他開着，落榜後，他離開湖南在北平設立的西西會館，住到北大附近去做旁聽生，因而認識同是落榜人的丁玲與胡也頻。

那時丁玲和胡也頻都寫稿子，由於氣味相投，而且與丁玲又都同是流落北平的湖南人，自然感情容易接近。

胡也頻和沈從文同時追求丁玲，結果是沈從文敗下陣來。不過他倒是落落大方，感情雖然有了創傷，並沒有同時下的大學生一樣，失戀了，大家就成爲陌路，甚而成爲仇人，用汽油燒了

---

❻ 沈從文演講：「二十年代前期中國北京新文學運動情況和我接觸到的點點滴滴」，民國六十九年十一月十二日，中國時報副刊刊出。

❼ 同❻。

❽ 同❻。

他，用刀砍了他，他們不是，他們仍然是好朋友。

丁玲十九歲（一九二四）到北平，考不上北大，却旁聽了很多課，因而也成爲魯迅的私淑弟子，後來在「左翼作家聯盟」成爲魯迅派，大致與這師生關係有密切關連。當時胡也頻已是「京報」副刊「民衆文藝」的編輯之一。

自胡也頻遇見丁玲後，卽展開熱烈追求，終於在一九二五年六月起開始同居❾，一九二八年才在杭州完成結婚手續❿。沈從文是一九二五年三月才認識丁玲，追求的結果，自己是個失敗者。不過沈從文在丁玲被捕時，誤以爲已被處死而寫「記丁玲」作爲悼念的這篇文章，以及後來的「續記丁玲」，都沒有提到這段追求的經過，直到今天兩人也都否認有過這段戀愛。一九八三年四月十八日丁玲和劉賓雁訪巴黎時，周謙之在「他們不是鐵打的，他們不是超時代的」一篇訪問記裏，曾有這樣的一段問答：

問：（周謙之）「你的老朋友沈從文近況如何？聽說你們倆老還在吵架？我認爲沈從文是很愛護你的。

答：（丁玲）「他寫的那本『記丁玲』全是謊言，是小說，着重在趣味性。不錯，他曾陪

---

❾ 周芬娜著：「丁玲與中共文學」，四一面，民國六十九年七月十日，成文出版社出版。

❿ 同❾。

我把孩子送回湖南，因為那時沒別的人選，只有他陪着最安全。最近有個外國人到北京來訪問我，與核對事實，沈從文說：『凡是我和丁玲有異見的地方，當然以丁玲的為正確』。」⓫

關於沈丁之間這段感情糾葛問題，不僅是周謙之和那個外國人關切，沈從文訪美時，夏志清也就這個問題加以求證。叢甦說：「夏志清教授曾問及沈從文與丁玲之間有無『羅曼斯』，笑答（按指沈從文）曰：『沒有，只是朋友。』」⓬兩人都否認了這段戀愛，很可能當事人都還有配偶與子孫，坦率的回答這個問題，可能對雙方都會造成傷害，所以都隱藏了。其實我們可以從寫「記丁玲」的動機，窺得沈從文對丁玲的感情。

沈從文寫「記丁玲」，是她被政府拘捕留置南京，音訊毫無之下，沈從文誤以為丁玲已被處決，乃寫「記丁玲」作為悼念，這時的沈從文與張兆和正在戀愛中，可能不便表露自己對丁玲的那分感情，以免傷害到自己與張兆和之間的戀愛，故此未道出內心秘密是原因之一，二、魯迅等一般人都以為丁玲已死，紛紛寫文章紀念，並擴大事態，企圖在政府的形象上抹墨，沈從文寫「記丁玲」的動機，雖與左聯的作家目的截然不同，但對一個已死的人，沈從文不願再以這段感

⓫ 周謙之著：「他們不是鐵打的，他們不是超時代的」，民國七十二年五月三日，中國時報副刊。

⓬ 叢甦著：「邊城之外」，一九八〇年十一月。

情入文來損害丁玲。這正是沈從文的厚道處，今天他還一再否認這段情感，仍是當年的初衷，到今天沒有改。也許這就是沈從文之所以爲沈從文了。

關於他們之間的這段糾葛，不僅是周謙之與夏志清問了，叢甦在丁玲於一九八一年訪問美加時，也提出同樣的問題，而且是問得相當露骨。

叢甦問丁玲：「你和他（按，指沈從文）有沒有超友誼的感情？你們目前有沒有往來？」丁玲回答說：「沒有，我們太不一樣了。」⑬這使我們產生一個印象，那就是丁玲不愛沈從文，換句話說沈從文是單戀。不過話又說回來，如果沈從文也是共產黨員，又豪放粗野一些，是否可能發生叢甦所說的超友誼關係，那就難說了。

對於這兩個人的感情，不便做太多的臆測，只是他們的行爲透露了不少消息，都說明了沈從文的戀愛。

胡也頻被捕時，沈從文在武漢大學，聽到消息立刻趕到上海，不避嫌疑的奔波營救。以沈從文的保守（梁錫華語），而他竟然陪丁玲去看犯人，去上海警備部囚禁胡也頻的監牢裏探監。固然沈從文亦是胡也頻的朋友，如此冒險營救，愛屋及烏的成分比友誼的原因較多（當時這種罪可能引來殺身之禍）。

傳說胡也頻、丁玲、沈從文三人曾在上海大被同眠⑭，這件事雖無法求證，也不一定發生超

⑬ 叢甦著：「自莎菲到杜晚香」，民國七十年十二月三十日，聯合報副刊。

友誼關係，這份親密感情，却絕對不是泛泛之交，是足可肯定的。

國民革命軍北伐，出於意外迅速，北方軍閥組成的「政府」，因新潮的教授與學生曾是革命分子，思潮上傾向南方，所以在岌岌可危之時，對北方的新思想人物相當懷疑，且因經濟的崩潰，曾有出售古物來解決北方政府燃眉之急的作爲，對教授們的薪水曾有減發，最後根本無法支應的情形，所以教授們無法生活。在人人自危中，教授、作家紛紛南下避難。沈從文、丁玲、胡也頻自然也不可能避免的先後到達上海。

所謂大被同眠，就是指的在上海同辦「紅黑出版社」這段時間。

他們到達上海後，先住在法租界的薩坡賽路二〇四號[15]。後來搬到同路二一九號。生活在一起、工作在一起，金錢不分彼此，形同家人[16]。在此期間三人曾合資創辦「紅黑出版社」，出書之外，又出版「紅黑雜誌」，可惜資金不足，創辦沒多久就倒閉了[17]。

關於大被同眠這一說法，到底出自那裏？趙聰、龍雲燦都曾這麼說過，但都沒有根據，從陳敬之引用李輝英著「記沈從文」一文說：「他們可以三人共眠一床，而不感到男女有別，他們可

---

⑭ 龍雲燦著：「三十年代左翼文壇現形錄」，四一面，民國六十四年七月，華欣文化事業中心出版。

⑮ 同⑭。

⑯ 趙聰著：「新文學作家列傳」，二面，民國六十九年六月三十日，時報文化公司出版。

⑰ 陳敬之著：「新月及其重要作家」，一三〇面，民國六十九年七月十日，成文出版社出版。

以共飲一碗荳汁、嚼上幾套燒餅、果子（按，上海話，卽油條），而打發了一頓餐食。有了錢，你的就是我的，全然不分彼此；沒有錢，躱在屋中聊閒天，擺佈了歲月；興緻來時，逛北海，遊遊中山公園，又三個人同趨同步，形影不離。」⑱不過我們追出了根源，但並不能證明他們三人大被同眠的關係，是否果眞如外界所形容的一樣，也只有他們三人知道。現存的兩位當事人都異口同聲否認，我們只有存疑，因爲沒有人可以知道這段私情。

雖然他們都爲自己遮掩，我們仍然可以用推理證明沈從文深愛着丁玲，那是一點也不容懷疑的事。

一九三一年元月十七日，胡也頻、何孟雄參加反李立三路線而召開的「緊急會議」，因爲中共一月八日在上海召開的「擴大四中全會」，分裂成國際派與幹部派兩派，幹部派的何孟雄要成立中共「第二江蘇省委」，被國際派認爲是叛徒，而把會議的時間地點，向政府告密，出賣了胡也頻等人。

那次會議是在東方旅館召開，他們也在東方旅館被捕，與胡也頻等人被捕的前一天，柔石（趙平復）、殷夫（徐白莽）、嶺梅（馮鏗）、李偉森也因行藏敗露而被捕，一起囚禁在上海警備司令部龍華監獄，二月七日一起處決，那次一共槍決十一人。這次事件，是共產黨借刀殺人，除掉國際派的心腹大患，足見共產黨鬥爭的毒辣，只要達到目的，出賣同志也在所不惜。

⑱ 同⑰，轉引自陳敬之引文。

最妙的不是共產黨借政府的槍除去國際派的心腹大患，共產黨「中宣部」轄下的「左翼作家聯盟」，又利用這一事件，汚陷政府箝制言論自由，殘殺作家。旣除去了心腹大患，又可藉此收到破壞政府形象、醜化政府的目的，可說是一石兩鳥⑲。由此可以看出共產黨的政治鬥爭技巧如何。這些都是題外話，不過是順便一提罷了。

胡也頻被捕後，沈從文曾經胡適的介紹，轉請邵力子營救⑳，胡也頻還是難逃一死，不過在當時而言，沈從文不避牽連進去的危險，爲丁、胡兩肋插刀，這種感情與這種作爲，不是普通人可以做到的。

胡也頻死後不久，丁玲生下遺腹子，沈從文又千里迢迢護送丁玲回湖南福安老家，沈從文對丁玲而言，已是仁至義盡。

安頓了孩子，丁玲從湖南回到上海，更得到中共的重用，委以「北斗」主編兼「左聯」執行委員和黨團書記。丁玲從此比以前更積極、更活躍，一方面是替丈夫報仇，一方面是向共產黨感恩，無保留的向共產黨獻出她的狂熱的情感。就因爲過於活躍，而於一九三三年五月十四日在上海昆山花園與潘梓年、馮達一起被捕。

⑲ 李立明著：「現代中國作家評傳」，一三九面，一九八〇年一月，香港，波文書局出版。
⑳ 同⑭，四二～四三面。
㉑ 同⑭。

那次被捕，丁、潘解往南京幽禁了一年多㉑。沈從文到處找丁玲都找不着，以為他已被殺，為了哀悼丁玲，寫下「記丁玲」那篇作品。如今這篇作品，儘管丁玲說它是小說，自由世界對丁玲有了解興趣的人，依舊視為最重要的參考材料之一。

從這些事實來看，沈從文對丁玲一往情深是可以肯定的，可是儘管胡也頻、潘梓年都先後死了，馮達又向政府輸誠。她也不嫁給沈從文，寧願跑到保安去做彭德懷的情婦。沈從文這次戀愛，也實在太苦了，比起他在「沈從文自傳」一章內「女難」中女孩戀愛更窩囊。

似乎沈從文對丁玲曾做過無盡的付出，丁玲編「北斗」時，他們雖然見解不同——沈從文是新月社成員，崇尚自由主義，丁玲則左傾——而分道揚鑣，情感却不曾因此而受到傷害。這一點可以從一九三〇年六月丁玲給他的信中看得出來。她給沈從文的信是這樣寫的：「我的意思這雜誌仍像『紅黑』一樣，專重創作，而且請幾個女作家合作就好。冰心、叔華、楊袁昌英、任陳衡哲、涂女士等，都請你轉請，望他們成為特約長期撰稿員。這雜誌全由我一人負責，我不許它受到任何方面牽制，但朋友的意見當極力採納。希望你好好的幫我的忙，具體的替我計劃，替我寫稿、拉稿、逼稿。」最後她叮嚀說：「你最好快替我進行。」㉒這是沒有商量餘地的命令語氣，替他做當然得做，不替他做也得做，如果感情不到某種程度，丁玲斷不至如此。

㉒同⑨，此處轉引自周芬娜引沈著「記丁玲續集」（原書一五〇～一五二面，良友圖書印刷公司，一九三四年，上海出版）。周著六九面。

到底沈從文反應如何呢？他賣了面子，又出了力氣的替丁玲所編的「北斗」拉稿。這個刊物，直到現到，仍爲研究三十年代的重要文獻，主要是沈從文拉來的稿子水準不低的緣故。

沈從文的戀愛，似乎也同他那坎坷的人生一樣，不十分順利，當丁玲與同是好友的胡也頻結婚以後，沈從文也到「中國公學」教書去了。

這裏，我必須說些題外話。徐志摩於一九二五年（民國十四年）十月一日接編晨報副刊，沈從文已是徐志摩的朋友，徐志摩在他那篇等於是接編晨報副刊宣言的文章裏，說了「不少大話」（梁錫華語）之後，他列出了一張「卡司」，其中就有沈從文。徐志摩說：「我在此是隨筆列舉，並不詳備；至於我們日常見面的幾位朋友，如西林、西瀅、胡適之、張歆海、陶孟和、紹原、沈性仁女士、凌叔華女士等更不必我煩言，他們是不會曠課的，萬一他們躱懶我要叫他知道我夏楚（按夏楚是徐志摩的筆名之一，與此間寫小說的夏楚同名，現在寫小說的夏楚是本名）的厲害！新進的作者如沈從文、焦菊隱、于成澤、鍾天心、陳鎛、鮑廷蔚諸先生也一定當有嶄新的作品給我們欣賞。」㉓由這裏看，沈從文在徐志摩編晨報副刊以前就已經認識，只是從此兩人的私交更深一層罷了。北伐展開，北洋軍閥已到窮途末路，在北平的教授領不到薪水難以度日，復由於有老虎總長之稱的章士釗掌教育總長，這位反對白話運動的總長本就厭惡搞新文藝運動（白話文運動）的那批留學的教書先生，加之，軍閥又懷疑那些新派教授與作家們與國民黨有不可分

㉓ 轉引自梁錫華著：「徐志摩新傳」，一三九面，民國六十八年十一月，聯經出版社出版。

的關係，因此在北平的教授與作家們人人自危，新月社的一批作家南下逃避北方政府可能的迫害，於是徐志摩、胡適等人南下「逃難」，都到了上海。

當沈從文與丁玲、胡也頻於一九二八年辦「紅黑」雜誌與出版叢書搞垮之後，可能是經徐志摩的推薦，沈從文到胡適之先生所主持的「中國公學」去當講師，開「新文藝試作」（一說「小說試作」，筆者按）、「小說選讀」兩門功課㉔。

張兆和當時是「中國公學」的校花，非常活躍，沈從文却不顧師生的名分，展開對張兆和的追逐。這一段戀愛，由於後來發展成一段美滿的姻緣，而成爲文壇（也是杏壇）佳話。（如不能結爲夫妻，則可能是教育史上的醜聞或緋聞。）

張兆和出身世家，父親張苑鏞是位教育家，安徽合肥人，兆和傳說是李鴻章的外孫女㉕。她在家中排行老三，所以到現在沈從文仍然叫張兆和「三姐」而不名。

張女士屬於小巧型的袖珍美人，據沈從文夫妻訪美時，見過張兆和的朱婉清說：「她只怕三十五公斤都不到。」㉖那眞是輕巧得可以了。出身世家，又是美人的張兆和，不會把滿口鄉音腔調，沒有學歷的沈從文看在眼裏，是很自然的事。張兆和的父親在蘇州辦一所中學，她是在蘇州

㉔ 同⑲。

㉕ 艾蒲著：「從空墓裏走出來的人」，民國七十年二月二十一日，聯合報副刊。

㉖ 朱婉清著：「西出陽關這一遭」，民國六九年十一月十二日，中國時報副刊。

長大的，諒來也能講一口吳儂軟語。這樣的一個女孩，追逐的人之多，是可以想像的。

當沈從文對這位合肥美人展開追逐的時候，張兆和不理不睬，但沈從文的追求熱情並沒有因此冷却，張兆和被纏得不可開交，只好找到胡適之先生。出身「中國公學」的李雄回憶這段沈張戀愛經過時，他說：「她後來被纏不過，就去上海極司非路胡適校長寓邸去求見。當時胡校長因適有要事，囑閽者告以無暇接見，請其改日再來。但張兆和堅請今日必須一晤，面陳要事。胡校長只得登時引見。據胡校長事後告訴一位同學說：當張同學進來時，面色頗爲沉怒，腋下挾了一個包裹，胡校長還對她說：『你何必送東西呢？』她打開包裹送到校長面前說：『不是禮物，是沈先生寄來的一大堆信，共有一百三十餘封，校長你看』，胡校長知道其中蹊蹺，就對她說：『你喜歡他，就給他回信，不喜歡他，不理他就是了，何必來告訴我呢？』她說：『我恨透他了，我拒絕他，他還是不斷來信，使我非常討厭，請校長作個主張，』胡校長說：『現在戀愛自由，誰也不能干涉。』她說：『他是老師，不能對學生這樣無禮！』胡校長說：『師生戀愛並不犯法，在外國亦是常事，校長是不能加以干涉的。』張同學見不得要領，默坐不響，乃憤憤而去。當胡校長送她到門口時，將這一大包信交還她，並且說：『妳不妨回他一封信，以後仔細觀察，如認爲他並無惡意，亦不甚可惡，做個朋友也好，否則婚姻是不能勉強的。』㉗張兆和之嫁給沈從文與胡適先生這一席話有很大關係，那時的年輕人「迷胡」迷得很厲害，胡適先生是青年

㉗ 李雄著：「敬悼胡適之先生」。

的偶像，他的話，顯然並不反對沈從文愛她，當然對張兆和多少有點影響。

雖然師生戀愛的觀念已經改變，在長久的戀愛與婚姻束縛中，驟然得到解放，他們所要的自由，比原來就有自由的人要求得更大、更多，正如同一位久經饑餓的人，要求的食物比常人更多、欲望更大，卽使明知道久經饑餓的胃腸不能適應，可能吃壞肚子，但還是要吃一樣；久經禁錮的心靈一旦解放，他們比那些原來就有充分自由的人更任性。這也是三十年代文學主題之一。丁玲、蕭紅、謝冰瑩都是因爭取婚姻自由而逃家的女性，可說是新潮一點的年輕人，凡是父母所訂的婚姻，不管對方如何，一律反對，爭取自由已到了失去理性的盲目程度。丁玲筆下的「莎非女士」、巴金筆下「家」的人物覺慧、覺民，都是反抗婚姻束縛的題材，沈從文和張兆和既然能自由的戀愛，當初張兆和之所以拒絕沈從文，我想主要是沈從文沒有顯赫的家世，更沒有學歷，當然也沒有徐志摩的瀟灑與熱情，對於一個出身在外交世家的新女性而言，沈從文的條件是差了些。這意見雖然只屬於想當然，可是，依推斷是有其可能的。

這件事傳開後，沈從文雖未受到胡適之先生的處分，但在十手所指之下，到底還是中國。這種情形沈從文自覺無法在學校繼續教下去，何況這種事又與校譽有關，他不能拖累好朋友。

張兆和向胡適之先生告沈從文的事是五月，距學期終了沒多久，胡適之先生就介紹沈從文進入武漢大學任教。到了武漢，沈從文追求張兆和的熱情未減，他仍然每天一封情書，有時高達四封之多㉘。杜君謀在作家軼事裏，寫沈從文追求張兆和的這段往事時說：「眞是那麼硬心腸嗎？

不，她是早被沈從文的忍耐所感動了！又加之沈先生信中總是那麼一股溫柔勁兒，從未埋怨過她，再湊上『博士』（胡適之）於中說兩句好話，心也早就軟了。」[29]一九三一年沈從文到青島大學任教，並與張兆和結婚，時沈從文年三十三歲，張兆和二十五歲，本屬醜聞的師生戀，終於因結婚而成爲文壇一段佳話。

他們結婚後，伉儷情深，不同於其他人，無論是逆境順境，兩人都共同克服，在西南聯大，張兆和洗衣、燒飯，照顧沈從文等一手包辦，早已沒有富家千金的習氣。傅作義投降中共，北平淪陷，沈從文來不及、也沒有走的意思而落入共區。一九六九年春天下放湖北咸寧「五七幹校」，張兆和於三個月後也下放到咸寧去「圍湖造田」，一九七一和七二年兩人先後回到北平，沈從文仍到設在天安門的故宮去做講解員；張兆和比沈從文「進步」，因此被派到「人民文學」當編輯。沈從文住在東堂胡同，張兆和則住在小羊宜賓胡同。[30]兩地相距約兩三里，沈從文的表侄，也是名畫家的黃永玉在「花城一九八〇年第五期」上，寫了篇「太陽下的風暴——沈從文與我」描寫當時沈從文的生活時，他說：「不管是冬夏的下午五點鐘，認識這位『飛地』總督的人，都有機會見到他（按，指沈從文）提着一個南方的常蓋竹籃子，興沖沖地到他的另一個『飛地』

[28] 同[19]。
[29] 同[19]，一九五面，轉引杜君謀文。
[30] 馬逢華著：「重晤沈從文教授」，民國七十二年二月三日，中國時報副刊。

去。他必須去嬸嬸（按，指張兆和）那邊吃晚飯，並把明早和中午的兩餐飯帶回去。」由黃永玉的作品裏，可以看出他們雖然已老，仍然如當初一樣恩愛，也可以看出他們生活的困難，黃永玉在前引文說：「冬天尚可，夏天天氣熱，帶回去的兩頓飯很容易變餿。我們擔心他（按，指沈從文）吃了會害病。他說：『我有辦法？』『什麼辦法？』……『我先吃兩片消炎片』」㉛由引這段引文，一來可以看出沈從文與張兆和的恩愛逾恒之外，同時也可以看出大陸生活的困苦。

一九三三年十月起，沈從文接編「大公報」的「文藝」，以叔文為筆名的張兆和，已與沈從文夫唱婦隨的在他所主編的刊物上寫稿。說起沈從文編「大公報」的「文藝」，是有點淵源的，他的名著「邊城」就是在大公報的附屬刊物「國聞週報」上刊登的，反應甚佳。這個刊物由沈從文在北平集稿，並初畫編排的位置送到天津去發排，最初由趙思源做沈的執行編務，後來由陳紀瀅先生與他合作㉜。陳先生在「記沈從文」一文中，曾對張兆和的家庭做了一番了解，大致上與我們所知的沒有多少出入，不過陳先生說張兆和的父親，是李鴻章的外甥，與艾蒲先生在「從空墓裏走出來的人」一文所說的有點出入，艾蒲先生說張兆和是李鴻章的外甥女，這一點有待查證，不過他們父女誰是李鴻章的外甥，並不影響本文題旨，只是他們與李家是親戚，那是不會錯的。關於這一部分，等以後發現了新的材料，再去補正，由這些關係，我們知道張兆和有一個相

㉛同㉚，轉引馬著引黃永玉文。

㉜同❶。

當顯赫的家世，而沈家則早已中落，兩個出身背景完全不相同的人結合，竟然如此相愛，而無門第的磨擦，實在難得。假定沈從文與「女難」中的那個女孩，或者丁玲結婚，沈從文會是個什麼樣的人，那就很難想像了。

張兆和在沈從文的口裏，是「廚娘、管家、秘書兼妻子、母親、學生、女兒」，㉝足見沈從文是如何的愛他的妻子。

他的婚姻生活是幸福的，從一九三三到八五年，他們已經結婚五十二個年頭，現有的材料中，沒有發現他們不愉快的新聞。我覺得，初期沈從文是靠才情，在文學方面有成就，學術上，則張兆和對他有相當的貢獻，尤其是淪陷後的那些苦難歲月，張兆和是沈從文洪水巨浪中的一塊浮木，是將坍中的一根支柱，沒有張兆和，就沒有沈從文。

一個人的愛情、婚姻對他的一生影響非常大，如果說，徐志摩、胡適替沈從文打開學術的大門；那麼張兆和就是引導沈從文在坎坷路上前進的唯一支柱。在戀愛及婚姻方面，這位湘西的大兵作家是幸福的，這也是沈從文活下來，並有相當成就的一個重要因素。

七四、八、廿二、中華日報副刊

㉝ 同㉖。

文藝弄臣艾青

中共的御用作家，立了銅像的，除了魯迅之外，就記憶所及，艾青恐怕是第二個，而且，是生前立像的第一人。

這個「殊榮」，連以文藝爲武器，替中共打天下所立的汗馬功勞僅次於魯迅的郭沫若、茅盾、周揚都還沒有，足見艾青在中共心目中的地位了。論詩文，艾青難以和茅盾、郭沫若比，學識也不如他們，無論如何比不上上述兩人？茅盾至少讀過北大預科，而且，是「文學研究會」發起人之一，一九三八年就當過新疆學院的文學院院長；郭沫若則出身九州帝國大學，學醫，一九二六年就出任廣東大學的文學院院長，對古代史有相當研究，文學的資歷，則是「創造社」時代的人。

這樣一個人，怎麼有這樣的「殊榮」呢？這是值得我們去研究和了解的，尤其是在此間有很多人對他「崇拜」得無以復加的時候，我對於這個「詩人」的興趣便濃厚起來，所以，積極的蒐集他的資料，進行對這位作家的了解。

艾青民前一年（一九一一）三月二十七日生於浙江金華畈田蔣村，家裏有十多間房子和幾百畝田，僱有四個長工、一個婢女和一個老媽子，屬於中等富戶，照共產黨的說法，艾青是屬於「地主階級」，成分不十分好。不僅如此，他的父親蔣忠樽還與人合夥經營「永福興醬油坊」和「蔣賢興南貨店」，那麼，他又是地主兼資本家，可是，他現在却是紅朝「無產階級專政」的「貴族」，這眞是共產黨的矛盾，怎麼都說不通的事。不過，我們對於共產黨的任何事情，都不能用邏輯去推論，反正「天下是老子」的，「老子」說了算數，被統治的階級們那裏能夠去追根究底？

楊匡漢和楊匡瀛在「艾青創作五十年紀歷」一文中，還說他的父親結交權貴，如縣長、警佐、退役將軍等。從這裏去看，艾青身上實在流有中共所謂「惡霸的血液」，十足是個「黑五類」。從這篇敍述艾青的點點滴滴的文章裏，我們知道那個警佐原是吳晗的父親。他家更是「剝削者」，何以見得呢？艾青在「我的父親」一詩中，曾經有很露骨的描寫。

爲了容易了解這個「詩人」起見，引他這首「詩」是必要的，如果照原來分行的引下來，有「羼水」的嫌疑，只好把詩接起來，好在所謂的「詩」，我們把它當成「散文」來讀，一樣的沒有影響。他在「我的父親」一詩裏，這樣描寫他的父親：

「我是他的第一個兒子／他生我時已二十一歲／正是滿清最後一年／在中學堂裏唸書

／他顯得滿足而又忠厚／穿着長衫／留着辮子／胖胖的身體／紅褐的膚色／眼睛圓大而前突／兩耳貼在臉頰的後面／人們說這是福相／所以他要安分守己／滿足着自己的八字／過着平凡而又庸碌的日子／抽抽水煙／喝喝黃酒／躺在竹床上看『聊齋誌異』／講女妖和狐狸的故事。」

「鎮上有曾祖父遺下的店鋪——京貨、洋貨、糧食、酒，一應俱全／它供給我們全家的衣料、日常用品和飲茶的點心／憑了摺子任意拿取一切什物／三十九個店員忙了三百六十天／到過年主人拿去全部利潤／村上又有幾百畝田／幾十個佃戶圍繞在他的身邊／家裏每年有四個雇農、一個婢女、一個老媽子／這一切造成他的安閒。」

把「詩人」的「詩」接龍成為「散文」，誠為「大不敬」的事，只是對這位中共「詩壇祭酒」則不會有這種感覺。我曾經把他於一九八〇年出席在法國舉行的「中國抗戰文學研討會」後，順道訪問美國，途經香港時寫的一首歌頌香港的詩，開玩笑的接龍成散文，夾在我的雜文中發表，結果讀者也沒有從那篇夾在雜文裏的「散文」，嗅出甚麼詩味來，這是我在心理上不覺得失敬的原因之一；其二，詩是文學的貴族，使用最美的、最有味的語言，雖然，現代詩使用的是白話，但何礙於語言的美？詩意之濃淡？李煜的一闋「虞美人」，又何曾用詞去堆砌，去塑造語言，讀後思念故國之情躍然紙上；其三，朱自清的「背影」描寫父親的辛勞與可愛，使人低徊不已，朱自清對父親的敬愛，沒有人不覺得不是眞情流露，艾青寫父親，是如何呢？嘲笑、怒罵兼而有之，起碼也說他的父親受祖上餘蔭的庇蔭，無所事事，尤其是對於他們家的員工被他父親苛待，暗含批鬥自己父親之意。基於一個不夠格的「詩人」寫的「詩」、一個對父親不敬的人而言，把他的「詩」接龍成散文就沒有甚麼不敬了。

這是題外話，我們還是言歸正傳。

出身地主兼資本家的艾青，原名蔣海澄，他的父親迷信命理，而算命先生又說艾青命中尅父母，因此，不許艾青叫爸爸媽媽，以叔嬸稱呼，並送到蔣忠丕家裏代爲撫養，直到艾青五歲的時候才接回家裏。（以他對父親的不敬，這位命理先生倒眞的靈驗。）

他的學程是喬山初小、育德高小、長山小學、金華師範附屬小學，一九二五年進省立第七中學，一九二八年七月初中畢業，考入杭州「國立西湖藝術學院」繪畫系，成爲林風眠的學生。

艾青在「西湖藝術學院」讀了一個學期，據楊匡漢在「艾青創作五十年紀歷」這篇文章裏的說法是：有一次，林風眠見到艾青的繪畫作品，鼓勵他說：「你在這兒學不到什麼，你到國外去吧！」

就如此，艾青回到家裏，據楊匡漢說，是用了「無數功利的話語哄騙自己的父親說：我出去，將來會給你賺大錢回來。從小歧視艾青的蔣忠樽，最後同意了艾青旅法的請求，從東廂房的木製地板下取出一千塊墨西哥鷹洋，交給艾青作盤纏。就這樣，一九二九年初春，十九歲的艾青偕同孫福熙、雷圭元等人，啓程到巴黎去勤工儉學。」從楊匡漢的口氣，知道艾青對其父不滿，能爲艾青寫這篇文章，當然與他很熟，怎能說自己好友的父親歧視兒子？而且，艾青爲達到去留學的目的，所用的手段是欺騙，可見得艾青從青少年時代，生就是忤逆的梟鳥性格。

艾青到了巴黎並未讀書，而是到玫瑰村格里姆的車行去做工，後來，又去替人去做上漆的工作，同時，到蒙巴那斯街的「自由工作室」去學畫，一九三二年元月二十八日從馬賽回國，四月分回到上海，他一共在法國鬼混了三年三個月。

在法國他沒有進過學校，倒參加了「反帝大同盟東方支部」等活動，並看禁止演出的蘇聯電影。可以說艾青的左傾，從那時就已經開始。

他的第一首詩「會合」，是描寫「反帝大同盟東方支部」的集會，於一九三一年七月發表在丁玲主編的「北斗」雜誌二卷三、四期合刊上。

艾青離開法國，回到金華老家住了一段時間，於一九三二年五月回到上海，就參加了共產黨的外圍組織——「中國左翼美術家聯盟」，那是「文總」的一個分支機構。楊匡漢說：那是地下黨（卽共產黨）所領導。當時他被編在第四組第二特別小組，一個文藝社團竟然編組編班，足見當時的左翼文藝組織是個甚麼樣的東西了。

這時候的「左聯」，已經很可以明顯的看得出來是中共的外圍組織，艾青一回國就參加了「左聯」，倒底艾青在法國加入共黨呢？還是由林風眠在「西湖藝術學院」時代就已經吸收了呢？對於這一點，我們相當懷疑，由於林風眠的資料缺乏，不知道他是甚麼時候成爲共產黨員的，所以，以上只是臆測而已，艾青正式加入共產黨，而有資料可查的，是一九四三年在延安加入共產黨，那時艾青在「中央黨校三部」學習馬列理論，爲「秧歌隊」副隊長，隊長則是中共「黨校」副教務長劉芝明。這是可查的資料，不過，我懷疑他在「西湖藝術學院」時就已經入黨了，只是到一九四三年才正式宣誓加入，成爲共產黨的一個正式黨員罷了。

　我的懷疑也不是全沒有理由的，一九三二年他加入「左聯」後，起初是在「左翼美術家聯盟」，後來因查緝甚急，工作難以開展，魯迅指示他們改變活動方式。魯迅要求「組織靈活多樣、輕裝機動的美術社團，各個爲戰地發展左翼美術事業。」因此，他和江豐、力揚等人於一九三二年五月二十二日，在上海薩坡賽路豐裕里四號二樓租了一間房子，組織起「春地藝術社」。他對於魯迅的指示是唯命是從的。

　「西湖藝術學院」的學生左傾的不少，劉芳松在「雲天寄懷恩」這篇文章裏，記述張眺（筆名耶林）在「西湖藝術學院」的活動，那時就有「讀書會」一類組織，一九二九年底耶林終於以「讀書會」的左傾學生組成了一個「潑波社」，一九三〇年耶林被捕，是林風眠和一位法國教授克羅多出面保釋出來的，四月去上海，實際上耶林早在山東就已加入共產黨，在「西湖藝術學院」和上海一直受共產黨的領導，曾經參與李立三路線鬥爭。劉芳松說：「一九三〇年秋，耶林、岫石與我（指劉芳松）三人，在法租界斜橋租了一所亭子間住下，對外保密起來。由於岫石和我這年夏天，都經耶林介紹，先後參加了『左聯』、『互濟會』、『上海反帝大同盟』等共黨外圍組織，其中以參加『互濟會』的活動較多。」

由這裏，我們知道「西湖藝術學院」的共黨學生不少，同時，知道林風眠對共黨學生相當庇護。那麼，林風眠把艾青送去法國，是否另有用意呢？艾青和劉芳松、耶林是同班，或前後期同學，是否那時就已經被吸收了呢？雖然，我們沒有積極的證據，支持這種猜測，但無論如何總是值得懷疑的。

其三則是一九三七年抗戰爆發，艾青想勸一家人後遷，未得蔣忠樽的同意，他只好隻身離家：行前，他對他的弟弟蔣海濟、蔣海濤說：「今後不管怎麼樣，你們都要做正直的中國人，千萬不要參加那個黨派。」對於這個「黨派」，楊匡漢曾加按語說是指的國民黨。他說這話時不過二十七歲，他與國民黨既沒關係，怎麼那樣的「痛恨」國民黨呢？

若不是艾青生下來就有一付反骨，他怎麼會先天就反對國民黨？所以，我判斷：即使他未曾加入共產黨，也受林風眠和魯迅的重大影響。

我們一向對於魯迅領導「左聯」的說法，都是他由廣州到上海，受到共產黨人又打又拉，把魯迅圍剿得無可奈何而投降，另一說法是我們沒有拉攏魯迅，他只好向中共靠攏，從這些資料來看是不確實的，他在「中山大學」即為因清黨而為被捕的共黨學生奔走，一到上海就與共黨的外圍組織「互濟會」取得連絡，並不遺餘力的攻擊政府與愛國人士；這個時期，他還是教育部領乾薪的編審，每個月還拿八十幾塊錢呢！所以，上述說法未必中肯，無論我們如何拉攏，魯迅還是魯迅，他還是中共的「旗手」。

這點旁證，有助我們對艾青的了解，由「我的父親」一詩，對他父親的態度而言，他的身上流的就是叛逆的血液，而且，至少從在巴黎時期起，思想已經左傾，加入「左聯」以後，已是身不由己了。

一九三八年三月二十七日，艾青和茅盾、胡風、徐懋庸、葉以羣、夏衍、田漢、老舍、丁玲、陽翰笙等發起成立「中華全國文藝界抗敵協會」；一九三九年任「廣西日報」副刊編輯，這年夏天到湖南新寧的「鄉村師範學校」教書，一九四〇年春季到重慶，在陶行知辦的「育才學校」擔任新文學系系主任，不久離開學校，接編「文藝陣地」。

這年周恩來到北碚去看那批由漢口轉移到重慶的左傾作家，並且，對大家「訓話」，替中共做文運的胡風，卽通知艾青前去聽訓。

周恩來在他講話中說：「像艾青先生這樣的人，到我們延安可以安心寫作，不愁生活問題。」只這麼一句話，使大詩人受寵若驚，接着一九四一年「新四軍事件」，政府在後方逮捕左傾文人，艾青那時雖然沒有胡風他們的名氣，左傾却不讓於胡風，當然艾青也待不住了。

周恩來和董必武先安排了他的第二任老婆書英去延安，三月沈求我把僞造「綏蒙自治指導長官公署」高級參謀的證件給了艾青，於是，他與畫家張仃、作家羅烽潛赴延安。行前周恩來送艾青一千塊錢做路費，據艾青自己說，通過四十七道關卡，到了洛川之後才到達「光明的土地」，並獲得「武裝護送」的「榮譽」。

一九四一年三月八日到達延安，十日中共中央總書記張聞天、宣傳部長凱豐設宴歡迎，並在藍家坪配給艾青兩個窰洞，八月當選「延安文藝抗敵協會」理事，十一月當選「參議員」，並出席「陝甘寧邊區議會」，首次在會中見到毛澤東，並寫「毛澤東」一詩歌頌，肉麻的說毛澤東眼裏映着人民的苦難，是肩負歷史重載的「偉大領袖」，從此，艾青成爲毛澤東的文藝弄臣。一九四二年進入「黨校」，毛是這個所謂「黨校」的校長。

這個時期，王實味在丁玲主編的「解放日報」副刊上，從一九四二年三月開始，發表一系列批評延安的雜文，三月九日丁玲也在這個副刊發表「三八節感言」，蕭軍於四月八日發表「論同志愛」，四月十一日發表艾青「了解作家，尊重作家」，延安地瘠民貧，生活相當艱苦，丁淼在「中共文藝總批判」一書中指出：中共沒有文化教養的幹部，辦起事來混亂無能，中上層分子享受，下層挨苦形成不平，所以牢騷滿腹，王實味、丁玲則反映了現實。

中共把延安描繪成人間天堂，的確吸引了不少青年盲目投奔延安，經過一段時間的體驗，看清了延安的眞面目後，苦悶、憤懣是在所難免的，王實味等人的作品旣是描寫現實，自然得到極多讀者的喜愛，影響深遠，這實在引起中共的恐慌，於是，中共中央決心整風，阻止這批不知天高地厚的作家再批評下去，不封掉他們的筆，後果不堪設想。

於是，一九四二年的春季，毛澤東約文藝弄臣艾青到楊家嶺的窰洞裏，第一次面對面的商討整風運動的問題。

艾青對於這件事，他復出後在「艾青詩選」所寫的題為「在汽笛的長鳴聲中」的序言說：「一九四二年春天，毛××多次接見我，最初他來約我『有事商量』，我去了。……他和我談了『有些文章大家看了有意見，你看怎麼辦？』老實說，我當時沒有看出有甚麼嚴重性。我很天眞的說：『開個會，你出來講話。』他說：『我說話有人聽嗎？』我說：『至少我是聽的。』」這裏所指的「有些文章大家看了有意見」中的文章，實際就指王實味的「野百合花」，丁玲的「三八節感言」等，當然也包括羅烽、艾青、蕭軍的文章在內。

這次商量，艾青只記述到此為止，毛澤東特地約他到自己住的窰洞去，要商量的，想來決不止此，因為，事關一九四二年五月二日至二十三日的「延安文藝座談會」，以及有關整風運動的種種細節，只是那都不是十分光彩的事情，艾青不便在文章裏表現出來罷了。

艾青與毛澤東的那次會談還不夠，接着毛又給艾青一封信，要他蒐集反面材料。

毛澤東的信是這樣說的：「前日所談文藝方針問題，請代我收集反面意見、……」艾青在前一篇序裏，還加以說明說：「在『反面的』三個字下面加了三個圈。」艾青為自己抹粉的說：「我沒有收集什麼反面的意見，只是把自己的意見正面提出了。」毛看了艾青的信，又寫信給艾青說：「深願一談。」在這一談之中，毛澤東提出了文藝、政治等很多問題，對於文藝的暴露與歌頌，也曾在談話中提出來討論。艾青在序文中提到這件事，他說：「我根據他的指示進行了修改，以『我對目前文藝工作的意見』爲題發表了。」這已是整風的開始，換句話說，整風中艾青雖然也被整，實在那和密探臥底的做法沒有兩樣。

根據李牧著的「三十年代文藝論」一書，中共對「三十年代文藝的清算」一章的說法：「關於『王實味事件』（延安文藝整風，也是中共的第一次文藝整風），民國三十一年（一九四二）三月十九日，中共中央研究院開始展開『整風學習』運動。當時王實味還不知道這次整風就是拿他開刀，因而在整風學習初期，還表現得非常積極。」足見當時毛澤東要弄王實味這位老共產黨員，兼中共馬列主義理論家，同活貓耍死老鼠一樣，王實味實在死得旣可憐而又可悲。

扯得太遠了，我們還是來看看受到自由中國詩人們崇拜的詩人是什麼嘴臉吧！

大概艾青與毛澤東會晤了幾次之後，已經看出風頭不對，暫時逃避是必要的，於是，他便在參加了一九四二年五月二日至二十五日的「延安座談會」之後，寫信給毛，請求到前線去。但毛澤東怎麼會讓艾青這個早已佈下的棋子成爲死子呢？回了他一封「所請礙難照准」的信，並要他進入中央黨校學習馬列主義的歷史唯物論。

除了這個理由之外，最重要的還是投入整風。艾青自已在那篇序言裏說「他（按指毛澤東）指示我學習馬列——主要是歷史唯物論，實際上叫我投入接着不久就來的『整風運動』，以馬克思主義爲武器去戰勝一切領域中的唯心主義。」

現在，我們明白，毛澤東自一九四二年春末開始與艾青接近，都是爲了「整風運動」，他那篇奉命而寫的「對於目前文藝上幾個問題的意見」，是經過毛澤東審閱過的，楊匡漢在「艾青創作五十年紀歷」中說：「不久發表在五月十五日的『解放日報』上。這在當時是具有相當影響的一篇評論。艾青帶着這些意見，參加了著名的『延安座談會』。」可知艾青在「延安文藝座談會」上，以及「整風運動」中扮演了什麼角色。

除了在鬥爭王實味這件事情上，艾青做了伏兵，雖然，王實味、丁玲、蕭軍、羅烽、艾青都在被鬥爭的行列中，可是，除了王實味以外，丁玲等都沒有丟掉性命。關於這一點，毛澤東曾在中共「中央黨校」與艾青商討整風的技術與原則問題，毛澤東向艾青保證說：「列寧同高爾基在知識分子問題上有不同看法。爲了勝利、爲了前途，我們要整理一下內部的思想，但我可以向你擔保，決不犧牲任何一個人。」

有了這個保證，艾青自然大了膽子當毛澤東的刀子，豆燃豆箕的把所有的罪名都推給王實味，不僅艾青如此，丁玲也是如此，他在鬥爭蕭軍時，把蕭軍的底牌整個抖了出來。龍雲燦在「三十年代左翼文壇現形錄」一書中說：「最有趣的是：當她在鬥爭蕭軍時，在衆目睽睽下，毫不知恥的坐在馮克的懷裏，要馮克跟他推拿，吳副司令員替她摸骨。」雖然艾青和丁玲都是同案被鬥，可是，經過了一陣鬥爭後，艾青和丁玲都已經從階下之囚，變成臺上鬥人的工具了。這可能是他們出賣了「難友」所得到的代價。

艾青不僅在整風中由階下囚變成了宰王實味的劊子手，而且獲得利益。

從艾青事前與毛澤東頻頻接觸，又讓他爲毛蒐集反面材料來看，說不定「延安文藝座談會」上毛澤東的那篇講話，後來成爲中共文藝政策「經典」的那篇東西，由艾青捉刀也說不定，卽使未曾捉刀也提了意見；另外整風的材料，當然也提供了。以艾青歌頌毛某、崇拜毛某來看，這些都是可能的事。從「艾青詩選」的自序裏，他描寫初次見到毛澤東時的感觸，就可以知道他對毛某的偶像崇拜。他說：「初夏（按：一九四一年）的一個夜晚，得到通知，我們在楊家嶺（按：又稱楊家坪）的窰洞里，第一次見到了自己所生活的時代的傑出的人物——中國人民的偉大領袖毛澤東同志。在我的腦子裏留下了永不會消失的一個旣魁梧又和藹的身影與笑容。」這是艾青幾度被整、改造了二十幾年以後復出寫的東西，對於毛澤東的崇拜，自然是出自心坎裏的話，由這點來看，艾青爲毛某賣命，出賣同事、朋友都是極有可能的事情了。

依艾青的個性，他是有仇必報的，一九五七年艾青因「丁陳集團」事件被鬥，他的罪名是因在一次黨內整風會上說：「文藝界是一批人整人，是一批人挨整。」被視爲替丁玲等翻案，主持一九五七年的整風是姚文元等人，那次艾青被開除黨籍，撤銷一切職務，戴上大右派的帽子，發配到黑龍江去墾荒，在那渺無人煙的完達山下的「八五二農場」落戶。這個農場號稱爲「示範農場」，但那裏連居住的房子都沒有，得由他們自己伐木蓋房子，解決生活上的許多問題。艾青被分配到示範林場，連伐木工具都沒有，艾青不得不到哈爾濱去買電鋸等工具。雖然，那根本是一個荒地，在那裏約莫有兩年，然後，又到新疆、西雙版納（雲南）去「體驗生活」，這一去就是二十年。一九六一年雖然被摘掉「右派」的帽子，但並未離開新疆，也沒有結束他的惡運；一九六六年「文化大革命」又把他當成「死老虎」批鬥，由新疆送到小西伯利亞去過更苦的生活，直到一九七三年王震當了中共的「副總理」，才在王震的庇護下，以醫治白內障為由回到北平，一九七八年才復出，一九七九年二月一日通過僞「中國作家協會」復查，宣佈應恢復艾青的黨籍，恢復原級別的特別待遇，受到牽連的親友也都獲得「平反」了。

這二十多年的勞改，使艾青吃過不少苦，尤其是「文化大革命」再度把他拉來作樣板批鬥以後，更使他受不了。楊匡漢在寫「艾青創作五十年紀歷」一文中，對於艾青在小西伯利亞的生活情形有相當詳細的描寫。他說：「艾青一家擠在一間只有十幾平方米，連腰都直不起來的地窩子裏。起先，叫艾青管管林帶、修修樹，或者看看菜地，不久又『升級』（按：即再整艾青），命令他每天打掃十來個露天厠所，一幹是四年，全家每人只發給十五元的生活費，離不開煙捲的艾青，窮到只能抽九分錢一盒的煙。有一段時間，艾青瘦得皮包骨頭，家裏人不得不上野地揀回別人宰羊時丟棄的羊腿骨，熬成湯給艾青喝。」對於這樣的苦，艾青忍受過去了，孰令至之？

艾青的遭遇，正是正反合辯證運用的結果，當年丁玲和艾青出賣了王實味，現在也用他來作為文藝界的「教材」，在不斷鬥爭的原則下，沒有誰是眞正對的，這是共產主義的信仰者必然的下場，艾青不過是千千萬萬人中的一個罷了。共產要不要鬥你，完全視需要而定，與你忠不忠貞無關，也與你犯不犯錯無關，今天的親密戰友，很可能成爲明天的仇敵，何況，艾青只不過是一個投機的文人呢？

艾青恢復了所謂黨籍，表面上獲得了平反，其實共產黨是爲了利用艾青的剩餘價值進行統戰。一九七九年八月十九日，文船山在「艾青這個人」的那篇文章裏說：「艾青的復出，完全是因爲中共新當權派需要一個擔任『統戰工作』的『明星詩人』。中共知道艾青在海外還有聲譽，海外文壇對他的命運一向關心。因此，當一位旅美的中國作家訪問大陸時，中共當局便在匆忙中把艾青夫婦從新疆召到北平，安置在一臨時住所裏，接待這位作家。」據這位作家在海外左派報刊爲文介紹，「當時中共當局正在爲艾青尋找更寬大的房子。」那是爲艾青修門面。

這位旅美作家是誰？我們可以從彥火的「當代中國作家風貌」一書的「關於詩人艾青之謎」一文中，大致可以找到答案。

一九七八年四月三十日，艾青沉默了二十年後，突然在「文滙報」上發表了「紅旗」這首詩，實則他在一九七三年由新疆回北平治療右眼白內障，癒後返回新疆，後來，在王震的庇護下，七五年再度回到北平治病，從此，就再也沒有回到新疆，不過不能公開露面，那確然是王震的照顧所致。七八年五月聶華苓與保羅．安格爾訪問大陸，彥火說，聶華苓曾到艾青的住處拍照。文船山所指的那位旅美作家，很可能就是曾在雷震的「自由中國」當過編輯，後來在愛荷華「作家工作室」當副主任的聶華苓。

在這次會見中，艾青的老婆高瑛曾經寫了一首詩送給他們。詩題是「給詩人安格爾及聶華苓」，附題是「漪瀾堂有感」，足見聶華苓之受到中共的重視。聶華苓一向崇拜艾青，因此，在愛荷華大學的「作家工作室」，聶也把艾青推荐給到那裏受訓的每一個學生，艾青在臺灣之所以受到重視，與聶華苓的大力推荐不無關係。別以爲黃皮膚黑頭髮眞的就是低人一等，一旦給山姆大叔一「品題」，照樣妻以夫貴，中共要搞華僑的統戰，當然既要看她三分臉色，而愛荷華系的徒子徒孫，同樣的把老闆娘的話奉爲圭臬，她說誰好就誰好，於是，艾青在臺灣，雖其人格卑汚，甘爲文藝弄臣，也還是有人把他捧爲「詩壇祭酒」，把他那散文不如的「詩」手抄傳誦和閱讀呢！

說起艾青的人格，使我想起他的婚姻。

雖然，中共與艾青的關係，一如男人對女人的關係一樣，色衰愛弛，棄之如敝履，打入冷宮；需要時，召之卽來，不需要時揮之卽去；艾青與他的前兩任妻子，也與中共與他的關係如出一轍。

艾青正式的婚姻一共有三人，第一任是他的母親樓化於一九三四年作主，與遠房表妹張竹茹結婚；第二任則在一九三九年與書英結婚，她是艾青在常州女子師範教書時的學生；第三任妻子是高瑛，據彥火在「當代中國作家風貌」一書裏所寫的高瑛說，艾青與高瑛是在一九五六年結婚的，過去她是一個舞蹈演員，並且當過編輯，其實，他與高瑛曾有一段醜聞鮮爲人知。

艾青在被整爲右派之前的一段戀愛，曾被用作批評艾青的材料因而暴露了出來。文船山在「艾青這個人」一文裏曾說：「他被整爲右派前，曾與一個仰慕他的中共『長春市宣傳部長』的夫人情『詩』互通，及至雙方與配偶離婚，得以結合，完全是基於詩的共同愛好，但中共却藉此當作醜聞，抨擊艾青道德敗壞，勾引領導幹部妻子，破壞革命家庭，是靈魂卑汚的流氓。同時，艾青的新夫人也被官方報章加以醜化，指她嫁艾青的目的，是夢想藉艾青之名，使她的詩也能發表，而她寫的詩，只是『蜻蜓飛啊飛』等幼稚語句云云。但去年中共再把艾青夫妻從新疆接到北平，匆促接待訪問北平的海外中國作家，艾青的夫人黃氏寫詩贈來訪友人却寫得不十分幼稚。」按文船山的說法，艾青現在的老婆，就應當是「長春市的那位宣傳部長」的「愛人」了，不過文船山把高瑛誤爲黃姓，而且，對於中共把勾引人的老婆視爲醜聞，在語意上有些不以爲然的味道。

固然，中共的道德淪喪，唯獨對於男女關係，却仍然能夠維持我們傳統的看法，認爲高瑛和艾青的戀愛是不正常的，而且，雙方都有配偶，在我們的倫理道德中的認定那是通姦，怎能不算是醜聞呢？其實艾青在男女關係上相當複雜，在法國可能除了語言之外，甚麼都沒有學到，不過男女調情的技巧，艾青倒眞的得了法國浪漫的眞傳。

艾青在第二次被鬥時，周揚和林默涵就要檢查他與丁玲的關係。對於艾青和丁玲的關係，目前還沒有直接的資料可以證明什麼，不過就丁玲對於男女關係的隨便而言，倒與艾青對男女的看法有不謀而合之處。

丁玲原名蔣冰之，從母姓改爲姓丁，她在上海「平民女子中學」讀書的時候，因陷入男女的糾紛中，而離開「平民中學」去南京，一九二三年他進入「上海大學」中國文學系，瞿秋白、鄧中夏等都曾教過她的書，因而得以和瞿秋白的弟弟接近。不過這次戀愛也沒有結果，「上海大學」沒畢業，於一九二四年去北平，在北大旁聽，這時她認識沈從文和胡也頻，後來，在北平與胡也頻同居，不過，沈從文還是時相往來，胡丁搬到上海，沈從文也跟着到了上海，三個人一起住在薩坡賽路二〇四號的一個亭子間，相傳三人曾經大被同眠，胡也頻被捕處了死刑以後，償還了沈從文的感情債，第四個男友則爲潘梓年，一九三二年正式嫁給潘了，他算得上是丁玲的第二任丈夫，一九三六年的秋天離開潘梓年去西安前，在南京被關的那一段時間，又與馮達勾搭，一九三七年到延安，在彭德懷的部隊工作，據說這個時期與彭德懷、成仿吾都有不清不白的關係。龍雲燦說，他掌握有丁玲的資料，除了以上的人以外，與丁玲有過關係的尚有朱德、馮克，和一位吳副司令員，現任的丈夫是話劇演員的陳明。龍雲燦說，丁玲曾說過：「一個女人，最少要與六十個以上的男人發生關係，才能分辨出那種男人是好的，那種男人是壞的。」由她的經歷，以及她對男女的看法，周揚要艾青交代與丁玲的關係，決不是偶然了。

從以上的資料，和艾青的行爲來看中共的「詩壇祭酒」，竟然只是一個沒有骨頭、沒有人格、沒好惡的人，他同一團麵粉一樣，中共要把他揑成什麼就揑成什麼，一會成爲延安文藝鬥爭的工具，一會成爲牛鬼蛇神被下放勞改二十年，一會又成爲統戰詩人明星人物，他可以扮演任何角色，爲的只是活下去，卽使是行屍也在所不惜，他眞的成爲魯迅筆下的阿Q了。

一個眞正的人，是應當敢愛、敢恨；愛其所當愛、恨其所當恨的，可是，艾青却只敢同中共當權派一樣，把一切罪惡都歸咎於四人幫，好像只要這樣就可以使人們心理獲得安慰似的，那不是阿Q是什麼？

毛澤東曾經當面向艾青保證，「延安的文藝整風決不犧牲任何一人」，可是，王實味却在那次整風中一去不返，還有許許多多的人在七次文藝整風中死去，也有鋼琴家的手在「文化大革命」中被砍了，這些似乎都未能在艾青的心中發生敎訓作用，一個不知好惡的人，那裏配做詩人呢？此間的崇拜，不知從何而起，我也不知道左傾的聶華苓爲什麼要推銷中共推出的「詩壇祭酒」？爲什麼要同中共一鼻孔出氣的推銷「統戰明星人物」？當年雷震手下的這位編輯，恐怕又在懷什麼鬼胎吧！那些寫詩給艾青的人，應當對這位「明星」的統戰人物有所認識才好。

說起來，艾青一共被批鬥三次，可說是做了三次反面教材，曾爲中共打天下做了槍手，又在統戰中做了明星詩人，算得上是一個標兵，艾青便不僅是中共的文藝弄臣而已，他實在是已經做到了物盡其用，「人」盡其「才」，這位當年在「延安座談會」上，爲毛澤東獻過策的詩人，雖然已經七十多了，却是一個盲了一生的「作家」，嚴格的說，這篇評介的文字都是浪費，只是爲了揭開他的眞面目，也只好浪費了。他對中共旣有這麼多用處，這種多功能的詩人，中共是應當替他生前塑像的。

七二、十二、文藝月刊一七四期

滄海叢刊已刊行書目 (七)

書名	作者	類別
牛李黨爭與唐代文學	傅錫壬	中國文學
增訂江皋集	吳俊升	中國文學
浮士德研究	李辰冬譯	西洋文學
蘇忍尼辛選集	劉安雲譯	西洋文學
文學欣賞的靈魂	劉述先	西洋文學
西洋兒童文學史	葉詠琍	西洋文學
現代藝術哲學	孫旗譯	藝術
音樂人生	黃友棣	音樂
音樂與我	趙琴	音樂
音樂伴我遊	趙琴	音樂
爐邊閒話	李抱忱	音樂
琴臺碎語	黃友棣	音樂
音樂隨筆	趙琴	音樂
樂林蓽露	黃友棣	音樂
樂谷鳴泉	黃友棣	音樂
樂韻飄香	黃友棣	音樂
色彩基礎	何耀宗	美術
水彩技巧與創作	劉其偉	美術
繪畫隨筆	陳景容	美術
素描的技法	陳景容	美術
人體工學與安全	劉其偉	美術
立體造形基本設計	張長傑	美術
工藝材料	李鈞棫	美術
石膏工藝	李鈞棫	美術
裝飾工藝	張長傑	美術
都市計劃概論	王紀鯤	建築
建築設計方法	陳政雄	建築
建築基本畫	陳榮美 楊麗黛	建築
建築鋼屋架結構設計	王萬雄	建築
中國的建築藝術	張紹載	建築
室內環境設計	李琬琬	建築
現代工藝概論	張長傑	雕刻
藤竹工	張長傑	雕刻
戲劇藝術之發展及其原理	趙如琳譯	戲劇
戲劇編寫法	方寸	戲劇
時代的經驗	汪琪 彭家發	新聞
書法與心理	高尚仁	心理

滄海叢刊已刊行書目(六)

書名	作者	類別
累廬聲氣集	姜超嶽	文學
實用文纂	姜超嶽	文學
林下生涯	姜超嶽	文學
材與不材之間	王邦雄	文學
人生小語(一)(二)	何秀煌	文學
兒童文學	葉詠琍	文學
印度文學歷代名著選(上)(下)	糜文開編譯	文學
寒山子研究	陳慧劍	文學
魯迅這個人	劉心皇	文學
孟學的現代意義	王支洪	文學
比較詩學	葉維廉	比較文學
結構主義與中國文學	周英雄	比較文學
主題學研究論文集	陳鵬翔主編	比較文學
中國小說比較研究	侯健	比較文學
現象學與文學批評	鄭樹森編	比較文學
記號詩學	古添洪	比較文學
中美文學因緣	鄭樹森編	比較文學
比較文學理論與實踐	張漢良	比較文學
韓非子析論	謝雲飛	中國文學
陶淵明評論	李辰冬	中國文學
中國文學論叢	錢穆	中國文學
文學新論	李辰冬	中國文學
離騷九歌九章淺釋	繆天華	中國文學
苕華詞與人間詞話述評	王宗樂	中國文學
杜甫作品繫年	李辰冬	中國文學
元曲六大家	應裕康 王忠林	中國文學
詩經研讀指導	裴普賢	中國文學
迦陵談詩二集	葉嘉瑩	中國文學
莊子及其文學	黃錦鋐	中國文學
歐陽修詩本義研究	裴普賢	中國文學
清真詞研究	王支洪	中國文學
宋儒風範	董金裕	中國文學
紅樓夢的文學價值	羅盤	中國文學
四說論叢	羅盤	中國文學
中國文學鑑賞舉隅	黃慶萱 許家鸞	中國文學

滄海叢刊已刊行書目(五)

書名	作者	類別
往日旋律	幼柏	文學
現實的探索	陳銘磻 編	文學
金排附	鍾延豪	文學
放鷹	吳錦發	文學
黃巢殺人八百萬	宋澤萊	文學
燈下燈	蕭蕭	文學
陽關千唱	陳煌	文學
種籽	向陽	文學
泥土的香味	彭瑞金	文學
無緣廟	陳艷秋	文學
鄉事	林清玄	文學
余忠雄的春天	鍾鐵民	文學
卡薩爾斯之琴	葉石濤	文學
青囊夜燈	許振江	文學
我永遠年輕	唐文標	文學
分析文學	陳啓佑	文學
思想起	陌上塵	文學
心酸記	李喬	文學
離訣	林蒼鬱	文學
孤獨園	林蒼鬱	文學
托塔少年	林文欽 編	文學
北美情逅	卜貴美	文學
女兵自傳	謝冰瑩	文學
抗戰日記	謝冰瑩	文學
我在日本	謝冰瑩	文學
給青年朋友的信(上)(下)	謝冰瑩	文學
孤寂中的廻響	洛夫	文學
火天使	趙衞民	文學
無塵的鏡子	張默	文學
大漢心聲	張起鈞	文學
回首叫雲飛起	羊令野	文學
康莊有待	向陽	文學
情愛與文學	周伯乃	文學
湍流偶拾	繆天華	文學
文學之旅	蕭傳文	文學
鼓瑟集	幼柏	文學
文學邊緣	周玉山	文學
大陸文藝新探	周玉山	文學

滄海叢刊已刊行書目(四)

書名	作者	類別
精忠岳飛傳	李安	傳記
八十憶雙親 師友雜憶 合刊	錢穆	傳記
困勉強狷八十年	陶百川	傳記
中國歷史精神	錢穆	史學
國史新論	錢穆	史學
與西方史家論中國史學	杜維運	史學
清代史學與史家	杜維運	史學
中國文字學	潘重規	語言
中國聲韻學	潘重規 陳紹棠	語言
文學與音律	謝雲飛	語言
還鄉夢的幻滅	賴景瑚	文學
葫蘆・再見	鄭明娳	文學
大地之歌	大地詩社	文學
青春	葉蟬貞	文學
比較文學的墾拓在臺灣	古添洪 陳慧樺 主編	文學
從比較神話到文學	古添洪 陳慧樺	文學
解構批評論集	廖炳惠	文學
牧場的情思	張媛媛	文學
萍踪憶語	賴景瑚	文學
讀書與生活	琦君	文學
中西文學關係研究	王潤華	文學
文開隨筆	糜文開	文學
知識之劍	陳鼎環	文學
野草詞	韋瀚章	文學
李韶歌詞集	李韶	文學
現代散文欣賞	鄭明娳	文學
現代文學評論	亞菁	文學
三十年代作家論	姜穆	文學
當代臺灣作家論	何欣	文學
藍天白雲集	梁容若	文學
思齊集	鄭彥棻	文學
寫作是藝術	張秀亞	文學
孟武自選文集	薩孟武	文學
小說創作論	羅盤	文學
細讀現代小說	張素貞	文學

滄海叢刊已刊行書目(三)

書名	作者	類別
世界局勢與中國文化	錢穆	社會
國家論	薩孟武譯	社會
紅樓夢與中國舊家庭	薩孟武	社會
社會學與中國研究	蔡文輝	社會
我國社會的變遷與發展	朱岑樓主編	社會
開放的多元社會	楊國樞	社會
社會、文化和知識份子	葉啓政	社會
臺灣與美國社會問題	蔡文輝 蕭新煌 主編	社會
日本社會的結構	福武直著 王世雄譯	社會
財經文存	王作榮	經濟
財經時論	楊道淮	經濟
中國歷代政治得失	錢穆	政治
周禮的政治思想	周世輔 周文湘	政治
儒家政論衍義	薩孟武	政治
先秦政治思想史	梁啓超原著 賈馥茗標點	政治
當代中國與民主	周陽山	政治
中國現代軍事史	劉馥著 梅寅生譯	軍事
憲法論集	林紀東	法律
憲法論叢	鄭彥棻	法律
師友風義	鄭彥棻	歷史
黃帝	錢穆	歷史
歷史與人物	吳相湘	歷史
歷史與文化論叢	錢穆	歷史
歷史圈外	朱桂	歷史
中國人的故事	夏雨人	歷史
老臺灣	陳冠學	歷史
古史地理論叢	錢穆	歷史
秦漢史	錢穆	歷史
我這半生	毛振翔	歷史
三生有幸	吳相湘	傳記
弘一大師傳	陳慧劍	傳記
蘇曼殊大師新傳	劉心皇	傳記
當代佛門人物	陳慧劍	傳記
孤兒心影錄	張國柱	傳記